suhrkamp taschenbuch 1256

ÂF196214

Wohl kein anderer hat sich um das Werk H. P. Lovecrafts (1890–1937) größere Verdienste erworben als August Derleth (1909–1971), der mit HPL seit 1925 korrespondierte. Er hat Lovecraft nicht nur unermüdlich protegiert und dafür gesorgt, daß seine Erzählungen der Vergessenheit entrissen wurden, sondern hat sogar einen eigenen Verlag gegründet, um Lovecrafts Werke gesammelt herauszubringen: Arkham House, den berühmten amerikanischen Spezialverlag für phantastische Literatur. Derleth hat aber auch viele Themen und Einfälle Lovecrafts, Notizen und Fragmente von Erzählungen, die sich im Nachlaß befanden, aufgegriffen und im Geiste ihres Urhebers weitergeführt. So entstand die posthume Zusammenarbeit zwischen Lovecraft und Derleth.

Die Erzählungen folgen meist einem bestimmten Muster. Ein Nachfahre von Lovecrafts Helden, etwa ein Angehöriger der berüchtigten Familie Whateley oder eine Gestalt von ähnlich zweifelhaftem Charakter, läßt sich in den zerklüfteten Wäldern Neu-Englands oder in der Nähe einer heruntergekommenen Küstenstadt nieder. Eine Aura des Bösen breitet sich aus, die Bevölkerung erzählt sich merkwürdige Geschichten, und die neugierigen Nachforschungen des Helden führen meist zu seinem Untergang.

H. P. Lovecraft und August Derleth
Die dunkle Brüderschaft

Unheimliche Geschichten

Phantastische Bibliothek
Band 173

Suhrkamp

Redaktion und Beratung: Franz Rottensteiner
Die Erzählungen sind der Originalausgabe
The Watchers out of Time entnommen.
Aus dem Amerikanischen von Franz Rottensteiner

8. Auflage 2022
Erstausgabe
Erste Auflage 1987
suhrkamp taschenbuch 1256
Copyright © 1974 by April R. Derleth,
and Walden W. Derleth
© für die deutsche Übersetzung
Suhrkamp Verlag Frankfurt am Main 1987
Copyrightvermerke am Schluß des Bandes
Suhrkamp Taschenbuch Verlag
Satz: Uhl + Massopust GmbH, Aalen
Druck: BoD GmbH, Norderstedt
Umschlag: hißmann, heilmann, hamburg
ISBN 978-3-518-37756-7

Inhalt

Der Nachkomme

Manche Häuser bringen es, nicht anders als manche Menschen, auf irgendeine Weise zustande, schon auf den ersten Blick die Bösartigkeit ihres Wesens vor uns aufzudecken. (...) Doch ist's bei ihnen wohl der Nachgeschmack lichtscheuer, unter so verrufenem Dach verübter Taten, der uns eine Gänsehaut über den Rücken jagt und bewirkt, daß uns die Haare zu Berge stehen. Etwas von der Besessenheit des einstigen Übeltäters, etwas von dem Entsetzen des Opfers sickert dem arglosen Betrachter ins Herz, so daß er sich unversehens und mit stockendem Puls eines durch alle Nerven zuckenden, ja die Haut heraufkriechenden Schauders bewußt wird...

Algernon Blackwood, »Das leere Haus«

Als ich nach der entsetzlichen Entdeckung jener Schicksalsnacht Hals über Kopf aus Providence floh, hatte ich den Vorsatz, vom Haus Charriere nie wieder zu sprechen oder zu schreiben. Es gibt Erinnerungen, von denen niemand gern redet, die keiner wahrhaben will und die jeder aus dem Gedächtnis verbannt – ich sehe mich jedoch jetzt gezwungen, die Geschichte meines kurzen Aufenthalts im Haus in der Benefit Street und meiner überstürzten Flucht von dort niederzuschreiben, damit kein Unschuldiger polizeilichen Nachstellungen ausgesetzt wird, um die nun auch von der Polizei gemachte grausige Entdeckung zu erklären – das Schreckbild, das ich aufgrund einer Schicksalsfügung vor jedem anderen Menschenauge erblickt habe. Was sich mir darbot, war fraglos noch viel entsetzlicher als das, was nach so vielen Jahren noch zu sehen blieb, nachdem das Haus, wie mir wohlbekannt, wieder an die Stadt zurückgefallen war.

Gewiß darf man einem Denkmalforscher zugute halten, daß er über gewisse uralte Richtungen menschlicher Forschung weniger weiß als über alte Gebäude; es ist jedoch denkbar, daß jemand, der in die Erforschung menschlicher Behausungen vertieft ist, gelegentlich auf ein schwieriger zu lösendes Geheimnis stößt, als es das Datum eines Anbaues oder die Herkunft eines Walmdaches ist, und daß er zu gewissen Schlüssen gelangt, so unglaublich sie erscheinen mögen, wie entsetzlich, wie erschreckend oder – nennen wir es beim Namen! – wie fluchwürdig auch immer! In Kreisen von Denkmalforschern ist der Name Alijah Atwood nicht gänzlich unbekannt; die Bescheidenheit verbietet mir, mehr zu sagen, jedoch ist sicherlich der Hinweis statthaft, daß jeder, der genügend Interesse aufbringt, um nachzuschlagen, in Handbüchern für Denkmalkunde den einen oder anderen Absatz über mich finden wird.

Nach Providence in Rhode Island kam ich im Jahr 1930 nur in der Absicht eines kurzen Besuchs, um dann nach New Orleans weiterzureisen. Mein Blick fiel auf das Haus Charriere in der Benefit Street, und es zog mich an, wie ein ungewöhnliches, allein stehendes Haus in einer Straße Neu-Englands aus einer anderen Epoche, ein offenbar recht altes Haus mit einer unerklärlichen, zugleich fesselnden und abstoßenden Ausstrahlung, nur einen Liebhaber alter Dinge anziehen kann.

Wenn es vom Haus Charriere hieß, daß es in ihm spuke, so sagte man ihm nicht mehr nach als manchem alten, verlassenen Gemäuer in der Alten wie in der Neuen Welt, und sogar, wenn ich seriösen Abhandlungen im *Journal of American Folklore* Glauben schenken darf, den primitiven Behausungen der amerikanischen Indianer, der australischen Buschmänner, der Polynesier und vieler anderer. Ich will nichts von Gespenstern schreiben; es möge der Hinweis genügen, daß es im Bereich meiner Wahrnehmung zu gewissen Erscheinungen gekommen ist, für die die Wissenschaft keine Erklärung liefern kann, obgleich ich rational genug bin zu glauben, daß eine solche Erklärung möglich ist, wenn die Menschheit durch ein streng wissenschaftliches Vorgehen auf die richtige Deutung stößt.

In diesem Sinne spukte es im Haus Charriere nicht. Kein Gespenst wandelte kettenrasselnd durch seine Räume, keine Stimme stöhnte wehklagend zu mitternächtlicher Stunde, keine Gestalt aus dem Grabe zeigte sich in der Geisterstunde, um vor dem nahen Untergang zu warnen. Das Haus hatte jedoch eine gewisse Ausstrahlung – War's Frevel? War's Schrecken? Waren es widerwärtige Spukdinge? –, die nicht abzuleugnen war; und wäre ich nicht von Geburt ein so fühlloser Klotz, so hätte mich das Haus unzweifelhaft vor Wahnsinn rasend fortgetrieben. Die Atmosphäre des Hauses war weniger mit Händen zu greifen als in anderen mir bekannten Fällen, doch sie deutete auf im Haus verborgene unaussprechliche Geheimnisse hin, die sich seit langer Zeit menschlicher Wahrnehmungen entzogen. Besonders überwältigend war der Eindruck des Alters – nicht nur der Jahrhunderte seines eigenen Bestandes, sondern einer fernen, fernen

Vergangenheit aus dem Jugendalter der Welt, was wirklich sehr merkwürdig war, denn das Haus war zwar alt, doch nicht mehr als drei Jahrhunderte.

Ich betrachtete es zunächst mit den Augen des Denkmalforschers, erfreut darüber, in einer Zeile nüchterner neu-englischer Häuser einen Bau von so offensichtlichem Quebec-Stil des siebzehnten Jahrhunderts zu entdecken, der sich damit so sehr von den Nachbargebäuden unterschied, daß er die Aufmerksamkeit des Vorübergehenden sofort auf sich ziehen mußte. Ich war oft in Quebec und anderen alten Städten Nordamerikas gewesen, aber diese erste Reise nach Providence hatte ich nicht so sehr unternommen, um alte Gebäude ausfindig zu machen, sondern um einem namhaften Kollegen meine Aufwartung zu machen, und auf dem Weg zu seinem Haus in der Barnes Street mußte ich an dem Haus Charriere vorbei. Es fiel mir auf, daß es unbewohnt war, und ich beschloß, es zu mieten. Vielleicht hätte ich es trotz allem nicht getan, wäre da nicht der eigenartige Widerwille meines Freundes gewesen, von dem Haus zu sprechen. Ja, es schien ihm sogar nicht recht zu sein, daß ich in seine Nähe kam. Vielleicht tue ich ihm rückblickend unrecht, denn der arme Kerl lag schon auf dem Sterbebett, doch wußten das damals weder er noch ich. So saß ich denn neben ihm am Bett und nicht in seinem Arbeitszimmer, und stellte ihm Fragen über das Haus, das ich unverwechselbar beschrieb, denn damals wußte ich weder seinen Namen, noch war mir sonst etwas über das Gebäude bekannt.

Sein Besitzer war ein Mann namens Charriere gewesen – ein französischer Chirurg, der aus Quebec zugezogen war. Gamwell vermochte zwar nicht zu sagen, wer es erbaut hatte; Charriere aber hatte er gekannt. »Ein großgewachsener Mann mit rauher Haut – ich habe ihn selten getroffen, aber das ging allen so. Er hatte seine Praxis aufgegeben«, sagte Gamwell. Er hatte schon immer dort gewohnt, wie wohl auch ältere Familienangehörige, aber Gamwell konnte dazu keine näheren Angaben machen. Dr. Charriere hatte ein völlig zurückgezogenes Leben geführt und war, einer Todesanzeige zufolge, die 1927 aus gegebenem Anlaß im *Providence Journal* erschien, vor drei Jahren gestorben. Dr. Charrieres Todesdatum war das einzige, das mir Gamwell nennen konnte; alles übrige war wie in Nebel gehüllt. Das Haus war lediglich einmal vermietet gewesen. Ein Gewerbetreibender samt Familie hatte es für kurze Zeit bewohnt, aber nach einem

Monat waren sie wieder ausgezogen, weil sie sich über die Feuchtigkeit und die Gerüche in dem alten Haus beschwert hatten. Seit der Zeit stand es leer, konnte aber nicht abgerissen werden, denn Dr. Charriere hatte in seinem Testament eine beträchtliche Summe Geldes für den Zweck hinterlassen, die laufende Steuerschuld lange genug zu begleichen – es war von zwanzig Jahren die Rede –, um sicherzustellen, daß das Haus noch stünde, falls und wenn die Erben des Chirurgen sich mit Erbansprüchen meldeten. Der Arzt hatte andeutungsweise einen Neffen erwähnt, der in Französisch-Indochina beim Militär sei. Alle Bemühungen, den Neffen ausfindig zu machen, waren vergebens gewesen, und jetzt ließ man das Haus stehen, bis die im Testament des Dr. Charriere festgelegte Zeitspanne verstrichen war.

»Ich gedenke es zu mieten«, sagte ich zu Gamwell.

Trotz seiner Krankheit richtete sich mein Kollege protestierend auf einem Ellbogen auf. »Eine flüchtige Laune, Atwood. Vergiß die Sache. Mir sind beunruhigende Dinge über das Haus zu Ohren gekommen!«

»Welche?« fragte ich geradeheraus.

Er wollte jedoch nicht mit der Sprache herausrücken, sondern schüttelte bloß schwach den Kopf und schloß die Augen.

»Ich will es mir morgen ansehen«, fuhr ich fort.

»Dort gibt es nichts, was du nicht auch in Quebec finden könntest, glaube mir«, erwiderte Gamwell.

Wie bereits erwähnt, verstärkte dieses eigenartige Sträuben nur mein Verlangen, das Haus zu inspizieren. Ich hatte keineswegs vor, mein Leben dort zu verbringen, sondern wollte es nur für rund ein halbes Jahr mieten und als Ausgangspunkt benutzen, um das Umland und die Straßen und Gassen der Stadt Providence auf der Suche nach den Denkwürdigkeiten der Gegend zu durchstreifen. Schließlich gab Gamwell den Namen des Rechtsanwaltsbüros preis, das mit der Vollstreckung des Testaments beauftragt worden war. Nachdem ich mich dorthin gewandt und ihren Mangel an Begeisterung überwunden hatte, wurde ich Herr des Hauses Charriere für sechs Monate oder – nach meinem Belieben – auch weniger.

Ich nahm sofort Besitz von dem Haus, obwohl mich die Entdeckung verblüffte, daß man zwar einen Wasser-, doch keinen Stromanschluß gelegt hatte. Zum Mobiliar des Hauses, das sich in jedem Zimmer im selben Zustand befand wie beim Ableben von

Dr. Charriere, gehörte auch ein halbes Dutzend Lampen verschiedenster Form und unterschiedlichen Alters, von denen einige anscheinend über ein Jahrhundert alt waren, und die mir Licht spenden konnten. Ich hatte erwartet, das Haus voller Staub und Spinnweben vorzufinden, stellte aber zu meiner Überraschung fest, daß das keineswegs der Fall war, obgleich ich nichts davon gehört hatte, daß die Anwälte – das Büro Baker & Greenbaugh – sich die Mühe machten, das Haus instand zu halten, solange niemand auftauchte, um als einziger Nachkomme der Familie des Dr. Charriere Ansprüche auf das Erbe zu erheben.

Das Haus erfüllte alle meine Erwartungen. Es war ein massiver Holzbau; in manchen Räumen blätterten schon die Tapeten vom Verputz ab, der in anderen niemals tapeziert worden und nun an den Wänden vergilbt war. Die Größe der Räume gehorchte keiner festen Regel, sie wirkten entweder ziemlich groß oder sehr klein. Das Gebäude war einstöckig, das Obergeschoß war jedoch kaum benutzt worden. Im Erdgeschoß aber deutete viel auf den früheren Bewohner, den Chirurgen, hin, denn ein Raum hatte ihm offenkundig als eine Art von Labor gedient und ein angrenzender als Arbeitszimmer. Beide erweckten den Eindruck, als seien sie erst kürzlich mitten während einer Untersuchung oder eines Experimentes verlassen worden, als habe der Einzug eines vorübergehenden Nachmieters des verstorbenen Dr. Charriere diese Räume unberührt gelassen. Und dies mochte so gewesen sein, denn das Haus war groß genug, daß man es bewohnen konnte, ohne diese zwei Räume zu betreten. Laboratorium und Arbeitszimmer befanden sich nämlich auf der hinteren Seite des Hauses und führten auf einen Garten hinaus, der jetzt von Bäumen und Gebüsch überwuchert war. Der Garten war von beträchtlicher Größe, denn das Haus war an der Vorderseite mehr als drei Parzellen breit, und in der Tiefe reichte das Grundstück bis zu einer hohen Steinmauer, die nur eine Parzelle von der rückwärtigen Straßenseite entfernt war.

Dr. Charriere war augenscheinlich mitten in der Arbeit gewesen, als sein letztes Stündlein schlug, und ich muß zugeben, daß ich mir sofort Gedanken machte, um welche Art von Arbeit es sich gehandelt haben mochte, denn offensichtlich war sie nicht von gewöhnlicher Art. Seine Forschungen umfaßten nicht nur die Untersuchung des Menschen, denn es gab da eigenartige, beinahe kabbalistische Skizzen, die physiologischen Abbildungen ähnelten, von verschiedenen Saurierarten, worunter solche von der Gattung der *Loricata* und der Arten *Crocodylus* und *Osteolaemus* besonders auffielen, doch auch Darstellungen des *Gavialis*, des *Tomistoma*, des *Kaimans* und des *Alligators* waren deutlich erkennbar. Eine kleinere Anzahl zeigte Skizzen des mutmaßlichen Aussehens früherer Vertreter dieser Reptilienarten, die bis in die Kreidezeit zurückreichten. Aber selbst dieser faszinierende Einblick in die abwegigen Forschungen des Chirurgen hätte mich nicht veranlaßt, mich ernstlich mit ihm zu beschäftigen, hätte das Haus nicht dem Denkmalforscher Rätsel aufgegeben.

Das Haus Charriere war mir sogleich als typisches Bauwerk seiner Zeit erschienen, abgesehen von der später gelegten Wasserleitung. Ich hatte die ganze Zeit angenommen, daß es Dr. Charriere selbst hatte erbauen lassen; in unserer recht gewundenen Unterhaltung hatte Gamwell nie etwas anderes anklingen lassen, ebensowenig hatte er erwähnt, wie alt der Chirurg bei seinem Tode gewesen war. Angenommen, er war an die achtzig Jahre alt gewesen – dann hatte gewiß ein anderer das Haus errichtet, denn seine Baumerkmale wiesen eindeutig darauf hin, daß es um 1700 – also mehr als zwei Jahrhunderte vor Dr. Charrieres Tod – errichtet worden war. Ich neigte daher zu der Ansicht, daß das Haus den Namen seines letzten langjährigen Bewohners trug, und nicht den seines Erbauers. Als ich diesem Problem nachging, stieß ich auf einige beunruhigende Umstände, die anscheinend mit glaubwürdigen Tatsachen nicht in Einklang zu bringen waren.

Zum einen war das Geburtsjahr des Dr. Charriere nirgendwo angegeben. Ich suchte sein Grab auf, das sich merkwürdigerweise auf seinem eigenen Besitz befand: Er hatte die Bewilligung erhalten, sich im eigenen Garten begraben zu lassen, unweit eines anmutigen, überdachten alten Brunnens, der mit Eimer und allem Zubehör in dem ursprünglichen Zustand belassen war, in dem er sicher fast ebenso lang dort gestanden hatte wie das Haus. Ich hatte die Absicht, auf dem Grabstein nach dem Geburtsdatum zu forschen, aber zu meiner Enttäuschung und zu meinem Verdruß trug der Stein lediglich seinen Namen: Jean-François Charriere, seinen Beruf: Chirurg, seine Wohnorte oder Wirkungsstätten: Bayonne, Paris, Pondicherry, Quebec und Providence, sowie das Todesjahr: 1927. Mehr nicht. Das reichte aus, um mich bei meiner Suche anzuspornen. Ich machte mich an die Arbeit und holte brieflich bei Bekannten Auskünfte ein, die an verschiedenen Orten lebten, wo mir Nachforschungen vielversprechend schienen.

Innerhalb von vierzehn Tagen lagen die Ergebnisse meiner Bemühungen vor. Ich war jedoch keineswegs befriedigt, sondern tappte nur noch mehr im dunkeln als zuvor. Ich hatte zunächst bei einem Brieffreund in Bayonne angefragt, in der Annahme, Charriere sei irgendwo in der Nähe geboren worden, denn dieser Ort wurde auf dem Grabstein an erster Stelle genannt. Sodann hatte ich in Paris Erkundigungen eingezogen, weiter bei einem Freund in London, der vielleicht Zugang zu britischen Archiven mit Material über Indien haben mochte, und schließlich in Quebec. Was brachte mir diese ganze Korrespondenz außer einer rätselhaften Folge von Daten? Ein gewisser Jean-François Charriere war wirklich in Bayonne zur Welt gekommen – allerdings im Jahre 1636! Auch in Paris war der Name nicht unbekannt, denn ein Siebzehnjähriger dieses Namens hatte 1653 und in den drei darauffolgenden Jahren bei dem royalistischen Exilanten Richard Wiseman studiert. In Pondicherry – und später auch an der Caronmandall-Küste in Indien – hatte ein gewisser Dr. Jean-François Charriere, Chirurg in der französischen Armee, ab 1674 gedient. In Quebec stammte der erste Hinweis auf Dr. Charriere aus dem Jahr 1691: er hatte in dieser Stadt sechs Jahre lang praktiziert und war dann mit unbekanntem Bestimmungsort verzogen.

Mir drängte sich die offenkundig einzige Schlußfolgerung auf: daß besagter Dr. Jean-François Charriere, geboren im Jahre 1636 in Bayonne, der zuletzt im gleichen Jahr in Quebec gewesen war, in dem das Haus Charriere in der Benefit Street erbaut wurde, ein gleichnamiger Vorfahr des Chirurgen war, der das Haus zuletzt bewohnt hatte. Wenn dem aber so war, so gab es zwischen 1697 und der Lebenszeit des letzten Bewohners des Hauses eine klaffende Lücke, denn nirgendwo war von der Familie des früheren Jean-François Charriere die Rede; wenn es eine Madame Charriere gegeben, wenn er Kinder gehabt hätte – und er mußte Kinder gehabt haben, wenn das Geschlecht bis ins zwanzigste Jahrhundert bestand –, gab es keine Urkunden, die auf sie verwiesen. Es war nicht auszuschließen, daß der alte Mann, der aus Quebec gekommen war, bei seiner Ankunft in Providence noch ledig gewesen war und sich erst später verheiratet hatte. Er wäre damals einundsechzig gewesen. Nachforschungen im entsprechenden Register förderten jedoch keine Heiratsurkunde zutage, was mich noch mehr in Verwirrung stürzte, obwohl ich als Denkmalforscher doch um die Schwierigkeit wußte, Dingen auf den Grund zu gehen, und daher noch nicht so entmutigt war, daß ich meine Erkundigungen eingestellt hätte.

Nun schlug ich einen anderen Weg ein und wandte mich an das Büro Baker & Greenbaugh um Auskünfte über den verstorbenen Dr. Charriere. Hier erwartete mich ein noch merkwürdigerer Rückschlag, denn als ich mich erkundigte, wie der französische Chirurg ausgesehen habe, mußten beide Anwälte eingestehen, daß sie ihm nie von Angesicht zu Angesicht gegenübergestanden hatten. Sie hatten alle Aufträge brieflich erhalten, zusammen mit Schecks über großzügige Beträge; in den letzten sechs Jahren vor seinem Tod und seither hatten sie die Interessen Dr. Charrieres wahrgenommen. Vorher hatte Dr. Charriere ihre Dienste nicht in Anspruch genommen.

Sodann erkundigte ich mich nach dem »Neffen«, denn das Vorhandensein eines Neffen wies zumindest darauf hin, daß Charriere einst eine Schwester oder einen Bruder gehabt hatte. Aber auch das führte in eine Sackgasse; Gamwell hatte mich ungenau unterrichtet, denn Charriere hatte nicht ausdrücklich von einem Neffen gesprochen, sondern nur vom »einzigen männlichen Nachkommen meines Geschlechts«; man hatte lediglich angenommen, es handle sich um einen Neffen, und alle Nachforschungen waren im Sande verlaufen. Doch war Dr. Charrieres Testament so gehalten, als ob man besagten »einzigen männlichen Nachfahren« nicht zu suchen brauche, sondern als ob er sich persönlich oder brieflich an das Büro Baker & Greenbaugh wenden würde, und zwar so, daß jeder Zweifel ausgeschlossen sein würde. Darin lag gewiß ein Geheimnis verborgen; die Anwälte versuchten auch gar nicht, es zu leugnen, gaben mir aber zu verstehen, daß sie für ihre Treuhandschaft reichlich honoriert worden waren, so daß sie davon nicht mehr preisgeben würden als die unverbindlichen Auskünfte, die ich erhielt. Schließlich waren, wie einer der Anwälte zu Recht einwarf, seit Dr. Charrieres Tod erst drei Jahre verstrichen, und dem Nachkommen blieb noch Zeit genug, seine Ansprüche anzumelden.

Da sich diese Spur als Sackgasse erwiesen hatte, suchte ich neuerlich meinen alten Freund Gamwell auf, der noch immer bettlägrig und schon merklich schwächer war. Sein Hausarzt, den ich traf, als er im Gehen war, ließ nun zum ersten Mal durchblickken, daß Gamwell das Bett vielleicht nie mehr verlassen würde, und riet mir, ihn nicht aufzuregen und auch nicht mit zu vielen Fragen zu ermüden. Nichtsdestoweniger war ich entschlossen, über Charriere in Erfahrung zu bringen, was nur möglich war, wenn ich auch nicht ganz auf das strenge Kreuzverhör vorbereitet war, dem mich Gamwell unterzog, als habe er erwartet, daß nicht einmal drei Wochen Aufenthalt im Haus Charriere bereits mein Äußeres verändert hätten.

Nach dem Austausch der üblichen Höflichkeiten lenkte ich das Gespräch auf das Thema, das mich zu ihm geführt hatte; ich erklärte, daß mich das Haus so sehr interessiert habe, daß ich mehr über den früheren Bewohner wissen wolle. Gamwell habe einmal erwähnt, daß er ihn getroffen hatte.

»Das war aber vor vielen Jahren«, erwiderte Gamwell. »Er ist jetzt drei Jahre tot. Laß' mir Zeit zum Nachdenken – 1907 war es, glaube ich.«

Ich war verblüfft. »Aber das war zwanzig Jahre vor seinem Tode!« warf ich ein.

Trotzdem bestand Gamwell darauf, daß das Jahr stimme.

»Und wie hat er ausgesehen?« wollte ich von ihm wissen.

Zu meiner Enttäuschung hatten Senilität und Krankheit den einst vorzüglichen Verstand des Alten in Mitleidenschaft gezogen.

»Stell' dir einen Molch vor, nur ein bißchen größer, bring' ihm bei, auf den Hinterbeinen zu gehen, und zieh' ihm elegante Kleider an«, versetzte Gamwell. »Und du hast Dr. Jean-François Charriere. Außer daß seine Haut rauh war, beinahe verhornt. Ein kalter Mensch. Er lebte in einer anderen Welt.«

»Wie alt war er?« fragte ich weiter. »Achtzig?«

»Achtzig?« Er dachte nach. »Als ich ihn zuerst zu Gesicht bekam – ich war damals zwanzig –, wirkte er nicht älter. Und vor zwanzig Jahren, mein guter Atwood, war er kein bißchen verändert. Beim ersten Mal wirkte er wie achtzig. Lag es am Blickwinkel meiner Jugend? Vielleicht. 1907 sah er wie achtzig aus. Und er starb zwanzig Jahre später.«

»Also mit hundert.«

»Schon möglich.«

Aber auch Gamwells Angaben waren nicht befriedigend. Wiederum gab es nichts Definitives, nichts Greifbares, keine einzige Tatsache – nur einen Eindruck, eine Erinnerung an jemanden, den Gamwell, wie ich spürte, aus Gründen, die er selbst nicht nennen konnte, unsympathisch gefunden hatte. Vielleicht trübte eine Rivalität unter Fachleuten, die er verschweigen wollte, sein Urteilsvermögen.

Sodann suchte ich die Nachbarn auf; es stellte sich jedoch heraus, daß sie zum Großteil jüngere Leute waren, die sich nur dunkel an Dr. Charriere erinnerten. Für sie war er bloß jemand, den sie zum Teufel gewünscht hatten, denn er hatte einen unheimlichen Bedarf an Eidechsen und dergleichen, und niemand wußte, welch teuflische Experimente er in seinem Labor durchführen mochte. Unter ihnen war nur eine Frau fortgeschrittenen Alters, eine gewisse Mrs. Hepzibah Cobbett, die in einem kleinen einstöckigen Häuschen unmittelbar an Charrieres Gartenmauer lebte. Sie war schon sehr gebrechlich; ich traf sie im Rollstuhl an, umsorgt von ihrer Tochter, einer Frau mit Geiernase, die mich mit kalten blauen Augen scheel unter dem Kneifer hervor musterte. Die Alte aber nahm kein Blatt vor den Mund; bei der Erwähnung von Dr. Charrieres Namen wurde sie quicklebendig, denn es wurde ihr klar, daß ich in seinem Haus wohnte.

»Sie werden dort nicht lange wohnen, glauben Sie mir. Da geht der Teufel um«, sagte sie lebhaft, um alsbald in seniles, gackerndes Lachen zu verfallen. »Wie oft ist er mir unter die Augen gekommen. Ein großer Mann, krumm wie eine Sichel, mit dem winzigen Bartpinsel wie einem Ziegenbart auf dem Kinn. Und was krabbelte zwischen seinen Füßen herum, was ich nicht sehen konnte? Ein langes, schwarzes Ding, zu groß für eine Schlange – ich dachte aber jedesmal an Schlangen, wenn mir Dr. Charriere unter die Augen kam. Und was brüllte so in jener Nacht? Und was bellte den Brunnen an? – ein Fuchs, wahrhaftig, ich weiß, was ein Fuchs ist, und auch, was ein Hund ist. Wie das Gekläff eines Seehunds. Ich sage Ihnen, ich habe Dinge gesehen, aber niemand schenkt einer armen alten Frau Glauben, die bereits mit einem Fuß im Grab steht. Und Sie – Sie auch nicht, denn niemand glaubt's.«

Was war von diesem Geschwätz zu halten? Vielleicht hatte die Tochter recht, die zu mir sagte, als sie mich zur Tür begleitete: »Sie brauchen Mutters Gebrabbel nicht ernst zu nehmen. Sie ist so verkalkt, daß sie manchmal schwachsinnig wirkt.« Ich hielt die alte Mrs. Cobbett jedoch nicht für schwachsinnig, denn beim Reden »sprühten und funkelten ihre Augen«, fast war es, als vergnüge sie sich mit einem heimlichen Scherz von so ungeheuren Ausmaßen, daß er selbst ihrer Aufsichtsperson entging, der grimmig dreinblickenden Tochter, die sie keinen Moment aus den Augen ließ.

An jeder Biegung schienen mich Enttäuschungen zu erwarten. Alles, was ich bisher auf verschiedenen Wegen in Erfahrung gebracht hatte, ergab zusammen genommen wenig mehr als jede Quelle für sich. Zeitungsarchive, die Bibliothek, Urkunden – außer 1697, dem Baudatum des Hauses, und dem Sterbedatum von Dr. Jean-François Charriere war nichts zu finden. Falls in der Geschichte der Stadt ein anderer Charriere gestorben war, fand er nirgends Erwähnung. Es war schlechterdings unvorstellbar, daß der Tod alle anderen Mitglieder der Familie Charriere vor dem Ableben des Bewohners des Hauses in der Benefit Street außerhalb von Providence dahingerafft hatte, und doch mußte das der Fall sein, denn eine andere triftige Erklärung gab es nicht.

Und doch gab es einen weiteren Anhaltspunkt – ein Bild Dr. Charrieres, das ich im Haus entdeckte. Es hing in einer versteckten und nahezu unzugänglichen Ecke in einem Zimmer im ersten Stock, und obwohl es nicht beschriftet war, erlaubten die Initialen J. F. C. eine zweifelsfreie Identifizierung. Es war das Bild eines schmalgesichtigen Asketen mit widerspenstigem Spitzbart; sein Gesicht zeichnete sich durch hohe Wangenknochen, eingefallene Wangen und dunkle, feurige Augen aus. Er wirkte ausgemergelt und unheimlich.

Mangels anderer Quellen mußte ich mich neuerlich mit den Papieren und Büchern beschäftigen, die in Dr. Charrieres Arbeitszimmer und Labor zurückgeblieben waren. Während meiner Nachforschungen über Dr. Charrieres Lebensumstände war ich bisher oft außerhalb des Hauses gewesen; jetzt aber war ich ebensosehr ans Haus gebunden, wie ich früher draußen zu tun hatte. Deswegen trat für mich die Atmosphäre des Hauses schärfer hervor – sowohl im psychischen wie im materiellen Sinn. Jener unglückliche Gewerbetreibende und seine Angehörigen, die es wegen des durchdringenden Geruchs hier bloß einen Monat lang ausgehalten hatten, mochten mich dazu gebracht haben, das Haus zu *riechen,* und jetzt wurde ich zum ersten Mal auch wirklich und ziemlich heftig seiner verschiedenen Düfte und Gerüche gewahr, von denen manche für alte Häuser typisch, andere hingegen mir völlig fremd waren. Den hervorstechendsten konnte ich jedoch einordnen: es war ein Moschusgeruch, der mir bereits früher mehrfach untergekommen war – in Tiergärten, in Sümpfen, an stehenden Gewässern –, nahezu ein giftiger Dunst, der stark für das Vorhandensein von Reptilien sprach. Es war nicht auszuschließen, daß einige Reptilien auf dem Weg durch die Stadt im Garten hinter dem Haus Charrier Zuflucht gefunden hatte, aber es schien kaum glaublich, daß sie sich dort in solch großer Anzahl aufgehalten hatten, daß der Ort ihren Geruch hatte annehmen können. Doch so sehr ich auch suchte, es gelang mir weder drinnen noch draußen, den Ausgangspunkt des Reptiliengestanks zu entdecken, selbst wenn es mir einmal so vorkam, als ginge er vom Brunnen aus, was jedoch zweifellos eine Sinnestäuschung war. Dieser Moschusgeruch hielt an. Bei Regen, wenn Nebel aufkam oder Tau auf dem Gras lag, war er besonders stark, wie zu erwarten war, denn Feuchtigkeit verstärkt alle Gerüche. Auch das Haus war feucht; das war eine teilweise Erklärung dafür, daß es nur kurze Zeit bewohnt gewesen war. Ich empfand den Geruch oft als unangenehm, aber nicht als beunruhigend – nicht halb so beunruhigend wie andere Besonderheiten des Hauses.

Es wirkte in der Tat so, als brächte mein Eindringen in Arbeitszimmer und Labor das Haus gegen mich auf, denn bestimmte Sinnestäuschungen kehrten mit ärgerlicher Regelmäßigkeit wieder. Zum einen war ein eigenartiges bellendes Geräusch zu vernehmen, das spät nachts vom Garten auszugehen schien. Ferner war es die Einbildung, im dunklen Garten vor den Fenstern des Arbeitszimmers gehe eine seltsam gebeugte Echsengestalt um. Diese und andere Sinnestäuschungen hielten beharrlich an – zumindest ich hielt sie für Halluzinationen – bis zu jener Schicksalsnacht, in der ich, nachdem ich ein deutliches Geräusch vernommen hatte, das klang, als bade jemand im Garten, in der Überzeugung aufschreckte, ich sei im Haus nicht allein. Ich zog mir Schlafrock und Pantoffeln an, entzündete eine Lampe und eilte ins Arbeitszimmer.

Was ich dort erblickte, mußte durch die Natur meiner Nachforschungen in den Papieren des verstorbenen Dr. Charriere ausgelöst worden sein; daß es sich um reine Einbildung aus einem Alptraum handelte, konnte ich in diesem Augenblick nicht bezweifeln, obwohl ich nur einen flüchtigen Blick auf den Eindringling erhaschte; denn ein Eindringling befand sich im Arbeitszimmer und machte sich mit gewissen Papieren aus dem Nachlaß Charrieres davon. Doch als ich ihn in dem flackernden gelben Schein der Lampe, die ich über meinen Kopf hielt und die mich teilweise blendete, kurz erblickte, schien er zu glitzern. Er glänzte schwarz im Licht und schien einen hautengen Anzug aus einem groben schwarzen Stoff zu tragen. Im Nu war er durch das offene Fenster in der Dunkelheit des Gartens verschwunden. Ich wäre ihm gefolgt, hätte ich nicht im Lampenschein etwas höchst Beunruhigendes gesehen.

Wo der Eindringling gestanden hatte, waren die unregelmäßigen Abdrücke von Füßen – nassen Füßen – zu sehen, mehr noch, von Füßen, die merkwürdig breit waren, mit Zehennägeln, die so lang waren, daß sie sich vor jeder Zehe abzeichneten, und wo er sich über die Papiere gebeugt hatte, gab es die gleiche Nässe von den Füßen, und über allem hing der kräftige Reptiliengestank, der für mich schon zu einem untrennbaren Bestandteil des Hauses geworden war, doch so durchdringend, daß ich beinahe in Ohnmacht fiel.

Mein Interesse an den Papieren ging über Furcht oder Neugier weit hinaus. Zum damaligen Zeitpunkt fiel mir nur die eine rationale Erklärung ein, daß einer der Nachbarn, der einen Groll gegen das Haus Charriere hegte und ständig dafür eintrat, daß es abgerissen werde, vom Schwimmen gekommen und in das Arbeitszimmer eingedrungen war. An den Haaren herbeigezogen, gewiß. Aber konnte irgendeine andere Erklärung dem Geschehenen einfacher Rechnung tragen? Das wollte ich nicht glauben.

Was die Papiere anging, so waren manche von ihnen unstreitig verschwunden, glücklicherweise jene, die ich bereits durchgesehen und zu einem ordentlichen Stapel aufgeschichtet hatte, wenn auch viele nicht in der richtigen Reihenfolge waren. Ich konnte mir nicht vorstellen, warum sie jemand hätte an sich nehmen wollen, es sei denn jemand, der sich wie ich für Dr. Charriere interessierte, weil er möglicherweise auf Haus und Vermögen Anspruch erheben wollte; denn bei diesen Papieren handelte es sich um eingehende Aufzeichnungen über die Langlebigkeit von Krokodilen und Alligatoren sowie verwandter Reptilien. Es war mir bereits deutlich geworden, daß der Verstorbene das lange Leben von Reptilien nahezu mit dem Eifer eines Besessenen studiert haben mußte, wobei er eindeutig das Ziel verfolgte herauszufinden, wie der Mensch sein eigenes Leben verlängern könne. Wenn Dr. Charriere dem Geheimnis der Langlebigkeit der Reptilien auf die Spur gekommen war, so gab es in seinen Papieren keine Anzeichen dafür, obwohl ich auf zwei bis drei beunruhigende Andeutungen von durchgeführten »Operationen« gestoßen war – an wem, wurde nicht gesagt –, die mit der Absicht durchgeführt worden waren, die Lebensspanne dieser Person zu verlängern.

Zudem gab es auch Aufzeichnungen anderer Art, vermutlich in Dr. Charrieres Handschrift, die von ihm als verwandtes Thema behandelt wurden, die sich aber für mich schlecht mit der mehr oder weniger wissenschaftlichen Erforschung der Langlebigkeit der Reptilien vertrugen. Es handelte sich dabei um eine Reihe rätselhafter Anspielungen auf gewisse mythologische Wesen, besonders auf eines, das »Cthulhu« genannt wurde, und auf ein anderes namens »Dagon«, augenscheinlich Meeresgottheiten in einer mir gänzlich unbekannten Mythologie; es fanden sich auch Hinweise auf langlebige Wesen (oder Menschen?), die im Dienste dieser uralten Götter standen und »Die Tiefen« genannt wurden, offenbar Amphibiengeschöpfe, die in den Tiefen des Meeres hausten. Unter diesen Aufzeichnungen befanden sich Fotografien einer außergewöhnlich abscheulichen Statue mit entschieden saurierhaften Zügen und der Beschriftung »O. Küste Hivaoa Ins., Marquesas. Kultgegenstand?« sowie eines Totempfahls der Indianer der Nordwestküste von bestürzend ähnlicher Handarbeit und ebenfalls von reptilienhaftem Aussehen. Die Beschriftung dazu umfaßte folgende Sätze: »Kwakiutls indianisches Totem. Meerenge von Quatsino. Ähnl. Tot. von Tlingit-Ind. errichtet.« Es war, als sollten diese eigenartigen Aufzeichnungen beweisen, daß Dr. Charriere sich auf die Untersuchung der Rituale uralter Hexenkulte und primitiver religiöser Denkweisen einließ, um mit aller Kraft ein Ziel zu erreichen, das ihm am Herzen lag.

Welches Ziel das sein mochte, wurde bald mehr als deutlich. Dr. Charriere war an der Untersuchung der Langlebigkeit nicht aus reinem Streben nach Erkenntnis interessiert gewesen; er wollte vielmehr sein eigenes Leben verlängern. In den hinterlassenen Schriften fanden sich gewisse beunruhigende Hinweise, die vermuten ließen, daß ihm dieses Vorhaben über seine kühnsten Träume hinaus gelungen war. Das war für mich eine höchst bestürzende Entdeckung, denn sie rief erneut die merkwürdige Geschichte des ersten Jean-François Charriere, ebenfalls Chirurg, in Erinnerung, dessen spätere Lebensjahre und dessen Tod ebenso geheimnisumwoben waren wie die Geburt und die ersten Jahre jenes Dr. Jean-François Charriere, der 1927 in Providence gestorben war.

Auch wenn die Ereignisse jener Nacht mich nicht allzusehr in Schrecken versetzt hatten, führten sie doch dazu, daß ich mir in einem Altwarenladen eine großkalibrige Luger und eine neue Stabtaschenlampe kaufte; die Laterne war mir in der Nacht hinderlich gewesen, und eine Taschenlampe war unter solchen Umständen praktischer. Wenn mein Besucher wirklich aus dem Kreis der Nachbarn stammte, konnte ich mich darauf verlassen, daß die mitgenommenen Papiere lediglich seinen Appetit schärfen würden und daß er früher oder später wiederkommen würde. Für diesen Ernstfall wollte ich in jeder Hinsicht gerüstet sein. Falls ich wieder einen Einbrecher im Arbeitszimmer des von mir gemieteten Hauses ertappte, würde ich nicht zögern zu schießen, wenn meine Aufforderung, stehenzubleiben, unbeachtet bliebe. Ich hoffte dennoch, daß ich nicht gezwungen sein würde, von der Waffe Gebrauch zu machen.

Am nächsten Abend setzte ich meine Untersuchung von Dr. Charrieres Büchern und Papieren fort. Die Bücher hatten einst sicher seinen Vorfahren gehört, denn viele von ihnen waren jahrhundertealt. Unter ihnen befand sich ein aus dem Englischen ins Französische übersetztes Werk von R. Wiseman, das eine Verbindung zwischen dem Dr. Jean-François Charriere, der in Paris unter Wiseman studiert hatte, und dem anderen Chirurgen gleichen Namens bekundete, der bis vor kurzem in Providence, Rhode Island, gewohnt hatte.

Insgesamt handelte es sich um ein eigenartiges Sammelsurium von Büchern. Es waren anscheinend Bände in jeder bekannten Sprache, vom Französischen bis zum Arabischen. In der Tat konnte ich die Mehrzahl der Titel nicht einmal entziffern, obwohl ich Französisch lesen konnte und gewisse Kenntnisse der anderen romanischen Sprachen besaß. Zu der Zeit hatte ich noch keine Ahnung von der Bedeutung eines Werks wie *Unaussprechliche Kulte* von Von Junzt, obwohl ich vermutete, daß es dem *Cultes des Goules* von Graf d'Erlettes verwandt war, da es neben diesem Buch im Regal stand. Die Einreihung besagte aber nichts, denn Bücher zu zoologischen Themen standen neben gewichtigen Bänden über uralte Kulturen; sie trugen Titel wie *Abhandlung über die Verbindung der polynesischen Völker zu den indianischen Kulturen Südamerikas, unter besonderer Berücksichtigung Perus; Paknotische Handschriften; De Furtivis Literarum Notis* von Giambattista Porta; die *Kryptografik* von Thickness; die *Daemonola-*

treia des Remigius; Banforts *Das Zeitalter der Saurier;* einige
Ausgaben des *Transcript* aus Aylesbury, Massachusetts; des weiteren Hefte der *Gazette* aus Arkham, Massachussets, und ähnlicher Zeitungen. Einige der Bücher waren sicher von ungeheurem
Wert, denn viele von ihnen stammten aus den Jahren 1670 bis
1820, und obwohl alle ziemlich starke Spuren des Gebrauchs
aufwiesen, befanden sie sich in verhältnismäßig gutem Zustand.

Diese Bücher sagten mir jedoch relativ wenig. Im Rückblick bin
ich überzeugt, daß ich bei aufmerksamerer Prüfung mehr erfahren
hätte, als es der Fall war, aber es heißt ja, daß zu viel Wissen um
Angelegenheiten, die dem Menschen besser verborgen bleiben,
noch schlimmer ist als ein unzureichendes Wissen. Ich gab meine
Untersuchung der Bücher bald auf, denn zwischen ihnen entdeckte
ich, daß zwischen die Regale etwas eingezwängt war, was auf den
ersten Blick ein Tagebuch oder ein Protokollheft zu sein schien,
sich aber bei näherem Augenschein eindeutig als Notizbuch
erwies, denn die Eintragungen reichten zu weit zurück, als daß sie
nur Dr. Charrieres Lebensspanne hätten umfassen können. Sie
waren sämtlich in einer unleserlichen, winzigen Handschrift gehalten, die mit Gewißheit die des toten Chirurgen war, und trotz
des Alters der ersten Seiten stammten alle von derselben Hand,
was darauf hinwies, daß Dr. Charriere diese Aufzeichnungen in
einer Art grober Chronologie geordnet hatte, wahrscheinlich nach
einem vorhergehenden Entwurf. Es handelte sich auch nicht bloß
um flüchtig hingeworfene Notizen; manche waren mit unbeholfe-
nen Zeichnungen illustriert, die dennoch höchst beeindruckend
waren, wie es die primitiven Malereien von Sonntagsmalern oft
sind.

Schon auf der ersten Seite des handgebundenen Manuskripts
stieß ich auf diese Eintragung: »1851. Arkham Aseph Goade,
D. T.« und dazu eine Zeichnung, vermutlich ein Bild besagten
Aseph Goades, die gewisse Eigenarten seiner Züge, im Grunde
nämlich krötenartige, betonte, denn sein Gesicht zeichnete sich
durch einen abnorm breiten Mund, seltsam lederartige Lippen,
eine sehr niedrige Stirn, merkwürdige Augen mit einem Netzmu-
ster und ganz allgemein eine untersetzte Physiognomie aus, was
dem Ganzen ein eindeutig und unverwechselbar froschähnliches
Aussehen verlieh. Die Zeichnung nahm fast eine ganze Seite ein,
und die Anmerkungen dazu faßte ich als Kommentar zu einer
Begegnung mit einem untermenschlichen Typus auf – offensicht-

lich auf dem Felde der Wissenschaft, denn sie konnte sich ja kaum in der Realität zugetragen haben (war es möglich, daß sich das »D. T.« auf »Die Tiefen« bezog, die ich vorher erwähnt gefunden hatte?), wodurch sich Dr. Charriere, der wohl an eine Verwandtschaft des Menschen mit den Froschlurchen und damit höchstwahrscheinlich auch den Sauriern glaubte, zweifellos in seiner Forschungsrichtung bestätigt sah.

Andere Notizen, die sich fanden, dienten dem gleichen Zweck. Die meisten von ihnen waren, vielleicht mit voller Absicht, so verschwommen abgefaßt, daß sie mir auf den ersten Blick nahezu sinnlos erschienen. Was sollte zum Beispiel eine Seite wie diese? »1857. St. Augustine. Henry Bishop. Haut sehr schuppig, aber nicht ichthyoid. Ist angeblich 107 Jahre alt. Keine Verfallserscheinungen. Alle Sinne noch immer scharf. Herkunft unsicher, aber Polynesien-Handel in der Familie. 1861. Charleston. Familie Balacz. Hände schuppig. Ausgebildete Doppelkiefer. Die ganze Familie zeigt ähnliche Ausbildungen. Anton 117 Jahre alt. Anna 109. Fühlen sich fern von Wasser nicht wohl. 1863. Insmouth. Familien Marsh, Waite, Eliot, Gilman. Kapitän Obed Marsh trieb Handel in Polynesien, verheiratet mit einer Polynesierin. Alle weisen Gesichtszüge ähnlich denen Aseph Goades auf. Leben sehr zurückgezogen. Die Frauen zeigen sich selten auf den Straßen, aber des Nachts schwimmen viele – ganze Familien – zum Teufelsriff hinaus, während die übrige Bevölkerung in den Häusern bleibt. Beziehung zu D. T. sehr ausgeprägt. Beträchtlicher Verkehr zwischen Innsmouth und Ponape. Ein dunkler religiöser Kult. 1871. Jed Price, Zirkuskünstler. Angekündigt als ›Alligatormensch‹. Tritt in einem Krokodilsteich auf. Saurierhaftes Aussehen. Hagere, eingefallene Wangen. Soll spitze Zähne haben, konnte jedoch nicht feststellen, ob sie natürlich oder zugefeilt sind.«

Das war der allgemeine Tenor der Eintragungen in dem Buch. Sie umspannten den ganzen Kontinent – es gab Notizen, die sich auf Kanada und Mexiko, aber auch auf die östliche Meeresküste Nordamerikas bezogen. Aus ihnen ergab sich ein Bild Dr. Jean-François Charrieres als eines Mannes, der von dem seltsamen Zwang besessen war, den Beweis für die Langlebigkeit gewisser Menschen zu erbringen, die anscheinend mit lurch- oder saurierartigen Vorfahren verwandt waren.

Zugegeben, das Gewicht der angehäuften Beweise, hätte man alles als Tatsache nehmen können und nicht bloß als vom Wunschdenken gefärbte Beschreibung von Menschen mit einem ausgeprägten körperlichen Defekt, schien Dr. Charriere und seine Überzeugungen auf eine merkwürdige und herausfordernde Weise zu bestätigen. Und doch hatte der Chirurg nur selten den Bereich reiner Mutmaßungen verlassen. Er schien nach dem fehlenden Bindeglied in den verschiedenen ihm bekanntgewordenen Fällen zu suchen. Er hatte diesem Bindeglied in drei verschiedenen Sagenkreisen nachgespürt. Am bekanntesten davon waren die Vudu-Legenden der Neger. Ihnen folgte im Bekanntheitsgrad die Tierverehrung im alten Ägypten. Am wichtigsten war schließlich nach den Aufzeichnungen des Chirurgen eine völlig außerirdische Kultur, die so alt war wie die Erde oder sogar älter. Dazu gehörten die Alten Götter der Urzeit und ihr schreckeneinflößender unaufhörlicher Kampf mit den gleichermaßen urzeitlichen Alten, die Namen trugen wie Cthulhu, Hastur, Yog-Sothoth, Shub-Niggurath und Nyarlathotep, und die wiederum von solch seltsamen Wesen wie den Tcho-Tcho-Menschen, Den Tiefen, den Shantaks, den Furchtbaren Schneemenschen und anderen verehrt wurden, von denen manche anscheinend eine Untergattung des Menschen waren; bei anderen wieder handelte es sich eindeutig um Mutationen oder sie waren überhaupt nicht menschlich. Dieses Ergebnis von Dr. Charrieres Forschungen war zwar faszinierend, in keinem einzigen Fall war es ihm jedoch gelungen, eine unumstößliche, beweisbare Verbindung herzustellen. Im Vudu-Kult gab es gewisse Anspielungen auf Saurier; ähnliche Verbindungen treten in der religiösen Kultur des alten Ägypten auf; und es gab auch viele dunkle und quälende Andeutungen von Verbindungen zwischen den Cthulhu-Mythen und Saurierarten, die weit tiefer in die Vergangenheit zurückreichten als Crocodylus und Gavialis, einschließlich Tyrannosaurus und Brontosaurus, Megalosaurus und anderer mesozoischen Reptilien.

Zusätzlich zu diesen interessanten Notizen fanden sich schematische Darstellungen, scheinbar von sehr merkwürdigen Operationen, deren Natur mir zum damaligen Zeitpunkt nicht ganz begreiflich war. Sie waren anscheinend aus uralten Texten übernommen worden, besonders aus einem, der häufig als Quelle angegeben wurde, *De Vermis Mysteriis* von Ludvig Prinn, eine weitere jener dunklen Quellen, die mir gänzlich fremd waren. Die Operationen legten einen Beweggrund nahe, der zu abseitig war, als daß man ihn für bare Münze hätte nehmen können. Eine dieser

Operationen diente dem Zweck, die Haut zu strecken, und bestand aus vielen Einschnitten, die durchgeführt wurden, um »Wachstum zu ermöglichen«. Ein weiterer Eingriff war ein einfacher Kreuzschnitt am Ende des Rückgrats, der den Zweck verfolgte, den »Schwanzknochen zu verlängern«. Was diese phantastischen Skizzen bedeuten mochten, war zu entsetzlich, um in Betracht gezogen zu werden. Dennoch waren diese Eingriffe gewiß ein untrennbarer Bestandteil der sonderbaren Forschungen, die Dr. Charrière jahrelang durchgeführt hatte. Sie lieferten auch eine einleuchtende Erklärung für seine zurückgezogene Lebensweise, handelte es sich dabei doch um ein Vorhaben, das nur im geheimen durchgeführt werden konnte, um ihm nicht den Spott und das Gelächter der anderen Wissenschaftler einzutragen.

Unter den Papieren fanden sich auch gewisse Hinweise, die dergestalt abgefaßt waren, daß ich nicht daran zweifeln konnte, daß es sich um eigene Erfahrungen des Berichtenden handelte. Obwohl sie jedoch alle vor 1850 lagen, in einigen Fällen Jahrzehnte vorher, stammten sie unzweideutig von der Hand Dr. Charrières, so daß – immer die Möglichkeit ausgenommen, daß er die Erfahrungsberichte eines anderen abgeschrieben hatte – es klar wurde, daß er zum Zeitpunkt seines Todes über achtzig Jahre alt war, sogar so beträchtlich älter, daß der bloße Gedanke daran mir unheimlich war und meine Überlegungen auf jenen anderen Dr. Charrière lenkte, der ihm vorangegangen war.

Faßte man Dr. Charrières Lehre zusammen, so lief sie auf die äußerst hypothetische Ansicht hinaus, daß ein Mensch mittels bestimmter Operationen, verbunden mit ungewöhnlichen Praktiken makabrer Natur, die Langlebigkeit erlangen konnte, durch die sich die Saurier auszeichneten; daß die Lebensspanne des Menschen um eineinhalb Jahrhunderte, vielleicht sogar um zwei, verlängert werden konnte; und daß darüber hinaus nach einer in halb bewußtlosem Dämmerzustand an einem feuchten Ort verbrachten Periode, einer Schwangerschaft vergleichbar, das Individuum wieder auftauchen würde, wenn auch etwas im Aussehen verändert, um eine weitere verlängerte Lebensspanne zu beginnen, die infolge der physiologischen *Veränderungen,* die mit ihm stattgefunden hatten, sich notwendigerweise von seiner früheren Daseinsform in mancher Hinsicht unterscheiden mußte. Zur Stützung seiner Ansicht hatte Dr. Charrière lediglich sehr viel Legenden- und Sagenstoff zusammengetragen, dazu gewisse Daten von verwandter Natur und bestenfalls auf Mutmaßungen beruhende Darstellungen eigenartiger menschlicher Mutationen, die es in den vergangenen zweihunderteinundneunzig Jahren gegeben hatte – eine Zahl, welche später für mich eine ganz andere Bedeutung erhalten sollte, als ich erkannte, daß dies exakt die Zeitspanne von der Geburt des früheren Dr. Charriere bis zum Tod des späteren Chirurgen war. Nirgendwo in dieser Fülle des Stoffs fand sich etwas, was einem konkreten Forschungsgang mit überprüfbaren Beweisen auch nur entfernt geähnelt hätte. Andeutungen, verschwommene Hinweise, entsetzliche Mutmaßungen – all das mochte hinreichen, um dem arglosen Leser schreckliche Zweifel und entsetzliche, halbgeformte Überzeugungen einzugeben – es war aber bei weitem zu wenig, um die nüchterne Aufmerksamkeit eines echten Gelehrten zu erregen.

Wie tief ich in Dr. Charrieres Forschungen noch eingedrungen wäre, vermag ich nicht zu sagen.

Wäre *das* nicht eingetreten, was mich unter Entsetzensschreien aus dem Haus in der Benefit Street forttrieb, wäre ich möglicherweise viel weiter gegangen, anstatt das Haus und alles, was es barg, den Ansprüchen eines Nachkommen zu hinterlassen, der, wie ich jetzt weiß, nie kommen wird, so daß das Haus der Stadt zum Abriß anheimfallen wird.

Während ich mir die »Ergebnisse« Dr. Charrieres durch den Kopf gehen ließ, spürte ich, daß ich beobachtet wurde, jene Erscheinung, die man gern als »sechsten Sinn« beschreibt. Da ich mich nicht umdrehen wollte, tat ich das nächstbeste: Ich öffnete meine Taschenuhr, stellte sie vor mich hin und verwendete die Innenseite des auf Hochglanz polierten Gehäuses als eine Art Spiegel, in dem sich die Fenster hinter mir widerspiegelten. In diesem schwachen Widerschein erblickte ich das entsetzliche Zerrbild eines menschlichen Antlitzes. Das erschreckte mich derart, daß ich mich umwandte, um mit eigenen Augen das im Spiegel Erblickte zu sehen. Am Fenster war jedoch außer dem Schatten einer Bewegung nichts zu erkennen. Ich sprang auf, löschte das Licht und eilte zum Fenster. Sah ich damals eine große, merkwürdig gekrümmte Gestalt, die mit geducktem, unbeholfenem Gang in die Dunkelheit des Gartens schlurfte? Ich glaube es, war aber kein solcher Narr, um mich zur Verfolgung hinauszuwagen. Wer immer es war, würde wiederkommen, wie schon in der vorhergegangenen Nacht.

Folglich lehnte ich mich zur Beobachtung zurück und ließ mir verschiedene mögliche Erklärungen durch den Kopf gehen. An der Spitze der Liste möglicher Herkunft meines nächtlichen Besuchers rangierten, das gebe ich zu, die Nachbarn, die seit langem verlangten, daß das Haus Dr. Charrieres abgerissen werde. Möglicherweise wollten sie mich verscheuchen, da ihnen die kurze Mietdauer nicht bekannt war. Möglicherweise befand sich im Arbeitszimmer auch etwas, was sie haben wollten, obwohl diese Vermutung an den Haaren herbeigezogen war, hatten sie doch reichlich Zeit gehabt, das Haus zu durchsuchen, solange es leergestanden hatte. Sicher ist, daß mir die Wahrheit nicht einmal in den Sinn kam. Ich bin von Natur aus nicht skeptischer, als man es von einem Liebhaber alter Dinge eben erwarten kann; die wahre Identität meines Besuchers drängte sich mir nicht auf, trotz all der eigenartigen, ineinander greifenden Umstände, die einem weniger wissenschaftlich ausgerichteten Kopf eher Aufschluß gegeben hätten als mir.

Während ich so im Dunkeln saß, wirkte die Atmosphäre des alten Hauses noch stärker als früher auf mich. Die Dunkelheit schien lebendig zu sein, aber dem Leben von Providence, das rings um uns pulsierte, unglaublich entrückt. Die Dunkelheit im Inneren des Hauses war vielmehr voll von übersinnlichem Niederschlag der Jahre – dem durchdringenden Geruch von Feuchtigkeit und Moschus, welch letzteren man allgemein mit den Reptiliengehegen in Tiergärten verbindet; dem Geruch alten Holzes, alten Kalksteinmauerwerks des Kellers; und dem Geruch des Verfalls, denn im Verlauf der Jahrhunderte hatten Holz und Stein begonnen, sich zu zersetzen. Und da war noch etwas – ein Hauch von einem Geruch, der auf die Nähe eines Tieres deutete und sich mit jedem Augenblick, der verstrich, zu verstärken schien.

Ich saß dort mehr als eine Stunde, ehe ich ein ungewohntes Geräusch vernahm.

Seine Herkunft war erst nicht festzustellen. Zunächst hielt ich es für ein Bellen, ähnlich dem Geräusch, das Alligatoren von sich geben; dann aber hielt ich es weniger für eine Sinnestäuschung meiner überreizten Phantasie als für das wirkliche Geräusch einer zufallenden Tür. Es verging einige Zeit, ehe ein anderes Geräusch an mein Ohr drang – das Rascheln von Papier. Erstaunlicherweise hatte ein Eindringling unter meinen Augen den Weg ins Arbeitszimmer gefunden, ohne daß ich ihn entdeckt hatte! Ich schaltete die Taschenlampe ein, deren Lichtstrahl auf den Tisch wies, den ich eben verlassen hatte.

Was ich sah, war schier unglaublich und entsetzlich. Vor mir stand kein Mensch, sondern das Zerrbild eines Menschen. Einen vernichtenden Augenblick lang glaubte ich, ich würde das Bewußtsein verlieren; doch überkam mich ein Gefühl drängender Gefahr, und ohne seine Sekunde zu zögern, schoß ich viermal aus nächster Entfernung, so daß jeder Schuß, wie ich wußte, den Körper des bestialischen Etwas getroffen haben mußte, das sich in dem finsteren Arbeitszimmer über Dr. Charrieres Schreibtisch beugte.

Von dem, was folgte, habe ich barmherzigerweise nur eine sehr ungefähre Erinnerung. Der Eindringling schlug wild um sich – entkam schließlich – unsicher folgte ich ihm. Ich hatte ihn bestimmt getroffen, denn eine Blutspur führte vom Arbeitszimmer zu dem Fenster, durch das er geflohen war, wobei er Glas und Fensterrahmen zertrümmert hatte. Im Freien glitzerte das Licht meiner Taschenlampe auf den Blutstropfen, so daß ich ihnen unschwer folgen konnte. Selbst ohne diese Spur hätte mir der starke Moschusgeruch, der die Nacht erfüllte, die Verfolgung ermöglicht.

Die Spur führte mich nicht vom Haus auf die Straße, sondern tiefer in den Garten hinein, geradewegs zur Einfassung des Brunnens hinter dem Haus. Und über den Rand *in den Brunnen* hinein, wo ich zum ersten Mal im Schein der Taschenlampe die raffiniert angelegten Stufen erblickte, die in den dunklen Rachen hinunterführten. So groß war der Blutverlust am Brunnenrand, daß ich zuversichtlich hoffte, den Eindringling tödlich verwundet zu haben. Diese Zuversicht war es auch, die mich beflügelte, ihm trotz der offenkundigen Gefahr zu folgen.

Hätte ich nur am Brunnenrand kehrtgemacht und die verfluchte Stätte hinter mir gelassen! So aber kletterte ich die Sprossen der Leiter hinunter, die am Brunnenrand befestigt war – nicht zum Wasser hinunter, wie ich zuerst annahm, sondern zu einem Durchgang, an dem sich der Brunnenschaft zu einem Tunnel öffnete und immer weiter in den Garten hineinführte. Nunmehr zwängte ich mich, angetrieben von brennendem Verlangen herauszufinden, was für ein Wesen mein Opfer sei, in diesen Tunnel, ohne auf das feuchte Erdreich zu achten, das meine Kleidung beschmutzte, hielt die Lampe weit vor mich und die Waffe schußbereit. Vor mir war eine Höhle ins Erdreich gegraben worden – nicht größer, als daß ein Mensch mit aufrechtem Oberkörper darin knien konnte – und im Schein meiner Taschenlampe stand ein Sarg, bei dessen Anblick ich kurz zögerte. Ich erkannte nämlich, daß der Verlauf des Tunnels vom Brunnen zum Grab des Dr. Charriere führte.

Ich war jedoch zu weit vorgedrungen, um mich zurückzuziehen. Der Gestank in diesem engen Schlauch war nahezu unbeschreiblich. Sämtliche Tunnelabschnitte waren zum Erbrechen mit dem starken Moschusgeruch von Reptilien erfüllt. Die Luft war so dick, daß ich mich zwingen mußte, mich zum Sarg vorzukämpfen. Ich trat an ihn heran und bemerkte, daß er geöffnet war. Die Blutspur führte an den Sargrand und in den Sarg hinein. Von brennender Neugier und einer dumpfen Furcht vor dem, was ich finden mochte, getrieben, richtete ich mich auf die Knie auf und ließ das zitternde Licht in den Sarg fallen.

Mag man mir ruhig vorwerfen, daß mich nach so vielen Jahren mein Gedächtnis im Stich läßt! Was ich im Sarg erblickte, ist jedoch meiner Erinnerung unauslöschlich eingeprägt. Im Lampenlicht lag nämlich ein vor kurzem verendetes Wesen, und das Entsetzen übermannte mich, als ich mir überlegte, was sein Dasein zu bedeuten hatte. Das war das Etwas, das ich getötet hatte. Halb Mensch, halb Saurier, ein gespenstisches Zerrbild dessen, was einst ein Mensch gewesen war. Die Kleider waren von den schrecklichen Wandlungen des Fleisches zerrissen und zerfetzt, von der verkrusteten Haut, die ihre Bande gesprengt hatte. Die Hände und bloßen Füße waren flach, gewaltig anzusehen, klauenähnlich. Ich starrte in sprachlosem Grauen auf den schauderhaften Schwanzansatz, der stumpf aus dem Steiß hervorwuchs, auf die grausig langgewachsenen Krokodilskiefer, auf denen noch immer ein Büschel Haare wuchs, einem Ziegenbart nicht unähnlich ...

All das nahm ich wahr, bevor mich eine barmherzige Bewußtlosigkeit umfing: *Denn ich hatte genug gesehen, um zu erkennen, was in dem Sarg lag – er, der dort seit 1927 in todesähnlicher Erstarrung gelegen und darauf gewartet hatte, daß die Reihe an ihn käme, in entsetzlich geänderter Form wieder zum Leben zu erwachen – Dr. Jean-François Charriere, Chirurg, geboren in Bayonne im Jahr 1636, »gestorben« in Providence im Jahr 1927 – und mir wurde bewußt, daß der Nachkomme, von dem in seinem Testament die Rede war, niemand anderer war als er selbst, wiedergeboren, erneuert durch ein höllentiefes Wissen um in Vergessenheit geratene gespenstische Riten, die älter waren als der Mensch, so alt wie die Urerde in ihrem Frühling, auf der gewaltige Bestien einander im Kampfe zerfleischten!*

Das Erbe der Peabodys

I

Meinen Urgroßvater Asaph Peabody habe ich nie kennengelernt, obwohl ich schon fünf Jahre alt war, als er auf seinem stattlichen alten Besitz nordöstlich der Stadt Wilbraham in Massachusetts starb. Aus der Kindheit erinnere ich mich an einen Besuch dort zu einer Zeit, als der Alte krank darniederlag; Vater und Mutter stiegen zu seinem Schlafzimmer hinauf, ich aber blieb mit dem Kindermädchen unten und bekam ihn nicht zu Gesicht. Dem Vernehmen nach war er wohlhabend, aber die Zeit nagt am Reichtum wie an allen Dingen, denn selbst Stein ist vergänglich, und sicherlich ist von gewöhnlichem Geld nicht zu erwarten, daß es den verheerenden Auswirkungen der zunehmenden Besteuerung widersteht; so schrumpfte es bei jedem Ableben ein bißchen mehr. Und in unserer Familie gab es viele Todesfälle, angefangen vom Tod meines Urgroßvaters im Jahre 1907. Zwei Onkel starben danach – einer fiel an der Westfront und ein anderer ging mit der *Lusitania* unter. Da ein dritter schon vor ihnen gestorben war und keiner von ihnen je geheiratet hatte, fiel der Besitz beim Tod meines Großvaters im Jahre 1909 an meinen Vater.

Mein Vater war kein Provinzler, obwohl die meisten seiner Vorfahren aus der Provinz stammten. Er hatte wenig Neigung zum Landleben und machte keine Anstalten, sich weiter um den Grundbesitz zu kümmern, den er geerbt hatte, außer das Vermögen meines Urgroßvaters in verschiedene Geldanlagen in Boston und New York zu investieren. Auch meine Mutter teilte keineswegs mein Interesse für das ländliche Massachusetts. Dennoch widersetzten sich beide einem Verkauf, auch wenn meine Mutter in einem Fall, als ich vom College in den Ferien daheim war, vorschlug, den Besitz zu verkaufen, was ihr mein Vater frostig abschlug; ich weiß noch, wie er plötzlich erstarrte – es gibt kein passenderes Wort, um seine Reaktion zu beschreiben – und auf welch seltsame Weise er das »Erbe der Peabodys« erwähnte. Aber auch seine sorgfältig gewählten Worte bleiben mir unvergessen: »Großvater hat vorausgesagt, daß einer aus seinem Geschlecht das Erbe antreten werde.« Meine Mutter hatte nur verächtlich gefragt: »Welches Erbe? Hat es dein Vater denn nicht fast ganz durchgebracht?« Worauf mein Vater nichts erwiderte und seinen Standpunkt auf der eisigen Andeutung beruhen ließ, es gebe gute Gründe, warum der Besitz nicht verkauft werden könne, so als handle es sich um ein unveräußerliches Erbe, wogegen es kein Rechtsmittel gebe. Und doch setzte er nie den Fuß auf das Grundstück; die Steuern wurden regelmäßig von einem gewissen Ahab Hopkins beglichen, einem Anwalt in Wilbraham, welcher meinen Eltern über den Besitz Berichte lieferte, obwohl sie diese nie zur Kenntnis nahmen und jeden Vorschlag zur »Erhaltung« verwarfen, indem sie erklärten, das hieße, Geld in ein »Faß ohne Boden« zu stecken. .

Man ließ den Besitz in voller Absicht verwahrlosen, und so blieb er auch. Der Anwalt hatte ein- oder zweimal den halbherzigen Versuch unternommen, ihn zu verpachten, aber selbst ein kurzer Wirtschaftsaufschwung in Wilbraham hatte lediglich vorübergehend Mieter auf das alte Anwesen gebracht, und der Sitz der Peabodys zollte unausweichlich der Zeit und der Witterung seinen Tribut. Als ich durch den plötzlichen Tod meiner Eltern bei einem Autounfall im Herbst 1929 den Besitz erbte, befand er sich in einem kläglichen Zustand des Verfalls. Nichtsdestoweniger faßte ich bei dem Wertverfall von Grundeigentum, der auf die in diesem Jahr eingeläutete Wirtschaftskrise folgte, den Entschluß, meinen Bostoner Besitz zu veräußern und das Haus außerhalb Wilbrahams für den Eigenbedarf instandzusetzen. Nach dem Tod meiner Eltern hatte ich mein Auskommen, so daß ich es mir leisten konnte, die Rechtsanwaltspraxis aufzugeben, die von mir immer mehr an Genauigkeit und Einsatz verlangt hatte, als mir die Sache wert war.

Diesen Plan konnte ich jedoch erst in die Tat umsetzen, sobald zumindest Teile des alten Hauses wieder bewohnbar gemacht worden waren. Das Gebäude war das Werk vieler Generationen. Es war 1787 errichtet worden, zunächst als einfaches Haus im Kolonialstil, mit strengen Linien, einem unvollendeten Obergeschoß und vier eindrucksvollen Säulen auf der Vorderseite. Im Lauf der Zeit war dieser Teil jedoch zum Kern des Hauses geworden, zu seinem Herz sozusagen. Nachfolgende Generationen hatten Um- und Anbauten vorgenommen – zuerst hatten sie eine Freitreppe und ein Obergeschoß, dann verschiedene Flügel und Nebengebäude angefügt, so daß es zu der Zeit, da ich es zu meinem Wohnsitz machen wollte, ein ausgedehnter, verzweigter

Bau war, der mehr als einen Morgen Bodens bedeckte, rechnet man zum eigentlichen Haus den Rasen und die Gärten hinzu, die ebenso vernachlässigt waren wie das Gebäude.

Die strengen kolonialen Züge waren vom Alter und von weniger rücksichtsvollen Bauherren weicher gemacht worden, und die Architektur war nicht mehr unverfälscht, denn ein Walmdach wetteiferte mit dem Mansardendach, kleine Fensterscheiben mit großen, figurengeschmückte und reich gegliederte Gesimse mit schmucklosen, Mansarden mit durchgehendem Dach. Insgesamt erweckte das alte Haus keinen unangenehmen Eindruck, aber auf jeden Menschen mit Architekturverständnis muß es als bedauerliches und unglückliches Sammelsurium verschiedener Architekturstile und Ornamentierungen gewirkt haben. Jeder derartige Eindruck wurde jedoch gewiß durch die alten Ulmen und Eichen mit ihren weitausladenden Kronen abgeschwächt, die das Haus von allen Seiten mit Ausnahme des Gartens bedrängten, welcher außer von den lange wild wachsenden Rosen von jungen Pappeln und Birken in Besitz genommen worden war. Das ganze Haus machte daher trotz der im Lauf der Zeit erfolgten Anbauten und der unterschiedlichen Geschmacksrichtungen den Eindruck verblichener Größe, und selbst seine ungestrichenen Wände harmonierten mit den gewaltigen Baumriesen rings um den Bau.

Das Haus hatte nicht weniger als siebenundzwanzig Räume. Von diesen wählte ich für die Renovierung drei Zimmer in der Südwestecke aus, und während des ganzen Herbstes und frühen Winters fuhr ich regelmäßig von Boston herauf, um den Fortschritt des Unternehmens im Auge zu behalten. Die Reinigung und das Wachsen des alten Holzes brachte seine schöne Farbe wieder zur Geltung, der Stromanschluß nahm den Räumen die düstere Schwermut, und nur die Wasserleitung hielt mich bis spät in den Winter hinein auf; erst am 24. Februar war ich imstande, meinen Wohnsitz im Haus meiner Vorfahren zu nehmen. Einen Monat lang hielten mich dann die Pläne für das übrige Haus beschäftigt, und obwohl ich ursprünglich daran gedacht hatte, einige der Anbauten abzureißen und die ältesten Teile des Gebäudes zu erhalten, gab ich diese Absicht bald auf und beschloß, das Haus so zu belassen, wie es war, denn es hatte einen überzeugenden Liebreiz, der zweifellos von den vielen Generationen herrührte, die dort gewohnt hatten, aber auch vom Wesen der Ereignisse, die sich innerhalb seiner Mauern zugetragen hatten.

Innerhalb dieses einen Monats hatte mich das Haus ganz für sich eingenommen, und was in erster Linie als zeitweiliger Umzug gedacht gewesen war, nahm ich jetzt freudig als Lebensziel an. Leider aber nahm dieses Ideal solche Ausmaße für mich an, daß es mich bald zu einer grandiosen Abschweifung führte, die mein Ziel unmerklich änderte und mich aus dem gewohnten Gleis auf einen Kurs warf, den ich keineswegs hatte einschlagen wollen. Ich faßte nämlich den Entschluß, die sterblichen Überreste meiner Eltern, die vor kurzem in einem Grab in Boston beigesetzt worden waren, in die Familiengruft zu bringen, die in Sichtweise des Hauses in einen Hang hineingegraben worden war, jedoch etwas abgesetzt von der Straße, die an der Vorderseite des Grundstücks vorbeiführte. Überdies hatte ich vor, die Gebeine meines toten Onkels, die irgendwo in Frankreich ruhten, in die Vereinigten Staaten zu überführen, wenn es sich ermöglichen ließe, und damit die Familie so weit wie möglich auf dem Familiengrundstück bei Wilbraham zu vereinigen. Es war eben ein Plan, wie er einem Junggesellen in den Sinn kommen mochte, der zudem wie ich während der kurzen Zeitspanne eines Monats zu einem zurückgezogen lebenden Einzelgänger geworden war, umgeben von den Architekturplänen und Legenden des alten Hauses, das jetzt in ein neues Leben eintrat, in einer neuen Epoche, die weit von seinen einfachen Anfängen entfernt war.

In Verfolgung dieses Plans begab ich mich eines Märztages zur Familiengruft, versehen mit den Schlüsseln, die mir der Nachlaßverwalter übergeben hatte. Die Gruft wirkte keinesfalls aufdringlich; gewöhnlich war von ihr nichts zu sehen außer der massiven Tür, denn sie war in einen natürlichen Hang hineingebaut worden und wurde beinahe völlig von den Bäumen verdeckt, die jahrhundertelang gewachsen waren, ohne je gestutzt worden zu sein. Tür und Gewölbe waren so gebaut, daß sie die Jahrhunderte überdauern würden; die Gruft war beinahe so alt wie das Haus, und seit Generationen war vom alten Jedediah, dem ersten Bewohner des Hauses, an jedes Mitglied der Familie Peabody dort bestattet worden. Die Tür leistete einen gewissen Widerstand, da sie seit Jahren nicht mehr geöffnet worden war, aber schließlich gab sie meinen Bemühungen nach und die Gruft lag offen vor mir.

Die Toten der Peabodys lagen in ihren Särgen – siebenunddreißig an der Zahl, manche in Nischen, manche im Gewölbe selbst.

Einige der Nischen, in denen die frühesten Peabodys gelegen hatten, enthielten nur mehr die Überreste von Särgen, während der für Jedediah bestimmte Platz völlig leer war; es gab nicht einmal Staub, der angezeigt hätte, daß Sarg und Leichnam einst an dieser Stelle geruht hatten. Sie waren der Reihenfolge nach angeordnet, mit Ausnahme des Sarges, der den Leichnam meines Urgroßvaters Asaph Peabody enthielt; dieser schien auf eigenartige Weise aus der Reihe der anderen Särge jüngeren Datums – meines Großvaters und Onkels – gerückt worden zu sein, die keine eigenen Nischen hatten, sondern auf einer Felsbank ruhten, die von der Nischenwand aus in den Raum ragte. Überdies sah es so aus, als habe jemand den Sargdeckel abgehoben oder anzuheben versucht, denn eines der Scharniere war zerbrochen und das andere locker.

Mein Versuch, den Sarg meines Urgroßvaters zurechtzurücken, erfolgte rein instinktiv, aber dabei wurde der Sargdeckel noch weiter verrückt und glitt teilweise vom Sarg; so enthüllte er meinem überraschten Blick, was von Asaph Peabody übriggeblieben war. Ich bemerkte, daß er infolge eines entsetzlichen Irrtums mit dem Gesicht nach unten begraben worden war – ich mochte nicht einmal so lange Zeit nach seinem Tode daran denken, daß der Alte vielleicht im scheintoten Zustand begraben worden war und möglicherweise in dem engen, luftlosen Verlies einen schmerzhaften Tod erlitten hatte. Nur Knochen waren noch erhalten, Knochen und Teile der Kleidung. Nichtsdestoweniger fühlte ich mich gedrängt, den Irrtum oder Zufall zu berichtigen, was immer es sein mochte; daher entfernte ich den Sargdeckel gänzlich und drehte pietätvoll den Schädel und die Gebeine so um, daß das Skelett meines Urgroßvaters in gehöriger Stellung lag. Diese Handlung, die unter anderen Umständen grausig gewirkt hätte, schien nur ganz natürlich, denn die Gruft war erfüllt vom Sonnenschein und von den Schatten, die den Boden durch die offenstehende Tür sprenkelten, und zu jener Stunde war sie durchaus kein freudloser Ort. Aber ich war schließlich gekommen, um mich zu vergewissern, wieviel Platz in der Gruft noch vorhanden war, und ich stellte befriedigt fest, daß noch genügend Raum für meine Eltern war, ebenso für den Onkel – falls seine Gebeine gefunden und von Frankreich hierher überführt werden konnten – und schließlich auch für mich.

Ich beschloß daher, meine Pläne in die Tat umzusetzen, ließ die Gruft gut verschlossen hinter mir und kehrte ins Haus zurück, wobei ich mir durch den Kopf gehen ließ, wie ich die sterblichen Überreste meines Onkels ins Land seiner Geburt zurückbringen könnte. Ohne Säumen schrieb ich nun an die zuständigen Behörden in Boston wegen der Exhumierung meiner Eltern und bat auch die Bezirksbehörden meines jetzigen Wohnortes um die Erlaubnis, meine Eltern in der Familiengruft beisetzen zu dürfen.

II

Jene einzigartige Kette von Ereignissen, in deren Mittelpunkt das alte Anwesen der Peabodys stand, begann, soweit ich mich erinnern kann, noch in jener Nacht. Es stimmt auch, daß ich die diskrete Warnung erhalten hatte, mit dem Haus könne vielleicht etwas nicht in Ordnung sein, denn der alte Hopkins hatte mich bei der Schlüsselübergabe, als ich mich bei ihm einfand, um das Haus in Besitz zu nehmen, ausdrücklich gefragt, ob ich diesen Schritt wirklich wagen wolle, und er hatte gleichermaßen nachdrücklich darauf hingewiesen, daß das Haus »ein sehr einsamer Ort« sei, daß die Bauern der Nachbarschaft »den Peabodys nie sehr freundlich gesinnt waren«, und daß es »immer schwierig gewesen war, Pächter dort zu halten«. Es sei einer jener Orte, meinte er beinahe voll Behagen, einen eigenen Standpunkt vortragen zu können, »wo nie jemand ein Picknick hält. *Dort* findet man nie Pappteller oder Servietten!« – Eine Überfülle von Andeutungen, aber durch nichts war der Alte dazu zu bewegen gewesen, mit Tatsachen herauszurücken, denn anscheinend gab es keine andere Tatsache als die, daß die Nachbarn einen Besitz von solcher Größe inmitten ausgezeichneten Ackerlandes mit Mißgunst betrachteten. Und wirklich erstreckte sich dies Land rings um meinen zumeist bewaldeten Besitz von nur 40 Morgen – saubere Felder, Steinwälle, Lattenzäune, an denen Bäume wuchsen und Buschwerk den Vögeln Zuflucht bot. Geschwätz eines alten Mannes, dachte ich, das seine Verwandtschaft mit den Bauern rings um mich her diesem eingab: ein gesetzter, robuster Yankee-Schlag, keinen Deut anders als die Peabodys, abgesehen davon, daß sie härter und vielleicht länger schufteten.

In jener Nacht jedoch, in der die Märzwinde heulend zwischen die Bäume rings ums Haus fuhren, erfaßte mich plötzlich die Idee, ich sei nicht allein im Haus. Da war ein Geräusch zu vernehmen, nicht so sehr von Schritten als von einer *Bewegung* irgendwo oben, welches sich jeder Beschreibung entzieht, aber von jemand zu stammen schien, der auf engem Raum hin und her geht, hin und her, hin und her. Ich erinnere mich, daß ich in die große dunkle Diele hinaustrat, in welche die Freitreppe hinabführte, und nach oben in die Dunkelheit lauschte, denn das Geräusch schien die Treppe herabzukommen, zuweilen ganz deutlich, zuweilen als bloßes Rascheln. Ich stand da, lauschte und lauschte, versuchte, einen Ursprung festzustellen, bemühte mich, mit meinen Erklärungsversuchen eine Begründung dafür hervorzuzaubern, denn zuvor hatte ich es nicht gehört; zu guter Letzt kam ich zu dem Schluß, daß ein Ast im Wind gegen das Haus schlug, hin und her. Mit dieser Überzeugung kehrte ich in meine Räume zurück und zerbrach mir nicht mehr den Kopf darüber – nicht, daß das Geräusch aufgehört hätte, das war keineswegs der Fall, aber ich hatte für sein Vorhandensein eine rationale Erklärung gefunden.

Nicht so leicht fiel es mir, eine Erklärung für meine Träume in jener Nacht zu finden. Obwohl ich in der Regel überhaupt nicht zum Träumen neige, wurde ich buchstäblich von den groteskesten Phantasmen des Schlafes heimgesucht. In ihnen spielte ich eine durchaus passive Rolle und war allen möglichen Verzerrungen von Raum und Zeit, Sinnestäuschungen und mehrmals für Augenblicke dem furchteinflößenden Anblick einer schattenhaften Gestalt in einem kegelförmigen schwarzen Hut und eines gleichermaßen schattenhaften Geschöpfes ausgesetzt. Ich erblickte sie wie durch ein dunkles Glas, die Landschaft im Dämmerlicht wie durch ein Prisma. In Wahrheit litt ich nicht so sehr unter Träumen als unter Traumfragmenten, von denen keines einen Anfang oder ein Ende hatte, sondern die mich in eine gänzlich bizarre und fremde Welt entführten wie durch eine andere Dimension, von der ich in der erdverbundenen Welt jenseits des Schlafes keine Ahnung hatte. Ich überstand diese ruhelose Nacht jedoch, wenn auch etwas mitgenommen.

Am nächsten Tag schon erfuhr ich von dem Architekten, der kam, um mit mir die Pläne für die weitere Renovierung zu erörtern, einen interessanten Umstand. Er war ein junger Mann, der keinen der altmodischen Ansichten über alte Häuser anhing, wie sie in entlegenen ländlichen Gebieten häufig zu finden waren. »Wenn man sich das Haus ansieht«, meinte er, »würde man nie auf den Gedanken kommen, daß es in ihm eine Geheimkammer gibt, nicht wahr?« und breitete seine Pläne vor sich aus.

»Wirklich?« fragte ich.

»Vielleicht ein ›Priesterloch‹«, vermutete er. »Oder für entlaufene Sklaven.«

»Ich habe es nie gesehen.«

»Ich auch nicht. Aber schauen Sie hier...« Und er zeigte mir auf den Plänen, die er aus den Fundamenten und den uns bekannten Räumen rekonstruiert hatte, daß es im Obergeschoß an der Nordmauer, im ältesten Teil des Hauses, einen Raum gab, der nicht eingezeichnet war. Gewiß kein Priesterloch; unter den Peabodys gab es keine Papisten. Entlaufene Sklaven aber – vielleicht. Wenn das jedoch der Fall war, warum war die Kammer so früh entstanden, noch ehe genug entlaufene Sklaven den Weg nach Kanada einschlugen, die den Raum hätten rechtfertigen können? Nein, es mußte sich um etwas anderes handeln.

»Glauben Sie, daß Sie den Raum finden können?« fragte ich ihn.

»Er muß da sein.«

Und er war auch da. Geschickt verborgen, wenn auch das Fehlen eines Fensters in der Nordmauer des Schlafzimmers schon früher zu Nachforschungen hätte führen müssen. Der Zugang war in dem feinen Schnitzwerk verborgen, das die ganze aus roter Zeder bestehende Wand verzierte. Hätten wir nicht gewußt, daß es den Raum geben mußte, hätten wir kaum die Tür entdeckt, die keine Klinke hatte und die sich öffnete, wenn man auf eine bestimmte Stelle des Schnitzwerks drückte, was der Architekt herausfand und nicht ich, denn ich hatte kein Talent für derlei Dinge. Das fiel jedoch eher in das Fach eines Architekten als in mein eigenes, und ich hielt nur lang genug inne, um den verrosteten Türmechanismus zu betrachten, bevor ich in das Zimmer trat.

Es war ein kleiner, beengter Raum. Doch war er größer als ein Priesterloch; ein Mensch konnte darin aufrecht an die drei Meter gehen, auch wenn die Dachschräge jedes Gehen in die andere Richtung unmöglich machte. In der Längsrichtung ja; quer zur Wand nein. Mehr noch, alles in dem Raum deutete darauf hin, daß er in der Vergangenheit bewohnt gewesen war, denn er war unverändert belassen, es waren noch immer Bücher und Papiere da, auch Stühle fehlten nicht, die an einem winzigen Schreibtisch vor der einen Wand benutzt worden waren.

Der Raum bot den eigenartigsten Anblick. Zwar war er winzig, doch offenbar schiefwinklig, als wäre der Erbauer entschlossen gewesen, den Besucher in Verwirrung zu stürzen. Auf dem Boden waren überdies merkwürdige Entwürfe eingezeichnet, einige von ihnen waren tatsächlich auf grobe und barbarische Art in die Dielenbretter eingeritzt worden, annähernd kreisförmig, mit allerlei merkwürdig abstoßenden Zeichnungen am Außen- und Innenrand. Auch der Schreibtisch wirkte ähnlich abstoßend, denn er war schwarz und nicht braun, und überraschenderweise wirkte er wie versengt; es hatte wirklich den Anschein, als habe er nicht nur als Schreibtisch gedient. Auf ihm befanden sich ein Stoß Bücher, die wie alte, in eine Art Leder gebundene Folianten aussahen, aber auch eine Art Manuskript, das ebenfalls in Leder eingebunden war.

Ich hatte jedoch keine Zeit für eine Untersuchung, denn der Architekt war bei mir, und da er alles gesehen hatte, was er sehen wollte, nämlich genug, um seinen Verdacht, daß es einen solchen Raum gab, bestätigt zu finden, wollte er nichts wie weg.

»Soll der Raum weg, sollen wir ein Fenster einsetzen?« fragte er und fügte hinzu: »Sie wollen ihn natürlich nicht behalten.«

»Ich weiß nicht«, antwortete ich. »Ich bin mir nicht sicher. Hängt davon ab, wie alt er ist.«

Wenn das Zimmer so alt war, wie ich glaubte, dann würde ich natürlich zögern, es zu zerstören. Ich wollte die Möglichkeit haben, ein bißchen herumzustöbern, die alten Bücher in Augenschein zu nehmen. Übrigens gab es keinen Grund zur Hast, ich mußte die Entscheidung nicht auf der Stelle treffen, denn es gab genug sonst für den Architekten zu tun, bevor wir uns über den verborgenen Raum oben den Kopf zerbrechen mußten, und dabei blieb es vorerst.

Ich hatte fest vorgehabt, am nächsten Tag in den Raum zurückzukehren, aber bestimmte Ereignisse kamen dazwischen. Erstens verbrachte ich eine weitere sehr unruhige Nacht als Opfer wiederkehrender Träume, die mich verstörten und die ich mir nicht erklären konnte, da ich nie anders geträumt hatte denn als Begleiterscheinung einer Krankheit. Diese Träume handelten, was vielleicht nicht ganz unnatürlich war, von meinen Vorfahren, insbesondere von einem rauschebärtigen alten Burschen, der einen kegelförmigen schwarzen Hut seltsamer Machart trug, und dessen Gesicht, welches mir im Traum so fremd war, in Wirklichkeit meinem Urgroßvater Asaph gehörte, wie ich am nächsten Morgen anhand einer Reihe von Familienbildern feststellte. Dieser Ahne schien in einer außergewöhnlichen Fortbewegung durch die Luft begriffen zu sein, so als fliege er. Ich erblickte ihn, wie er durch Mauern schritt, auf Luft ging, sich zwischen den Wipfeln der Bäume abzeichnete. Und wohin er auch ging, stets wurde er von einer großen schwarzen Katze begleitet, die die gleiche Fähigkeit hatte, sich über die Gesetze von Zeit und Raum hinwegzusetzen. Meine Träume waren nicht fortlaufend und zeigten nicht einmal innere Geschlossenheit; es handelte sich um eine gemischte Szenenfolge, in der mein Urgroßvater, seine Katze, sein Haus und sein Besitz als beziehungslose Tableaux vorkamen. Sie standen zweifelsohne mit meinen Träumen aus der vorhergehenden Nacht in Beziehung und wurden erneut von allen undimensionierten Ausschmückungen der ersten nächtlichen Erlebnisse begleitet, von denen sie sich nur durch größere Klarheit unterschieden. Diese Träume störten mich beharrlich während der ganzen Nacht.

So war ich nicht in der Laune, vom Architekten zu hören, daß es bei der Fortführung der Arbeiten am Haus der Peabodys eine weitere Verzögerung geben würde. Er lieferte nur widerstrebend und unwillig eine Erklärung, aber ich ließ nicht locker, bis er schließlich zugab, daß die angeworbenen Arbeitskräfte ihm in früher Morgenstunde bekanntgegeben hatten, daß keiner von ihnen bei diesem »Job« mitmachen wolle. Nichtsdestoweniger, versicherte er mir, würde er unschwer billige polnische oder italienische Tagelöhner in Boston anwerben können, wenn ich nur ein bißchen Geduld hätte. Mir blieb nichts anderes übrig, in Wahrheit jedoch war ich nicht so verärgert, wie ich tat, denn ich begann gewisse Zweifel an der Klugheit all der Umbaumaßnahmen zu hegen, die ich vorhatte. Schließlich mußte ein Teil des alten Hauses nur verstärkt werden, denn viel von der Anziehungskraft des alten Baues lag in seinem Alter. Ich bat den Architekten daher dringend, sich keineswegs zu beeilen, und ging fort, um jene Besorgungen zu machen, die ich mir in Wilbraham vorgenommen hatte.

Ich hatte kaum damit angefangen, als mir auffiel, daß die Ortsansässigen eine höchst mürrische Haltung an den Tag legten. Hatten sie mich bisher überhaupt nicht beachtet, da mich viele von ihnen gar nicht kannten, oder nur flüchtig gegrüßt, wenn sie meine Bekanntschaft gemacht hatten, fand ich an jenem Morgen eine ganz andere Einstellung vor – niemand wollte mit mir sprechen oder gesehen werden, wie er mit mir sprach. Selbst die Geschäftsleute waren überaus kurz angebunden, wenn nicht ausgesprochen grob; ihr Verhalten zeigte deutlich, daß sie es vorziehen würden, wenn ich meine Einkäufe anderswo besorgte. Ich überlegte mir, daß sie möglicherweise von meinen Plänen erfahren hatten, das alte Haus der Peabodys instand zu setzen, und daß sie aus zwei verwandten Gründen dagegen sein mochten – einerseits aus der Befürchtung heraus, daß die Renovierung zur Zerstörung seines Charmes beitragen würde, oder andererseits, daß sie einem Besitz eine weitere, längere Lebensspanne verleihen würde, den die Bauern im Umkreis viel lieber selbst bestellen würden, sobald das Haus und der Wald weg wären.

Diese Gedanken machten jedoch bald Empörung Platz. Ich war kein Aussätziger und verdiente nicht, wie ein Aussätziger behandelt zu werden, und als ich schließlich das Büro von Ahab Hopkins aufsuchte, machte ich mir in weit kräftigeren Worten Luft, als es sonst meine Gewohnheit war, obwohl ihm das, wie ich merkte, Unbehagen bereitete.

»Hm, Mr. Peabody«, versetzte er und suchte meine Aufwallung wieder zu besänftigen. »Ich würde das nicht zu ernst nehmen. Schließlich haben diese Leute einen schmerzlichen Schock erlitten und befinden sich in einer bösen, mißtrauischen Verfassung. Außerdem sind sie im Grunde ein abergläubisches Völkchen. Ich bin ein alter Mann, und ich habe sie nie anders gekannt.«

Hopkins feierlicher Ernst ließ mich innehalten. »Ein Schock, sagen Sie. Verzeihen Sie – ich weiß von nichts.«

Er bedachte mich mit einem höchst eigenartigen Blick, der mich beklommen machte. »Mr. Peabody, zwei Meilen von Ihnen weiter die Straße hinauf wohnt eine Familie namens Taylor. Ich kenne George gut. Sie haben zehn Kinder. Oder vielleicht sollte ich besser sagen, sie ›hatten‹. Letzte Nacht wurde ihr zweitjüngstes, ein Kind von etwas mehr als zwei Jahren, aus dem Bettchen verschleppt und ist spurlos verschwunden.«

»Das tut mir leid. Aber was hat das mit mir zu tun?«

»Nichts, Mr. Peabody, davon bin ich überzeugt. Aber Sie sind hier verhältnismäßig fremd und, nun ja – Sie müssen es früher oder später erfahren – der Name Peabody ist hier bei vielen Einwohnern der Gemeinde nicht wohlgelitten, um die Wahrheit zu sagen, eher verhaßt.«

Ich war verblüfft und machte keinen Versuch, es zu verbergen.

»Aber warum?«

»Weil es viele Leute gibt, die auf jeden möglichen Klatsch und jedes Gerede hören, ganz gleich wie lächerlich sie sein mögen«, entgegnete Hopkins. »Sie sind alt genug, um zu wissen, daß das der Fall ist, auch wenn Sie mit dem Landleben hier nicht vertraut sind, Mr. Peabody. Über Ihren Urgroßvater waren in meiner Jugend alle möglichen Geschichten in Umlauf, und da zu der Zeit, da er den Hof besaß, kleine Kinder öfter auf eine böse Weise verschwanden, von denen nie mehr eine Spur gefunden wurde, besteht möglicherweise die natürliche Neigung, die zwei Ereignisse miteinander in Verbindung zu bringen – ein neuer Peabody auf dem Hof, und die Ereignisse, die mit einem anderen Peabody in Verbindung gebracht wurden, als er dort ansässig war, wiederholen sich.«

»Ungeheuerlich!« rief ich aus.

»Zweifellos«, stimmte mir Hopkins mit beinahe abartiger Freundlichkeit zu, »aber so ist es eben. Außerdem haben wir jetzt April. In kaum einem Monat ist Walpurgisnacht.«

Ich fürchte, meine Miene muß so ausdruckslos gewirkt haben, daß sie ihn verwirrte.

»Ach, hören Sie mal, Mr. Peabody«, versetzte Hopkins mit falscher Kumpelhaftigkeit, »Sie wissen bestimmt, daß Ihr Urgroßvater als Hexenmeister galt!«

Tief aufgewühlt verabschiedete ich mich von ihm. Trotz meiner Erschütterung und Empörung, trotz meiner Entrüstung über die Art und Weise, wie die Ortsansässigen mir ihre Verachtung und – ja, Furcht zeigten, verstörte mich noch mehr der nagende Verdacht, daß den Ereignissen der vorangegangenen Nacht und des heutigen Tages eine beunruhigende Logik eigen war. Ich hatte von meinem Urgroßvater auf höchst seltsame Weise geträumt, und nun vernahm ich, daß von ihm noch weitaus ungeschminkter gesprochen wurde. Jetzt wußte ich schon genug, um zu erkennen, daß die Ortsansässigen meinen Urgroßvater in ihrem Aberglauben als männliches Gegenstück einer Hexe angesehen hatten – als Hexenmeister oder Zauberer; wie sie ihn auch genannt haben mochten, dafür jedenfalls hielten sie ihn. Ich versuchte gar nicht mehr, den Einheimischen, die den Kopf abwandten, wenn ich näher kam, auch nur gewöhnliche Höflichkeit entgegenzubringen, sondern stieg in meinen Wagen und fuhr zum Haus hinaus. Dort wurde meine Geduld auf eine weitere Probe gestellt, denn an der

Vordertür fand ich eine grobe Warnung angenagelt – ein Stück Papier, auf das ein feindselig gesinnter Nachbar, der kaum schreiben konnte, mit Bleistift gekritzelt hatte: »Verschwint – sons gips was!«

III

Möglicherweise wurde aufgrund dieser bedrückenden Ereignisse mein Schlaf in dieser Nacht noch stärker von Träumen heimgesucht als in den vorangegangenen Nächten. Bis auf einen wesentlichen Unterschied – die Szenen, die mir vor Augen kamen, während ich mich ruhelos im Schlaf herumwarf, hatten jetzt mehr Zusammenhang. Wiederum stand mein Urgroßvater, Asaph Peabody, im Mittelpunkt, aber jetzt war seine Miene so bösartig geworden, daß er bedrohlich wirkte, und seine Katze begleitete ihn mit gesträubtem Nackenhaar, angelegten Ohren und hochgestrecktem Schwanz – ein Ungeheuer, das neben oder hinter ihm dahinglitt oder dahinschwebte. Er trug etwas – etwas Weißes oder Fleischfarbenes, aber die Verschwommenheit meines Traumes erlaubte mir nicht, es zu erkennen. Er schritt durch die Wälder, über den Boden, zwischen den Bäumen; er überwand enge Durchgänge, und einmal, dessen war ich mir sicher, befand er sich in einem Grab oder in einer Gruft. Ich erkannte auch manche Teile des Hauses. In meinen Träumen war er jedoch nicht allein – im Hintergrund lungerte immer ein schattenhafter, aber ungeheuerlicher schwarzer Mann herum – kein Neger, sondern ein Mensch von solch lebhafter Schwärze, daß er buchstäblich dunkler als die Nacht war, jedoch mit flammenden Augen, die aus lebendigem Feuer zu bestehen schienen. Alle Arten niederer Wesen waren um diesen Menschen – Fledermäuse, Ratten, schaurige kleine Geschöpfe, halb Mensch, halb Ratte. Überdies hatte ich gleichzeitig akustische Halluzinationen, denn von Zeit zu Zeit schien es mir, als höre ich ein ersticktes Weinen, als leide ein Kind Schmerzen, und zur gleichen Zeit ein entsetzliches, kicherndes Gelächter, zu dem eine Singsangstimme erklärte: »Asaph wird wieder *sein*. Asaph wird wieder *wachsen*.«

Ja, als ich schließlich aus diesem anhaltenden Alptraum erwachte, gerade als sich die Morgendämmerung im Zimmer bemerkbar machte, hätte ich schwören mögen, daß mir das Weinen eines Kindes noch immer in den Ohren klang, als dränge es aus den Mauern um mich herum. Ich schlief nicht wieder ein, sondern lag mit weit offenen Augen da und fragte mich, was die kommende Nacht bringen würde, und die nächste Nacht und die Nacht darauf.

Die Ankunft der polnischen Arbeiter aus Boston ließ mich meine Träume zeitweilig vergessen. Sie waren ein gesetzter, ruhiger Menschenschlag. Ihr Polier, ein stämmiger Mann namens Jan Cieciorka war im Umgang mit den ihm unterstellten Männern kurz angebunden und despotisch; er war ein muskulöser Bursche an die Fünfzig, und die drei Männer, denen er Anweisungen gab, führten seine Anordnungen unverzüglich aus, als fürchteten sie seinen Zorn. Sie hatten dem Architekten mitgeteilt, daß sie erst in einer Woche würden kommen können, erklärte der Polier, ein anderer Auftrag war jedoch verschoben worden, und da waren sie nun: Sie waren von Boston heraufgekommen, nachdem sie dem Architekten ein Telegramm gesandt hatten. Sie hatten jedoch seine Pläne und wußten, was zu tun war.

Ihre erste Arbeit bestand darin, den Verputz an der Nordwand des Raumes unmittelbar unter der Geheimkammer abzuklopfen. Sie mußten vorsichtig vorgehen, denn das Fachwerk, auf dem das Obergeschoß ruhte, durfte nicht beschädigt werden, was auch nicht notwendig war. Der Verputz und das Lattenwerk darunter, das eine altertümliche Handarbeit war, wie ich nun bei Beginn der Arbeit sah, mußten abgelöst und ersetzt werden. Der Verputz hatte bereits vor Jahren begonnen, sich zu verfärben und abzubröckeln, so daß das Zimmer kaum bewohnbar war. Das war auch bei der Ecke des Hauses der Fall gewesen, die ich jetzt bewohnte, aber da ich dort größere Veränderungen hatte vornehmen lassen, hatte der Umbau dort länger gedauert.

Ich sah den Männern kurze Zeit bei der Arbeit zu und hatte mich gerade an das Geräusch ihres Klopfens gewöhnt, als es plötzlich aussetzte. Ich wartete eine Zeitlang, dann machte ich mich auf den Weg in die Diele. Ich kam gerade zurecht, um zu sehen, wie sich die vier an der Wand zusammendrängten und abergläubisch bekreuzigten, worauf sie ein wenig zurückwichen und dann aus dem Haus stürmten. Im Vorbeilaufen rief mir Cieciorka entsetzt und zornig ein Schimpfwort zu. Dann waren sie aus dem Haus, und während ich wie angewurzelt dastand, hörte ich, wie ihr Wagen ansprang und wie sie von meinem Grund und Boden verschwanden.

In völliger Verblüffung wandte ich mich der Stelle zu, an der sie gearbeitet hatten. Sie hatten einen beträchtlichen Teil des Verputzes und des Lattenwerks entfernt; einige ihrer Werkzeuge lagen noch immer herum. Bei ihrer Arbeit hatten sie jenen Wandabschnitt freigelegt, der hinter der Fußleiste lag, und damit all den Schutt, der sich im Lauf der Jahre dort angesammelt hatte. Erst als ich mir die Wand aus der Nähe besah, erblickte ich, was sie dort gesehen haben mußten, und verstand, was diese abergläubischen Kerle veranlaßt hatte, voll Furcht und Abscheu aus dem Haus zu rennen.

Denn am Fuß der Wand, hinter der Fußleiste, unter längst vergilbten, halb von Mäusen zernagten Papieren, auf denen noch immer die unverkennbaren kabbalistischen Zeichnungen einer vergangenen Zeit zu sehen waren, zwischen bösartig aussehenden Instrumenten des Todes und der Zerstörung, kurzen dolchähnlichen Messern, die von etwas Rost angesetzt hatten, was gewiß Blut gewesen sein mußte – *lagen die kleinen Schädel und Knochen von mindestens drei Kindern!*

Ich starrte sie ungläubig an, denn der abergläubische Unsinn, den ich erst einen Tag zuvor von Ahab Hopkins gehört hatte, nahm jetzt eine weit unheimlichere Bedeutung an. Das wurde mir auf der Stelle klar. Während der Ägide meines Urgroßvaters waren Kinder verschwunden; man hatte ihn der Zauberei verdächtigt, der Hexenkunst, der Übernahme von Rollen, zu denen die Opferung kleiner Kinder als unerläßlicher Teil gehörte; jetzt fanden sich hier, innerhalb der Mauern seines Hauses, Überreste, die den Befürchtungen der Einheimischen über seine ruchlosen Taten Gewicht verliehen!

Sobald meine anfängliche Erschütterung überwunden war, wußte ich, daß ich unverzüglich handeln mußte. Wenn diese Entdeckung bekannt würde, dann stände mein Bleiben hier unter keinem guten Stern, dafür würden die gottesfürchtigen Einheimischen in der Nachbarschaft schon sorgen. Ohne weiter zu zögern, holte ich einen Pappkarton und sammelte bei der Wand jeden Überrest eines Knöchelchens ein, den ich finden konnte. Ich trug die grausige Bürde zur Familiengruft, wo ich die Knochen in die Nische leerte, die einst die Überreste des schon längst zu Staub zerfallenen Jedediah Peabody enthalten hatte. Glücklicherweise zerfielen die kleinen Schädel, so daß jeder, der hier nachforschte, nur die Reste eines längst Verstorbenen finden würde, und nur ein

Fachmann würde imstande sein, den Ursprung der Knochen festzustellen, die noch genügend erhalten waren, um einen Anhaltspunkt zu liefern. Wenn der Bericht der polnischen Arbeiter den Architekten erreicht haben sollte, würde ich ihn einfach ableugnen können, doch wartete ich vergeblich auf diesen Bericht, denn die furchterfüllten Polen verrieten dem Architekten mit keinem Wort den wahren Grund, warum sie die Arbeit im Stich gelassen hatten.

Ich wartete nicht darauf, daß mir der Architekt davon Mitteilung mache, denn schließlich würde er jemanden finden, der die Umbaumaßnahmen ausführte, die ich vorhatte. Von einem Instinkt geleitet, von dem ich nicht gewußt hatte, daß ich über ihn verfügte, suchte ich jedoch neuerlich die verborgene Kammer auf. Ich hatte eine lichtstarke Taschenlampe mit, denn ich war entschlossen, den Raum einer eingehenden Untersuchung zu unterziehen. Beinahe sofort nach meinem Eintreten machte ich jedoch eine Entdeckung, die mir einen Schauder über den Rücken jagte; die Spuren, die der Architekt und ich bei unserem kurzen Eindringen hinterlassen hatten, waren zwar immer noch erkennbar, doch gab es noch andere, jüngere Fußspuren, die darauf hinwiesen, daß jemand – oder etwas – nach mir in der Kammer gewesen war. Die Spuren waren deutlich zu erkennen – die eines barfüßigen Menschen und, gleichermaßen unverkennbar, die Abdrücke einer Katze. Das waren jedoch nicht die entsetzlichsten Hinweise auf eine Nutzung zu finsterem Treiben – diese gingen nämlich von der nordöstlichen Ecke des merkwürdig schiefwinkligen Raumes aus, von einer Stelle, an der ein Mensch unmöglich stehen konnte, und die kaum hoch genug war für eine Katze; und doch erschienen sie von dort im Zimmer, und von diesem Punkt aus setzten sie sich nach vorn fort, in Richtung des schwarzen Schreibtisches, wo es etwas noch weit Schlimmeres gab, das ich erst bemerkte, als ich in Verfolgung der Fußspuren beinahe beim Schreibtisch war.

Auf der Schreibtischplatte waren frische Flecken zu sehen. Eine kleine Pfütze von einer klebrigen Flüssigkeit befand sich darauf, als sei sie aus dem Holz ausgetreten – kaum mehr als drei Zoll im Durchmesser, und daneben ein Abdruck im Staub, als ob dort eine Katze oder eine Puppe oder irgendein Bündel gelegen hätte. Ich starrte sie an und versuchte im Schein der Taschenlampe festzustellen, was es war. Ich sandte den Lichtstrahl auch zur Decke empor, um womöglich eine undichte Stelle zu entdecken, durch die Regen eingedrungen sein mochte, bis mir einfiel, daß es seit meinem ersten und einzigen Besuch in dieser merkwürdigen Geheimkammer nicht geregnet hatte. Dann tauchte ich den Zeigefinger in den Tümpel und hielt ihn ins Licht. Er war von roter Farbe – der Farbe von Blut –, und gleichzeitig wußte ich, ohne daß es einer weiteren Erklärung bedurft hätte, daß es sich wirklich um Blut handelte. Wie es hierher gekommen war, wagte ich mir nicht auszumalen.

In meinem Kopf wetteiferten nun schon die entsetzlichsten Schlußfolgerungen miteinander, alle bar jeder Logik. Ich trat vom Schreibtisch zurück und hielt nur lang genug inne, um einige der in Leder gebundenen Bücher zu ergreifen und ebenso das dort liegende Manuskript; mit ihnen zog ich mich aus dem Raum in die prosaische Umgebung draußen zurück – wo die Räume nicht aus anscheinend unmöglichen Winkeln bestanden und nicht auf Dimensionen verwiesen, die das Erkenntnisvermögen des Menschen überstiegen. Ich eilte beinahe schuldbewußt in meine Räumlichkeiten nach unten, wobei ich die Bücher sorgsam an die Brust preßte.

Merkwürdigerweise hatte ich, als ich die Bücher aufschlug, sogleich die unheimliche Überzeugung, ihren Inhalt bereits zu kennen. Und doch hatte ich sie nie zuvor gesehen, und nach bestem Wissen waren mir auch Titel wie *Malleus Maleficarum* und die *Daemonialitas* von Sinistrari nie untergekommen. Sie handelten von Hexenkunst und Zauberei, von allen Arten von Zaubersprüchen und Legenden, von der Vernichtung von Hexen und Zauberern durch Feuer, von ihren Fortbewegungsmethoden: »Unter ihren Hauptbeschäftigungen findet sich die körperliche Versetzung von einer Stelle zur anderen ... verführt von den Sinnestäuschungen und Phantasmen der Teufel reiten sie tatsächlich, wie sie glauben und auch zugeben, nächtens auf bestimmten Tieren ... oder sie schreiten in der Luft durch Öffnungen, die für sie und niemanden sonst gemacht sind. Der Satan höchstpersönlich führt in Träumen die Geister irre, die der gefangen hält, und lenkt sie auf Abwege ... Mit der Salbe, die sie nach Anweisung des Teufels aus den Gliedmaßen von Kindern herstellen, besonders von jenen, die sie selbst getötet haben, reiben sie einen Stuhl oder einen Besen ein, worauf sie unversehens in die Luft emporgehoben werden, bei Tag oder bei Nacht, sichtbar oder, wenn sie das vorziehen, auch unsichtbar ...« Ich las jedoch nicht weiter, sondern wandte mich Sinistrari zu.

Beinahe sofort fiel mein Blick auf diese verstörende Stelle: »*Promittunt Diabolo statis temporibus sacrificia, et oblationes; singulis quindecim diebus, vel singulo mense saltem, necem alicujus infantis, aut mortale veneficium, et singulis hebdomadis alia mala in damnum humani generis, ut grandines, tempestates, incendia, mortem animalum...*«, wo erklärt wurde, wie Hexenmeister und Hexen in bestimmten Abständen den Mord eines Kindes bewirken mußten oder einen anderen mörderischen Zauberakt. Schon die bloße Lektüre erfüllte mich mit unbeschreiblicher Besorgnis, was zur Folge hatte, daß ich mir die anderen Bücher, die ich mit heruntergebracht hatte, bloß flüchtig ansah: die *Vitae sophistrarum* des Eunapius, Ananias *De Natura Daemonum*, Stampas *Fuga Satanae*, Bougets *Discours des Sorciers* und jenes unbetitelte Werk von Olaus Magnus, das in glattes schwarzes Leder gebunden war, welches ich erst später als Menschenhaut erkannte.

Allein der Besitz dieser Bücher wies auf ein außergewöhnliches Interesse an Überlieferungen über Hexenkunst und Zauberei hin; in der Tat war es eine so augenscheinliche Erklärung für die abergläubischen Ansichten, die über meinen Urgroßvater in und um Wilbraham im Übermaß umliefen, daß mir unversehens klar wurde, warum sie sich so hartnäckig gehalten hatten. Und doch mußte noch mehr an der Sache sein. Was sonst? Die Knochen in der Wand hinter der Geheimkammer ließen einen entsetzlichen Zusammenhang zwischen dem Haus der Peabodys und den ungeklärten Verbrechen der Vergangenheit erkennen. Trotz allem handelte es sich um keinen öffentlich erkennbaren Zusammenhang. Es mußte, abgesehen von seiner zurückgezogenen Lebensweise und dem Ruf der Knausrigkeit, von denen ich wußte, im Leben meines Urgroßvaters einen anderen offenkundigen Zug gegeben haben, der im Denken der Leute einen Zusammenhang herstellte. Es war unwahrscheinlich, daß sich unter den Gegenständen aus der Geheimkammer ein Schlüssel zu dem Rätsel befand, aber vielleicht fand sich in den Archivexemplaren der *Wilbraham Gazette,* die in den öffentlichen Bibliotheken zugänglich waren, eine Spur.

Infolgedessen befand ich mich eine halbe Stunde später zwischen den Regalen dieser Einrichtung und wühlte mich durch ältere Ausgaben der *Gazette.* Das war eine sehr zeitraubende Vorgehensweise, denn es handelte sich um eine blinde Suche, bei der ich

Nummer um Nummer aus den späteren Lebensjahren meines Urgroßvaters durchgehen mußte, und es war völlig ungewiß, ob ich Erfolg haben würde, obwohl die Blätter jener Tage durch gesetzliche Vorschriften weniger behindert und eingeschränkt waren als die Zeitungen meiner Zeit.

Ich suchte über eine Stunde lang, ohne Asaph Peabody auch nur einmal erwähnt zu finden, obwohl ich mir die Zeit nahm, die Schilderungen der »Freveltaten« zu lesen, die im Umkreis des Wohnsitzes der Peabodys an Menschen – vornehmlich Kindern – verübt worden waren; diese waren unweigerlich von Kommentaren des Redakteurs über das »Tier« begleitet, das »eine Art großes, schwarzes Geschöpf sein soll und über dessen Größe die Berichte unterschiedliche Angaben machen – manchmal soll es nicht größer als eine Katze, zuweilen so riesig wie ein Löwe sein«, ein Umstand, der zweifellos lediglich auf die Phantasie der Zeugen zurückging, hauptsächlich Kinder unter zehn, übel zugerichtete oder gebissene Opfer, denen die Flucht geglückt war und die darin glücklicher waren als die jüngeren Kinder, die von Zeit zu Zeit spurlos verschwunden waren in dem Jahr, das ich durchstöberte: 1905. In all diesen Berichten fand sich aber keine Erwähnung meines Urgroßvaters, und wirklich gab es erst im Jahr seines Todes etwas.

Erst dann äußerte der Redakteur der *Gazette* im Druck, was die landläufige Meinung von Asaph Peabody gewesen sein mußte. »Asaph Peabody ist nicht mehr. Man wird wohl noch lange an ihn denken. Unter uns gibt es manche, die ihm Kräfte zugeschrieben haben, die eher einem vergangenen Zeitalter zugehören als unserer eigenen Zeit. Es gab einen Peabody unter den Angeklagten von Salem; Jedediah war auch tatsächlich aus Salem zugezogen, als er sein Haus bei Wilbraham baute. Das Denkmuster des Aberglaubens ist keiner Vernunft zugänglich. Möglicherweise ist es reiner Zufall, daß Asaph Peabodys alte schwarze Katze seit seinem Tod nicht mehr gesehen wurde, und es ist unzweifelhaft bloß ein übelwollendes Gerücht, daß der Sarg Peabodys vor dem Begräbnis nicht geöffnet wurde, weil es gewisse Veränderungen im Körpergewebe oder in den Begräbnisbräuchen gab, die eine derartige Öffnung nicht ratsam erscheinen ließen. Damit wird den Altweibergeschichten neue Nahrung gegeben – daß ein Zauberer mit dem Gesicht nach unten begraben werden muß und nachher nie mehr in seiner Ruhe gestört werden darf, außer durch Feuer...«

Das war eine eigenartig verschlüsselte Methode, sich auszudrüken. Und doch lehrte sie mich vielleicht sogar beunruhigend mehr, als ich erwartet hatte. Die Katze meines Urgroßvaters hatte als sein Schutzgeist gegolten – denn jede Hexe und jeder Hexenmeister hat seinen persönlichen Teufel, der jede beliebige Gestalt annehmen kann. Was war natürlicher, als daß man die Katze meines Urgroßvaters irrtümlich für seinen Schutzgeist hielt, denn zu seinen Lebzeiten war sie offensichtlich ebenso sein ständiger Begleiter gewesen wie in meinen Träumen von dem Alten? Der einzige beunruhigende Umstand in dem redaktionellen Kommentar lag in der Anspielung auf die Art, wie er begraben worden war, denn mir war bekannt – was der Redakteur nicht wissen konnte –, daß Asaph Peabody wirklich mit dem Gesicht nach unten begraben worden war. Ich wußte noch mehr – daß er in seiner Ruhe gestört worden war, was nicht hätte geschehen dürfen. Und ich befürchtete noch etwas – daß außer mir noch jemand das alte Haus der Peabodys unsicher machte, in meinen Träumen umging, in der Umgebung und in der Luft!

IV

Auch in jener Nacht kamen die Träume wieder, begleitet von demselben übermäßig scharfen Gehörsinn, der den Eindruck erweckte, als wäre ich auf eine Kakophonie aus anderen Dimensionen eingestimmt. Wieder einmal ging mein Urgroßvater seinen entsetzlichen Geschäften nach, aber dieses Mal schien es, als bliebe sein Schutzgeist, die Katze, mehrere Male stehen und wende sich um, um mich mit einem heimtückischen triumphierenden Grinsen im bösartigen Antlitz geradewegs anzusehen. Ich sah, wie der alte Mann mit dem kegelförmigen schwarzen Hut und einem langen schwarzen Umhang aus den Wäldern anscheinend durch die Hausmauer in einen verdunkelten Raum ging, der nur spärlich möbliert war, und dann vor einen schwarzen Altar trat, an dem der schwarze Mann auf das Opfer wartete, das zu entsetzlich anzusehen war, und doch hatte ich keine andere Wahl, denn die Macht der Träume war dergestalt, daß ich der höllischen Tat beiwohnen mußte. Und ich erblickte ihn und seine Katze und den Schwarzen erneut, diesmal inmitten eines tiefen Waldes, weit weg von Wilbraham, in Gesellschaft vieler anderer, die vor einem großen Altar im Freien versammelt waren, um eine Schwarze

Messe mit anschließenden Orgien abzuhalten. Sie erschienen nicht immer deutlich; manchmal waren die Träume nur ein pfeilschnelles Hinabtauchen durch bodenlose Abgründe seltsam bunten Zwielichts und verblüffender Kakophonien, in denen die Schwerkraft jede Bedeutung verloren hatte, Abgründe, wie sie die Natur nicht kennt, in denen ich jedoch auf einer übersinnlichen Ebene immer besonders empfänglich war, Dinge zu hören und zu sehen, die ich im Wachzustand nie wahrgenommen hätte. Auf diese Weise vernahm ich die gespenstischen Chorgesänge der Schwarzen Messe, die Schreie eines sterbenden Kindes, die Dissonanz der Pfeifen, die von hinten nach vorn gebeteten Huldigungen, die orgiastischen Schreie der Feiernden, Wortfetzen, die für sich allein genommen sinnlos waren, die sich aber auf eine düstere und beunruhigende Weise auslegen ließen.

»Wird er auserwählt?«

»Bei Belial, bei Beelzebub, bei Sathanus...«

»Vom Blut des Jedediah, vom Blut des Asaph, begleitet von Balor.«

»Führt ihn zum Buch!«

Ferner waren da diese merkwürdigen Traumvorstellungen, an denen ich selbst teilzunehmen schien, besonders eine, in der ich selbst einmal von meinem Urgroßvater, dann wieder von der Katze zu einem riesigen, schwarz eingebundenen Buch geleitet wurde, in das mit glühender Feder Namen eingetragen und mit Blut gegengezeichnet wurden, und das ich selbst unterzeichnen sollte, wobei mein Urgroßvater meine Hand führte, während die Katze, die Asaph Peabody Balor rief, wie ich gehört hatte, vor Freude Luftsprünge vollführte und umhertanzte, nachdem sie mich am Handrücken gekratzt hatte, auf daß Blut flösse, worin die Feder eingetaucht wurde. Dieser Traum hatte einen Zug an sich, der eine recht beunruhigende Verbindung zur Wirklichkeit bildete. Auf dem Weg durch die Wälder zum Treffpunkt des Hexensabbats führte der Pfad an einem Sumpf vorbei, wo wir nahe dem stinkenden Morast, einer Stelle, die nach Schlachthaus und Fäulnis stank, im schwarzen Schlamm des Riedgrases gingen; ich sank an dieser Stelle wiederholt im Morast ein, während die Katze und der Urgroßvater auf seiner Oberfläche zu schweben schienen.

Und am Morgen, als ich schließlich nach allzu ausgedehntem Schlaf erwachte, entdeckte ich an meinen Schuhen, die sauber gewesen waren, als ich zu Bett ging, trocknenden schwarzen

Schlamm, den Stoff aus meinen Träumen! Bei diesem Anblick stieg ich aus dem Bett und folgte den Spuren, die sie hinterlassen hatten, unschwer in entgegengesetzer Richtung aus dem Zimmer hinaus, die Treppe hinauf, in die versteckte Kammer im Obergeschoß – und von dort unausweislich zurück zu demselben verhexten Winkel mit der merkwürdigen Geometrie, von wo aus die Fußspuren im Staub ins Zimmer geführt hatten! Ich starrte voller Unglauben dorthin, doch meine Augen täuschten mich nicht. Wahnsinn war es wohl, aber doch nicht abzuleugnen. Auch den Kratzer auf dem Handrücken konnte ich nicht ungeschehen machen.

Ich taumelte buchstäblich aus der Geheimkammer und begann endlich verschwommen zu verstehen, warum meine Eltern den Besitz der Peabodys nicht hatten verkaufen wollen. Etwas von den Geschichten darüber mußte über meinen Großvater zu ihnen gedrungen sein, denn nur er konnte es gewesen sein, der den Urgroßvater mit dem Gesicht nach unten in der Familiengruft hatte beisetzen lassen. Und so sehr sie auch die abergläubischen Geschichten, die auf sie überkommen waren, verachten mochten, wollten sie doch nicht wagen, sich über sie hinwegzusetzen. Ich verstand auch, warum das Haus nicht auf längere Zeit vermietet werden konnte, denn es war eine Art Brennpunkt für Kräfte, die sich dem Verständnis und der Kontrolle eines einzelnen, vielleicht eines menschlichen Wesens überhaupt entzogen; und ich wußte, daß ich von der Atmosphäre der Behausung bereits infiziert war, daß ich in gewissem Sinne ein Gefangener des Hauses und seiner bösen Geschichte war.

Ich schlug nun den einzigen Weg ein, der mir noch offenstand, um weitere Auskünfte zu erhalten: das handgeschriebene Tagebuch, das mein Urgroßvater geführt hatte. Ich stürzte mich sofort darauf, ohne mich mit dem Frühstück aufzuhalten, und stellte fest, daß es sich um eine Folge von Aufzeichnungen in einer fließenden Handschrift handelte, zusammen mit Ausschnitten aus Briefen, Zeitungen, Zeitschriften und sogar Büchern, die ihm wichtig erschienen waren; auch wenn diese merkwürdig unzusammenhängend waren, befaßten sie sich doch alle mit unerklärlichen Geschehnissen – und hatten in den Augen meines Urgroßvaters unzweifelhaft einen gemeinsamen Ursprung in der Hexerei. Seine eigenen Aufzeichnungen waren spärlich, aber aufschlußreich.

»Tat heute, was zu tun war. J. setzt Fleisch an, unglaublich. Aber das gehört zur Überlieferung. Einmal umgedreht, beginnt alles von neuem. Der Schutzgeist kehrt zurück, und der Lehm nimmt mit jedem Opfer ein wenig mehr Gestalt an. Ihn wieder umzudrehen, würde jetzt nichts nützen. Es bleibt nur noch das Feuer.«

Und wieder:

»Etwas im Haus. Ein Kater? Ich sehe ihn, kann ihn aber nicht einfangen.«

»Eindeutig ein schwarzer Kater, ich habe keine Ahnung, woher er gekommen ist. Beunruhigende Träume. Habe zweimal einer Schwarzen Messe beigewohnt.«

»Der Kater im Traum, führte mich zum Schwarzen Buch. Unterschrieb.«

»Im Traum ein Unterteufel namens Balor. Ein hübscher Bursche. Erklärte die Knechtschaft.«

Und bald darauf:

»Balor kam heute zu mir. Ich hätte nicht geglaubt, daß er derselbe ist. Er ist als Kater ebenso hübsch wie als junger Unterteufel. Ich fragte ihn, ob das dieselbe Gestalt sei, in der er J. gedient habe. Er deutete an, daß das der Fall sei. Führte mich in den Winkel mit der eigenartigen und außerräumlichen Geometrie, der die Pforte nach draußen bildet. J. hat sie so geplant. Zeigte mir, wie man sie durchschreitet...«

Ich ertrug es nicht, weiterzulesen. Ich hatte bereits zu viel gelesen. Ich wußte jetzt, was mit den sterblichen Überresten von Jedediah Peabody geschehen war. Und ich wußte, was ich zu tun hatte. So sehr ich auch fürchtete, was ich finden mußte, ging ich ohne weiteres Zögern in die Gruft der Peabodys und zwang mich, an den Sarg meines Urgroßvaters zu treten. Dort bemerkte ich zum ersten Mal die Bronzeplakette, die unterhalb des Namens Asaph Peabody angebracht war und die die Inschrift trug: »Unglück über den, der seine Ruhe stört!«

Und dann hob ich den Deckel.

Obwohl ich allen Grund hatte zu erwarten, was ich erblickte, war ich um nichts weniger entsetzt. Denn die Gebeine, die ich zuletzt gesehen hatte, waren entsetzlich verändert. Was bloß Knochen und Splitter gewesen waren, nur Staub und Kleiderfetzen, hatte eine erschreckende Veränderung durchgemacht. Das Fleisch hatte auf den Überresten meines Urgroßvaters Asaph Peabody wieder zu wachsen begonnen – Fleisch, das von dem Bösen herrührte, wovon er von neuem zu leben begonnen hatte, als ich die sterblichen Überreste meines Vorfahren so unbedacht umgedreht hatte – und von dem anderen Etwas in seinem Sarg – dem armen, geschrumpften Leichnam des Kindes, das, obwohl es erst vor nicht einmal zehn Tagen aus dem Haus des George Taylor verschwunden war, bereits ein ledernes, pergamentähnliches Aussehen angenommen hatte, als sei ihm die Substanz ausgesogen worden, und das bereits teilweise mumifiziert war.

Benommen vom Entsetzen floh ich aus der Gruft, jedoch nur, um den Scheiterhaufen zu errichten, den ich, wie ich wußte, aufhäufen mußte. Ich arbeitete wie von Fieber geschüttelt, in größter Hast, auf daß mich niemand bei meinen Anstrengungen überrasche, wenn ich auch wußte, daß die Leute den Wohnsitz der Peabodys seit Jahrzehnten mieden. Und als ich damit fertig war, mühte ich mich allein ab, um Asaph Peabodys Sarg und seinen höllischen Inhalt zum Scheiterhaufen zu schleppen, genau wie es vor Jahrzehnten Asaph selbst mit Jedediahs Sarg und dessen Inhalt getan hatte! Während die Flammen den Sarg samt seines Inhalts verzehrten, stand ich daneben und hörte nur das hohe, schrille und zornige Wehklagen, das von den Flammen wie das Gespenst eines Schreies ausging.

Die ganze Nacht über glühte die in sich zusammenfallende Asche des Scheiterhaufens. Ich sah von den Fenstern des Hauses aus zu.

Und drinnen erblickte ich etwas anderes.

Einen schwarzen Kater, der zur Tür meiner Räume kam und mich heimtückisch angrinste.

Und mir fielen der Pfad durch den Sumpf ein, den ich eingeschlagen hatte, die morastigen Fußspuren und der Schlamm an meinen Schuhen. Ich erinnerte mich an den Kratzer auf dem Handrücken und an das Schwarze Buch, in das ich mich eingetragen hatte. Ebenso hatte sich Asaph Peabody darin eingetragen.

Ich wandte mich der Katze zu, die im Schatten lauerte, und lockte sie sanft: »Balor!«

Sie kam herbei und setzte sich etwas innerhalb des Türrahmens auf die Hinterbeine. Ich holte meinen Revolver aus der Schreibtischschublade und feuerte gezielt auf sie.

Sie blickte mich jedoch weiter unverwandt an. Nicht einmal der Schnurrbart zuckte.

Balor. Einer der Unterteufel.

Das war also das Erbe der Peabodys. Das Haus, Grund und Boden, die Wälder – das waren nur die oberflächlichen, materiellen Aspekte der außerräumlichen, verwinkelten Geheimkammer, des Wegs durch den Sumpf zum Hexensabbat, der Eintragungen in das Schwarze Buch...

Und ich frage mich, wenn ich nach meinem Tod begraben bin wie die anderen, wer wird mich umdrehen?

Das Giebelfenster

I

Es war nicht ohne Mißbehagen, daß ich weniger als einen Monat nach dem zu frühen Tod meines Vetters Wilbur in dessen Haus übersiedelte, denn seine abgeschiedene Lage in einem Talkessel zwischen den Bergen neben der Landstraße nach Aylesbury sagte mir keineswegs zu. Und doch übersiedelte ich mit dem Gefühl, wie angemessen es sei, daß dieser Zufluchtsort meines Lieblingsvetters mir zugefallen war. Das Haus, der ehemalige Wohnsitz der Whartons, hatte viele Jahre lang leergestanden. Es war allmählich verfallen, seit der Enkel des Farmers, der es erbaut hatte, der heimatlichen Scholle den Rücken gekehrt hatte und in das am Meer gelegene Kingston gezogen war. Mein Vetter hatte das Haus aus dem Besitz dieses Erben erworben, der unzufrieden war mit dem kargen Lebensunterhalt, den er dem völlig ausgelaugten Boden abringen konnte. Die Übersiedlung war nicht vorgeplant gewesen, denn die Akeleys handelten immer nur aus plötzlichem Entschluß.

Wilbur hatte viele Jahre lang Archäologie und Anthropologie studiert. Er hatte an der Miskatonic University in Arkham promoviert und unmittelbar nach seinem Studienabschluß drei Jahre in der Mongolei, in Tibet und in der Provinz Sinkiang zugebracht, denen ebenso viele Jahre in Süd- und Zentralamerika und im Südwesten der USA folgten. Er war nach Hause zurückgekehrt, um selbst auf ein Angebot zu antworten, an der Miskatonic University zu unterrichten, doch statt dessen kaufte er den alten Hof der Whartons und machte sich daran, ihn umzubauen. Er ließ alle Nebengebäude bis auf eines abreißen und gab dem Hauptbau eine noch merkwürdigere Form, als er im Verlauf der zwanzig Jahrzehnte seines Bestehens ohnehin angenommen hatte. Das Ausmaß dieser Veränderungen wurde mir erst völlig klar, als ich selbst das Haus in Besitz nahm.

Erst dann erfuhr ich, daß Wilbur nur eine Seite des alten Gebäudes unangetastet gelassen hatte, daß er die Vorderseite und eine Seitenfront völlig umgebaut und über dem Südflügel des Erdgeschosses ein Dachzimmer errichtet hatte. Das Haus war ursprünglich nur ein eingeschossiger niedriger Bau mit einem großen Dachboden gewesen, in dem einst all die Gerätschaften für ein Landleben in Neu-England hingen. Es war teilweise aus Holzblöcken errichtet und ein Teil dieser Konstruktion war von Wilbur sorgfältig erhalten worden, was vom Respekt meines Vetters für das Handwerk unserer Vorfahren in diesem Land zeugte, denn die Familie Akeley lebte schon volle zweihundert Jahre in Amerika, als sich Wilbur entschloß, sein Wanderleben aufzugeben und auf heimischem Boden seßhaft zu werden. Das war, soweit ich mich erinnere, im Jahr 1921; er lebte dann nur noch drei Jahre, so daß ich im Jahr 1924 – am 16. April – das Haus den Verfügungen seines Testaments entsprechend in Besitz nahm.

Das Haus war noch immer so, wie er es verlassen hatte, ein Fremdkörper in der Landschaft Neu-Englands, denn obwohl das Steinfundament und die Holzstämme des Unterbaus ebenso wie der quadratische steinerne Kamin, der sich über den Feuerstellen erhob, noch immer die Merkmale seiner Herkunft zeigten, war es so sehr umgebaut worden, daß es wirkte, als seien hier mehrere Generationen am Werk gewesen. Obwohl die Mehrzahl der Umbaumaßnahmen anscheinend vorgenommen worden war, um Wilburs Behaglichkeit zu erhöhen, gab es eine, die mich schon verblüfft hatte, als Wilbur sie ausführen ließ; und für die er nie einen Grund angegeben hatte; nämlich den Einbau eines großen Rundfensters aus höchst eigenartigem Milchglas in der Südwand des Dachzimmers, von dem er lediglich sagte, daß es eine sehr alte Arbeit sei, die er im Verlauf seiner Reisen in Asien entdeckt und erworben habe. Einmal bezeichnete er es als »das Glas von Leng« und ein anderes Mal als »möglicherweise von den Hyaden stammend«, was mich nicht im geringsten klüger machte, obwohl ich mich, um der Wahrheit die Ehre zu geben, für die Andeutungen meines Vetters nicht genügend interessierte, um weitere Fragen zu stellen.

Ich wünschte mir jedoch bald, daß ich das getan hätte, denn sobald ich das Gebäude bezogen hatte, entdeckte ich, daß sich das Leben meines Vetters nicht in den Haupträumen des Hauses im Erdgeschoß abgespielt hatte, wie man es hätte erwarten dürfen, da diese aufs schönste und behaglichste ausgestattet waren, sondern im südlichen Dachzimmer, denn dort befanden sich seine Pfeifenständer, seine Lieblingsbücher, seine Aufzeichnungen und die bequemsten Möbelstücke, und dort arbeitete er an den Manuskripten zu den Untersuchungen, die er zu der Zeit durchführte, als ihn ein Herzanfall hinwegraffte, während er die Bücherwände der Bibliothek in der Miskatonic University durchforstete.

Mir war klar, daß eine gewisse Änderung von seiner Art der Haushaltung zu meiner notwendig war. Es sah also so aus, als sei meine erste Aufgabe die Wiederherstellung der richtigen Weise, in diesem Haus zu leben, nämlich des Wohnens im Erdgeschoß; denn ehrlich gesagt, ich verspürte von Anfang an eine merkwürdige Abneigung gegen das Dachzimmer, zum Teil gewiß deshalb, weil es mich so sehr an meinen toten Vetter erinnerte, der niemals mehr seinen Lieblingsplatz im Haus einnehmen würde, zum Teil aber auch deshalb, weil der Raum auf mich unnatürlich fremdartig und kalt wirkte und mich wie mit einer physikalischen, mir unbegreiflichen Kraft abstieß, auch wenn das gewiß im Einklang stand mit meiner Einstellung zu dem Zimmer, das ich genausowenig verstand, wie ich meinen Vetter Wilbur jemals wirklich verstanden hatte.

Der Umbau, den ich vornehmen lassen wollte, war nicht so leicht durchzuführen wie erhofft, denn ich merkte bald, daß die alte »Höhle« meines Vetters ihre Wirkung auf das ganze Haus ausstrahlte. Manche meinen ja, daß alte Häuser unweigerlich etwas von der Natur ihrer Eigentümer in sich aufnehmen; wenn das alte Gebäude einige der Charakterzüge der Whartons absorbiert hatte, die es so lange bewohnt hatten, so stand doch fest, daß mein Vetter sie wirkungsvoll ausgelöscht hatte, als er das Haus umbaute, denn jetzt schien es oft buchstäblich die Anwesenheit Wilbur Akeleys zu verkünden. Nur selten war dies eine aufdringliche Empfindung – es befiel mich eher eine unbehagliche Überzeugung, daß ich nicht mehr allein sei, oder daß ich beobachtet würde, aber ich vermochte nicht zu sagen, wo dieses Gefühl herrührte.

Vielleicht war diese Einbildung gerade der Abgeschiedenheit des Hauses zuzuschreiben, aber auf mich wirkte es schließlich so, als sei das Lieblingszimmer meines Vetters ein lebendes Wesen, das auf seine Rückkehr wartete wie ein Tier, das nicht weiß, daß der Tod eingegriffen hat und daß sein Herr, auf den es wartet, nie mehr zurückkehren wird. Wegen dieser Zwangsvorstellung schenkte ich dem Zimmer vielleicht mehr Aufmerksamkeit, als es in Wahrheit verdiente. Ich hatte gewisse Gegenstände daraus entfernt, etwa einen höchst bequemen Klubsessel; merkwürdigerweise aber fühlte ich mich gedrängt, ihn zurückzubringen, wozu der Antrieb von den unterschiedlichsten und oft widersprüchlichsten Überzeugungen ausging – zum Beispiel von der Vorstellung, daß dieser Sessel, welcher zunächst so bequem erschienen war, für jemanden von ganz anderer Gestalt gemacht und mir deshalb unbequem sei, oder der Glaube, daß die Lichtverhältnisse unten nicht so gut seien wie oben, was dazu führte, daß ich die Bücher, die ich entfernt hatte, wieder in das Dachzimmer zurückstellte.

Unbestreitbar stand die Eigenart des Dachzimmers auf kaum merkliche Weise in Widerstreit mit der des übrigen Hauses. Das Heim meines Vetters war in jeder Hinsicht alltäglich, ausgenommen eben jener eine Raum im südlichen Giebel. Das Erdgeschoß des Hauses war mit allen Annehmlichkeiten versehen, doch gab es wenig Anzeichen dafür, daß es häufig benutzt worden war, abgesehen von jenem Raum, in dem das Essen zubereitet worden war. Im Gegensatz dazu war das Dachzimmer zwar auch behaglich, aber behaglich auf eine ganz verschiedene Art und Weise, die schwierig zu erklären war; es war, als ob das Zimmer, das offenkundig von einem Mann als eine »Höhle« für den eigenen Gebrauch eingerichtet worden war, von den verschiedensten Arten von Menschen benutzt worden sei, von denen jeder etwas von sich in diesen Mauern hinterlassen hätte, jedoch kein Merkmal, das eine eindeutige Identifizierung erlaubt hätte. Doch war mir bekannt, daß mein Vetter das Leben eines Einsiedlers geführt hatte, ausgenommen seine Fahrten zur Miskatonic University in Arkham und zur Widener-Bibliothek in Boston. Sonst war er nirgendwo hingekommen, er hatte keine Besucher empfangen, und selbst bei jenen seltenen Anlässen, da ich bei ihm vorbeigeschaut hatte – als Buchhalter hatte ich manchmal in der Nähe zu tun –, schien er immer zu wünschen, ich wäre schon wieder fort, obwohl er stets höflich war und ich mich nie länger als höchstens fünfzehn Minuten bei ihm aufhielt.

Um der Wahrheit die Ehre zu geben: die Atmosphäre des Dachzimmers schwächte meine Entschlußkraft. Das Erdgeschoß reichte für mich völlig aus; es bot mir ein geräumiges Heim, und es war nur allzu leicht, das Dachzimmer und die Umbaumaßnahmen, die ich durchzuführen hoffte, aus den Gedanken zu verdrängen, sie aufzuschieben und zu verzögern, bis es sich um eine zu unbedeutende Angelegenheit zu handeln schien, als daß es sich gelohnt hätte, sich darüber den Kopf zu zerbrechen. Überdies war ich häufig tage- und nächtelang fort, und es gab am Haus nichts Dringendes zu tun. Das Testament meines Vetters war eröffnet und rechtwirksam geworden, die Erbschaftsangelegenheiten waren geregelt und niemand focht meinen Besitz an.

Alles wäre gut gewesen, denn da ich meine Vorsätze aufgeschoben hatte, dachte ich kaum noch an meine unausgeführten Pläne für das Mansardenzimmer, hätte es nicht eine Reihe unbedeutender Vorkommnisse gegeben, die mich störten. Zunächst waren sie nicht wichtig; es begann mit winzigen, beinahe unbemerkten Vorfällen. Ich glaube, zum ersten kam es, als ich kaum einen Monat im Haus war, und es handelte sich um eine solch unbedeutende Kleinigkeit, daß ich sie erst nach vielen Wochen mit den späteren Erlebnissen in Verbindung brachte. Es geschah eines Nachts, als ich im Erdgeschoß, im Wohnzimmer, lesend vor dem Kamin saß, und es war nichts weiter, dessen war ich mir sicher, als eine Katze oder ein ähnliches Tier, das an der Tür kratzte und eingelassen werden wollte. Doch war das Geräusch so deutlich, daß ich aufstand und rund um das Haus ging, von der Eingangstür zum Hintereingang und selbst zu einem kleinen Nebeneingang, der ein Überrest des ältesten Teils des Hauses war, aber ich fand weder eine Katze noch ihre Spur. Das Tier war in der Dunkelheit verschwunden. Ich rief mehrmals nach ihm, aber weder reagierte es darauf, noch machte es ein anderes Geräusch. Kaum hatte ich mich jedoch wieder hingesetzt, als das Kratzen von neuem begann. So sehr ich es versuchte, gelang es mir doch nicht, einen Blick auf die Katze zu erhaschen, obwohl ich auf diese Weise rund ein halbes Dutzend Mal gestört wurde, bis ich so aus der Fassung geriet, daß ich die Katze möglicherweise erschossen hätte, wenn ich ihrer habhaft geworden wäre.

An sich war dieser Vorfall so trivial, daß sich niemand dabei aufgehalten haben würde. Konnte es nicht eine Katze gewesen sein, die meinen verstorbenen Vetter gekannt hatte, mich aber nicht, so daß sie durch mein Erscheinen verscheucht wurde? Das konnte tatsächlich der Fall sein. Ich dachte nicht weiter daran. In weniger als einer Woche jedoch ereignete sich ein ähnlicher Vorfall, der sich in einer Hinsicht deutlich vom ersten unterschied. Diesmal gab es statt des Scharrens oder Kratzens einer Katze ein gleitendes, tastendes Geräusch, das mir einen Schauder der Vorahnung über den Rücken jagte, etwa so, als glitte eine Riesenschlange oder ein Elefantenrüssel über die Scheiben von Fenstern und Türen. Dies Geräusch und meine Reaktion folgten genau dem gleichen Muster. Ich hörte etwas, sah aber nichts; ich lauschte, konnte aber nichts entdecken – nur die nicht faßbaren Geräusche. Eine Katze, eine Schlange? Was sonst?

Es gab jedoch noch mehr, ganz abgesehen von den Fällen, in denen die Katze oder die Schlange zurückgekehrt zu sein schien, um es noch einmal zu versuchen. Einmal vernahm ich etwas, was nach Hufschlägen klang oder wie das Trampeln eines Riesentieres oder wie das Zwitschern von Vögeln, die an die Fenster pickten, oder wie das Gleiten eines ungeheuren Leibes oder wie die saugenden Geräusche von Lippen und Saugarmen. Was sollte ich von all dem halten? Ich zog eine Halluzination in Betracht, verwarf diese Erklärung aber wieder, denn die Geräusche ereigneten sich bei jedem Wetter und zu jeder Tages- und Nachtzeit, so daß ich, hätte sich wirklich ein Tier gleich welcher Größe an Tür oder Fenster zu schaffen gemacht, dies hätte erblicken müssen, bevor es in den bewaldeten Hügeln verschwand, die das Haus von allen Seiten umgaben, waren doch die Felder schon lange von Pappeln, Birken und Eschen zurückerobert worden.

Dieser geheimnisvolle Zyklus wäre vielleicht nie unterbrochen worden, hätte ich eines Abends wegen der Hitze im Erdgeschoß nicht zufällig die Stiegentür geöffnet, die zum Dachzimmer hinaufführte; denn als das Kratzen der Katze von neuem ertönte, wurde mir klar, daß das Geräusch nicht von einer der Türen herkam, sondern vom Fenster im Dachzimmer. Ohne zu überlegen, stürmte ich die Treppe empor und dachte nicht daran, daß es einer höchst bemerkenswerten Katze bedurft hätte, die zum ersten Stock des Hauses hinaufklettern konnte oder wollte, um Einlaß durch das Rundfenster, die einzige Öffnung des Raums nach außen, zu begehren. Und da das Fenster weder zum Teil noch als Ganzes zu öffnen war und es sich um Milchglas handelte, sah ich nichts, obwohl ich lauschend dastand und weiterhin ganz aus der Nähe, von der anderen Seite des Glases, die Geräusche der Katze hörte, die am Glas kratzte.

Ich lief nach unten, ergriff eine Stablampe mit starkem Lichtkegel und ging in die heiße Sommernacht hinaus, um die Seitenmauer, in die das Fenster eingelassen war, mit dem Lichtstrahl abzutasten. Alle Geräusche hatten bereits aufgehört und es gab absolut nichts zu sehen als die glatte Hausmauer und das ebenso glatte Fenster, das von außen nicht weniger schwarz aussah wie von innen milchig weiß. Ich hätte vielleicht für immer vor einem Rätsel gestanden – und oft denke ich, es wäre am besten, wäre es dabei geblieben –, aber das sollte nicht sein.

Ungefähr zu dieser Zeit schenkte mir eine alte Tante einen heißgeliebten Kater namens Little Sam, der zwei Jahre zuvor als Kätzchen mein Schoßtier gewesen war. Meine Tante war darüber bekümmert, daß ich darauf bestand, allein zu wohnen, und hatte mir schließlich eine ihrer Katzen zur Gesellschaft gesandt. Little Sam strafte jetzt seinen Namen Lügen; er hätte »Großer Sam« genannt werden sollen, denn er hatte Pfunde angesetzt, seit ich ihn zuletzt gesehen hatte, und er war in jeder Hinsicht eine Zierde seines Geschlechts, ein wildes, gelbbraunes Katzentier. Little Sam rieb sich zwar zärtlich an mir, war aber geteilter Ansicht über das Haus. Es gab Zeiten, da schlief er behaglich und gelassen auf dem Herd; zu anderen Zeiten jedoch benahm er sich wie besessen und wollte hinausgelassen werden. Und wenn die merkwürdigen Geräusche wie von einem anderen Tier, das herein wollte, zu hören waren, war Little Sam buchstäblich außer sich vor Furcht und Wut, und ich mußte ihn auf der Stelle aus dem Haus lassen, worauf er wie ein Blitz zu dem Nebengebäude sauste, das übriggeblieben war, nachdem mein Vetter mit seinen Umbauten fertig war, und dort die Nacht verbrachte – dort oder im Wald, woher er erst beim Morgengrauen wiederkehren würde, wenn der Hunger ihn zum Haus zurücktrieb. Und in das Dachzimmer wollte er um keinen Preis!

II

In der Tat war es die Katze, die meinen Entschluß bewirkte, ein bißchen tiefer in die Arbeit meines Vetters einzudringen, denn die Possen Little Sams kamen so offensichtlich nicht von ungefähr, daß mir nichts anderes übrig blieb, als unter den verstreuten Papieren, die mein Vetter hinterlassen hatte, nach einer Erklärung für die im Haus üblichen Erscheinungen zu suchen. Beinahe auf der Stelle stieß ich in einer Schreibtischlade in einem der unteren Räume auf einen unvollendeten Brief; er war an mich gerichtet, und es war offenkundig, daß Wilbur um sein Herzleiden gewußt hatte, denn ich erkannte auf den ersten Blick, daß der Brief Anweisungen für den Fall seines Todes enthielt, wiewohl Wilbur gewiß nicht ahnte, wie knapp seine Zeit bemessen sein würde, denn er hatte den Brief erst einen Monat vor seinem Tod zu schreiben begonnen und, einmal in die Lade geschoben, nicht weitergeschrieben, obwohl ihm genügend Zeit vergönnt gewesen war, um ihn zu vollenden.

»Lieber Fred«, schrieb er, »die hervorragendsten medizinischen Kapazitäten haben festgestellt, daß ich nicht mehr lange zu leben habe, und da ich Dich bereits in meinem Testament als Erben eingesetzt habe, möchte ich dieses Dokument jetzt mit ein paar letzten Anweisungen ergänzen, und ich beschwöre Dich, sie nicht abzutun, sondern ich möchte, daß Du sie auf Treu und Glauben ausführst. Insbesondere gibt es dreierlei, was Du sofort tun mußt, nämlich:

1. Alle Papiere in den Fächern A, B und C meines Aktenschrankes sind zu vernichten.

2. Alle Bücher in den Regalen H, I, J und K müssen der Bibliothek der Miskatonic University in Arkham übergeben werden.

3. Das runde Glasfenster im Dachzimmer oben muß zerbrochen werden. Es genügt nicht, es einfach auszubauen und irgendwo hinzuschaffen, sondern es muß zertrümmert werden.

Du mußt meinen Entschluß akzeptieren, daß diese Dinge getan werden müssen, oder Du bist letztlich dafür verantwortlich, daß eine entsetzliche Plage auf die Welt losgelassen wird. Ich werde nichts weiter dazu sagen, denn es gibt andere Angelegenheiten, von denen ich hier berichten möchte, solange ich noch dazu imstande bin. Eine davon ist die Frage...«

Hier hatte mein Vetter jedoch abgebrochen und den Brief liegen lassen.

Welchen Reim sollte ich mir auf diese eigenartigen Anweisungen machen? Es leuchtete mir ein, daß seine Bücher an die Miskatonic University gehen sollten, zumal ich kein sonderliches Interesse an ihnen hatte. Aber warum seine Aufzeichnungen vernichten? Sollten sie nicht ebenfalls dorthin kommen? Und was das Glas anging – seine Zerstörung war gewiß eine verschwenderische Laune, denn das würde ein neues Fenster und damit zusätzliche Ausgaben erfordern. Dieses Bruchstück eines Briefes hatte die unglückliche Wirkung, meine Neugier nur noch mehr zu erregen, und ich beschloß, mich dieser Angelegenheit mit größerer Aufmerksamkeit anzunehmen.

Am Abend schon begann ich mit den Büchern in den bezeichneten Regalen, die sich alle oben im südlichen Dachzimmer befanden. Das Interesse meines Vetters an archäologischen und anthropologischen Themen spiegelte sich eindeutig in der Auswahl der Bücher, denn er besaß viele Bände, die sich mit der Kultur der Polynesier, der Bewohner der Osterinseln, der Mongolen und verschiedener primitiver Völker befaßten, aber auch Bücher über Völkerwanderungen und die Erscheinungsformen der Kulte und Mythen bei primitiven Religionen. Das war jedoch nur ein Vorspiel zu den Regalen mit den für die Universitätsbibliothek bestimmten Büchern, denn einige von ihnen wirkten sagenhaft alt, so alt sogar, daß sie kein Erscheinungsjahr trugen und ihrem Aussehen und der Schrift nach aus dem Mittelalter stammen mußten. Die jüngeren unter ihnen – und keines von ihnen trug ein jüngeres Erscheinungsdatum als 1850 – waren von den verschiedensten Orten zusammengetragen worden; einige hatten dem Vetter unseres Vaters, Henry Akeley aus Vermont, gehört, der sie an Wilbur weitergegeben hatte; andere trugen den Stempel der Bibliotheque Nationale von Paris, was darauf hinwies, daß Wilbur es nicht für unter seiner Würde gehalten hatte, sie aus den Regalen zu entwenden.

Diese Bücher waren in verschiedenen Sprachen geschrieben und trugen Titel wie *Paknotische Handschriften, R'lyeh-Text, Unaussprechliche Kulte* von Von Junzt, *Buch Eibon,* die *Gesänge von Dhol,* die *Sieben kryptischen Bücher aus Hsan,* Ludvig Prinns *De Vermis Mysteriis,* die *Celaeno-Fragmente,* die *Cultes des Goules* des Grafen d'Erlette, das *Buch Dzyan;* eine Fotokopie des *Necronomicons* von Abdul Alhazred, einem Araber, war ebenso darunter wie viele andere, manche von ihnen anscheinend in Form von Handschriften. Ich muß zugeben, daß mich die Bücher in Verblüffung versetzten, denn sie waren – soweit ich sie lesen konnte – voll der unglaublichsten Überlieferungen an Mythen und Legenden, die zweifellos mit den alten, primitiven religiösen Überzeugungen der menschlichen Rasse in Verbindung standen – und, wenn ich es richtig verstand, sogar mit anderen, außerirdischen Rassen. Natürlich durfte ich nicht hoffen, den lateinischen, französischen und deutschen Texten Gerechtigkeit widerfahren zu lassen; es war schwierig genug für mich, das Altenglisch einiger der Manuskripte und Bücher zu entziffern. Jedenfalls verlor ich bald die Geduld mit dieser Aufgabe, denn die Bücher sprachen von einem so bizarren Bekenntnis, daß ihm nur ein Anthropologe genug Glaubwürdigkeit zusprechen würde, um eine solche Unmenge von Literatur zu diesem Thema anzusammeln.

Und doch war dies nicht uninteressant, wenn es auch eine vertraute Struktur aufwies. Es war der alte Glaube vom Kampf der Mächte des Lichts gegen die Mächte der Finsternis, oder wenigstens faßte ich es so auf. Spielte es eine Rolle, ob man es Gott und Teufel nannte oder die Alten Götter und die Alten, ob man Gut und Böse sagte oder es mit Namen belegte wie Nodens, Herr des Großen Abgrunds, der einzige Alte Gott, der einen Namen trug, oder diese von den Großen Alten: der schwachsinnige Gott Azathoth, dieser amorphe Dunst äußerster Wirrnis, der im Ursprung aller Unendlichkeit brodelnd Gott lästert; Yog-Sothoth, der Alles-in-Einem und Eines-in-Allem, der weder den Gesetzen der Zeit noch denen des Raumes unterliegt, zugleich mit aller Zeit besteht und unendlich ausgedehnt ist wie das All; Nyarlathotep, der Bote der Alten; der Große Cthulhu, der darauf wartet, wieder aus dem in den Tiefen des Meeres verborgenen R'lyeh aufsteigen zu können; der unaussprechliche Hastur, Herr der Interstellaren Räume; Shub-Niggurath, die schwarze Ziege der Wälder mit den tausend Zicklein? Und ganz wie die menschlichen Rassen, die verschiedene bekannte Götter anbeteten, die Namen verschiedener Sekten trugen, so auch die Anhänger der Alten. Zu ihnen gehörten die Furchtbaren Schneemenschen des Himalaya und anderer Gebirgsgegenden in Asien; Die Tiefen, die am Grund des Ozeans lauerten, um dem Großen Cthulhu zu dienen, die aber von Dagon regiert wurden; die Schantaks, das Volk der Tcho-Tcho und viele andere, von denen manche aus Gegenden stammen sollen, wohin die Alten verbannt worden waren – wie einst Luzifer aus dem Paradies –, als sie sich vor Zeiten gegen die Alten Götter aufgelehnt hatten –, Orte wie die fernen Sterne der Hyaden, das unbekannte Kadath, die Hochebene Leng und die versunkene Stadt R'lyeh.

In all dem gab es zwei Mißtöne, die darauf hinwiesen, daß mein Vetter dieses mythische Schema ernster nahm, als ich geglaubt hatte. Diese wiederholten Hinweise auf die Hyaden zum Beispiel erinnerten mich daran, daß Wilbur vom Glas im Dachzimmer behauptet hatte, es stamme möglicherweise »von den Hyaden«. Noch exakter hatte er es als »das Glas von Leng« bezeichnet. Es mochte sein, daß diese Erwähnungen reiner Zufall waren, und eine Zeitlang tröstete ich mich damit, daß »Leng« gut und gern ein chinesischer Antiquitätenhändler und das Wort »hyadisch« leicht ein Mißverständnis sein mochte. Das war jedoch von meiner Seite ein bloßer Vorwand, denn alles deutete darauf hin, daß Wilbur ein mehr als flüchtiges Interesse für diesen völlig fremden Mythos hatte. Reichte es mir nicht, daß er diese Bücher und Handschriften besaß, so räumten seine Aufzeichnungen jeden Zweifel in mir aus.

Denn seine Aufzeichnungen enthielten weit mehr als seltsame Hinweise, die ich eigenartig verstörend fand; es gab da unbeholfene, aber sehr wirkungsvolle Zeichnungen von Szenerien, deren Exzentrik schockierte, und von außerirdischen Wesen, Geschöpfen einer Art, wie ich sie mir auch in meinen wildesten Träumen nicht hätte ausdenken können. Zum Großteil spotteten diese Geschöpfe wirklich jeder Beschreibung; es waren geflügelte, fledermausähnliche Wesen von Menschengröße; ungeheure gliederlose und tentakelbewehrte Gestalten, die auf den ersten Blick wie Tintenfische aussahen, doch entschieden intelligenter waren als Tintenfische; es gab da krallenbewehrte Geschöpfe, halb Mensch, halb Vogel; und es gab entsetzliche lurchgesichtige Wesen, die aufrecht gingen, mit schuppigen Armen und von fahlgrüner Farbe wie Meereswasser. Es gab auch Geschöpfe, die, obwohl verzerrt, eher als Menschen kenntlich waren – verkümmerte und zwergwüchsige Orientalen, die, nach ihrer Kleidung zu urteilen, in einer kalten Gegend lebten, und eine der Rassenmischung entsprungene Art, die gewisse Eigenheiten der Froschlurche aufwies, aber unzweideutig menschlich war. Ich hätte mir nie träumen lassen, daß mein Vetter eine solche Vorstellungskraft besessen hatte; daß Onkel Henry von den unwahrscheinlichsten Wahnvorstellungen überzeugt gewesen war, wußte ich seit langem, aber bei Wilbur hatte sich meines Wissens niemals eine Spur davon gezeigt; jetzt jedoch erkannte ich, wie geschickt er vor uns alles Wesentliche seiner wahren Natur verborgen gehalten hatte, und ich war über diese Enthüllung mehr als erstaunt.

Denn gewiß konnte kein lebendes Wesen als Modell für seine Zeichnungen gedient haben, und in den Manuskripten und Büchern, die er hinterlassen hatte, gab es keine derartigen Illustrationen. Von meiner Neugier angetrieben, versenkte ich mich immer tiefer in seine Aufzeichnungen und suchte mir schließlich bestimmte geheimnisvolle Quellenhinweise heraus, die, wie entfernt auch immer, mit meiner unmittelbaren Nachforschung zu tun haben schienen, und die ich leicht der Reihenfolge nach ordnen konnte, den alle waren datiert.

»15. Okt. '21. Die Gegend wird deutlicher. Leng? Erinnert an das südwestliche Amerika. Höhlen voller Fledermäuse in Scharen, die – wie eine dichte Wolke – knapp vor Sonnenuntergang ausschwärmen, sie verdecken die Sonne. Niedriges Gestrüpp und Buschwerk, verkrüppelte Bäume. Eine windgepeitschte Gegend. In der Ferne schneebedeckte Berge, rechts, am Rand des Wüstengebiets.

21. Okt. '21. Vier Schantaks mitten im Bild. Durchschnittsgröße übersteigt die eines Menschen. Pelzige, fledermausähnliche Körper, Fledermausflügel erstrecken sich einen Meter über den Kopf. Gesicht mit geierähnlichem Schnabel, aber sonst wie eine Fledermaus. Überflogen die Gegend, ließen sich in der Mitte auf einer Felsspitze nieder. *Merken* nichts. Trug einer einen Reiter? Kann mir nicht sicher sein.

2. Nov. '21. Nacht. Ozean. Im Vordergrund eine riffähnliche Insel. Die Tiefen zusammen mit Menschen von teilweise ähnlicher Abstammung; hybrides Weiß. Die Tiefen schuppig, gehen mit froschähnlichem Gang, ein Mittelding zwischen Sprung und Schritt, auch etwas bucklig wie die meisten Froschlurche. Andere sind anscheinend zum Riff geschwommen. Möglicherweise Innsmouth? Keine Küstenlinie zu sehen, keine Lichter einer Stadt. Auch kein Schiff. Steigen von unten auf, neben dem Riff. *Teufelsriff*? Selbst Kreuzungen sind nicht imstande, ohne einen Rastplatz allzu weit zu schwimmen. Küste vielleicht im Vordergrund, außer Sicht?

17. Nov. '21. Ganz und gar fremde Landschaft. Soweit ich weiß, nicht von der Erde. Schwarzes Firmament, einige Sterne. Felsklippen aus Porphyr oder einem ähnlichen Gestein. Im Vordergrund ein tiefer See. Hali? Nach fünf Minuten begann das Wasser Wellen zu schlagen, als etwas aufstieg. Schaute nach innen. Ein riesiger Wasserbewohner, tentakelbewehrt. Tintenfischähnlich, aber weit größer: zehn-, zwanzigmal größer als der riesige *Octopus apolloyon* der Westküste. Was sein Nacken sein mochte, maß allein mit Leichtigkeit fünfzehn Ruten im Durchmesser. Konnte nicht wagen, sein Antlitz zu sehen, und zerstörte den Stern.

4. Jan. '22. Für einige Zeit das Nichts. *Weltraum?* Planetare Annäherung, als blickte ich durch die Augen eines Wesens, das sich einem Objekt im Weltraum nähert. Dunkler Himmel, ferne Sterne, die Planetenoberfläche näherte sich jedoch rasch. Beim Näherkommen erblickte ich trostlose Landschaft. Keine Vegetation, wie auf dem Dunkelstern. Ein Kreis von Gottesanbetern blickt zu einem Steinturm auf. Sie rufen: *Ia! Shub-Niggurath!*

16. Jan. '22. Unterseegebiet. *Atlantis?* Zweifelhaft. Ein ungeheurer tempelähnlicher Bau voller Höhlen, von Wasserbomben zerschmettert. Massive Steine, ähnlich denen der Pyramiden. Stufen führen in den schwarzen Rachen hinunter. Die Tiefen im Hintergrund. Bewegung in der Dunkelheit des Treppenhauses. Ein Riesententakel schlängelt sich herauf. Weit hinten zwei flüssige Augen, viele Ruten auseinander. *R'lyeh?* Fürchtete Annäherung des Etwas von unten und zerstörte Stern.

24. Feb. '22. Vertraute Landschaft. *Gegend um Wilbraham?* Verfallene Farmhäuser, verwachsene Familie. Vordergrund: ein alter Mann lauscht. Zeit: Abend. Lautes Rufen der Ziegenmelker. Eine Frau nähert sich, das Abbild eines Sterns in der Hand. Der alte Mann flieht. Merkwürdig. Muß nachsehen.

21. März '22. Aufregendes Erlebnis heute. Muß besser achtgeben. Konstruierte Stern und sprach die Worte: *Ph'nglui mglw'nafh Cthulhu R'lyeh wgah'nagl fhtagn.* Öffnete sich sofort vor riesigem Schantak im Vordergrund. Schantak *merkte* es und kam nach vorn. Ich konnte sogar seine Klauen hören. Vermochte den Stern rechtzeitig zu durchbrechen.

7. April '22. Ich weiß jetzt, daß sie wirklich durchkommen, wenn ich nicht achtgebe. Heute die tibetanische Gegend und der Furchtbare Schneemensch. Ein weiterer Versuch. Aber was ist mit ihren Herren? Wenn die Diener den Versuch unternehmen, Zeit und Raum zu durchbrechen, was ist dann mit dem Großen Cthulhu – Hastur – Shub-Niggurath? Ich gedenke, mich eine Zeitlang zurückzuhalten. Tiefer Schock.«

Er wandte sich dann auch erst Anfang nächsten Jahres wieder seiner merkwürdigen Tätigkeit zu. Darauf deuteten zumindest seine Aufzeichnungen hin. Der Enthaltsamkeit von seiner zwanghaften Beschäftigung folgte noch einmal eine kurze Spanne, in der er ihr nachgab. Seine erste Eintragung erfolgte nicht ganz ein Jahr später.

»7. Feb. '23. Es scheint jetzt keinen Zweifel zu geben, daß sie allgemein um die Pforte wissen. Sehr riskant, überhaupt zuzusehen. Nur sicher, wenn die Landschaft übersichtlich ist. Und da man niemals wissen kann, auf welche Szenerie das Auge fällt, ist das Risiko um so größer. Und doch zögere ich, die Öffnung zu versiegeln. Ich setzte wie üblich den Stern zusammen, sprach die Worte und wartete. Eine Zeitlang erblickte ich nur die vertraute Landschaft des südwestlichen Amerikas in der Abendstunde –

Fledermäuse, Eulen, in der Nacht umherschweifende Känguruhratten und Wildkatzen. Dann kam ein Sandmensch aus einer der Höhlen – mit derber Haut, großen Augen, großen Ohren, das Gesicht hatte eine entsetzlich verzerrte Ähnlichkeit mit dem Koalabären, obwohl sein Körper ausgemergelt wirkte. Er watschelte auf den Vordergrund zu, offenkundig begierig. Ist es möglich, daß die Pforte diese Seite für sie so sichtbar macht wie sie für mich? Als ich bemerkte, daß er geradewegs auf mich zuging, vernichtete ich den Stern. Alles verschwand wie gewöhnlich. Aber später – das Haus *war voller Fledermäuse!* Ich glaube nicht an bloßen Zufall!«

Es kam jetzt zu einer weiteren Unterbrechung, während derer mein Vetter geheimnisvolle Bemerkungen niederschrieb, in denen seine Visionen oder der geheimnisvolle Stern, den er so oft erwähnt hatte, nicht vorkamen. Ich konnte nicht daran zweifeln, daß er ein Opfer von Halluzinationen war, die zweifellos durch das intensive Studium des Materials in den Büchern angeregt wurden, die er aus allen Teilen der Welt zusammengetragen hatte. Diese Abschnitte waren als Beweise gedacht, obwohl es sich im Grunde um Versuche handelte, das »Gesehene« zu rationalisieren.

Dazwischen gab es Zeitungsausschnitte, die mein Vetter offensichtlich mit dem mythenhaften Muster in Verbindung zu bringen suchte, mit dem er sich so eifrig befaßte – Berichte von seltsamen Ereignissen, unbekannten Objekten am Himmel, geheimnisvollem Verschwinden im Weltraum, seltsame Enthüllungen über Geheimkulte und dergleichen mehr. Es war leider allzu offenkundig, daß Wilbur intensiv an gewisse Facetten der uralten primitiven Religionen zu glauben begonnen hatte, insbesondere daran, daß es in der Gegenwart Überreste der höllischen Alten und ihrer Anbeter und Anhänger gab; und das vor allem versuchte er auch zu beweisen. Es war, als habe er sich die Aussagen, die in den alten Büchern aus seinem Besitz enthalten waren und die er für buchstäblich wahr hielt, vorgenommen und versucht, dem Gewicht der Beweise aus der Vergangenheit das der Beweise aus seiner eigenen Zeit hinzuzufügen. Es stimmte, es gab ein bestürzendes Element von Ähnlichkeit zwischen den uralten Darstellungen und vielen von denen, die mein Vetter aufgestöbert hatte, aber sie ließen sich zweifellos als Zufall erklären. So zwingend sie waren, machte ich von keinem dieser Bücher Abschriften, bevor ich sie an die Miskatonic-Bibliothek für deren Akeley-Sammlung sandte, aber ich erinnere mich lebhaft an sie – und im Licht des unvergeßlichen Höhepunkts meiner ziellosen Nachforschungen über die Hauptbeschäftigung meines Vetters Wilbur um so mehr.

III

Ich hätte niemals erfahren, was es mit dem »Stern« wirklich auf sich hatte, wäre ich nicht zufällig darauf gestoßen. Mein Vetter hatte wiederholt vom »Anfertigen«, »Durchbrechen«, »Konstruieren« und »Zerstören« des Sterns als notwendigem Begleitumstand seiner Illusionen geschrieben, aber diese Hinweise waren für mich völlig sinnlos und wären vielleicht auch sinnlos geblieben, hätte ich nicht zufällig im Schräglicht auf dem Boden des Mansardenfensters schwache Markierungen gesehen, die die Umrisse eines Sterns mit fünf Zacken zu bilden schienen. Sie waren vordem unsichtbar gewesen, da sie von einem großen Teppich bedeckt gewesen waren; beim Verpacken der Bücher und Papiere, die in die Bibliothek der Miskatonic University geschafft wurden, war der Teppich verschoben worden und so sah ich zufällig die Markierungen.

Selbst dann dämmerte mir noch nicht gleich, daß diese Zeichen einen Stern darstellten. Erst als ich mit der Arbeit an den Büchern und Papieren fertig war und den Teppich aus der Mitte des Zimmers wegschob, wurde das ganze Zeichen sichtbar. Ich erkannte nun, daß es sich um einen Stern mit fünf Zacken handelte, der mit verschiedenen Ornamenten geschmückt und insgesamt groß genug war, um ihn von innen zeichnen zu können. Das also war, wie ich auf der Stelle erkannte, die Erklärung für eine Schachtel mit Kreide, von der ich vorher nicht gewußt hatte, warum sie sich im Lieblingszimmer meines Vetters befand. Indem ich Bücher, Papier und alles übrige wegschob, holte ich die Kreide und machte mich daran, den Stern und alle Verzierungen im Stern getreulich nachzumalen. Das mußte eindeutig eine Art kabbalistischer Zeichnung sein, und es war ebenso klar, daß der Beschwörer innerhalb ihrer Umrisse sitzen mußte.

Nachdem ich so die Zeichnung in Übereinstimmung mit den Umrissen, welche das häufige Nachziehen hinterlassen hatte, vollendet hatte, ließ ich mich in der Zeichnung nieder. Möglicherweise erwartete ich, daß etwas geschehen würde, auch wenn ich noch immer herumrätselte, was mein Vetter in seinen Aufzeichnungen gemeint haben konnte, wenn er davon sprach, daß er die Zeichnung jedesmal durchbrochen hatte, wenn er sich bedroht glaubte, denn soweit ich mich an kabbalistische Rituale erinnerte, war es eben das Durchbrechen der Zeichnungen, das die Gefahr einer übersinnlichen Invasion heraufbeschwor. Es geschah jedoch überhaupt nichts, und erst als mehrere Minuten verstrichen waren, fielen mir wieder »die Worte« ein. Ich hatte sie abgeschrieben, und jetzt erhob ich mich, um meine Abschrift zu suchen, und sobald ich sie gefunden hatte, kehrte ich mit ihr in den Stern zurück und sprach mit feierlicher Stimme die Worte:

»Ph'nglui mglw'nafh Cthulhu R'lyeh wagh'nagl fhtagn.«

Sofort kam es zu einer außergewöhnlichen Erscheinung. Ich saß so, daß ich zu dem Rundfenster aus Milchglas in der Südwand blickte und alles sah, was sich ereignete. Der Schleier lüftete sich von dem Glas, und zu meinem Erstaunen blickte ich auf eine im Sonnenglast liegende Landschaft – obwohl es zu nächtlicher Stunde war, ein paar Minuten nach neun Uhr an einem Spätsommerabend im Staate Massachusetts. Die Landschaft, die hinter dem Glas erschien, war jedoch nicht von der Art, wie sie irgendwo in Neu-England zu finden ist – ein ausgedörrtes Land, eine Ödnis sandiger Felsen, eine sehr spärliche Wüstenvegetation, Höhlen und im Hintergrund schneebedeckte Berge – eine Landschaft, wie sie mehr als einmal in den rästelhaften Aufzeichnungen meines Vetters beschrieben worden war.

Mit höchster Faszination blickte ich auf diese Gegend, mein Kopf war ganz durcheinander. In der Gegend, die ich vor mir sah, schien das Leben weiterzugehen, und ich erfaßte einen ihrer Züge nach dem anderen – die Klapperschlange, die sich dahinschlängelte, der scharfäugige Habicht, der hoch oben kreiste – was mir zu erkennen erlaubte, daß es knapp vor Sonnenuntergang war, darauf deutete die Reflexion des Sonnenscheins auf der Brust des Habichts hin – ich erblickte die Gilaechse, den Erdkuckuck, all diese gewöhnlichen Züge des amerikanischen Südwestens. Wo also befand sich diese Landschaft? In Arizona? In New Mexico?

Die Ereignisse in jener fremden Landschaft gingen jedoch weiter, ohne mich zu betreffen. Die Schlange und die Gilaechse krochen fort, der Habicht stürzte sich in die Tiefe und stieg mit einer Schlange in den Fängen wieder empor, zum Erdkuckuck gesellte sich ein zweiter. Und das Sonnenlicht verschwand und gab dem

Land ein Gesicht von großer Schönheit. Alsbald kamen die Fledermäuse aus dem Schlund einer der größten Höhlen hervor. Sie flogen zu Tausenden in einem endlosen Strom aus dem schwarzen Schlund, und es kam mir vor, als könne ich ihr Gekreisch vernehmen. Ich weiß nicht, wie lange sie brauchten, um in die herabsinkende Dämmerung hinauszufliegen. Sie waren kaum verschwunden, da zeigte sich etwas anderes – eine Art Mensch mit derber Haut, als sei der Wüstensand in seiner Hautoberfläche verkrustet, und mit abnorm großen Augen und Ohren. Er wirkte ausgemergelt, seine Rippen zeichneten sich durch die Haut ab, aber besonders abstoßend war seine Physiognomie – sie erinnerte an einen australischen Spielzeugbären, der Koala genannt wird. Dabei fiel mir ein, wie mein Vetter dieses Volk – denn andere Menschen folgten dem ersten, darunter einige Frauen – genannt hatte. Sandmenschen.

Sie kamen aus der Höhle, blinzelten mit ihren riesigen Augen, aber alsbald kamen sie in großer Eile nach beiden Seiten hervorgestürzt und kauerten sich hinter den Büschen nieder – denn nun erschien nach und nach ein unglaubliches Ungeheuer – zunächst ein tastender Tentakel, darauf noch einer, und bald erforschten ein halbes Dutzend von ihnen vorsichtig die Höhlenmündung. Und dann tauchte aus der Dunkelheit des Höhlenschlundes ein gespenstischer Kopf auf. Als er hervorkam, schrie ich beinahe laut auf vor Entsetzen – denn das Gesicht war eine abstoßende Travestie jedes zivilisierten Wesens; es stieg auf von einem halslosen Rumpf, der eine Masse von gallertartigem Fleisch war, gummiförmig anzusehen, und die Saugarme, die es schmückten, wuchsen aus jenem Teil des Rumpfes hervor, der entweder der Unterkiefer war oder sein Nacken sein mochte.

Überdies war das Etwas mit intelligenter Wahrnehmung ausgestattet, denn von Anfang an schien es meine Anwesenheit zu bemerken. Weitausladend kam es aus der Höhle, die Augen auf mich gerichtet, und dann bewegte es sich mit unglaublicher Schnelligkeit auf das Fenster über der rasch dunkler werdenden Landschaft zu. Ich glaube, ich hatte keine wirkliche Vorstellung von der Gefahr, in der ich mich befand, denn ich sah ganz gebannt zu, und erst als das Etwas die ganze Gegend ausfüllte, als sich seine Saugarme zum Giebelfenster hinaufschlängelten – und hindurch! –, erkannte ich, daß ich starr war vor Angst.

Hindurch! War das denn der Gipfel der Sinnestäuschung?

Ich erinnere mich, daß ich die eisige Furcht, die mich im Banne hielt, lange genug abschütteln konnte, um einen Schuh abzustreifen und ihn mit aller Macht nach dem Glas zu schleudern; und zur gleichen Zeit erinnerte ich mich an die häufigen Hinweise meines Vetters darauf, er habe den Stern durchbrochen: ich kroch also nach vorn und löschte einen Teil der Zeichnung aus. Beim Geräusch zersplitternden Glases fiel ich in eine barmherzige Dunkelheit.

Ich weiß jetzt, was mein Vetter wußte.

Wenn ich nur nicht so lange gewartet hätte, wäre mir dieses Wissen vielleicht erspart geblieben und ich hätte weiterhin an eine Sinnestäuschung, eine Halluzination glauben können. Jetzt aber weiß ich, daß das milchige Glas des Giebelfensters eine mächtige Pforte in andere Dimensionen war – in außerirdische Räume und Zeiten, eine Öffnung in Gegenden, die Wilbur Akeley nach Belieben aufgesucht hatte, ein Schlüssel zu jenen verborgenen Verstecken auf der Erde und zu den Sternenräumen, wo die Anhänger der Alten – und die Alten selbst! – auf ewig lauern und ihre Zeit abwarten, um sich wieder zu erheben. Das Glas von Leng – das von den Hyaden stammen mochte, denn ich erfuhr nie, wie mein Vetter in seinen Besitz gelangt war – ließ sich im Rahmen drehen, es unterlag nicht den alltäglichen Gesetzen, mit der einen Ausnahme, daß seine Richtung sich mit der Drehung der Erde um ihre Achse änderte. Und hätte ich es nicht zertrümmert, hätte ich über die Erde wirklich eine Plage aus anderen Dimensionen losgelassen, heraufbeschworen durch meine Ahnungslosigkeit und Wißbegier.

Denn jetzt weiß ich, daß die Modelle, nach denen mein Vetter die Illustrationen, so grobschlächtig sie auch waren, zu seinen Aufzeichnungen angefertigt hatte, *lebendig* waren und nicht nur ein Produkt seiner Vorstellungskraft. Der endgültige, alles krönende Beweis ist unbestreitbar. Die Fledermäuse, die ich im Haus fand, als ich das Bewußtsein wiedererlangte, konnten durch das zerbrochene Fenster gekommen sein. Daß das Milchglas völlig durchsichtig geworden war, mochte eine optische Täuschung gewesen sein – wenn ich es nicht besser gewußt hätte. Denn ich weiß ohne jeden Zweifel, daß das, was ich erblickte, nicht das Produkt meiner fiebrigen Phantasie war, weil nichts den endgültigen, fluchwürdigen Beweis aus der Welt schaffen konnte, den ich nahe bei dem zerbrochenen Glas auf dem Boden des Dachzimmers fand – *den* abgeschnittenen, mehr als drei Meter langen Saugarm, der zwischen den Dimensionen eingeklemmt worden war, als sich die Pforte vor dem ungeheuerlichen Rumpf geschlossen hatte, zu dem er gehörte. Diesen Saugarm konnte kein lebender Gelehrter irgendeinem bekannten Geschöpf, lebend oder ausgestorben, auf der Oberfläche der Erde oder in ihren unterirdischen Tiefen, zuordnen.

Der Vorfahr

I

Als mein Vetter Ambrose Perry die Ausübung der ärztlichen Kunst aufgab und sich zur Ruhe setzte, war er noch immer ein Mann in den besten Jahren, ein Fünfziger von gesunder Gesichtsfarbe und voller Vitalität. Er hatte eine höchst lukrative Praxis geführt, und obwohl er seine Arbeit liebte, zog er ihr doch die Weiterentwicklung einiger seiner Lieblingstheorien vor, die er allerdings – und in dieser Beziehung war er ein Eigenbrötler – nicht seinen Kollegen aufzwang, die er, um der Wahrheit die Ehre zu geben, eher verachtete, weil sie sich nicht von den althergebrachten Methoden lösen konnten und zu wenig Wagemut aufbrachten, um sich ohne den Segen der American Medical Association auf eigene Experimente einzulassen. Er war ein Kosmopolit in jeder Bedeutung des Wortes, denn er hatte lange in Europa studiert – in Wien, an der Sorbonne und in Heidelberg – und er war weitgereist, aber trotzdem war er es völlig zufrieden, sich in den wilden Landstrichen Vermonts zu verlieren, als er schließlich auf dem Höhepunkt seiner brillanten Laufbahn den Rückzug in die Einsamkeit wählte.

Er zog sich bis zur völligen Abgeschiedenheit in sein Haus zurück, das er inmitten eines dichten Waldes errichtet und mit einem Laboratorium versehen hatte, das so komplett ausgerüstet war, wie man es für Geld kaufen konnte. Niemand hörte von ihm, und drei Jahre lang drang nicht ein Wort von seinem Tun gedruckt an die Öffentlichkeit oder in die Privatkorrespondenz seiner Verwandten und Freunde. Ich war daher einigermaßen überrascht, als ich von ihm einen Brief erhielt – ich fand ihn bei meiner Rückkehr von einem vorübergehenden Aufenthalt in Europa vor –, in dem er mich einlud, ihn zu besuchen und womöglich einige Zeit bei ihm zu verbringen. Ich schrieb ihm bedauernd zurück, daß ich jetzt eine Stellung suchen müsse, und drückte meine Freude aus, von ihm zu hören, sowie die Hoffnung, daß ich eines Tages imstande sein würde, von seiner Einladung Gebrauch zu machen, die ebenso freundlich war wie überraschend. Er antwortete unverzüglich und bot mir eine ansehnliche Vergütung an, falls ich die Stelle eines Sekretärs annähme – womit, dessen war ich mir sicher, gemeint war, daß ich nicht nur Diktate aufnehmen, sondern auch alle anfallenden Hausarbeiten erledigen sollte.

Möglicherweise bewog mich meine Wißbegier ebenso zur Annahme wie die Verlockung der allerdings großzügigen Entlohnung; ich sagte ihm rasch zu, da ich fast fürchtete, er könne sein Angebot zurückziehen. Innerhalb einer Woche fand ich mich im weiträumigen Haus meines Vetters ein, das im Stil der Gehöfte der Pennsylvania-Deutschen gebaut war, wenn auch ebenerdig, mit spitzen Giebeln und mit Steildächern. Ich hatte trotz der ausführlichen Wegbeschreibung meines Vetters Schwierigkeiten, es zu finden, denn es lang mindestens 15 Kilometer vom nächsten Dorf entfernt, einem Weiler namens Tyburn. Es lag weit zurückgesetzt von der wenig befahrenen Straße, und seine Zufahrt war kaum zu erkennen, so daß ich einige Zeit glauben mußte, ich sei im Eifer, zur versprochenen Stunde einzutreffen, daran vorbeigefahren.

Ein aufmerksamer deutscher Schäferhund bewachte das Anwesen, aber obwohl er angekettet war, war er überhaupt nicht bösartig, denn er beobachtete mich nur aufmerksam, ohne jedoch zu knurren oder auf mich loszugehen, als ich zur Tür hinaufging und läutete. Das Aussehen meines Vetters aber erschreckte mich, denn er war dünn und hager; der kräftige Mann von gesunder Gesichtsfarbe, den ich zuletzt vor vier Jahren gesehen hatte, war verschwunden, und an seiner Stelle stand ein bloßes Spottbild seines früheren Selbst. Auch seine kraftvolle Herzlichkeit schien leider nachgelassen zu haben, wenn auch sein Händedruck fest und kräftig war und sein Blick nicht weniger wach.

»Willkommen, Henry«, rief er bei meinem Anblick. »Selbst Ginger scheint dich akzeptiert zu haben, sie hat nicht einmal gebellt.«

Bei der Nennung seines Namens sprang der Hund schweifwedelnd auf uns zu, so weit es die lange Kette gestattete.

»Komm nur herein. Um das Auto kannst du dich später kümmern.«

Ich tat wie geheißen. Das Innere des Hauses wirkte auf mich ganz wie das Domizil eines Mannes, die Einrichtung war beinahe streng. Auf dem Tisch war eine Mahlzeit aufgetragen, und ich erfuhr, daß mein Vetter keineswegs noch anderes von mir erwartete, als seinen »Sekretär« zu spielen, hatte er doch eine Köchin und einen Hausmeister, die über der Garage wohnten. Er hatte nicht die leiseste Absicht, mir andere Aufträge zu erteilen, als die

Notizen ins reine zu schreiben, die er mir geben würde, und die Ergebnisse seiner Experimente abzulegen. Denn er experimentierte, daran ließ er keinen Zweifel, auch wenn er nicht verriet, welcher Art seine Experimente waren. Während des Essens, in dessen Verlauf ich Edward und Meta Reed kennenlernte, das Ehepaar, das sich um das Haus und das Grundstück kümmerte, befragte er mich nur über mich selbst, darüber, was ich getan hatte und was ich tun wollte – mit dreißig, so erinnerte er mich, hatte man nicht mehr so viel Zeit zu verbummeln, um sich über die eigene Zukunft klarzuwerden –, und gelegentlich, wenn auch nur dann, wenn ihre Namen infolge meiner eigenen Antworten auf seine Fragen fielen, auch über andere Familienmitglieder, die wie immer in aller Welt zerstreut waren. Und doch hatte ich das Gefühl, daß er mir nur Fragen über mich stellte, um den Gepflogenheiten genüge zu tun, ohne echtes Interesse, auch wenn er einmal andeutete, daß er mir, wenn ich die ärztliche Laufbahn einschlagen wollte, vielleicht während der Collegezeit Hilfe leisten würde, bis ich meinen akademischen Grad erlangt hätte. All das war jedoch, davon war ich überzeugt, nur der Schein, die gebotene Höflichkeit, jene Seite unseres ersten Zusammentreffens seit vielen Jahren, die er gleich bei der ersten Gelegenheit hinter sich bringen wollte; seine ganze Art verriet überdies eine nur mühsam unterdrückte Ungeduld mit dem Thema, Ungeduld mit mir, weil ich auf seine Fragen eingegangen war, und mit sich selbst, weil er den Konventionen eines solchen Anlasses so viel Respekt gezollt hatte, um Fragen zu Themen an mich zu richten, die ihn, wie nur allzu offensichtlich war, nicht im geringsten interessierten.

Das Ehepaar Reed, beide in den Sechzigern, wirkte ziemlich still. Sie beteiligten sich kaum am Gespräch; nicht nur, weil Mrs. Reed gleichzeitig kochte und auftrug, sondern weil sie offensichtlich gewohnt waren, ihr Leben abseits von dem ihres Arbeitgebers zu führen, sah man von den gemeinsamen Mahlzeiten ab. Sie zeigten beide Ansätze zu grauen Haaren, und doch wirkten sie weit jugendlicher als Ambrose, denn sie wiesen keines der Anzeichen körperlichen Verfalls auf, die sich bei meinem Vetter bemerkbar machten. Das Schweigen während der Mahlzeit wurde nur durch das Zwiegespräch zwischen Ambrose und mir gebrochen; die Reeds zeigten beim Essen keineswegs Unterwürfigkeit, sondern hatten eine Maske der Gleichgültigkeit aufgesetzt; dennoch entgingen mir die raschen und stechenden Blicke nicht, die zwei- oder dreimal bei einer Äußerung meines Vetters zwischen ihnen gewechselt wurden. Aber das war alles.

Erst als wir uns in Ambroses Arbeitszimmer zurückgezogen hatten, kam er auf das Thema zu sprechen, das ihm am Herzen lag. Das Arbeitszimmer lag neben dem Laboratorium auf der Rückseite des Hauses; daran schlossen sich die Küche und ein großes Wohnzimmer an, das zugleich als Eßzimmer diente, während die Schlafzimmer merkwürdigerweise auf der Vorderseite des Hauses lagen. Sobald er im behaglichen Arbeitszimmer war, wurde Ambrose weniger förmlich, und seine Stimme zitterte vor Aufregung.

»Du errätst nie, welchen Verlauf meine Experimente genommen haben, seit ich meine Praxis aufgab, Henry«, begann er, »und ich wundere mich selbst über meine Kühnheit, daß ich zu dir davon spreche. Bräuchte ich nicht wirklich jemanden, um diese erstaunlichen Tatsachen niederzuschreiben, täte ich es nicht. Jetzt aber, wo ich kurz vor dem Erfolg stehe, muß ich an die Nachwelt denken. Kurzum, ich habe mit Erfolg versucht, meine Vergangenheit bis in die winzigsten Winkel und Ritzen des menschlichen Gedächtnisses einzufangen, und ich bin schon jetzt überzeugt, daß ich diesen Erkenntnisprozeß auf das *Erb*gedächtnis ausdehnen und Ereignisse aus den Erbanlagen des Menschen wieder hervorbringen kann. Dein Gesichtsausdruck verrät mir – du glaubst mir nicht.«

»Im Gegenteil, ich bin erstaunt über die Möglichkeiten, die das eröffnet«, versetzte ich wahrheitsgemäß, doch hütete ich mich zuzugeben, daß mich gleichzeitig eine heftige Besorgnis erfaßte.

»Gut, gut! Manchmal dünkt es mich, als hätte ich mir wegen der Mittel, die ich einsetzen muß, um den für den unaufhörlichen Vorstoß in die Vergangenheit notwendigen Bewußtseinszustand herbeizuführen, den Unwillen der Reeds zugezogen, denn sie halten jedes Experimentieren mit Menschen prinzipiell für unchristlich und für ein Eindringen auf verbotenes Gebiet.«

Ich war versucht zu fragen, von welchen Mitteln er spreche, aber ich wußte wohl, daß er es mir sagen würde, wenn ihm danach zumute war; wenn nicht, würde ihm keine meiner Fragen die Antwort entlocken. Und schließlich kam er von selbst darauf zu sprechen.

»Ich habe herausgefunden, daß eine Kombination von Rauschmitteln und Musik zu einem Zeitpunkt, da der Körper halb verhungert ist, die entsprechende Stimmung hervorruft, die es ermöglicht, in der Zeit rückwärts zu gehen und alle Sinneswahrnehmungen in so besonderem Maß zu schärfen, daß man die Erinnerung wiedergewinnt. Ich sage dir, Henry, ich habe die denkwürdigsten und bemerkenswertesten Ergebnisse erzielt. Ich bin wirklich bis zur Erinnerung an den Mutterleib zurückgegangen, so unglaublich das klingen mag.«

Das sagte er mit größter Intensität; seine Augen funkelten, die Stimme zitterte ihm. Seine Erfolgsträume befeuerten ihn augenscheinlich stärker als jeder gewöhnliche Reiz. Schon als er noch seine Praxis führte, war das eines seiner Ziele gewesen; jetzt setzte er seine beträchtlichen Mittel dafür ein, um seinen Ehrgeiz nach Erfolg auf diesem Gebiet zu befriedigen, und er schien auch einiges erreicht zu haben. Das gestand er bei aller gebotenen Vorsicht gerne ein, denn seine Experimente erklärten sein Aussehen – Rauschmittel und Hunger mochten unschwer seine hagere Erscheinung erklären, die in Wahrheit einer Art Auszehrung gleichkam. Er hatte so häufig und so beständig gehungert, daß er nicht nur sein Übergewicht verloren hatte, sondern über die Grenze hinaus abgemagert war, die Vernunft und Gesundheit für geboten erscheinen ließen. Als ich so dasaß und ihm zuhörte, konnte ich mich des Eindrucks nicht erwehren, daß er alle Merkmale eines Fanatikers aufwies, und es war mir nur allzu klar, daß ihn keiner meiner Einwände im geringsten beeinflussen oder zu einer Kursänderung veranlassen würde. Er hatte den Blick fest auf dieses absonderliche Ziel gerichtet und würde sich durch nichts und niemanden davon ablenken lassen.

»Dir fällt nun die Aufgabe zu, meine stenographischen Notizen ins reine zu schreiben, Henry«, fuhr er jetzt ruhiger fort. »Denn natürlich habe ich welche gemacht – einige von ihnen wurden in tranceähnlichem Zustand geschrieben, als sei ich von einem Führer aus dem Jenseits besessen, was natürlich absurd ist. Sie reichen bis kurz vor meine Geburt zurück, und ich befasse mich jetzt mit der Erforschung der ererbten Erinnerungen. Sobald du Zeit hast, die Angaben, die ich notiert habe, anzusehen und ins reine zu schreiben, wirst du erkennen, wie weit ich gekommen bin.«

Damit wandte sich mein Vetter anderen Angelegenheiten zu und entschuldigte sich bald, um in seinem Laboratorium zu verschwinden.

Ich brauchte volle zwei Wochen, um Ambroses Notizen zu entziffern und abzuschreiben, denn sie waren weit ausführlicher, als er angedeutet hatte; sie enthielten auch bestürzende Enthüllungen. Ich war bereits zu der Auffassung gelangt, Ambrose ähnele sehr einem Don Quixote, jetzt aber war ich überzeugt, daß sein Wesen auch starke Züge geistiger Verwirrung aufwies, denn daß er sich unermüdlich antrieb, um einen Zweck zu erreichen, der zum größeren Teil unbeweisbar war und der Menschheit keinen Segen verhieß, wenn er erreichbar war, schien mir an irrationalen Fanatismus zu grenzen. Er war nicht so sehr an dem Wissen interessiert, daß er bei der unermüdlichen Sondierung seines Gedächtnisses erlangen konnte, als am Experimentieren als Selbstzweck, und am meisten bestürzte mich, daß augenscheinlich sein Experimentieren, zunächst nichts weiter als ein Steckenpferd, so sehr zu einer zwanghaften Beschäftigung geworden war, daß alles andere dahinter zurücktreten mußte – auch die eigene Gesundheit.

Gleichzeitig sah ich mich zu dem Eingeständnis gezwungen, daß das in den Aufzeichnungen enthaltene Material oft höchst überraschend war. Es stand außer Frage, daß mein Vetter eine Methode gefunden hatte, den Fluß der Erinnerungen zu erschließen; es war ihm zweifellos der Beweis gelungen, daß alles, was der Mensch erlebte, in einem Abschnitt des Gehirns aufgezeichnet wird und daß nur die entsprechende Brücke zu seiner Speicherstelle im Gedächtnis fehlte, um es wieder ins Bewußtsein zu rufen. Mit Hilfe von Rauschmitteln und Musik war er so weit in die Vergangenheit zurückgegangen, daß seine Aufzeichnungen, einmal zusammengestellt, eine exakte Biographie abgaben, ohne alle Verwicklungen durch schönfärberische Wunschträume, durch Verklärung des Zurückliegenden oder durch die Selbstbestätigungen, die alle ihren Teil beitragen zur Anpassung einer einzelnen Persönlichkeit an die Enttäuschungen des Lebens, die dem Ich Schläge versetzen.

Der Weg, den mein Vetter bisher zurückgelegt hatte, war unzweifelhaft faszinierend. Seine Aufzeichnungen aus den unmittelbar vorangegangenen Jahren erwähnten gemeinsame Bekannte; bald jedoch machten sich die zwei Jahrzehnte Altersunterschied zwischen uns bemerkbar und seine Erinnerungen bezogen sich auf mir fremde Menschen und auf Ereignisse, an denen ich nicht einmal indirekt Anteil gehabt hatte. Die Aufzeichnungen waren dort besonders aufschlußreich, wo sie die Leitgedanken meines Vetters in seiner Jugend und als junger Mann mitteilten – nämlich in ihrer geheimnisvollen Bezugnahme auf Themen, die sein Denken ständig beherrschten.

»Stritt heftig mit de Lesseps über Urquelle. Das Bindeglied zu den Schimpansen zu nahe Vergangenheit. Urfische?« Das schrieb er über seine Tage an der Sorbonne. Und in Wien: »›Der Mensch hat nicht immer auf Bäumen gelebt‹, behauptet von Wiedersen. Einverstanden. Vermutlich schwamm er. Welche Rolle spielten, wenn überhaupt, die Vorfahren des Menschen im Zeitalter der Brontosaurier?« Notizen wie diese, darunter viele noch ausführlichere, fanden sich zwischen den Aufzeichnungen, die seinen Alltag betrafen, zwischen Schilderungen von Partys, Liebesgeschichten, einem Duell als Jugendlicher, Auseinandersetzungen mit den Eltern und dergleichen – zwischen den buntgemischten Kleinigkeiten aus dem Leben eines Menschen. Dies eine Thema schien das Interesse meines Vetters mit erstaunlicher Beharrlichkeit zu fesseln; seine letzten Jahre waren natürlich erfüllt davon, aber es trat im Lauf seines ganzen Lebens immer wieder auf, seit er im Alter von neun Jahren einmal unseren Großvater gebeten hatte, ihm den Familienstammbaum zu erklären, und zu wissen verlangt hatte, was vor den urkundlich belegten Anfängen der Linie gewesen war.

Die Aufzeichnungen enthielten auch gewisse Beweise dafür, wie sehr er sich bei seinen zwanghaften Experimenten verausgabte, denn seine Handschrift war von der Zeit an, da er seine Erinnerungen aufzuzeichnen begonnen hatte, bis zur Gegenwart deutlich unleserlicher geworden. Das heißt, indem er in der Zeit zu den Anfangsjahren und darüber hinaus in die Dunkelheit des Mutterleibes zurückging, denn wenn seine Aufzeichnungen nicht bloß eine geschickte Fälschung waren, war ihm diese Rückkehr geglückt, wurde seine Schrift immer unleserlicher, als stünde diese schrittweise Veränderung im Einklang mit dem zunehmenden Alter seiner Erinnerungen, was ich damals für eine ebenso phantastische Vorstellung hielt wie die Überzeugung meines Vetters, er könne weit in das angestammte und ererbte Gedächtnis vordringen, nämlich in die Erinnerungen seiner Urahnen über viele Generationen hinweg, die vermutlich in den Genen und Chromosomen überliefert worden waren, aus denen er entstanden war.

Zum Großteil freilich enthielt ich mich jeden Urteils, während ich die Aufzeichnungen in die richtige Ordnung brachte, und wir sprachen auch nicht über sie, außer wenn ich Ambrose um Hilfe bitten mußte, weil ich ein Wort in seiner Handschrift nicht entziffern konnte. Las man die Reinschrift nach der Fertigstellung in einem Zug, wirkte sie beeindruckend und zwingend, und ich übergab sie meinem Vetter schließlich mit gemischten Gefühlen und ohne ein endgültiges Urteil.

»Bist du überzeugt?« fragte er mich.

»So weit, wie du zurückgegangen bist, ja«, mußte ich zugeben.

»Du wirst sehen«, erwiderte er ungerührt.

Ich machte ihm sanfte Vorwürfe wegen des Eifers, mit dem er seinen Traum verfolgte. In den zwei Wochen, die ich gebraucht hatte, um seine Aufzeichnungen zu entziffern und ins reine zu schreiben, hatte er sich über jedes vernünftige Maß hinaus überarbeitet. Er hatte so wenig gegessen und so wenig geschlafen, daß er im Vergleich zum Tag meiner Ankunft merklich dünner und abgezehrter geworden war. Er hatte sich Tag und Nacht im Labor eingeschlossen, jedesmal stundenlang ohne Unterbrechung; und oft waren wir in jenen vierzehn Tagen bei den Mahlzeiten nur zu dritt bei Tisch, denn Ambrose verließ sein Laboratorium nicht. Seine Hände neigten zum Zittern und auch sein Mund zeigte Anzeichen einer Schüttellähmung; in seinen Augen aber loderte das Feuer des Fanatikers, für den alles andere als das eigene Ziel zu bestehen aufgehört hat.

Das Laboratorium blieb mir verschlossen. Mein Vetter hatte zwar nichts dagegen, mich in dem geräumigen Laboratorium herumzuführen, doch forderte er bei der Durchführung seiner Experimente absolute Einsamkeit. Er dachte auch nicht daran anzugeben, welche Rauschmittel er einnahm – doch hatte ich den Grund zu der Annahme, daß Cannabis indica oder indischer Hanf, allgemein als Haschisch bekannt, dazu zählte –, wenn er seinen Körper strafte, um seinem hirnverbrannten Traum nachzujagen, das Gedächtnis seiner Vorfahren und seines Erbgutes wiederzugewinnen, ein Ziel, das er unermüdlich jeden Tag und beinahe auch in jeder Nacht verfolgte, so daß ich ihn immer seltener sah, auch wenn er in der Nacht, in der ich ihm endlich die Reinschrift seiner Aufzeichnungen übergab, die seinen Lebensweg in seinen wiedergewonnenen Erinnerungen verfolgten, lange mit mir zusammensaß und jede Seite mit mir durchging, wobei er kleine Korrekturen und Ergänzungen anbrachte, hier und da ein paar Zeilen durchstrich und ganz allgemein meine Abschrift der Erzählung verbesserte. Es war augenscheinlich nötig, diese neu zu tippen, aber was war danach, wenn ich ihm nicht bei der eigentlichen Durchführung seiner Experimente helfen durfte?

Mein Vetter hatte jedoch bereits ein weiteres Bündel Aufzeichnungen für mich bereit, als das Umschreiben abgeschlossen war. Diesmal bezogen sich die Aufzeichnungen nicht auf seine eigenen Erinnerungen, sondern gingen weit in der Zeit zurück; es waren die Erinnerungen seiner Eltern, seiner Großeltern und selbst der Ahnen vor ihnen – nicht detailgenau wie seine eigenen, vielmehr nur allgemein, aber doch deutlich genug, um ein erstaunliches Bild der Familie vor seiner eigenen Generation zu liefern. Es handelte sich um Erinnerungen an gewaltige Katastrophen, umwälzende geschichtliche Ereignisse, an die Jugendzeit der Erde; es war eine Wiederherstellung vergangener Zeit, die einem einzelnen nach meiner Überzeugung unmöglich sein mußte. Und doch war sie da, unleugbar, beeindruckend und unvergeßlich: in jeder Hinsicht eine gewaltige Leistung. Ich glaubte fest, daß es sich um eine geschickte Fälschung handelte, doch wagte ich nicht, Ambrose zu verurteilen, dessen fanatische Überzeugungen keinen Zweifel duldeten. Ich übertrug sie ebenso sorgsam wie die früheren Aufzeichnungen, und nach wenigen Tagen war ich fertig und übergab ihm die neue Reinschrift.

»Du brauchst nicht an mir zu zweifeln, Henry«, sagte er mit grimmigem Lächeln. »Ich lese es von deinen Augen ab. Was würde ich durch falsche Aufzeichnungen gewinnen? Ich neige nicht zu Selbstbetrug.«

»Mir steht es nicht zu, darüber zu urteilen, Ambrose. Vielleicht nicht einmal, es zu glauben oder abzustreiten.«

»Das trifft den Nagel auf den Kopf«, pflichtete mein Vetter bei. Ich drängte ihn, mir den nächsten Auftrag zu geben, aber er bedeutete mir, ihm sei es recht, wenn ich warten wolle. Ich könne die Zeit nutzen, um die Wälder zu erforschen und die Felder auf der anderen Seite der Straße zu durchstreifen, bis er wieder Arbeit für mich habe. Ich hatte vor, seine Anregung aufzugreifen und in den angrenzenden Wäldern umherzustreifen, aber dazu kam es nie, denn andere Ereignisse traten dazwischen. In dieser Nacht noch geriet ich auf eine andere Bahn, die mir eine entschiedene Abwechslung von der üblichen Arbeit an den immer schwieriger werdenden Aufzeichnungen meines Vetters brachte, denn mitten in der Nacht kam Reed, um mich zu wecken und mir zu sagen, daß mich Ambrose im Laboratorium benötige.

Ich kleidete mich an und ging sofort hinunter.

Ich fand Ambrose in dem abgetragenen mausgrauen Schlafrock, den er gewöhnlich trug, auf dem Operationstisch ausgestreckt. Er war halb betäubt, jedoch nicht so geistesabwesend, daß er mich nicht mehr erkannt hätte.

»Etwas ist mit meinen Händen los«, sagte er mühsam. »Ich sinke. Schreibst du alles nieder, was ich sage?«

»Was fehlt dir?« fragte ich.

»Vielleicht eine zeitweilige Nervenlähmung. Ein Muskelkrampf. Ich weiß nicht. Morgen wird alles in Ordnung sein.«

»Gut«, sagte ich, »ich schreibe jedes deiner Worte auf.«

Ich nahm seinen Notizblock und den Bleistift und wartete.

Die Atmosphäre des schlecht beleuchteten Labors, in dem nur ein düsteres rotes Licht neben dem Operationstisch brannte, wirkte unheimlich. Mein Vetter glich eher einer Leiche als einem Menschen unter Drogeneinfluß. Überdies spielte in einer Ecke ein elektrischer Phonograph, und die leisen Dissonanzen von Strawinskis »Sacre du Printemps« erfüllten den Raum. Mein Vetter lag völlig still, und lange Zeit gab er keinen Ton von sich: er war in den tiefen Drogenschlaf gefallen, in dem er sein Experiment durchführte, und selbst wenn ich es versucht hätte, so hätte ich ihn nicht wecken können.

Es verging vielleicht eine Stunde, ehe er zu sprechen begann, und dann sprach er so unzusammenhängend, daß es mir schwerfiel, seine Worte zu vernehmen.

»Wald, im Boden versunken«, sagte er. »Sie sind riesig, kämpfen und zerfleischen sich. Lauf, lauf...« Und wieder: »Neue Bäume für alte. Spuren, zehn Fuß breit. Wir leben in einer Höhle, kalt, feucht, Feuer...«

Ich schrieb alles nieder, soweit ich sein Gemurmel verstand. Es war unglaublich: er schien vom Zeitalter der Saurier zu träumen, denn er lieferte Hinweise auf große Tiere, die sein Land durchstreiften, miteinander kämpften und einander zerfleischten, durch Wälder stapften, als seien sie Gras, die Menschen in ihren Höhlen und Erdlöchern aufspürten und sie fraßen.

Die Anstrengung, sich so weit in die Vergangenheit zurückzuversetzen, nahm meinen Vetter besonders stark mit, und als er schließlich in jener Nacht das Bewußtsein wiedererlangte, erfaßte ihn Schauder, und er wies mich an, den Phonographen abzustellen; er murmelte etwas von »entartetem Gewebe«, das auf merkwürdige Weise mit »meinen Träumen – meinen Erinnerungen« zusammenhing, und kündigte an, daß wir uns alle eine Zeitlang ausruhen würden, bevor er seine Experimente fortsetzte.

III

Möglicherweise wäre mein Vetter den Folgen seines Vorstoßes über die uns Sterblichen gesetzten Grenzen noch entgangen, wenn er sich hätte überzeugen lassen, sich in seinen Experimenten mit dem Nachweis zu begnügen, daß ein vollständiger Erfolg möglich sei, und sich mehr zu schonen. Dies tat er jedoch nicht; vielmehr hatte er nur Verachtung für meine wiederholten Vorhaltungen, wobei er mich daran erinnerte, daß er der Arzt sei, nicht ich. Mein Einwand, daß er sich als Patient weniger schonte, als er jeden anderen geschont hätte, stieß auf taube Ohren. Doch konnte selbst ich nicht voraussehen, was geschehen würde, obwohl Ambroses vage Andeutungen über »entartetes Gewebe« meinem Nachsinnen über den Schaden, den er sich als Opfer seiner Drogenabhängigkeit zufügte, die Richtung hätten weisen können.

Eine Woche lang ruhte er sich aus.

Dann nahm er seine Experimente erneut auf, und bald schrieb ich seine Aufzeichnungen wieder mit der Schreibmaschine nieder. Diesmal jedoch waren seine Aufzeichnungen immer schwerer zu entziffern. Seine Handschrift verfiel zusehends, wie er auch angedeutet hatte, und ihr Gegenstand war überdies häufig sehr schwer nachzuvollziehen, wenn es auch augenscheinlich war, daß Ambrose sehr weit in der Zeit zurückgegangen war. Natürlich blieb es möglich, sogar wahrscheinlich, daß mein Vetter einer Art Selbsthypnose zum Opfer gefallen war und keineswegs selbst erlebt hatte, was er als Erinnerung aufzeichnete, sondern vielmehr die entscheidenden Züge des Lebens der alten Höhlen- und Baumbewohner aus der Erinnerung der Bücher, die er gelesen hatte, wiedergab; doch gab es von Zeit zu Zeit auch bestürzend klare Anzeichen dafür, daß seine Beobachtungen nicht aus einem gedruckten Text oder aus der Erinnerung an einen solchen Text stammten, auch wenn ich keine Möglichkeit hatte, mögliche Quellen für die bizarren Chroniken meines Vetters ausfindig zu machen.

Ich traf Ambrose immer seltener, aber bei den wenigen Gelegenheiten, bei denen ich ihn sah, konnte ich nicht übersehen, in welch beunruhigender Weise er den Rauschmitteln und der Unterernährung nachgab; seine Auszehrung wurde noch durch gewisse abstoßende Anzeichen von Degeneration verstärkt. Er neigte dazu, über dem Essen zu sabbern, und seine Tischmanieren wurden so abscheulich, daß Mrs. Reed bei mehr als einem Anlaß demonstrativ dem Mahl fernblieb; obwohl wir infolge Ambroses wachsenden Widerwillens, sein Laboratorium zu verlassen, bei Tisch meist nur zu dritt waren.

Ich erinnere mich nicht, wann die drastischen Veränderungen in Ambroses Gewohnheiten einsetzten, glaube aber, daß ich gerade kaum mehr als zwei Monate im Haus war. Im Rückblick kommt es mir so vor, als habe Ginger, der Hund meines Vetters, die Ereignisse angekündigt, indem er sich äußerst unruhig zu verhalten begann. Bislang war er ein besonders wohlerzogener Hund gewesen, jetzt aber bellte er oft um Mitternacht, und tagsüber heulte er und strich wie aufgeschreckt um Haus und Hof. Mrs. Reed behauptete: »Der Hund riecht oder hört etwas, was ihm nicht gefällt.« Vielleicht sprach sie die Wahrheit, auch wenn ich ihr wenig Aufmerksamkeit schenkte.

Kurze Zeit danach beschloß mein Vetter, ganz im Laboratorium zu bleiben, und wies mich an, sein Essen auf einem Tablett vor der Labortür abzustellen. Ich machte ihm Vorhaltungen, doch weder öffnete er die Tür, noch kam er heraus, und häufig ließ er sein Essen draußen einige Zeit stehen, ehe er es hineinholte, so daß sich Mrs. Reed nicht einmal mehr bemühte, ihm eine warme Mahlzeit bereitzustellen, denn meist war sie schon kalt geworden, wenn er sie holte. Merkwürdig war, daß niemand von uns je sah, wie Ambrose sein Essen ins Labor holte; das Tablett stand manchmal eine Stunde dort, manchmal zwei oder gar drei, und plötzlich war es fort, bis dann ein leeres an seiner Stelle stand.

Auch seine Eßgewohnheiten änderten sich. Obwohl er früher ein starker Kaffeetrinker gewesen war, verschmähte er jetzt das Getränk und ließ die Tasse so oft zurückgehen, ohne sie berührt zu haben, daß Mrs. Reed ihm keinen Kaffee mehr servierte. Er entwickelte eine immer größere Vorliebe für einfaches Essen – Fleisch, Kartoffeln, grünen Salat und Brot, während ihm andere Salate und die meisten Pfannengerichte nicht zusagten. Manchmal waren auf dem leeren Tablett Aufzeichnungen zu finden, aber diese wurden immer seltener, und die wenigen, die es gab, waren kaum zu entziffern, denn seine Handschrift zeigte denselben bedauernswerten Verfall wie der Inhalt seiner Notizen. Anscheinend fiel es ihm schwer, den Bleistift richtig zu halten, und seine Zeilen waren in großer Schrift ohne besondere Ordnung über alle Blätter gekritzelt, was bei jemanden, der unter so starkem Drogeneinfluß stand, nicht weiter verwunderlich war.

Die Musik, die aus dem Labor drang, war noch primitiver. Ambrose hatte sich gewisse Schallplatten mit polynesischer, alter indianischer und ähnlicher Stammesmusik verschafft, und außer ihnen spielte er jetzt nichts mehr. Es waren wirklich bizarre Geräusche, besonders bei endloser Wiederholung beanspruchten sie die Nerven aufs äußerste, so interessant sie beim ersten Anhören wirken mochten. Mit monotoner Beharrlichkeit spielte er die Musik eine Woche lang Tag und Nacht, bis eines Nachts zu erkennen war, daß der Phonograph ausgeleiert oder abgenützt war und urplötzlich aufhörte; danach war er nie mehr zu hören.

Ungefähr zu dieser Zeit hörten die Aufzeichnungen auf, dafür gab es zwei andere Entwicklungen. Der Hund Ginger schlug während der Nacht an und bellte wie rasend, und zwar in regelmäßigen Abständen, als versuche jemand, das Grundstück zu betreten. Ich stand ein- oder zweimal auf, und einmal kam es mir vor, als sei ein bedrohlich großes Tier in den Wald gehuscht, aber Nachforschungen blieben ergebnislos; bis ich nach draußen kam, war es verschwunden. Zwar war dieser Teil Vermonts noch ziemlich unberührt, aber es gab keine Bären in der Gegend, und ebenso gering war die Wahrscheinlichkeit, im Wald auf ein Tier zu treffen, das größer oder gefährlicher sein mochte als ein Hirsch. Die andere Entwicklung war viel bestürzender; Mrs. Reed bemerkte sie als erste und lenkte meine Aufmerksamkeit darauf – es roch durchdringend und höchst widerwärtig nach Moschus, eindeutig schien vom Laboratorium ein Tiergestank auszugehen.

War es möglich, daß mein Vetter ein Tier aus den Wäldern durch den hinteren Eingang ins Laboratorium gebracht hatte, das zum Wald hin gelegen war? Das war eine Möglichkeit, aber mir war wirklich kein Tier bekannt, das einen so durchdringenden Gestank verbreitete. Versuche, Ambrose von unserer Seite der Tür aus zu befragen, waren vergeblich, er weigerte sich entschieden zu antworten, und selbst die Drohung der Reeds, daß sie kündigen würden, da sie in einem solchen Gestank nicht arbeiten könnten, vermochte ihn nicht umzustimmen. Nach drei Tagen zogen die Reeds mit ihrer Habe fort, und ich blieb allein zurück, um mich um Ambrose und seinen Hund zu kümmern.

Die Erschütterung, die meine Entdeckung bewirkte, hat den genauen Ablauf der Ereignisse verwischt. Ich weiß, daß ich den Vorsatz faßte, so oder anders zu meinem Vetter vorzudringen, auch wenn er auf keine Bitten reagierte. Ich erleichterte meine Bürde so weit wie möglich, indem ich den Hund loskettete und frei herumstreifen ließ. Ich versuchte gar nicht erst, die verschiedensten Aufgaben der Reeds zu übernehmen, sondern verbrachte meine Zeit damit, vor der Laboratoriumstür auf und ab zu gehen. Von außen ins Laboratorium hineinsehen zu wollen, hatte ich schon lange aufgegeben, denn die Fenster verliefen als hochliegende Rechtecke längs des Daches und waren wie das einzelne Fenster in der Tür von innen abgedeckt, damit man den drinnen vor sich gehenden Experimenten auf keinen Fall zusehen konnte.

Mein Schmeicheln und Zureden zeitigte zwar keinen Erfolg bei Ambrose, doch wußte ich, daß er irgendwann essen mußte und daß er schließlich gezwungen sein würde, das Laboratorium zu verlassen, wenn ich ihm nichts zu essen gab. Darum stellte ich einen ganzen Tag lang kein Essen vor seine Tür; ich wartete grimmig, daß er sich zeigen würde, obwohl mir der Geruch, der durch die Labortür drang, beinahe Übelkeit verursachte. Er öffnete jedoch nicht. Entschlossen hielt ich weiter Wache an der Tür und zwang mich wachzubleiben, was mir nicht schwerfiel, denn in der Ruhe der Nacht nahm ich ungewöhnliche, verwirrende Bewegungen im Laboratorium wahr – unbeholfene, schlurfende Geräusche, als ob ein großes Tier herumkröche, dazu noch ein gutturales Maunzen, als ob ein stummes Tier zu sprechen versuchte. Mehrmals rief ich nach ihm, und ebensooft versuchte ich aufs neue, die Labortür aufzubringen, aber sie widerstand allen Bemühungen, denn sie war nicht nur versperrt, sondern es war auch ein schwerer Gegenstand dagegengelehnt.

Ich beschloß, am Morgen mit allen Mitteln die äußere Labortür aufzubrechen zu versuchen, falls meine Weigerung, Ambrose das gewohnte Essen zu bringen, ihn nicht hervorlocken würde. Höchste Besorgnis erfüllte mich nun, denn dieses beharrliche Schweigen sah meinem Vetter ganz und gar nicht ähnlich.

Kaum hatte ich diesen Entschluß getroffen, da drang das rasende

Kläffen des Hundes an mein Ohr. Ohne die Kette, die ihn bisher gehindert hatte, schoß er nun am Haus entlang in den Wald hinein, und im Nu hörte ich das rasende Knurren und Grollen, das stets einen Angriff begleitete.

Ich dachte nicht mehr an meinen Vetter und eilte zur nächsten Tür. Noch im Laufen ergriff ich meine Taschenlampe und stürmte nach draußen in den Wald, als ich etwas entdeckte, was mich innehalten ließ. Als ich um die Hausecke gebogen war, konnte ich die Rückseite des Laboratoriums sehen und bemerkte, daß die Labortür offen stand.

Sofort wandte ich mich um und lief ins Laboratorium.

Drinnen war alles dunkel. Ich rief den Namen meines Vetters, aber er gab keine Antwort. Im Schein meiner Taschenlampe entdeckte ich den Schalter und drehte das Licht an.

Der Anblick, der sich mir bot, erschreckte mich tief. Als ich zuletzt im Labor gewesen war, war es ein auffallend sauberer und ordentlicher Raum gewesen – jetzt befand es sich in einem schockierenden Zustand. Nicht nur waren die Requisiten für die Experimente meines Vetters umgestürzt und zerbrochen, über Instrumente und Teile des Bodens war halb verfaultes Essen zerstreut, das zum Teil noch als aus der Küche stammend kenntlich war, aber auch ein bedenklicher Anteil rohen Fleisches, die Reste von halb verzehrten Kaninchen, Eichhörnchen, Stinktieren, Waldmurmeltieren und Vögeln. Vor allem herrschte im ganzen Laboratorium der ekelhaft abstoßende Gestank aus der Behausung eines Urtieres – die verstreuten Instrumente deuteten auf Kultur hin, Geruch und Anblick des Raumes aber rührten von untermenschlichem Leben her.

Von meinem Vetter Ambrose war nichts zu sehen.

Ich erinnerte mich an das große Tier, das ich verschwommen in den Wäldern gesehen hatte, und der erste Gedanke, der mir kam, war der, daß das Tier irgendwie ins Laboratorium eingedrungen sei und, vom Hund verfolgt, Ambrose verschleppt habe. Nach diesem Einfall handelte ich denn auch und lief aus dem Labor zu der Stelle im Wald, von wo noch immer die kehligen Tierlaute eines mörderischen Kampfes drangen, die erst aufhörten, als ich hinzukam. Ginger ließ keuchend von seinem Opfer ab, auf das das Licht meiner Lampe fiel.

Ich weiß nicht, wie es mir gelang, ins Haus zurückzufinden, die Behörden zu verständigen oder auch nur fünf Minuten hintereinander zusammenhängend zu denken, so groß war der Schock meiner Entdeckung. In dem einen Augenblick der Katastrophe verstand ich alles, was sich ereignet hatte, und mir wurde klar, warum der Hund in der Nacht so rasend gekläfft hatte, wenn das »Etwas« sich auf Nahrungssuche machte; ich verstand den Ursprung jenes schrecklichen Tiergestanks, und ich erkannte, daß das Schicksal meines Vetters unabwendbar gewesen war.

Denn das ›Etwas‹, das da unter Gingers blutigem Rachen lag, war das untermenschliche Spottbild eines Menschen, eine höllische Parodie urzeitlichen Wachstums, mit entsetzlichen Verformungen an Gesicht und Leib, das einen alles durchdringenden Schlachthausgestank verströmte – es war jedoch in die Fetzen des mausgrauen Morgenrocks meines Vetters gekleidet und trug seine Uhr am Arm.

Infolge eines unbekannten Urgesetzes der Natur war Ambrose, indem er sein Gedächtnis in jene vormenschliche Zeit, in die Erbzeit des Menschen, zurücksandte, in jener Stufe der Evolution festgehalten worden und sein Leib hatte sich zurückentwickelt zur vormenschlichen Existenz des Menschen auf der Erde. Zu nächtlicher Stunde war er in den Wäldern immer auf Futtersuche gegangen und hatte den bereits beunruhigten Hund zur Raserei getrieben. Und durch meine Hand war er auf diese entsetzliche Weise gestorben – denn ich war es, der Ginger von der Kette gelassen und es so zugelassen hatte, daß Ambrose vom Biß seines eigenen Hundes den Tod fand.

Der Schatten aus dem All

I

Die größte Gnade auf dieser Welt ist... das Nicht-
vermögen des menschlichen Geistes, all ihre inneren
Geschehnisse miteinander in Verbindung zu bringen. Wir leben auf einem friedlichen Eiland des
Unwissens inmitten schwarzer Meere der Unendlichkeit, und es ist uns nicht bestimmt, diese weit zu
bereisen...

Wenn es stimmt, daß der Mensch für alle Zeit am Rand eines
Abgrunds lebt, dann müssen die meisten Menschen Augenblicke
der Bewußtheit erleben, sozusagen eine Art Vorahnung, wenn die
ungeheuren, unausgeloteten Tiefen, die sich für alle Zeit am Rand
der kleinen Welt der Menschen erstrecken, für einen welterschüt-
ternden Augenblick greifbar werden, wenn der entsetzliche,
bodenlose Brunnen des Wissens, von dem selbst der genialste
Mensch nur eben genippt hat, eine Schattengestalt annimmt, die
sogar die Beherztesten mit Urangst erfüllt. Weiß auch nur ein
lebender Mensch um die wahren Ursprünge der Menschheit?
Oder um die Stellung des Menschen in der Rangordnung des
Kosmos! Oder ob der Mensch nicht wie der Wurm zu einem
schändlichen Ende verurteilt ist?

Es gibt ein Grauen, das Nacht für Nacht in den Korridoren des
Schlafs umgeht, vielleicht lose mit den gewöhnlichen Wesenszügen
des täglichen Lebens verknüpft. Mir ist das Wissen um eine solche
Welt außerhalb dieser Welt zunehmend zuteil geworden – sie mag
mit ihr zusammenfallen und doch möglicherweise eine bloße
Halluzination sein. Dem war aber nicht immer so. Erst meine
Begegnung mit Amos Piper hat alles verändert.

Mein Name ist Nathaniel Corey. Ich arbeite seit mehr als fünfzig
Jahren als Psychoanalytiker. Ich bin der Autor eines Lehrbuchs
und unzähliger Abhandlungen in einschlägigen Fachzeitschriften.
Nach dem Studium in Wien habe ich viele Jahre lang in Boston
gewirkt, und erst im letzten Jahrzehnt, gleichsam halb im Ruhe-
stand, bin ich in die Universitätsstadt Arkham im gleichen Bundes-
staat gezogen. Ich habe meinen Ruf der Integrität hart erarbeitet,
und ich fürchte, daß diese Ausführungen ihn in Frage stellen

könnten. Ich bete zu Gott, daß sie mehr bewirken mögen als das.

Ein zunehmend quälendes Gefühl von Vorahnung treibt mich dazu, einen Bericht über das vielleicht interessanteste und gewiß schwierigste Problem niederzuschreiben, das mir in all den Jahren meiner Praxis untergekommen ist. Ich pflege keine öffentlichen Aussagen über meine Patienten zu machen, aber durch die merkwürdigen Umstände, die den Fall Amos Piper begleiten, sehe ich mich gezwungen, gewisse Tatsachen preiszugeben, die im Licht anderer, anscheinend in keiner Beziehung dazu stehender Tatsachen möglicherweise eine größere Bedeutung erlangen, als sie zu haben schienen, als ich von ihnen erfuhr. Es gibt Kräfte des Geistes, die in Dunkel gehüllt sind – weder Hexen noch Zauberer, weder Gespenster noch Kobolde und was noch alles zu primitiven Kulturen gehören mag, sondern Mächte, die unendlich gewaltiger und entsetzlicher sind und die die Vorstellungskraft der meisten Mesnchen übersteigen.

Der Name Amos Piper wird den meisten nicht unbekannt sein, vor allem jenen nicht, die sich an die vor einem Jahrzehnt oder noch früher erfolgte Veröffentlichung anthropologischer Schriften unter seinem Namen erinnern. Ich lernte ihn kennen, als im Jahr 1933 seine Schwester Abigail eines Tages mit ihm in meine Sprechstunde kam. Er war ein großgewachsener Mann, der wirkte, als sei er ehemals beleibt gewesen; jetzt aber schlotterten ihm die Kleider um seine großknochige Gestalt, als habe er in verhältnismäßig kurzer Zeit sehr viel an Gewicht verloren. Das war auch der Fall, denn obwohl Piper eine ärztliche Betreuung dringender nötig zu haben schien als die Dienste eines Psychoanalytikers, erklärte mir seine Schwester, daß er die beste medizinische Behandlung genossen habe, sämtliche Ärzte jedoch, die er aufgesucht hatte, seien übereinstimmend zu dem Schluß gekommen, daß sein Problem vornehmlich geistiger Natur sei und ihre Heilkräfte übersteige. Mehrere meiner Kollegen hatten mich Miß Piper empfohlen, und zur selben Zeit hatten einige Professoren von Pipers Fakultät an der Miskatonic University sich den Empfehlungen der von Piper konsultierten Ärzte angeschlossen, so daß mich die Pipers zu einem Behandlungstermin aufsuchten.

Miß Piper bereitete mich ein wenig auf das Problem ihres Bruders vor, während dieser in meinem Sprechzimmer wartete. Sie tat es mit bewundernswerter Kürze. Piper litt anscheinend an bestimmten erschreckenden Halluzinationen, die die Form von Visionen annahmen, wenn er die Augen schloß oder die Augenlider im Wachen senkte, und die von Träumen, wenn er schlief. Er hatte jedoch seit drei Wochen nicht mehr geschlafen und hatte in dieser Zeit so viel an Gewicht verloren, daß sie sich beide über seinen Zustand ernstlich Sorgen gemacht hatten. Zur Einführung erinnerte mich Miß Piper daran, daß ihr Bruder vor drei Jahren bei einem Theaterbesuch einen Nervenzusammenbruch erlitten hatte; dieser Zusammenbruch war so hartnäckig gewesen, daß Piper erst im letzten Monat sein normales Ich wiedererlangt zu haben schien. Seine neue Obsession – wenn es sich um eine solche handelte – hatte kaum eine Woche nach seiner Rückkehr in den Normalzustand begonnen; Miß Piper hatte den Eindruck, daß es eine logische Verbindung zwischen seinem früheren Zustand und diesen Vorfällen nach einer kurzen Zeit des Normalverhaltens gab. Tabletten hatten mit Erfolg den Schlaf herbeigeführt, aber selbst sie hatten die Träume nicht beseitigt, die Dr. Piper von so entsetzlichem Wesen zu sein schienen, daß er zögerte, von ihnen zu sprechen.

Miß Piper beantwortete offen alle Fragen, die ich ihr stellte, hatte aber, wie sich dabei zeigte, keine Ahnung, wie es um ihren Bruder tatsächlich bestellt war. Sie versicherte mir, daß er nie gewalttätig geworden war, daß er aber häufig geistesabwesend wirkte und sich anscheinend von der Welt, in der er lebte, durch eine deutliche Grenzlinie abgesondert hatte, als lebte er in einer Nußschale, die ihn von der Welt abkapselte.

Miß Piper verabschiedete sich sodann, und ich wandte mich meinem Patienten zu. Er saß mit weit aufgerissenen Augen neben meinem Schreibtisch. Seine Augen hatten einen hypnotisierten Ausdruck und schienen durch reine Willenskraft offen zu sein, denn die Augäpfel waren stark blutunterlaufen und auf der Iris schien ein Schleier zu liegen. Er war höchst aufgeregt und begann sich sogleich für seine Anwesenheit zu entschuldigen, wobei er erklärte, daß seine Schwester entschieden darauf beharrt und ihm keine andere Wahl gelassen habe. Ihren Vorhaltungen kam er um so unwilliger nach, da er wußte, daß ihm niemand helfen konnte.

Ich erklärte ihm, daß mir Miß Abigail sein Problem kurz beschrieben habe, und bemühte mich, ihm seine Befürchtungen zu nehmen. Ich redete beruhigend auf ihn ein, wobei ich allgemein blieb. Piper hörte mir mit geduldigem Respekt zu, denn anscheinend erlag er der beiläufigen und doch beruhigenden Art, mit der ich immer Vertrauen zu erwecken suchte, und als ich ihn schließlich fragte, warum er die Augen nicht schließen könne, antwortete er ohne Zögern und ohne Umschweife, daß er sich davor fürchte.

»Warum?« wollte ich wissen. »Können Sie es mir sagen – wenn Sie es wollen?«

Seine Antwort vergesse ich nicht. »Sobald ich die Augen schließe, zeigen sich auf der Netzhaut seltsame geometrische Figuren und Muster, begleitet von verschwommenen Lichtern und noch unheimlicheren Formen in etwas größerer Ferne, wie von großen Wesen, die die menschliche Vorstellungskraft übersteigen – und das Erschreckendste daran ist, daß es sich um vernunftbegabte Wesen handelt – unendlich fremdartig.«

Ich drängte ihn, den Versuch zu unternehmen, diese Wesen zu beschreiben. Das fiel ihm schwer. Seine Beschreibungen waren vage, in ihren Andeutungen jedoch erstaunlich. Keines dieser Wesen schien klar ausgeformt zu sein, abgesehen von gewissen runzligen Kegeln, die ebensogut pflanzlichen wie tierischen Ursprungs sein mochten. Doch sprach er mit solcher Überzeugungskraft und versuchte mir die erstaunlichen Wesen, von denen er ohne Unterlaß träumte, anschaulich zu machen, so daß mich die Lebendigkeit von Pipers Vorstellungskraft beeindruckte. Vielleicht bestand wirklich eine Verbindung zwischen diesen Visionen und der langen Krankheit, die ihn befallen hatte. Dazu wollte er sich nur ungern äußern, aber nach einer Weile kam er auf das Thema zurück, wobei er ziemlich unsicher und so unzusammenhängend redete, daß ich mir die Abfolge der Ereignisse selbst zusammenreimen mußte.

Seine Geschichte setzte genaugenommen erst in seinem neunundvierzigsten Lebensjahr ein. Damals wurde er krank. Bei einer Aufführung von Maughams »Der Brief« war er mitten im zweiten Akt in Ohnmacht gefallen. Man hatte ihn ins Direktionsbüro getragen, wo man sich bemühte, ihn wieder ins Leben zurückzurufen. Alle Anstrengungen erwiesen sich als vergeblich, und schließlich wurde er von einer Ambulanz nach Hause gebracht; dort bemühten sich die Ärzte und Helfer einige weitere Stunden, ihn zu Bewußtsein zu bringen. Da ihnen das nicht gelang, wurde Piper ins Krankenhaus eingeliefert. Dort lag er drei Tage im Koma, bis er schließlich das Bewußtsein wiedererlangte.

Man stellte jedoch sofort fest, daß er »nicht mehr er selbst« war.

Seine Persönlichkeit schien tief gestört. Die behandelnden Ärzte glaubten zunächst, daß er einen Schlaganfall erlitten habe, aber da es keine Begleitsymptome gab, ließ man diese Theorie widerwillig fallen. Sein Leiden war so heftig, daß er einige der gewöhnlichsten menschlichen Verrichtungen nur mit größter Schwierigkeit ausführen konnte. Man bemerkte sofort, daß er Schwierigkeiten zu haben schien, Gegenstände zu ergreifen. Körperlich schien jedoch alles in bester Ordnung zu sein, und auch seine Aussprache wirkte normal. Beim Ergreifen von Gegenständen stellte er sich nicht wie ein Wesen mit Fingern an, sondern er öffnete Finger und Daumen in einer Bewegung, die mehr an eine Klaue als an eine Hand erinnerte, als wolle er etwas greifen und halten, ohne die Finger bewegen zu können. Das war jedoch nicht der einzige Wesenszug seiner bestürzenden »Genesung«. Er mußte von neuem gehen lernen, denn er schien vorwärtskriechen zu wollen, als fehle ihm die Fähigkeit zur Fortbewegung. Es fiel ihm auch außerordentlich schwer, das Sprechen zu erlernen, seine ersten Verständigungsversuche unternahm er mit den Händen, mit derselben klauenähnlichen Bewegung, mit der er Gegenstände anfassen wollte. Dabei gab er merkwürdige Pfeiftöne von sich, deren Sinnlosigkeit ihn merklich störte. Dennoch stellte man fest, daß seine Intelligenz scheinbar nicht gelitten hatte, denn er lernte überaus schnell, und binnen einer Woche beherrschte er all die prosaischen Handlungen, die den Alltag eines Menschen ausmachen.

Wenn aber auch seine Intelligenz nicht gelitten hatte, so war doch seine Erinnerung an die Begebenheiten in seinem Leben fast völlig ausgelöscht worden. Er hatte seine Schwester nicht wiedererkannt, auch keinen seiner Kollegen von der Fakultät der Miskatonic University. Er gestand, nichts von Arkham zu wissen, nichts von Massachusetts und nur wenig von den Vereinigten Staaten. Es erwies sich als notwendig, ihm dieses Wissen neuerlich zugänglich zu machen, doch dauerte es nur kurze Zeit, weniger als einen Monat, bis er sich alles zu eigen gemacht hatte, was ihm vorgelegt wurde. Er entdeckte das menschliche Wissen in erstaunlich kurzer Zeit aufs neue und zeigte ein phänomenal genaues Gedächtnis für alles, was er gehört oder gelesen hatte. In der Tat war sein Gedächtnis während seiner Krankheit – sobald der Unterricht abgeschlossen war – dem vorherigen Funktionieren dieses Teils seines Geistes unendlich überlegen.

Erst nachdem Piper diese notwendigen Anpassungen an seine

Situation durchgemacht hatte, begann er eine nach seiner eigenen Beschreibung »unerklärliche« Handlungsweise. Er hatte unbegrenzten Urlaub von der Miskatonic University genommen und war auf weite Reisen gegangen. Dennoch hatte er zur Zeit seines Besuchs in meiner Sprechstunde ebensowenig direktes und persönliches Wissen um diese Reisen wie überhaupt seit seiner »Genesung« von einer Krankheit, an der er drei Jahre gelitten hatte. Es gab in seinen Berichten über diese Reisen nichts, was einer Erinnerung auch nur nahekam, und er wußte auch nicht, was er dabei unternommen hatte; in Anbetracht des erstaunlichen Erinnerungsvermögens, das er während seiner Krankheit gezeigt hatte, war das höchst außergewöhnlich. Man hatte ihm seit seiner »Genesung« erzählt, daß er in seltsamen, abgelegenen Gegenden der Erdkugel gewesen war – in der Arabischen Wüste und den hintersten Winkeln der Inneren Mongolei, am Polarkreis, in der Inselwelt Polynesiens, auf den Marquesas, im uralten Inkaland Perus und an anderen Orten dieser Art. An das, was er dort unternommen hatte, konnte er sich in keiner Weise erinnern, und auch sein Gepäck gab keine Hinweise, abgesehen von einigen kuriosen Bruchstücken wie von einer alten Hieroglyphenschrift, die meisten von ihnen auf Stein, wie sie jeder Tourist gern einer kleinen Sammlung einverleibt.

Wenn er sich gerade nicht auf diesen geheimnisvollen Reisen befunden hatte, hatte er seine Zeit damit zugebracht, in den großen Bibliotheken der Welt mit beinahe unvorstellbarer Geschwindigkeit einer sehr ausgedehnten Lektüre nachzugehen. Von der Bibliothek der Miskatonic University in Arkham – die berühmt ist für gewisse verbotene Manuskripte und Bücher, die sich im Lauf der Jahrhunderte seit der Kolonialzeit angesammelt hatten – hatten ihn seine Studien bis nach Ägypten, nach Kairo, geführt, wenn er auch die meiste Zeit im British Museum in London und in der Bibliotheque Nationale in Paris zugebracht hatte. Er hatte auch Einsicht in unzählige Privatbibliotheken genommen, wo er nur Zugang erhielt.

In jedem Fall zeigten die Aufzeichnungen, die er später in der einzigen kurzen Woche seiner »Normalität« zu überprüfen bemüht war – wobei er sich jedes verfügbaren Mittels bediente: der Kabeldepesche, der drahtlosen Telegraphie, des Funks, denn er fühlte, wie er sich ausdrückte, daß die Zeit drängte –, daß er mit großem Eifer gewisse sehr alte Bücher gelesen hatte, von denen ihm nur einige wenige vor dem Ausbruch seiner Krankheit auch nur entfernt bekannt gewesen waren. Es handelte sich um solche mit uralten Überlieferungen zusammenhängende Bücher wie die *Paknotischen Handschriften,* das *Necronomicon* des verrückten Arabers Abdul Alhazred, die *Unaussprechlichen Kulte* des Von Junzt, die *Cultes des Goules* des Grafen d'Erlette, Ludvig Prinns *De Vermis Mysteriis,* den *R'lyeh-Text,* die *Sieben kryptischen Bücher aus Hsan,* die *Gesänge von Dhol,* das *Liber Ivoris,* die *Celaeno-Fragmente* und viele andere ähnliche Texte, von denen einige nur als Fragment existierten und die über die ganze Welt verstreut waren. Natürlich war er auch dazu gekommen, die Geschichte zu durchdringen, aber aufgrund der Leihscheine in den Bibliotheken, die Piper hatte überprüfen können, ließ sich feststellen, daß die Lektüre in jeder Bibliothek zuerst Büchern gewidmet war, in denen die Legenden und übernatürlichen Überlieferungen dargestellt wurden, und dann in direkter Linie zu historischen und anthropologischen Abhandlungen überging, als nähme Piper an, daß die Geschichte der Menschheit nicht mit der Urzeit beginne, sondern mit der unvorstellbar alten Welt, die bereits vor der menschlichen Zeitrechnung der Historiker bestand und über die man in gewissen gefürchteten und schrecklichen Überlieferungen lesen kann, die lediglich in unheimlichen, gemeinhin für okkult gehaltenen Büchern zu finden sind.

Es war auch bekannt, daß er Verbindung mit anderen Menschen aufgenommen hatte, denen er vorher nicht begegnet war, und die er jetzt wie nach vorheriger Absprache an verschiedenen Orten traf. Es waren Menschen mit ähnlichen Interessen, die sich ebenfalls mit recht makabren Forschungen beschäftigten oder mit der Fakultät eines Colleges oder einer Universität in Verbindung standen. Sie alle hatten jedoch immer einen gemeinsamen Wesenszug, wie Piper herausfand, wenn er über Ozeane und Kontinente hinweg Menschen anrief, deren Mitteilungen er nach seiner Rückkehr zum »Normalzustand« unter seinen Papieren fand — jeder von ihnen hatte einen Anfall gehabt, der entweder dem glich, der Piper im Theater erfaßt hatte, oder ihm doch sehr ähnlich war.

Auch wenn diese Handlungsweise nicht mit Pipers Lebensführung vor seiner Krankheit zu vereinbaren war, blieb sie während seiner Krankheit ziemlich beständig, sobald sie sich ausgebildet hatte. Die seltsamen und unerklärlichen Reisen, die er unternommen hatte, sobald er sich nach seiner ursprünglichen Genesung wieder daran gewöhnt hatte, unter den Mitmenschen zu leben, hatten sich während der drei Jahre fortgesetzt, da er »nicht mehr er selbst« gewesen war. Zwei Monate auf Ponape, ein Monat in Angkor-Vat, drei Monate in der Antarktis, eine Konferenz mit einem anderen Gelehrten in Paris und zwischen den Reisen nur kurze Aufenthalte in Arkham – so hatte er sich das Leben eingeteilt, auf diese Weise hatte er die drei Jahre vor seiner vollen und endgültigen Genesung zugebracht, an die sich wiederum eine Zeitspanne tiefer Entrückung anschloß, welche Amos Piper keine Erinnerung daran ließ, was er in diesen drei Jahren gemacht hatte, und die ihm die Furcht einflößte, die Augen zu schließen und dann Dinge zu sehen, die seinem Unterbewußtsein etwas Ehrfurchtgebietendes und Entsetzliches vorgaukeln mochten, das mit seinen Träumen zusammenhing.

II

Erst nach drei Sitzungen gelang es mir, Amos Piper zu überreden, für mich eine Schilderung seiner merkwürdig lebhaften Träume abzufassen, dieser nächtlichen Abenteuer seines Unbewußten, die ihn so tief verwirrten und verstörten. Sie glichen einander in ihren Wesenszügen sehr; jeder war unzusammenhängend und fragmentarisch, denn keiner wies eine Übergangsphase vom Wachen zum Träumen auf. Und doch stellte ihre Deutung im Hinblick auf Pipers Krankheit eine Herausforderung dar. Der häufigste unter ihnen war ein Ortstraum, der sich wiederholte; in der einen oder anderen Abwandlung kam er in der Schilderung, die Piper niederschrieb, immer wieder vor. Ich gebe hier seine eigene Darstellung dieses wiederkehrenden Traumes wieder.

»Ich war ein Gelehrter, der in der Bibliothek eines ungeheuren Gebäudes arbeitete. Der Raum, in dem ich damit beschäftigt war, etwas in einer Sprache, die nicht Englisch war, in ein Buch zu übertragen, war so riesig, daß die Pulte darin so hoch wie ein gewöhnliches Zimmer waren. Die Wände bestanden nicht aus Holz, sondern aus Basalt, doch waren die Regale, welche die Wände bedeckten, aus einer dunklen Holzart, die ich nicht kannte. Die Bücher waren nicht gedruckt, sondern zur Gänze handgeschrieben, viele von ihnen waren in der seltsamen Sprache verfaßt, in der ich schrieb. Es gab aber auch welche in bekannten Sprachen

— diese Erkenntnis schien jedoch einem Erbgedächtnis zu entspringen —, in Sanskrit, Griechisch, Latein, Französisch, sogar in Englisch, aber dies Englisch wechselte von den Zeiten eines Piers Plowman bis zu unserer eigenen Zeit. Die Tische wurden von großen Kugeln aus Leuchtkristall und Metallstangen erhellt, die aber keine Verbindungsstäbe aufwiesen.

Abgesehen von den Büchern in den Regalen zeigte der Ort eine strenge Kahlheit. Das freiliegende Mauerwerk war megalithisch; Blöcke mit konvexer Oberseite paßten genau in die unten konkaven Reihen, die auf ihnen ruhten. Alle wuchsen aus einem Boden, dessen große achteckige Fliesen von ähnlichem Basalt waren. Nichts hing an den Wänden und nichts schmückte die Böden. Die Bücherregale reichten vom Boden bis zur Decke, und zwischen den Wänden gab es nur die Pulte, an denen wir im Stehen arbeiteten. Nichts, was einem Stuhl geglichen hätte, war zu sehen, und ich verspürte auch keinerlei Neigung, mich zu setzen.

Am Tag konnte ich draußen einen ungeheuren Wald farnähnlicher Bäume ausmachen. Des Nachts erblickte ich die Sterne, aber keiner war zu identifizieren, kein einziges Sternbild dieses Himmels glich auch nur entfernt den vertrauten Sternen, unseren nächtlichen Gefährten auf der Erde. Darüber empfand ich Grauen, denn ich erkannte, daß ich mich an einem völlig fremden Ort befand, weit entfernt von der irdischen Umgebung, die ich gekannt hatte und die jetzt eine Erinnerung an ein unendlich fernes Dasein zu sein schien. Und doch wußte ich, daß ich ein Bestandteil des Ganzen war und zugleich von ihm verschieden; oder es war, als gehörte ein Teil von mir zu dieser Umwelt, ein anderer Teil aber nicht. Ich war höchst verwirrt, um so mehr, als ich erkannte, daß der Stoff, über den ich schrieb, nicht mehr und nicht weniger war als eine Geschichte der Erde über einen Zeitraum, von dem ich glaubte, ihn selbst erlebt zu haben — nämlich das zwanzigste Jahrhundert; ich legte sie bis ins kleinste Detail nieder, als diene sie dem Studium, aber ich wußte nicht, für welchen Zweck noch außer dem, der ungeheuren Sammlung von Wissen hinzugefügt zu werden, das bereits in den zahllosen Büchern in dem Raum, in dem ich saß, und in den angrenzenden Räumen enthalten war, denn das ganze Gebäude, in dem dieser Raum nur einer unter vielen war, bildete einen ungeheuren Speicher des Wissens. Es war auch nicht der einzige Raum, denn aus den Gesprächen rund um mich wußte ich, daß es weit weg andere gab und daß in ihnen allen andere

Schreiber wie ich an der Arbeit waren, und daß die Arbeit, die wir taten, von lebenswichtiger Bedeutung war für die Rückkehr der Großen Rasse – jener Rasse, der auch wir angehörten – an jene Stätten des Universums, die uns vor vielen, vielen Äonen Heimat gewesen waren, bis uns der Krieg mit den Alten zur Flucht gezwungen hatte.

Ich arbeitete stets unter großer Furcht, etwas erweckte mein Grauen. Ich wagte nicht, mich selbst anzusehen. Eine lauernde Angst war immer gegenwärtig, daß selbst der flüchtigste Blick auf meinen Körper eine entsetzliche Entdeckung bringen könnte. Dies entsprang der Überzeugung, daß ich irgendwann in der Vergangenheit einen solchen Blick gewagt und mein eigener Anblick mich tief erschreckt hatte. Vielleicht fürchtete ich, den anderen zu gleichen, denn meine Kollegen waren rings um mich, und sie ähnelten einander alle. Sie waren große, runzelige Kerle, deren Aufbau einer Pflanze glich, mehr als drei Meter hoch, mit Köpfen und klauenähnlichen Händen, die auf dicken Gliedern rings um die Körperspitze saßen. Ihre Fortbewegung erfolgte durch Ausdehnung und Zusammenziehen der Schleimhaut an ihrer Unterseite, und obwohl sie in keiner mir bekannten Sprache redeten, war ich imstande, die Laute zu verstehen, die sie von sich gaben, denn wie ich in meinem Traum wußte, war ich seit meiner Ankunft an diesem Ort in dieser Sprache unterrichtet worden. Ihre Stimme, aber auch die meine, hatte keine wie immer geartete Ähnlichkeit mit der des Menschen, sondern war eine Verbindung von seltsamen Pfeiftönen und dem Klicken oder Schaben riesiger Krallen, die am Ende zweier ihrer vier Gliedmaßen angebracht waren. Diese Gliedmaßen gingen von einer Stelle aus, die vermutlich der Hals gewesen wäre, sieht man davon ab, daß kein derartiger Körperteil sichtbar war.

Zum Teil ergab sich meine Furcht aus der trüben Erkenntnis, daß ich ein Gefangener in einem Gefangenen war, und während ich in einem Körper gleich jenen um mich eingekerkert war, zugleich dieser Körper die große Bibliothek zum Kerker hatte. Vergebens suchte ich nach einem vertrauten Anhaltspunkt. Nichts wies auf die Erde hin, die ich von Kindesbeinen auf gekannt hatte, sondern alles auf einen Punkt weit draußen im Weltraum, den wir jetzt einnahmen. Ich wußte, daß auch alle meine Kollegen auf die eine oder andere Weise Gefangene waren, obwohl sich gelegentlich Aufseher zeigten, die zwar der Gestalt nach den anderen ähnelten, die aber um nichts weniger Autorität zur Schau trugen und unter uns umhergingen, oft auch, um uns zu helfen. Diese Aufseher drohten nicht, sondern waren höflich, wenn auch bestimmt.

Auch wenn sich die Aufseher nicht in Gespräche mit uns einlassen durften, gab es doch einen unter ihnen, der solchen Beschränkungen nicht unterlag. Er war offenkundig ein Ausbilder und bekleidete unter uns eine bedeutendere Stellung als die anderen; mir fiel auf, daß selbst die anderen Aufseher sich ihm unterordneten. Das geschah nicht nur deshalb, weil er ein Ausbilder war, sondern auch, weil er als Todgeweihter galt, denn die Große Rasse war für die Übersiedlung noch nicht bereit, und der Körper, den er bewohnte, würde schon vor dem Umzug sterben. Er hatte andere Menschen gekannt und zeigte die Gewohnheit, bei meinem Pult stehenzubleiben – zunächst nur, um mir einige Worte der Ermunterung zu sagen, dann aber auch für längere Gespräche.

Von ihm erfuhr ich, daß die Große Rasse schon Milliarden Jahre vor der aufgezeichneten Geschichte auf der Erde und auf anderen Planeten nicht nur unseres Universums existierte. Die runzeligen Kegel, ihre gegenwärtige Gestalt, bewohnten sie erst seit einigen wenigen Jahrhunderten, und diese waren weit von ihrer wahren Gestalt entfernt, die mehr einem Lichtstab glich, denn sie waren eine Rasse freischwebender Geister mit der Fähigkeit, jeden Körper aufzusuchen und das Bewußtsein zu entführen, das ihn bewohnte. Sie hatten die Erde in Besitz gehabt, bis sie in den Titanenkampf zwischen den Alten Göttern und den Alten um die Herrschaft über den Kosmos verwickelt worden waren, welcher Kampf, wie er mir erklärte, den christlichen Mythos der Menschheit erklärte, denn die einfache Auffassung der frühen Menschheit hatte sich diesem Kampf in uralter Überlieferung als einen zwischen dem ursprünglichen Guten und dem ursprünglichen Bösen vorgestellt. Von der Erde war die Große Rasse in den Weltraum hinaus geflohen, zuerst auf den Planeten Jupiter, und dann weiter zu jenem Stern, auf dem sie sich jetzt aufhielten, einem Dunkelstern im Sternbild des Stieres, wo sie immer auf der Hut waren vor einer Invasion aus dem Gebiet des Sees Hali, wohin Hastur der Alte verbannt war, seit die Alten Götter über die Alten gesiegt hatten. Jetzt aber war auch ihr Stern im Sterben begriffen, und sie bereiteten die Massenauswanderung auf einen anderen Stern vor, wobei sie in der Zeit zurück- oder vorwärtsschreiten und die Körper anderer Wesen in Besitz nehmen würden, die langlebiger waren als die runzeligen Kegel, die ihnen augenblicklich Obdach boten.

Ihre Vorbereitung bestand darin, das Bewußtsein von Wesen zu entführen, die zu verschiedenen Zeiten und an verschiedenen Orten der Universen existierten. Unter meinen Gefährten befanden sich, behauptete er, nicht nur Baummenschen von der Venus, sondern auch Angehörige der halbpflanzlichen Rasse der Paläo-Antarktis; nicht nur Vertreter der großen Inkazivilisation von Peru, sondern auch Angehörige jener Menschenrasse, die auf der postnuklearen Erde leben wird, grausam verändert durch die Mutationen, die der Fallout radioaktiver Stoffe von den Wasserstoff- und Kobaltbomben der Atomkriege hervorrufen wird; nicht nur ameisenähnliche Lebewesen vom Mars, sondern auch Menschen aus dem alten Rom und Menschen von einer Welt, die fünfzigtausend Jahre in der Zukunft liegt. Es gab unzählige andere von allen möglichen Rassen, aus allen Lebenssphären, von Welten, die ich kannte, und solchen, die von meiner eigenen durch Tausende und Abertausende von Jahren getrennt waren. Denn die Große Rasse konnte nach Belieben im Raum und Zeit umherreisen, und die runzeligen Kegel, die jetzt ihre Leiber bildeten, waren nur eine vorübergehende Behausung, kurzlebiger als die meisten anderen, und der Ort, wo sie ihre ungeheuren Forschungen durchführten und ihre Archive mit der Geschichte des Lebens in jedweder Zeit und jedwedem Raum füllten, war für sie nur ein kurzer Aufenthaltsort, ehe sie in ein neueres und dauerndes Dasein anderswo überwechselten, in einer neuen Form, auf einer anderen Welt.

Wir alle, die in der großen Bibliothek arbeiteten, halfen beim Sammeln der Archive, denn jeder von uns schrieb die Geschichte seiner eigenen Zeit. Indem sie ihre Angehörigen in die Leere hinaussandte, konnte die Große Rasse selbst beobachten, wie das Leben in anderen Zeiten und an anderen Orten ablief, und seine Darstellung vom Standpunkt der Lebewesen erhalten, die zu dieser Zeit an diesem Ort lebten, denn es handelte sich um Bewußtsein, das zurückgesandt worden war, um die Stelle des abwesenden Angehörigen der Großen Rasse einzunehmen, bis dieser zur Rückkehr bereit war. Die Große Rasse hatte eine Maschine gebaut, die ihr bei ihrem Flug durch Zeit und Raum diente, doch nicht etwa so, wie sie der groben Vorstellungswelt der Menschheit vorschwebt, vielmehr wirkte sie auf den Körper ein, um das Bewußtsein zu lösen und auszusenden. Immer wenn eine Zeitreise in die Zukunft oder in die Vergangenheit geplant wurde, vertraute sich der Reisende der Maschine an, und seine Entsendung war durchgeführt. Wohin sie sich bei ihrer Massenwanderung auch wandten, sie gingen ohne Fesseln; alles Zubehör, die Artefakte, die Erfindungen, selbst die große Bibliothek würden zurückgelassen werden; die Große Rasse würde dann ihre Kultur von neuem aufbauen, immer in der Hoffnung, dem Verderben zu entrinnen, das hereinbrechen würde, wenn die Alten – der große, unsägliche Hastur; und Cthulhu, der in der Tiefe des Wassers schläft; und Nyarlathotep der Bote; und Azathot und Yog-Sothoth und all ihre entsetzliche Nachkommenschaft – sich aus ihrer Gefangenschaft befreien und sich in eine neue Titanenschlacht mit den Alten Göttern in ihren fernen Zufluchtsorten unter fernen Sternen verstricken würden.«

Das war Pipers häufigster Traum. Vermutlich handelte es sich nicht wirklich um einen fortgesetzten Traum in dem Sinne, daß er zu einer Zeit ablief, sondern um einen, der sich wiederholte, wobei Einzelheiten hinzukamen, bis die Schlußfassung, die er niedergeschrieben hatte, ihm wie ein stets wiederkehrender Traum erschien. In Wahrheit war er jedoch kumulativ gewesen, bei jeder Wiederholung kamen neue Einzelheiten dazu. Sein Verhaltensmuster in bezug auf den Traum in der kurzen Zeitspanne seiner »Normalität« war bedeutsam, denn es stellte eine bezeichnende Umkehr der richtigen Reihenfolge dar – im Leben ahmte er die Handlungen der Wesen nach, die er später als runzelige Kegel beschrieb, welche die Träume bewohnten, die in der Folge am Rande eine Rolle spielten. Die Reihenfolge hätte normalerweise umgekehrt sein müssen; wären seine Handlungen – seine Versuche, Gegenstände wie mit Krallen anzufassen, mit den Händen zu sprechen und so weiter – nach dem Auftreten dieser lebhaften Träume erfolgt, so wäre der normale Ablauf zu beobachten gewesen. Es ist bezeichnend, daß es nicht auf diese Weise vor sich ging.

Bei einem zweiten wiederkehrenden Traum schien es sich bloß um einen Anhang zum ersten zu handeln. Wieder einmal arbeitete Piper an dem hohen Pult in der großen Bibliothek, unfähig zu sitzen, weil es keine Stühle gab und weil die runzeligen Kegel nicht zum Sitzen geeignet waren. Wieder einmal hatte der zum Sterben verurteilte Ausbilder innegehalten, und Piper hatte ihn über das

Leben der Großen Rasse befragt.

»Ich fragte ihn, wie die Große Rasse hoffen konnte, ihre Pläne geheimzuhalten, wenn sie das entführte Bewußtsein wieder zurücksandte. Er erwiderte, das geschehe auf zwei Arten. Zunächst werde jede Erinnerung an diesen Ort sorgsam ausgelöscht, ehe das Bewußtsein eines Entführten zurückkehrte, ob er nun in Zeit und Raum rückwärts oder vorwärts reiste. Wenn dann noch Spuren verblieben, so waren sie so schemenhaft und zusammenhanglos, daß sich aus ihnen kein Sinn ergab, und falls sich etwas aus ihnen zusammenreimen ließ, würde es anderen so unglaublich erscheinen, daß es wie das Werk einer überreizten Phantasie, wenn nicht gar wie Krankheit wirken mußte.

Er berichtete mit ferner, daß das Bewußtsein der Großen Rasse seine Behausung selbst wählen durfte. Sie wurden nicht rein zufällig ausgesandt, um die ersten ›Wohnungen‹ zu beziehen, auf die sie stießen, sondern sie hatten die Macht, sich unter den Wesen, die sie erblickten, diejenigen auszuwählen, von denen sie Besitz ergreifen würden. Der so Entführte würde zum gegenwärtigen Wohnort der Großen Rasse gesandt werden, während der ausgezogene Angehörige der Rasse sich an das Leben der Kultur anpassen würde, in die er gekommen war, bis er die Spuren der äonenalten Kultur entdeckt hätte, auf deren Höhepunkt es zu dem gewaltigen Zusammenprall der Alten Götter und der Alten gekommen war. Selbst nach der Rückkehr, nachdem die Große Rasse alles erfahren hatte, was sie erfahren wollte – über die Lebensweisen und über ihre Berührungspunkte mit den Alten und insbesondere deren Gefolgsleuten, die sich der Großen Rasse entgegenstellen wollten, deren Angehörige zwar stets nach Einsamkeit und Frieden gestrebt hatten, jedoch enger mit den Alten Göttern verwandt waren als mit den Alten –, kam es vor, daß ein Bewußtsein ausgesandt wurde, um sicherzustellen, daß das entführte Bewußtsein von jeder Erinnerung gereinigt worden war, und von ihm mittels einer weiteren Entrückung erneut Besitz zu ergreifen, wenn dies nicht gelungen war.

Er führte mich in die unterirdischen Räumlichkeiten der großen Bibliothek. Überall befanden sich Bücher, alle in Handschrift. Sie lagerten auf Regalen in mehreren Reihen rechteckiger Gewölbe, die aus einem unbekannten glänzenden Metall gearbeitet waren. Die Archive waren nach Lebensformen geordnet, und ich stellte fest, daß die runzeligen Wesen des Dunkelsterns einer höheren

Ordnung zugerechnet wurden als der Mensch, denn die Menschengattung war nicht weit von den Reptilienordnungen entfernt, die ihr auf Erden unmittelbar vorangingen. Als ich den Ausbilder danach fragte, bestätigte er mir dies. Er erklärte, daß die Verbindung mit der Erde nur deswegen aufrechterhalten werde, weil sie einst der Mittelpunkt des großen Schlachtfeldes zwischen den Alten Göttern und den Alten gewesen war, deren Gefolgsleute dort, den meisten Menschen unbekannt, noch immer existierten – Die Tiefen auf dem Grund des Ozeans, die Froschlurchmenschen von Polynesien, die gefürchteten Tcho-Tcho-Menschen von Tibet, die Schantaks von Kadath in der Kalten Wüste und viele andere; und weil es sich vielleicht als notwendig erweisen mochte, daß sich die Große Rasse wieder einmal auf den grünen Planeten zurückzöge, der ihre erste Heimat gewesen war. Erst gestern, erklärte er – eine Zeit, die unendlich lange zurückzuliegen schien, denn die Länge der Tage und Nächte entsprach einer Woche auf der Erde –, war ein Bewußtsein vom Mars zurückgekehrt und hatte berichtet, daß dieser Planet dem Tode sogar schon viel näher gerückt war als ihr eigener Stern, und daß damit ein weiterer möglicher Zufluchtsort ausgeschieden war.

Von den unterirdischen Tiefen führte er mich auf die Spitze des Gebäudes. Sie bestand aus einem großen Turm, überwölbt von einer Kuppel aus einer glasähnlichen Substanz, von wo aus ich die Gegend zu unseren Füßen überblicken konnte. Mir fiel auf, daß der Wald aus farnähnlichen Bäumen, den ich gesehen hatte, aus vertrockneten grünen Blättern und nicht aus frischen bestand, und daß sich vom Waldrand an eine endlose Wüste erstreckte, die in einen dunklen Abgrund überging, nach den Erklärungen meines Begleiters das ausgetrocknete Bett eines großen Ozeans. Der Dunkelstern war in die äußerste Umlaufbahn einer Nova geraten und starb jetzt langsam und unausweichlich. Wie fremdartig die Landschaft wirkte! Die Bäume waren im Vergleich zu dem großen Gebäude aus megalithischem Stein, aus dem wir spähten, wie verkümmert; kein Vogel flog über den grauen Himmel; keine Wolke war zu sehen; kein Nebel hing über dem Abgrund; und das Licht der fernen Sonne, die den Dunkelstern erhellte, kam indirekt aus dem Weltraum, so daß die Landschaft ständig in unwirkliches Grau getaucht war.

Mich schauderte vor ihrem Anblick.«

Pipers Träume waren von wachsender Furcht gekennzeichnet.

Diese Furcht schien auf zwei Ebenen zu existieren – eine verband ihn mit der Erde, die andere band ihn an den Dunkelstern. Es gab kaum Abwandlungen. Ein Nebenthema, das zwei- oder dreimal in seiner Traumabfolge vorkam, bezog sich darauf, daß er den Ausbilder-Aufseher in einen merkwürdigen runden Raum begleiten durfte, der sich an der Basis des ungeheuren Turmes befunden haben mußte. Jedesmal, wenn dies der Fall war, lag einer von ihnen auf einem Tisch zwischen den glitzernden Kuppeln einer Maschine ausgestreckt, von der ein blinkendes und flackerndes Licht wie von einer Art elektrischen Stroms ausging, wenn auch ebensowenig wie bei den Lampen auf den Arbeitstischen Verbindungsleitungen zu sehen waren.

Während das Licht immer heller und schneller pulsierte, verfiel der runzelige Kegel auf dem Tisch in Lähmung und blieb einige Zeit wie erstarrt, bis das Licht flackerte und das Summen der Maschine aufhörte. Dann erwachte der Kegel wieder zum Leben, und gleich darauf setzte ein Geschnatter pfeifender und klickender Geräusche ein. Dieser Anblick war immer derselbe. Piper verstand, was gesagt wurde, und er glaubte, daß er in jedem Fall Zeuge wurde, wie das Bewußtsein eines Angehörigen der Großen Rasse zurückkehrte und ein Entführter heimgesandt wurde, der den runzeligen Kegel während seiner Abwesenheit bewohnt hatte. Was der wiederbelebte Kegel in rascher Rede hervorsprudelte, hatte stets den gleichen Inhalt; es handelte sich um einen zusammenfassenden Bericht über die Zeit der Abwesenheit des großen Bewußtseins vom Dunkelstern. In einem Fall war das große Bewußtsein eben nach fünf Jahren als britischer Anthropologe von der Erde zurückgekommen, und behauptete, selbst die Orte gesehen zu haben, an denen die Gefolgsleute der Alten auf der Lauer lagen. Einige Verstecke waren teilweise vernichtet worden – zum Beispiel eine bestimmte Insel unweit von Ponape im Pazifik, das Teufelsriff vor Innsmouth und eine Gebirgshöhle sowie ein See in der Nähe von Machu Picchu –, andere Gefolgsleute waren jedoch weit zerstreut, ohne jede Organisation, und die Alten, die auf der Erde verblieben, waren Gefangene im Zeichen des fünfzakkigen Sterns, des Siegels der Alten Götter. Unter den Orten, die als mögliche zukünftige Wohnsitze der Großen Rasse gemeldet wurden, stand die Erde immer an führender Stelle, trotz der Gefahr eines Atomkrieges.

Im Verlauf von Pipers Träumen wurde es trotz deren Regellosigkeit klar, daß die Große Rasse die Flucht auf einen Planeten oder Stern plante, der weitab von dem sterbenden Stern lag, den sie bewohnte, und daß weite, dünnbesiedelte Gebiete des grünen Planeten – Flächen unter ewigem Eis und große Sandgebiete in den heißen Landstrichen – der Großen Rasse Zuflucht boten. Es gab da immer den ungeheuren Bau aus megalithischen Basaltblöcken, stets die unaufhörliche Emsigkeit dieser eigenartigen Wesen, die nicht des Schlafes bedurften, unweigerlich das Gefühl der Einkerkerung, und im wirklichen Leben waren sie von der allgegenwärtigen Furcht begleitet, die Piper nicht abschütteln konnte.

Ich kam zu dem Schluß, das Piper als Opfer einer tiefen Verwirrung unfähig war, den Traum zur Realität in Beziehung zu setzen, einer jener unglücklichen Menschen, die nicht mehr wissen, was die wirkliche Welt ist – die ihrer Träume oder die, in der sie tagsüber umherwandelten und redeten. Aber selbst dieser Schluß stellte mich nicht völlig zufrieden, und wie recht ich hatte, mein Urteil anzuzweifeln, erfuhr ich sehr bald.

III

Amos Piper war für einen Zeitraum von kaum drei Wochen mein Patient. Ich beobachtete während dieser Zeit, wie sehr mich das auch enttäuschen und meine Behandlungsversuche fragwürdig machen mochte, eine ständige Verschlechterung seines Zustandes. Halluzinationen – oder was ich für Halluzinationen hielt – zeigten sich, insbesondere kam es zum Auftreten der typisch paranoiden Wahnvorstellung, er werde beobachtet und verfolgt. Diese Entwicklung gipfelte in einem Brief, den mir Piper durch einen Boten überbringen ließ. Es war ein offensichtlich in großer Hast verfaßtes Schreiben...

»Lieber Dr. Corey. Da ich Sie möglicherweise nicht mehr treffe, möchte ich Ihnen mitteilen, daß für mich kein Zweifel mehr an meiner Lage besteht. Ich bin überzeugt, daß ich seit einiger Zeit unter Beobachtung stand – nicht durch ein irdisches Wesen, sondern durch ein Bewußtsein der Großen Rasse –, denn ich bin mir jetzt sicher, daß alle meine Visionen und alle meine Träume aus den drei Jahren herrühren, während derer ich entführt war – oder außer mir, wie sich meine Schwester ausdrücken würde. Die Große Rasse existiert auch außerhalb meiner Träume. Sie existiert schon weit länger als die menschliche Zeitrechnung. Ich weiß nicht, wo sie sich befindet – ob auf dem Dunkelstern im Sternbild des Stieres oder weiter weg. Sie bereitet sich jedoch darauf vor, wieder zu übersiedeln, und eines ihrer Mitglieder befindet sich ganz in der Nähe.

Zwischen den Besuchen in Ihrer Sprechstunde war ich nicht müßig. Ich hatte Zeit genug, weitere private Nachforschungen anzustellen. Zahlreiche Verbindungsglieder zu meinen Träumen haben mich beunruhigt und in Verwirrung gestürzt. Was hat sich zum Beispiel 1928 bei Innsmouth wirklich ereignet, das die Bundesregierung veranlaßte, am Teufelsriff an der Atlantikküste unmittelbar vor der Stadt Wasserbomben werfen zu lassen? Welches Ereignis hat in dieser Küstenstadt dazu geführt, daß die halbe Bevölkerung verhaftet und in der Folge verbannt wurde? Worin besteht die Verbindung zwischen den Polynesiern und den Bewohnern von Innsmouth? Und was war die Entdeckung der Antarktisexpedition der Miskatonic University von 1930–31 in den Bergen des Wahnsinns, die vor der ganzen Welt – abgesehen von den Gelehrten der Universität – geheimgehalten und verschwiegen werden mußte? Welche andere Erklärung gibt es für die Erzählung Johannsens, als daß es sich um eine Darstellung handelt, die das Legendenwerk um die Große Rasse bestätigt? Gibt es Hinweise dafür nicht auch in den alten Überlieferungen der Inkas und Azteken?

Ich könnte seitenweise so fortfahren, aber es mangelt mir an Zeit. Ich habe Dutzende solch verstörender, zusammenhängender Vorfälle entdeckt, die meist vertuscht, geheimgehalten, unterdrückt wurden, um eine bereits beunruhigte Welt nicht weiter in Unruhe zu versetzen. Der Mensch ist schließlich nur eine kurzlebige Erscheinung auf dem Antlitz eines einzigen Planeten in einer der ungeheuren Welten, die das ganze All ausfüllen. Nur die Große Rasse kennt das Geheimnis ewigen Lebens, denn sie wandert durch Raum und Zeit, von einem Wohnsitz zum anderen, wird Tier, Pflanze oder Insekt, wie es die Umstände erfordern. Ich muß mich beeilen – ich habe so wenig Zeit. Glauben Sie mir, lieber Doktor, ich weiß, wovon ich schreibe.«

In Anbetracht dieses Briefes war ich nicht besonders überrascht, von Miß Abigail Piper zu erfahren, daß ihr Bruder innerhalb weniger Stunden einen »Rückfall« erlitten hatte, anscheinend nachdem er diesen Brief geschrieben hatte. Ich eilte zum Wohnsitz der Pipers und wurde bereits an der Tür von meinem einstigen Patienten empfangen. Jetzt war er jedoch völlig verändert.

Er trat mir mit einem Selbstvertrauen gegenüber, das er, seit ich ihn kenne, weder in meiner Sprechstunde noch sonst irgendwo gezeigt hatte. Er versicherte mir, daß er zu guter Letzt die Kontrolle über sich zurückgewonnen habe, daß die Visionen, die ihn heimgesucht hatten, verschwunden seien, und daß er jetzt frei von den störenden Träumen, die ihn geplagt hatten, schlafen könne. Ich konnte wahrlich nicht daran zweifeln, daß er genesen war, und ich konnte nicht verstehen, warum mir Miß Piper eine so verzweifelte Mitteilung geschrieben hatte, es sei denn, sie hatte sich so an den verstörten Zustand ihres Bruders gewöhnt, daß sie seine Genesung mit einem »Rückfall« verwechselte. Diese Genesung war um so bemerkenswerter, als alle Anhaltspunkte zusammengenommen — seine wachsenden Ängste, seine Halluzinationen, seine zunehmende Nervosität und schließlich sein hastiger Brief — so gewiß auf den völligen Zusammenbruch seiner noch verbliebenen Vernunftkräfte hinzuweisen schienen, wie sonst körperliche Symptome eine Krankheit ankündigen.

Ich war über seine Genesung hocherfreut und beglückwünschte ihn dazu. Er akzeptierte meine Glückwünsche mit einem leisen Lächeln und entschuldigte sich dann mit dem Hinweis, daß er noch viel zu tun habe. Ich versprach, in ungefähr einer Woche wieder vorbeizukommen, um zu sehen, ob die früheren Symptome seines betrüblichen Zustands nicht wiederkehrten.

Zehn Tage später suchte ich ihn ein letztes Mal auf. Ich fand ihn umgänglich und höflich. Miß Abigail, die auch anwesend war, schien etwas durcheinander, beklagte sich aber nicht. Piper hatte keine Träume oder Visionen mehr gehabt, und er war imstande, ganz offen von seiner »Krankheit« zu sprechen, wobei er jede Erwähnung einer »Verwirrung« oder »Entrückung« mit einer Beharrlichkeit herunterspielte, die ich nur als große Sorge auslegen konnte, daß ich keinen solchen Eindruck bewahren sollte. Ich verbrachte eine sehr angenehme Stunde mit ihm, konnte mich jedoch der Überzeugung nicht erwehren, daß der verwirrte Mensch, der mir in meiner Praxis gegenübergestanden hatte, ein an Intelligenz Ebenbürtiger, der »genesene« Amos Piper aber ein Mensch von weitaus höherer Intelligenz war als ich.

Als ich ihm meinen Besuch abstattete, beeindruckte er mich mit der Mitteilung, daß er darangehe, sich einer Expedition in die

Arabische Wüste anzuschließen. Mir kam es damals nicht in den Sinn, seine Pläne mit den merkwürdigen Reisen in Verbindung zu bringen, die er während der drei Jahre seiner Erkrankung unternommen hatte. Die nachfolgenden Ereignisse riefen mir das jedoch nachdrücklich in Erinnerung.

Zwei Nächte darauf wurde in meinem Büro eingebrochen und alles durchsucht. Alle Originalpapiere, die mit dem Fall Amos Piper zu tun hatten, verschwanden aus meinen Unterlagen. Glücklicherweise hatte ich aus einem intuitiven Antrieb, den ich mir nicht erklären konnte, genügend Geistesgegenwart gehabt, um Kopien von seinen wichtigsten Traumschilderungen anzufertigen und ebenso von dem Brief, den er mir am Schluß geschrieben hatte, denn auch dieser wurde entwendet. Da diese Unterlagen außer für Amos Piper für niemanden von Wert waren oder einen Sinn gaben, und da er jetzt angeblich von seiner Zwangsvorstellung geheilt war, so blieb der einzige Schluß, der sich zur Erklärung dieses seltsamen Diebstahls anbot, so bizarr, daß ich ihn nur widerwillig akzeptierte. Darüber hinaus überzeugte ich mich, daß Piper am folgenden Tag zu seiner Reise aufbrach, womit nicht nur wahrscheinlich, sondern auch möglich war, daß er das Werkzeug – ich schreibe bewußt »Werkzeug« – für den Diebstahl war.

Ein genesener Piper konnte aber kein berechtigtes Verlangen nach Rückgabe der Unterlagen haben. Andererseits würde ein »rückfälliger« Piper allen Grund haben, die Papiere vernichten zu wollen. Hatte Piper also eine zweite Störung erlitten, diesmal eine, die nicht offenkundig war, da das Bewußtsein, das die Stelle seines eigenen einnahm, sich nicht erst wieder an die Verhaltens- und Denkweisen des Menschen gewöhnen mußte?

So unglaublich diese Hypothese auch klang, unternahm ich doch Schritte, um einige private Nachforschungen anzustellen. Ich hatte ursprünglich vorgehabt, eine Woche, möglicherweise auch zwei, mit der Suche nach den Antworten auf die Fragen zuzubringen, die mir Amos Piper in seinem letzten Brief gestellt hatte. Wochen reichten jedoch nicht, die Zeit erstreckte sich über Monate, und am Jahresende war ich verblüffter als je zuvor. Und ich zitterte am Rand desselben Abgrunds, der Piper in seinen Bann gezogen hatte.

Denn in Innsmouth hatte sich im Jahre 1928 tatsächlich etwas ereignet, und zwar etwas, worin schließlich sogar die Bundesregierung verwickelt war und wovon nur die verschwommensten, erschreckendsten Andeutungen einer Verbindung zu gewissen

Froschlurchmenschen von Ponape durchsickerten – alles ganz inoffiziell. Es gab auch merkwürdig beunruhigende Entdeckungen in einigen der uralten Tempel von Angkor-Vat, die mit der Kultur der Polynesier, aber auch mit der gewisser Indianerstämme Nordwestamerikas und mit anderen Entdeckungen in Verbindung standen, die einer Expedition der Miskatonic University in den Bergen des Wahnsinns gelangen.

Es gab unzählige ähnliche Vorfälle, und alle waren von geheimnisvollem Schweigen umgeben. Und die Bücher – die verbotenen Bücher, die Amos Piper zu Rate gezogen hatte – befanden sich in der Bibliothek der Miskatonic University, und was sich in den Seiten verbarg, die ich las, war im Licht dessen, was Amos Piper gesagt hatte und was ich in der Folge bestätigt fand, voller entsetzlicher Andeutungen. Was dort dargelegt wurde, wie indirekt auch immer, war die Tatsache, daß irgendwo eine Rasse unendlich überlegener Wesen existierte – man nenne sie Götter oder die Große Rasse oder wie auch immer –, die tatsächlich ihr freies Bewußtsein durch Zeit und Raum senden konnte. Wenn man diese Prämisse akzeptierte, konnte es auch wahr sein, daß Amos Pipers Bewußtsein erneut von einem Bewußtsein der Großen Rasse entführt worden war, das ausgesandt worden war, um herauszufinden, ob die Erinnerung an seinen Aufenthalt bei der Großen Rasse ausgelöscht sei.

Die verstörendsten unter all diesen Fakten sind jedoch vielleicht nur allmählich ans Licht getreten. Ich nahm die Mühe auf mich, alles nachzuschlagen, was ich über die Mitglieder der Expedition in die Arabische Wüste herausfinden konnte, der sich Amos Piper angeschlossen hatte. Sie stammten aus allen möglichen Winkeln der Erde, und es handelte sich bei allen um Männer, von denen man erwarten konnte, Interesse für solch ein Unternehmen aufzubringen – ein britischer Anthropologe, ein französischer Paläontologe, ein chinesischer Gelehrter und viele andere. Und ich fand heraus, daß jeder von ihnen wie Amos Piper irgendwann im letzten Jahrzehnt eine Art Anfall erlitten hatte, der verschieden beschrieben wurde, der aber unleugbar eine Persönlichkeitsveränderung von derselben Art wie die Pipers war.

Irgendwo in den fernen Weiten der Arabischen Wüste verschwand die gesamte Expedition vom Antlitz der Erde.

Vielleicht war es unausweichlich, daß meine hartnäckigen Nachforschungen in Kreisen Interesse erregten, die jenseits meines
Zugriffs lagen. Gestern kam ein Patient in meine Praxis. In seinen
Augen gab es etwas, das mich an Amos Piper denken ließ, wie ich
ihn zuletzt gesehen hatte – eine herablassende, zurückhaltende
Überlegenheit, vor der ich mich im Geiste verneigte, begleitet von
einer gewissen Unbeholfenheit der Hände. Und letzte Nacht sah
ich ihn wieder im Licht der Straßenlaterne gegenüber meinem
Haus vorbeigehen. Desgleichen heute morgen, wie ein Mann, der
jede Gewohnheit eines anderen studiert, doch aus einem so
abwegigen Grund, daß das vorgesehene Opfer ahnungslos bleiben
soll ...

Und jetzt kommt er über die Straße ...

*Die Seiten des obigen Manuskripts wurden auf dem Boden von
Dr. Nathaniel Coreys Sprechzimmer verstreut gefunden, nachdem
ein besorgniserregender Lärm hinter der verschlossenen Tür des
Arztzimmers die Sprechstundenhilfe bewogen hatte, die Polizei zu
alarmieren. Als die Polizei die Tür aufbrach, fand man Dr. Corey
und einen unbekannten Patienten auf den Knien auf dem Fußboden, wo die beiden vergebens versuchten, die Bögen in die
Flammen des Kamins an der Nordwand des Raumes zu befördern.*

*Die zwei Männer schienen unfähig zu sein, die Seiten aufzuneh-
men, sondern schoben sie mit seltsamen krabbenähnlichen Bewegungen weiter. Sie nahmen keine Notiz von der Polizei und
konzentrierten sich ganz auf die Vernichtung des Manuskripts. In
fiebriger Hast setzten sie ihre unnatürlichen Anstrengungen fort,
um dieses Ziel zu erreichen. Keiner von beiden war imstande, der
Polizei oder den Ärzten eine vernünftige Darstellung zu geben, sie
vermochten nicht einmal zusammenhängend zu sprechen.*

*Da es aufgrund der Untersuchung durch Sachverständige den
Anschein hat, als hätten beide eine tiefgehende Persönlichkeitsveränderung erlitten, wurden beide auf unbestimmte Zeit in das
Larkin-Institut, ein weithin bekanntes Privatsanatorium für Gei-
steskranke, eingeliefert ...*

Das vernagelte Zimmer

I

In der Dämmerung wirkt die wildromantische einsame Landschaft, die die Zufahrtswege zum Dorf Dunwich im nördlichen Kernland von Massachusetts bewacht, noch unwirtlicher und abweisender als bei Tageslicht. Das Zwielicht verleiht den kahlen Feldern und kuppelförmigen Hügeln ein fremdes Aussehen, das sie vom Land ringsum in dieser Gegend abhebt; es überzieht alles mit einer wachsamen, wie beseelten Feindseligkeit – die uralten Bäume, die mit Dorngebüsch bewachsenen Steinwälle, die eng an die staubige Landstraße herandrängen, die tiefliegenden Sümpfe mit ihren unzähligen Leuchtkäferchen und den unaufhörlich anschlagenden Ziegenmelkern, die mit dem Quaken der Ochsenfrösche und dem schrillen Gesang der Kröten wetteifern, die Schlangenlinie des oberen Miskatonic, der zwischen den dunklen Hügeln zum Meer fließt, sie alle scheinen den Reisenden einzuschließen, als wollten sie ihn festhalten – ohne Entrinnen.

Auf dem Weg nach Dunwich spürte Abner Whateley das alles wieder, so wie einst in der Kindheit, als er vor Entsetzen weinend zu seiner Mutter gelaufen war und sie gebeten hatte, ihn von Dunwich und von Großvater Whateley wegzubringen. Vor so vielen Jahren! Er wußte gar nicht mehr, wie viele es waren. Es war merkwürdig, daß das Land derart auf ihn wirkte, es drang durch all die vielen Jahre durch, die er seit damals durchlebt hatte – die Jahre an der Sorbonne, in Kairo, in London –, drang durch all die Bildung, die er in sich aufgenommen hatte seit diesen frühen Besuchen beim griesgrämigen Großvater Whateley in dessen uralter Mühle am Miskatonic, dem Land seiner Kindheit, das jetzt aus den Nebeln der Zeit wieder auftauchte, als hätte er seine Verwandten erst gestern besucht.

Jetzt waren sie alle dahingegangen – Mutter, Großvater Whateley, Tante Sarey, die er nie gesehen und von der er nur gewußt hatte, daß sie irgendwo in dem alten Haus wohnte –, der abscheuliche Vetter Wilbur und dessen entsetzlicher Zwillingsbruder, den vor seinem gräßlichen Tod oben auf der Wächterhöhe kaum jemand gekannt hatte. Dunwich hatte sich jedoch nicht verändert, das erkannte er, als er über die höhlenartig überdachte

Brücke fuhr; die Hauptstraße lag unter dem drohend aufragenden Hügel des Round Mountain, ihre Giebeldächer waren immer noch so verrottet, die Häuser verlassen, der einzige Laden befand sich noch immer in der Kirche mit dem verfallenen Kirchturm, über allem lag die unverwechselbare Atmosphäre des Niedergangs.

Er bog von der Hauptstraße ab und folgte einer von Wagenspuren zerfurchten Straße den Fluß entlang, bis das große alte Haus mit dem Mühlrad an der Flußseite vor ihm lag. Nach dem Testament seines Großvaters Whateley war es jetzt sein Eigentum. Der Großvater hatte es ihm zur Auflage gemacht, den Nachlaß zu regeln und »die Schritte zu ergreifen, die sich als notwendig erweisen mögen, um die Auflösung zu bewerkstelligen, die ich selbst nicht durchführen konnte«. Eine merkwürdige Bedingung, dachte Abner. Schließlich war aber alles an Großvater Whateley merkwürdig gewesen, als hätte ihn der Verfall von Dunwich unheilbar angesteckt.

Und nichts war seltsamer, als daß Abner Whateley von seiner kosmopolitischen Lebensweise zurückkehrte, um den Verfügungen seines Großvaters über einen Besitz nachzukommen, der kaum der Zeit und Mühe wert war, derer es zu seiner Veräußerung bedurfte. Wehmütig dachte er daran, daß die Angehörigen, die noch immer in oder um Dunwich wohnten, seine Rückkehr bei ihrer seltsam in sich gekehrten, ländlich isolierten Lebensweise, die die meisten Whateleys in der unmittelbaren Umgebung festgehalten hatte, nicht gern sehen würden, vor allem seit den erschreckenden Ereignissen, die den auf dem Land ansässigen Zweig der Familie auf der Wächterhöhe ereilt hatten.

Das Haus wirkte unverändert. Die Flußseite des Gebäudes wurde von der Mühle eingenommen, die schon seit langem nicht mehr in Betrieb war, denn immer mehr Felder um Dunwich waren unbestellt geblieben. Mit Ausnahme eines Zimmers über dem Mühlrad – Tante Sareys Zimmer – war die ganze an den Miskatonic grenzende Gebäudeseite schon in seiner Jugend aufgegeben worden, als Abner Whateley den Großvater zum letzten Mal besucht hatte. Dieser lebte damals allein in dem Haus, abgesehen von Tante Sarey, die niemand je sah und die in ihrem Zimmer bei geschlossenen Fensterläden und hinter verschlossener Tür hauste, ohne sich je frei im Haus zu bewegen, ein Verbot ihres Vaters, von dessen Herrschaft sie zu guter Letzt nur der Tod befreit hatte.

Eine an der Hausecke eingestürzte Veranda umschloß jenen Teil des Gebäudes, der als Wohnung diente; von dem Lattenwerk unter den Regenrinnen hingen große Spinnweben herab, die seit Jahren nur vom Wind gestört wurden.

Drinnen wie draußen war alles von Staub bedeckt, wie Abner feststellte, nachdem er den richtigen Schlüssel aus dem Bund herausgefunden hatte, das ihm der Anwalt gesandt hatte. Er entdeckte eine Lampe und zündete sie an, denn Großvater Whateley hatte für Elektrizität nichts übrig gehabt. In dem gelben Lichtschein traf es ihn wie ein Schlag, wie vertraut ihm die alte Küche mit ihren aus dem neunzehnten Jahrhundert stammenden Utensilien vorkam. Ihre spärliche Einrichtung, der handgefertigte Tisch und die Stühle, die hundert Jahre alte Uhr auf dem Sims, der verschlissene Besen – das alles waren handfeste Erinnerungen an seine furchterfüllten Besuche in diesem übermächtigen Haus und bei seinem noch übermächtigeren Bewohner, dem betagten Vater seiner Mutter.

Im Lichtschein wurde noch etwas sichtbar. Auf dem Küchentisch lag ein an ihn adressierter Umschlag, dessen Schrift so gekritzelt war, daß es sich nur um die eines sehr alten oder schwachen Menschen handeln konnte – die seines Großvaters. Ohne das Gepäck aus dem Wagen zu holen, setzte sich Abner an den Tisch, nachdem er den Staub vom Stuhl und wenigstens so weit, um die Ellbogen aufstützen zu können, auch vom Tisch geblasen hatte. Dann öffnete er den Umschlag.

Die spinnenfüßige Schrift sprang ihm entgegen. Die Worte waren so streng, wie es der Großvater in seiner Erinnerung gewesen war. Und so brüsk, ohne einen Ausdruck der Zuneigung, nicht einmal mit der alltäglichsten höflichen Anrede.

Enkel!
Wenn Du dies liest, bin ich schon seit einigen Monaten tot. Vielleicht auch länger, es sei denn, sie finden Dich früher, als ich annehme. Ich habe Dir eine gewisse Summe Geldes vermacht – alles, was ich bei meinem Tod besitze –, die jetzt unter Deinem Namen auf der Bank von Arkham liegt. Ich tue das nicht nur, weil Du mein einziger Enkel bist, sondern weil Du von allen Whateleys – unsere Sippe ist verflucht, mein Junge – als einziger in die Welt hinausgezogen bist und Dir genügend Gelehrsamkeit erworben hast, um alle Angelegenheiten mit einem kritischen Geist betrachten zu können, der weder vom Aberglauben des

Unwissens noch vom Aberglauben der Wissenschaft beherrscht ist. Du wirst schon verstehen, was ich damit sagen will.

Es ist mein Wille, daß zumindest der Mühlenteil des Hauses abgerissen wird. Laß ihn Brett um Brett abtragen. *Wenn Du darin etwas Lebendiges findest, beschwöre ich Dich feierlich, es zu töten. Ganz gleich, wie klein es sein mag. Gleich, welche Gestalt es haben mag, denn wenn es menschlich erscheint, wird es Dich umgarnen und Dein Leben und das Gott weiß wie vieler anderer in Gefahr bringen.*

Leiste mir hierin Folge.

Falls es scheint, als spreche der Wahnsinn aus mir, so erinnere Dich bitte daran, daß Schlimmeres als Wahnsinn unter den Whateleys gezeugt worden ist. Ich bin ihm entgangen. Nicht alle Meinigen taten es mir gleich. In denen, die nicht willens sind zu glauben, wovon sie nichts wissen und was sie nicht wahrhaben wollen, steckt mehr an starrköpfigem Wahnsinn als in denen unseres Blutes, die sich entsetzlicher Praktiken, der Gotteslästerung und noch schlimmerer Taten schuldig gemacht haben.

Dein Großvater Luther S. Whateley

Ganz Großvater! dachte Abner. Diese rätselhafte, selbstgerechte Mitteilung rief ihm eine Erinnerung ins Gedächtnis zurück, wie er bei einer Gelegenheit, als seine Mutter ihre Schwester Sarah erwähnt und sich entsetzt die Hand vor den Mund gehalten hatte, zum Großvater gelaufen war, um ihn zu fragen: »Großvater, wo ist Tante Sarey?«

Der alte Mann blickte ihn mit Augen aus Basilisk an und sagte: »Junge, hier wird nicht von Sarah gesprochen.«

Tante Sarey hatte den alten Mann auf fürchterliche Weise beleidigt – fürchterlich zumindest in den Augen dieses Anhängers strenger Disziplin –, denn seit jener Zeit und so weit Abner Whateley zurückdenken konnte, war seine Tante nichts weiter gewesen als der Name einer Frau, der älteren Schwester seiner Mutter, die im großen Zimmer über der Mühle eingeschlossen war und stets hinter diesen Mauern verborgen blieb, hinter den vernagelten Fensterläden. Abner und seine Mutter war es sogar verboten, sich vor der Tür des vernagelten Zimmers aufzuhalten, wenn auch Abner einmal zur Tür hinaufgeschlichen war und das Ohr an sie gepreßt hatte, um den schnüffelnden und wimmernden Geräuschen wie von einem sehr großen Menschen zu lauschen, die von innen herausdrangen, und er war zu dem Schluß gekommen, daß Tante Sarey so groß sein mußte wie die dicke Frau im Zirkus, denn sie verschlang Unmengen, nach den Riesentellern von Nahrung zu urteilen – hauptsächlich Fleisch, das sie wohl selbst zubereitete, denn so vieles davon war roh –, die zweimal am Tag von Luther Whateley höchstpersönlich zu dem Zimmer hinaufgetragen wurden, denn im Haus gab es keine Dienstboten, es hatte keine mehr gegeben, seit Abners Mutter geheiratet hatte und nachdem Tante Sarey fremdartig und verwirrt von einem Besuch bei entfernten Verwandten in Innsmouth heimgekehrt war.

Er faltete den Brief wieder zusammen und steckte ihn in den Umschlag zurück. Er würde sich seinen Inhalt an einem anderen Tag durch den Kopf gehen lassen. Jetzt mußte er sich zuallererst ein Nachtlager bereiten. Er ging hinaus, holte die restlichen zwei Taschen aus dem Wagen und stellte sie in die Küche. Dann ergriff er die Lampe und ging ins Innere des Hauses. Den altmodischen Salon, der nur geöffnet wurde, wenn Besuch kam – und nur Whateleys besuchten die Whateleys in Dunwich –, ließ er links liegen. Er ging vielmehr geradewegs in das Schlafzimmer seines Großvaters; es war angemessen, daß er das Bett des alten Mannes in Besitz nahm, da jetzt er, und nicht Luther Whateley, hier der Herr war.

Das große Doppelbett war mit verblaßten Ausgaben des *Arkham Advertiser* bedeckt, die sorgfältig ausgelegt waren, um den eleganten Stoff der Überdecke – diese war mit einem Wappen bestickt, zweifellos ein echtes Erbstück der Whateleys – vor Staub zu schützen. Er stellte die Lampe nieder und entfernte die Zeitungen. Als er die Decke zurückschlug, bemerkte er, daß das Bett sauber und frisch bezogen auf ihn wartete. Irgendein Vetter seines Großvaters hatte zweifellos nach den Totenfeiern dafür gesorgt, daß es bereitstand, wenn er kam.

Er holte seine Reisetaschen und brachte sie ins Schlafzimmer, das in der vom Dorf abgewandten Ecke des Hauses gelegen war; seine Fenster gingen auf den Fluß, von dessen Ufer sie jedoch um mehr als die Breite der Mühle entfernt waren. Er öffnete nur eines, dessen untere Hälfte von einem Drahtgitter bedeckt war, dann setzte er sich auf den Bettrand und ließ sich gedankenverloren die Umstände durch den Kopf gehen, die ihn nach so vielen Jahren nach Dunwich zurückgeführt hatten.

Er war jetzt müde. Der dichte Verkehr im Umland von Boston

hatte ihn erschöpft. Der Gegensatz zwischen der näheren Umgebung Bostons und dieser trostlosen Gegend um Dunwich bedrückte und verstörte ihn. Dazu war er sich eines nicht greifbaren Unbehagens bewußt. Hätte er die Erbschaft nicht benötigt, um seine Feldforschung über die alten Kulturen des Südpazifiks fortsetzen zu können, wäre er niemals hierhergekommen. Und doch bestanden Familienbande, auch wenn er sie leugnen wollte. So streng und abweisend der alte Luther Whateley auch gewesen war, er war doch der Vater seiner Mutter, und der Enkel schuldete ihm Treue aufgrund der gemeinsamen Blutsbande.

Der Round Mountain ragte bedrohlich nah vor dem Schlafzimmer auf; er spürte seine Gegenwart wie damals, als er als Knabe in dem Zimmer darüber geschlafen hatte. Bäume, die lange nicht mehr gestutzt worden waren, bedrängten das Haus von allen Seiten, und von einem von ihnen durchbrach zu dieser späten Dämmerstunde eine Zwergohreule mit ihrem glockenklaren Ruf die stille Sommerluft. Seltsam schläfrig vom wohltuenden Gesang der Eule, legte er sich einen Augenblick zurück. Tausend Gedanken drangen auf ihn ein, unzählige Erinnerungen. Er sah sich wieder als der kleine Junge, der er gewesen war, der sich in dieser düsteren Umgebung immer beinahe gefürchtet hatte, zu tun, was ihm Spaß machte, und der sich immer gefreut hatte, wenn er kam, und noch mehr Freude empfunden hatte, wenn er wieder fortging.

Er durfte aber nicht liegenbleiben, so entspannend es auch sein mochte. Es gab so viel zu tun, ehe an eine Abreise zu denken war, daß er es sich schwerlich leisten konnte, der Muße zu frönen und so bei seiner nebelhaften Verpflichtung einen schlechten Start zu haben. Er sprang aus dem Bett, ergriff wieder die Lampe und machte einen Rundgang durch das Haus.

Vom Schlafzimmer ging er ins Eßzimmer, das zwischen ersterem und der Küche lag – ein Raum mit steifen, unbequemen Möbeln, die ebenfalls handgefertigt waren – und von dort in den Salon, dessen Tür sich in eine Welt öffnete, deren Möbel und Tapeten dem achtzehnten Jahrhundert näher waren als dem neunzehnten, und vom zwanzigsten weit entfernt. Daß es keinen Staub gab, zeugte davon, wie dicht die Türen hier schlossen. Er stieg die offene Treppe zum ersten Stock hinauf und ging von Schlafzimmer zu Schlafzimmer – alle staubig, mit verblaßten Vorhängen, in denen alles darauf hinwies, daß sie schon vor dem Ableben Luther Whateleys jahrelang unbewohnt gewesen waren.

Dann gelangte er in den Flur, der zu dem Raum mit den vernagelten Fensterläden führte – Tante Sareys Versteck oder ihr Gefängnis – er würde nun nie in Erfahrung bringen können, was zutraf. Einer plötzlichen Eingebung folgend ging er den Flur entlang, bis er vor der verbotenen Tür stand. Kein Schniefen, kein Wimmern – überhaupt nichts empfing ihn jetzt, als er voller Erinnerungen vor der Tür stand, noch immer gefangen im Zauberbann des Verbots, das ihm der Großvater auferlegt hatte.

Es bestand jedoch kein Grund, warum er sich auch jetzt noch an dieses Gebot halten sollte. Er zog den Schlüsselbund heraus und probierte geduldig einen nach dem anderen, bis er einen fand, der ins Schloß paßte. Er schloß die Tür auf und drückte dagegen; widerstrebend öffnete sie sich. Er hielt die Lampe hoch empor.

Er hatte erwartet, das Boudoir einer Dame zu finden, aber das vernagelte Zimmer befand sich in einem überraschenden Zustand – Bettzeug war verstreut, auf dem Boden lagen Kissen, auf einer hinter einem Schrank versteckten Platte vertrocknete Nahrungsmittel. Ein merkwürdiger Fischgeruch erfüllte den Raum und bedrängte ihn mit solch muffiger Gewalt, daß er einen Ruf des Abscheus kaum unterdrücken konnte. Das Zimmer war ein Schlachtfeld; überdies sah es so aus, als sei es seit langer, langer Zeit in dieser wilden Unordnung.

Abner stellte die Lampe auf eine von der Wand weggerückte Kommode, ging zum Fenster über dem Mühlrad hinüber, öffnete den Riegel und schob es in die Höhe. Er bemühte sich, die Fensterläden zu öffnen, bis ihm einfiel, daß sie vernagelt worden waren. So trat er etwas zurück, hob den Fuß und trat die Fensterläden auf, um einen willkommenen Schwall frischer, feuchter Luft ins Zimmer zu lassen.

Er ging zur angrenzenden Außenwand hinüber und brach auch die Fensterläden am einzigen Fenster dieser Wand auf. Erst als er zurücktrat, um sein Werk zu begutachten, bemerkte er, daß er eine kleine Ecke aus der Fensterscheibe über dem Mühlrad herausgebrochen hatte. Er bedauerte dies sofort, unterdrückte diese Regung aber ebenso rasch, als ihm einfiel, daß sein Großvater ja darauf bestanden hatte, daß die Mühle und dieser Raum darüber abgerissen oder sonstwie zerstört werden sollten. Was bedeutete da schon eine zerbrochene Fensterscheibe!

Er drehte sich um und ergriff wieder die Lampe. Dabei gab er der Kommode einen Stoß, um sie wieder an die Wand zu rücken. In diesem Augenblick hörte er ein leises, raschelndes Geräusch von der Fußleiste her, und als er hinabblickte, sah er, wie ein langbeiniger Frosch oder eine Kröte – was es war, konnte er nicht erkennen – unter der Kommode verschwand. Ihm kam der Gedanke, das Wesen fortzuscheuchen, aber dann überlegte er, daß seine Anwesenheit keine Rolle spielte – wenn das Tier sich in diesem verschlossenen Raum so lange von Küchenschaben und anderen Insekten, die es fassen konnte, ernährt hatte, so verdiente es, in Ruhe gelassen zu werden.

Er verließ das Zimmer, verschloß die Tür wieder und kehrte in das Schlafzimmer des Hausherrn im Erdgeschoß zurück. Ganz vage hatte er das Gefühl, einen Anfang gemacht zu haben, wie winzig auch immer; er hatte sozusagen das Gelände erkundet. Und nach seinem kurzen Rundgang fühlte er sich doppelt so müde wie zuvor. Zwar war es noch nicht sehr spät, doch trotzdem beschloß er, zu Bett zu gehen und dafür am Morgen früh aufzustehen. Die alte Mühle mußte er noch in Augenschein nehmen – vielleicht ließe sich ein Teil der Maschinen verkaufen, falls noch welche vorhanden waren – und das Mühlrad war eine Sehenswürdigkeit, denn es hatte seine Zeit überdauert.

Einige Minuten lang blieb er auf der Veranda stehen und vermerkte mit Überraschung das auf- und abschwellende Zirpen der Grillen und Laubheuschrecken und den beinahe überwältigenden Chor der Ziegenmelker und Frösche, der sich von allen Seiten erhob und ihn mit betäubender Hartnäckigkeit so heftig überfiel, daß alle anderen Geräusche untergingen, selbst die, die von Dunwich ausgingen. Er stand da, bis er die Stimmen der Nacht nicht mehr ertrug; dann trat er ins Haus, versperrte die Tür und ging ins Schlafzimmer.

Er zog sich aus und ging zu Bett, schlief jedoch erst nach beinahe einer Stunde ein, denn ihn folterte sowohl der Chor der natürlichen Geräusche außerhalb des Hauses als auch eine wachsende Verwirrung in seinem Inneren darüber, was wohl sein Großvater mit der »Auflösung« gemeint haben mochte, die er selbst nicht mehr hatte durchführen können. Zu guter Letzt sank er in einen unruhigen Schlaf.

Er erwachte bei Tagesanbruch nur wenig erholt. Die ganze Nacht hatte er von eigenartigen Orten und Lebewesen geträumt, die ihn mit ihrer Schönheit, mit Staunen und Furcht erfüllten – inmitten von Fischen, Amphibien und seltsamen Menschen von halb froschähnlichem Aussehen schwamm er erst in den Tiefen des Ozeans und dann den Miskatonic hinauf – ungeheuerliche Wesen lagen in einer unheimlichen Stadt aus Stein auf dem Meeresboden im Schlaf – eine völlig extravagante Flötenmusik wurde begleitet von unheimlichen Gesängen aus Kehlen, die alles andere als menschlich waren – Großvater Luther Whateley stand anklagend vor ihm und schleuderte ihm seinen Zorn entgegen, weil er gewagt hatte, Tante Sareys vernageltes Zimmer zu betreten.

Er war beunruhigt, aber er schüttelte das Unbehagen ab, denn er mußte nach Dunwich aufbrechen, um die Einkäufe zu erledigen, die er in der Eile vorher nicht gemacht hatte. Es war ein strahlender, sonniger Morgen; Kiebitze und Drosseln sangen, Tauperlen hingen an den Blättern und spiegelten das Sonnenlicht in tausend Edelsteinen längs des kurvenreichen Pfades, der zur Hauptstraße des Dorfes führte. Als er ihn entlangging, wurde sein Gemüt heiterer; er pfiff glücklich vor sich hin und überlegte, wie er sich seiner Verpflichtung möglichst rasch entledigen konnte, was die Voraussetzung dafür war, aus diesem öden, verlassenen Hort der Inzucht zu entfliehen.

Die Hauptstraße von Dunwich wirkte im Sonnenlicht nicht beruhigender als in der Dämmerung tags zuvor. Das Dorf drängte sich zwischen dem Miskatonic und dem beinahe senkrechten Hang des Round Mountain, die Siedlung, die irgendwie nie über das Jahr 1900 hinausgekommen zu sein schien, brütete düster vor sich hin, als sei die Zeit zum Stillstand gekommen. Sein fröhliches Pfeifen wurde leiser und erstarb; er wandte die Augen von den verfallenden Gebäuden ab, wich den merkwürdig ausdruckslosen Gesichtern der Passanten aus und begab sich geradewegs zu der alten Kirche mit dem Gemischtwarenladen, von dem er wußte, daß er ihn verwahrlost und schlecht geführt finden würde, ganz im Einklang mit dem übrigen Dorf.

Ein schmalgesichtiger Ladenbesitzer beobachtete, wie er den Mittelgang entlangkam und forschte in seinem Gesicht nach vertrauten Zügen.

Abner trat zu ihm und verlangte Schinken, Kaffee, Eier und Milch. Der Ladenbesitzer starrte ihn an, ohne Anstalten zu treffen, die Bestellung auszuführen. »Du mußt'n Whateley sein«, rang er sich endlich ab. »Ich glaub' nich', daß du mich kennst. Ich bin dein Vetter Tobias. Und wer bist du?«

»Ich bin Abner, Luthers Enkel«, erwiderte er widerstrebend.

Tobias Whateleys Gesicht erstarrte. »Libbys Junge – Libby, die Vetter Jeremiah geheirat' hat. Ihr seid doch nich' zurückgekommen – zu Luthers Haus? Ihr werdet doch nich' wieder damit anfangen?«

»Außer mir gibt es niemanden«, erwiderte Abner kurz angebunden. »Wovon reden Sie?«

»Wenn de das nich' weißt, kann ich's dir auch nich' sagen.«

Tobias Whateley ließ sich nichts weiter entlocken. Er stellte alles zusammen, was Abner wollte, nahm mürrisch sein Geld und sah ihm mit kaum verhüllter Feindseligkeit zu, wie er den Laden verließ.

Abner war unangenehm berührt. Der strahlende Morgen hatte sich für ihn verdüstert, obwohl die Sonne noch immer vom gleichen wolkenlosen Himmel schien. Er strebte rasch vom Laden und von der Hauptstraße weg und eilte zu dem Haus zurück, das er erst kürzlich verlassen hatte.

Er war noch mehr beunruhigt, als er vor dem Haus ein vorsintflutliches Gespann stehen sah, das von einem alten Ackergaul gezogen wurde. Ein Junge stand daneben, und im Wagen saß ein alter, weißbärtiger Mann, der dem Jungen ein Zeichen gab, ihm zu helfen, sobald er Abners Näherkommen bemerkte. Von dem Jungen gestützt, stieg er mühsam aus dem Wagen und erwartete Abner stehend.

Als Abner herangekommen war, sagte der Junge, ohne zu lächeln: »Urgroßvater möchte mit Ihnen sprechen.«

»Abner«, sagte der Alte zitternd, und Abner bemerkte zum ersten Mal, wie alt er wirklich war.

»Das da ist Urgroßvater Zebulon Whateley«, sagte der Junge.

Großvater Luther Whateleys Bruder – der einzige lebende Whateley seiner Generation. »Treten Sie ein«, sagte Abner und bot dem Alten den Arm, den Zebulon Whateley ergriff.

Die drei gingen langsam zur Veranda, wo der alte Mann am Fuß der Stufen stehenblieb, seine dunklen Augen unter buschigen weißen Brauen hervor auf Abner richtete und leise den Kopf schüttelte.

»Also, wenn du mir 'nen Stuhl bringst, setz' ich mich.«

»Junge, hole einen Stuhl aus der Küche«, sagte Abner.

Der Junge lief die Stufen hinaus ins Haus. Ebenso schnell kam er mit einem Stuhl für den Alten zurück und war ihm dann behilflich, sich darauf niederzulassen. Er blieb neben ihm stehen, während Zebulon Whateley nach Atem rang.

Schließlich richtete er die Augen voll auf Abner und musterte ihn und jede Einzelheit seiner Kleidung, die nicht selbst geschneidert war wie seine eigene.

»Was willst du hier, Abner?« fragte er jetzt mit festerer Stimme.

Abner sagte es ihm so einfach und direkt wie möglich.

Zebulon Whateley schüttelte den Kopf. »Du weißt nich' mehr als die übrigen, eher weniger«, sagte er. »Gott allein wußte, was Luther vorhatte. Jetzt gibt's keinen Luther mehr, und jetzt mußt du's machen. Ich kann dir sagen, Abner, ich schwör's bei Gott, ich weiß nicht, warum Luther sich so aufführte und sich und Sarey einsperrte, als sie aus Innsmouth zurückkam – aber ich kann dir sagen, daß es was Fürchterliches, Fürchterliches war – und es sind fürchterliche Sachen passiert. Is' keiner mehr da, der sagen könnte, daß der arme Luther die Schuld trug oder die arme Sarey – aber gib acht, Abner, gib acht.«

»Ich habe vor, dem Willen meines Großvaters zu folgen«, erwiderte Abner.

Der Alte nickte, aber seine Augen waren besorgt, und es war offenkundig, daß er wenig Vertrauen zu Abner hatte.

»Wie haben Sie herausgefunden, daß ich hier bin, Onkel Zebulon?« fragte Abner.

»Hat sich rumgesprochen, daß du kommen würdest. Es war meine gottverdammte Pflicht, mit dir zu reden. Die Whateleys stehen unter einem Fluch. Da gab's welche, die jetzt schon lange unter der Erde liegen, die hatten einen Pakt mit dem Teufel, und welche, die haben fürchterliche Viecher aus der Luft herbeigepfiffen, und andere, die mit Viechern zu tun hatten, die weder Mensch noch Fisch waren, sondern im Wasser lebten und weit, weit in das Meer hinausschwammen, und da gab's welche, die Inzucht getrieben haben und ganz verwirrt und komisch wurden – das ist's nämlich, was damals auf der Wächterhöhe passiert is' – Lavinnys Wilbur – und das andere Mal beim Wächterstein – Gott, mich schüttelt's, wenn ich dran denke…«

»Großvater, reg' dich bloß nich' auf«, ermahnte der Junge.

»Is' ja gut, is' ja gut«, versetzte der Alte zitternd. »Sind alle gestorben. Und vergessen – nur ich hab's nich' vergessen – und die die Wegweiser, die nach Dunwich nämlich, abmontiert haben, die haben's auch nich' vergessen. Das wär'n zu schrecklicher Ort, um ihn zu kennen, haben sie gesagt...« Er schüttelte den Kopf und schwieg.

»Onkel Zebulon«, sagte Abner. »Meine Tante Sarah habe ich nie gesehen.«

»Nein, Junge, nein – sie war damals eingesperrt. Schon ehe du geboren wurdest, glaub' ich.«

»Warum?«

»Das hat nur Luther gewußt – und Gott! Luther ist jetzt hin, und Gott scheint nich' zu wissen, daß es Dunwich noch immer gibt.«

»Was hatte Tante Sarah in Innsmouth zu tun?«

»Verwandtenbesuche.«

»Gibt es dort auch Whateleys?«

»Keine Whateleys. Marshes. Der alte Obed Marsh, der Vetter von Pa. Ihn und seine Frau, die er auf 'ner Handelsfahrt gefunden hatte – auf Ponape, wenn du weißt, wo das ist.«

»Ich weiß es.«

»Ja? Ich hab's nich' gewußt. Man sagt, daß Sarey Verwandte von den Marshes besucht hat – Obeds Sohn oder Enkel – ich hab's nie erfahren. Hat mir keiner gesagt. Hat mich auch nich' interessiert. Sie war bloß 'ne Weile dort. Man sagt, daß sie anders war, als sie wiederkam. Launisch. Unruhig. Hat dem Vater Widerworte gegeben. Und dann, kurz darauf, hat er sie oben in diesen Raum eingesperrt, bis sie starb.«

»Wie lange danach?«

»Drei, vier Monate. Und Luther hat nie verraten, warum. Niemand hat sie danach wieder geseh'n, bis zu dem Tag, als sie aufgebahrt im Sarg lag. Vor zwei Jahren, vielleicht auch drei. Damals, fast ein Jahr, nachdem sie von Innsmouth zurückgekommen war, ging's hier im Haus laut zu – ein Geraufe, Geschrei und Gekreisch –, daß 's fast jeder in Dunwich gehört hat, aber niemand is' der Sache nachgegangen, und am nächsten Tag hat Luther erklärt, es wär' nur, daß Sarah ein' Anfall hatte. Vielleicht war's das. Vielleicht war's was anderes...«

»Was denn, Onkel Zebulon?«

»Teufelswerk«, erwiderte der Alte, ohne zu zögern. »Aber ich vergeß' ja – du bist der mit der Bildung. Nich' viele Whateleys war'n gebildet. Bloß Lavinny – sie hat all diese entsetzlichen Bücher gelesen, die nich' gut für sie war'n. Und Sarey – die hat ein bißchen gelesen. Die, wo nur ein bißchen Bildung haben, könnten genauso gut gar keine haben – man kommt mit dem Leben besser zurecht, wenn man gar keine Bildung hat, als wenn man nur 'n bißchen hat.«

Abner lächelte.

»Lach nich', Junge!«

»Ich lache nicht, Onkel Zebulon. Ich stimme dir zu.«

»Dann weißt du, was du zu tun hast, wenn du davor stehst. Du wirst nich' nachdenken, du wirst's einfach tun.«

»Vor was?«

»Ich wollte, ich wüßt's, Abner. Ich weiß es nich'. Gott weiß es. Luther hat's gewußt. Luther ist tot. Es kommt mir vor, als ob es Sarey auch gewußt hätte. Sarey ist tot. Jetzt weiß keiner, was für ein entsetzliches Viech das war. Wenn ich fromm wär' tät' ich beten, daß du es nich' 'rausfindest – wenn du's aber findest, halt' dich nicht damit auf, ihm mit der Bildung beizukommen – tu bloß, was du tun mußt. Dein Großvater hat Aufzeichnungen gemacht – such' sie zu finden. Du könntest daraus erfahren, was für Leute die Marshes waren – sie waren nicht wie wir – 'was Schreckliches ist denen zugestoßen – kann sein, daß es sich ausgebreitet und Sarey angesteckt hat . . .«

Etwas stand zwischen dem alten Mann und Abner Whateley – etwas Unausgesprochenes, vielleicht Unbekanntes; es war jedoch etwas, das Abner einen Schauder über den Rücken jagte, obwohl er sich bemühte, seine Gefühle nicht so ernst zu nehmen.

»Ich werde sehen, was ich herausfinden kann, Onkel Zebulon«, gelobte er.

Der Alte nickte und winkte dem Jungen. Er bedeutete ihm, daß er aufstehen und zum Wagen zurück wollte. Der Knabe kam gelaufen.

»Wenn du mich brauchst, Abner, schick' Tobias eine Nachricht«, sagte Zebulon Whateley. »Ich komme – wenn ich kann.«

»Danke.«

Abner und der Junge halfen dem Alten in den Wagen zurück. Zebulon Whateley hob den Unterarm zu einer Abschiedsgeste, der Junge trieb das Pferd an, und das Gespann fuhr davon.

Abner blickte dem davonfahrenden Fuhrwerk eine Zeitlang

nach. Er war beunruhigt und irritiert – beunruhigt über die Andeutungen von etwas Entsetzlichem, das sich hinter Zebulon Whateleys warnenden Worten verbarg, irritiert, weil ihm sein Großvater trotz seiner Ermahnungen so wenig hinterlassen hatte, wonach er handeln konnte. Doch das mußte darauf zurückzuführen sein, daß sein Großvater offenbar nicht geglaubt hatte, den Enkel könne etwas Ungebührliches erwarten, wenn Abner Whateley schließlich in das alte Haus käme. Eine andere Erklärung dafür konnte es nicht geben.

Und doch war Abner nicht völlig überzeugt. War die ganze Sache so entsetzlich, daß Abner nichts von ihr wissen sollte, solange es nicht unbedingt sein mußte? Oder hatte Luther Whateley irgendwo im Haus einen Schlüssel zu dem Rätsel hinterlassen? Das bezweifelte er. Es war nicht die Art seines Großvaters, solche Umwege einzuschlagen; er war immer so schonungslos und geradeaus gewesen.

Er ging mit seinen Einkäufen ins Haus, verstaute sie und setzte sich dann, um einen Plan zu fassen. Als erstes mußte er eine Bestandsaufnahme des Gebäudeteils mit der Mühle vornehmen, um herauszufinden, ob von den Maschinen noch etwas zu gebrauchen war. Dann mußte er jemanden finden, der die Mühle und das darüberliegende Zimmer abriß. Zuletzt mußte er das Haus sowie den angrenzenden Grund und Boden verkaufen, obwohl ihm die Vergeblichkeit des Ganzen den Mut raubte, denn er war überzeugt, daß er nie jemand finden würde, der sich in einem so gottverlassenen Winkel von Massachusetts, wie es Dunwich war, niederlassen würde.

Er ging sogleich an die Erfüllung seiner Verpflichtungen.

Seine Untersuchung der Mühle ergab, daß die Maschinen, die sich darin befunden hatten, mit Ausnahme der Teile, die fest mit dem Mühlrad verbunden waren, schon ausgebaut und vermutlich verkauft worden waren. Vielleicht gehörte der Erlös zu der Erbschaft, die Luther Whateley für seinen Enkel in der Bank von Arkham hinterlegt hatte. Abner war dadurch der Notwendigkeit enthoben, die Maschinen vor dem geplanten Abriß zu demontieren. Der Staub in der alten Mühle erstickte ihn fast; zolldick lag er über allem und stieg in dicken Wolken auf, die sich um ihn zusammenballten, als er durch die leeren, spinnwebverhangenen Räume schritt. Der Staub dämpfte seine Schritte, und er war froh, die Mühle wieder verlassen zu können, um das Mühlrad in

Augenschein zu nehmen.

Er arbeitete sich unsicheren Schritts – das Holz konnte nachgeben und er konnte ins Wasser stürzen – um das hölzerne Gesims zum Rahmen des Rades vor; aber die Konstruktion war noch immer stabil, das Holz hielt, und er war rasch beim Rad angekommen. Es schien sich um ein hervorragendes Beispiel von Handwerksarbeit aus der Mitte des neunzehnten Jahrhunderts zu handeln. Es wäre eine Schande, es zu zerlegen, dachte Abner. Vielleicht konnte man das Rad ausbauen und dafür einen Aufstellungsort finden, vielleicht in einem Museum oder an einem jener Gebäude, wie sie von wohlhabenden Leute, die das amerikanische Erbgut bewahren wollten, häufig irgendwo wiederaufgebaut wurden.

Er wandte sich vom Rad ab, da fiel sein Blick auf eine Reihe kleiner nasser Spuren auf den Schaufeln. Er beugte sich hinab, um sie zu untersuchen, aber abgesehen von der Feststellung, daß sie bereits teilweise trocken waren, sah er in ihnen weiter nichts als die Abdrücke eines kleinen Tieres aus der Familie der Frösche – eines Frosches oder einer Kröte –, das anscheinend in den frühen Morgenstunden vor Sonnenaufgang auf das Rad gehüpft war. Er blickte auf und folgte der Krümmung des Rades bis zu den zertrümmerten Fensterläden des darüberliegenden Zimmers.

Einen Augenblick stand er sinnend da. Er erinnerte sich an das froschähnliche Wesen, das er an der Fußleiste des vernagelten Zimmers erblickt hatte. Vielleicht war es durch die zerbrochene Fensterscheibe ins Freie entwichen? Oder, was wahrscheinlicher war, ein anderes Tier derselben Art hatte seine Anwesenheit bemerkt und sich zu ihm gesellt. In ihm regte sich ein leises Unbehagen, aber er wischte es aus Irritation darüber beiseite, daß sich ein Mann seiner Intelligenz durch die Atmosphäre ungebildeter, abergläubischer Geheimniskrämerei, die seinen Großvater in der Erinnerung umgab, so stark hatte aufwühlen lassen, daß er darauf reagierte.

Trotzdem machte er kehrt und stieg die Treppe zu dem Raum mit den Fensterläden hinauf. Als er die Tür aufschloß, erwartete er beinahe, das Erscheinungsbild des Zimmers, das ihm von der letzten Nacht her in Erinnerung war, wesentlich verändert zu finden, jedoch gab es außer dem ungewohnten Tageslicht, das ins Zimmer strömte, keine Veränderung.

Er ging zum Fenster hinüber.

Auf dem Fensterbrett waren Spuren zu finden, und zwar zwei verschiedene. Die einen schienen hinauszuführen, die anderen herein. Beide waren nicht von gleicher Größe. Die Spuren, welche nach draußen führten, waren winzig und maßen nur einen halben Zoll im Durchmesser. Die aber, die hereinführten, waren doppelt so groß. Abner beugte sich zu ihnen hinunter und starrte sie mit gebannter Faszination an.

Er war zwar kein Zoologe, aber deswegen keineswegs ohne Kenntnis der Zoologie. Die Abdrücke auf dem Fensterbrett hatten mit nichts Ähnlichkeit, was er je zuvor gesehen hatte, nicht einmal im Traum. Außer daß sie Schwimmhäute aufwiesen oder aufzuweisen schienen, handelte es sich um vollkommene Abdrücke winziger menschlicher Hände und Füße.

Obwohl er eine oberflächliche Suche nach dem Wesen vornahm, fand er keine Spur von ihm, und schließlich zog er sich leicht durcheinander aus dem Zimmer zurück und verschloß die Tür hinter sich. Er bereute bereits den impulsiven Entschluß, der ihn in das Zimmer geführt und dazu veranlaßt hatte, die Fensterläden aufzubrechen, die den Raum so lange von der Außenwelt abgeschlossen hatten.

III

Es überraschte ihn nicht so sehr herauszufinden, daß es in Dunwich niemand gab, der den Abbruch der Mühle auf sich genommen hätte. Selbst Zimmerleute, die seit langem arbeitslos waren, weigerten sich, den Auftrag zu übernehmen, wobei sie die unterschiedlichsten Ausreden vorbrachten, in denen Abner unschwer Ausflüchte für die abergläubische Furcht vor diesem Ort erkannte, welche jeder von ihnen zu verspüren schien. Er mußte also nach Aylesbury fahren, und wenn er auch mühelos ein Kleeblatt stämmiger junger Männer fand, die sich zusammentun wollten, um die Mühle abzureißen, so war er doch gezwungen zu warten, bis sie ihre vorhergehenden Aufträge zu Ende geführt hatten. Er konnte nur mit ihrem Versprechen nach Dunwich zurückkehren, »in einer Woche oder zehn Tagen« zu kommen.

Darauf machte er sich umgehend daran, die Besitztümer Luther Whateleys, die sich noch im Haus befanden, zu untersuchen. Es handelte sich um Stöße alter Zeitungen – in der Hauptsache des

Arkham Advertiser und des *Aylesbury Transcript* –, die jetzt schon vergilbt vom Alter und staubbedeckt dahinmoderten, und die er zum Verbrennen beiseitelegte. Es gab Bücher, die er Band für Band durchgehen wollte, um nichts von Wert zu vernichten. Und es gab Briefe, die er sofort verbrannt hätte, wenn er nicht einen Blick auf einen von ihnen geworfen und den Namen »Marsh« entdeckt hätte, worauf er weiterlas.

»Luther, dem Vetter Obed ist etwas ganz Merkwürdiges zugestoßen. Ich weiß nicht, wie ich es Dir mitteilen soll. Ich habe keine Ahnung, wie man es glaubwürdig erzählen kann. Ich bezweifle, daß ich in dieser Sache alle Fakten kenne. Ich muß zwangsläufig annehmen, daß es sich um ein absichtlich ausgesponnenes Seemannsgarn handelt, das etwas höchst Skandalöses verdecken soll, denn wie Du weißt, haben die Marshes immer zu Übertreibungen geneigt und zeigten eine ausgesprochene Ader für Irreführungen. Ihre Wege sind seit eh und je sehr gewunden.

Die Geschichte, wie ich sie von meinem Vetter Alizah habe, geht so, daß Obed als junger Mann mit einigen anderen aus Innsmouth mit einer Handelsflotte zu den Inseln Polynesiens fuhr und dort ein seltsames Volk antraf, das sich ›Die Tiefen‹ nannte. Diese Menschen waren imstande, nach Belieben im Wasser oder auf festem Boden zu leben. Es handelte sich also um Amphibien. Erscheint Dir das glaubhaft? Mir nicht. Das Überraschendste an der ganzen Sache ist, daß Obed und einige andere Mädchen dieses Volkes heirateten und mit sich zurückbrachten.

So sieht die *Legende* aus. Dies sind nun die *Tatsachen*. Seit damals sind die Handelsgeschäfte der Marshes mächtig aufgeblüht. Mrs. Marsh sieht man nie außer Haus, außer zu solchen Anlässen, wie wenn sie zu gewissen geschlossenen Veranstaltungen des Ordens von Dagon Hall geht. ›Dagon‹ soll ein Meeresgott sein. Ich weiß nichts von diesen heidnischen Religionen und ich will auch nichts davon wissen. Die Kinder der Marshes haben ein *sehr seltsames Aussehen*. Ich übertreibe nicht, Luther, wenn ich Dir sage, daß sie so breite Münder und so kinnlose Gesichter und so große starrende Augen haben, daß ich schwöre, sie sehen manchmal eher wie Frösche aus denn wie Menschen! *Kiemen* wenigstens haben sie keine, soweit ich erkennen kann. ›Die Tiefen‹ sollen Kiemen haben und Dagon oder einen anderen Meeresgott anbeten, dessen Namen ich nicht einmal aussprechen, geschweige denn niederschreiben kann. Spielt keine Rolle. Es ist ein solches

Seemannsgarn, wie es die Marshes für ihre Zwecke nicht besser erfinden konnten, aber bei Gott, Luther, nach der Art und Weise zu urteilen, wie die Schiffe, die Kapitän Marsh im Ostindienhandel einsetzt, seetüchtig bleiben, ohne daß ihnen durch Stürme oder durch natürlichen Verschleiß auch nur eine Schramme zugefügt wird – die Brigantine *Columbia,* die Bark *Sumatra Queen,* die Brigg *Hetty* und einige andere –, sieht es beinahe aus, als hätte er einen Pakt mit Neptun höchstpersönlich geschlossen!

Und dann sind da all die Vorgänge vor der Küste, an der die Marshes leben. Nächtliches Baden. Sie schwimmen weit hinaus zum Teufelsriff, das, wie Du weißt, eineinhalb Meilen vor dem Hafen Innsmouth liegt. Die Leute meiden die Marshes, mit Ausnahme der Martins und einiger anderer, die ebenfalls am Ostindienhandel beteiligt waren. Jetzt, da Obed nicht mehr unter uns weilt – und Mrs. Marsh vermutlich auch nicht, da man sie nirgends mehr sieht –, haben die Kinder und die Enkel des alten Kapitäns Obed seine seltsame Eigenarten angenommen.«

Der Rest des Briefes befaßte sich nur mit Banalitäten über Preise – aus dem Blickwinkel eines halben Jahrhunderts später lächerlich geringe Summen, denn Luther mußte zu der Zeit, da ihm Ariah, ein Vetter, von dem Abner nie gehört hatte, den Brief geschrieben hatte, ein unverheirateter junger Mann gewesen sein. Was der Brief über die Marshes zu berichten wußte, war nichts – oder vielleicht alles, wenn Abner den Schlüssel zu dem Rätsel gehabt hätte, von dem er, wie er mit wachsender Verärgerung glaubte, nur gewisse unzusammenhängende Bruchstücke kannte.

Falls aber Luther Whateley dieses Seemannsgarn geglaubt hätte, hätte er dann Jahre später seiner Tochter erlaubt, die Vettern Marsh zu besuchen? Abner bezweifelte es.

Er sah die anderen Briefe durch – Rechnungen, Quittungen, triviale Schilderungen von Reisen nach Boston, Newburyport, Kingsport –, dann die Postkarten, und stieß schließlich auf einen weiteren Brief von Vetter Ariah, der, dem Datum nach zu urteilen, unmittelbar nach dem Brief geschrieben worden war, den Abner eben gelesen hatte. Sie lagen zehn Tage auseinander, und Luther hatte Zeit genug gehabt, auf den ersten zu antworten.

Abner öffnete ihn begierig.

Die erste Seite enthielt einen Bericht über banale Familienangelegenheiten, die sich auf die Heirat einer anderen Kusine, augenscheinlich einer Schwester Ariahs, bezogen; die zweite einige

Vermutungen über die zukünftige Entwicklung des Handels mit Ostindien und einen Absatz über ein neues Buch von Whitman – offensichtlich Walt Whitman; die dritte jedoch enthielt augenscheinlich eine Antwort auf etwas, was Großvater Whateley wohl über den Zweig Marsh der Familie geschrieben hatte.

»Mag sein, Luther, daß Du recht hast, daß Rassenvorurteile die Schuld an der Abneigung gegen die Marshes tragen. Ich weiß genau, was die Leute hier von anderen Rassen halten. Das ist vielleicht zu bedauern, aber ihre geringe Bildung läßt eben solchen Vorurteilen viel Raum. Ich bin aber nicht überzeugt, daß *alles* auf Rassenvorurteile zurückzuführen ist. Ich habe keine Ahnung, welche Rasse den Nachfahren Obeds dieses seltsame *Aussehen* geben könnte. Die Völker Ostindiens – wie ich sie gesehen habe – haben Gesichtszüge, die von unseren nicht sehr verschieden sind, und nur eine andere Hautfarbe – ich würde sie kupferfarben nennen. Einmal erblickte ich einen Eingeborenen von ähnlichem Aussehen, er war jedoch augenscheinlich nicht typisch, denn er wurde von allen Dockarbeitern im Hafen gemieden. Ich habe vergessen, wo das war, glaube aber, es war in Ponape.

Es muß gesagt werden, daß die Marshes sehr unter sich bleiben – oder im Kreis der Familien, die unter demselben Verdacht leben. Und sie regieren mehr oder minder die Stadt. Es mag von Bedeutung sein – oder ein bloßer Zufall –, daß ein Stadtverordneter, der die Stimme gegen sie erhob, kurz darauf ertrunken aufgefunden wurde. Ich bin der erste zuzugeben, daß sich häufig Zufälle ereignen, die weit verblüffender sind als dieser, aber Du kannst darauf wetten, daß diejenigen, die die Marshes ablehnen, die Sache weidlich ausgeschlachtet haben.

Ich weiß jedoch, daß Dein analytischer Verstand sich von solchen Geschichten nicht beeindrucken läßt; ich erspare Dir daher Weiteres.«

Später kein Wort mehr. Abner sah vergeblich ganze Bündel von Briefen durch. Was Ariah in späteren Briefen schrieb, befaßte sich eingehend mit Familienangelegenheiten von größter Belanglosigkeit. Luther Whateley hatte augenscheinlich seine Verärgerung über bloßen Klatsch deutlich gemacht; schon als junger Mann mußte Luther strenge Selbstdisziplin geübt haben. Abner fand nur eine weitere Anspielung auf ein Geheimnis in Innsmouth – und zwar einen Zeitungsausschnitt, der sich mit gewissen Maßnahmen der Bundesregierung in und nahe bei Innsmouth im Jahre 1928 befaßte, doch in so vagen Ausdrücken, daß der Reporter, der die Story eingesandt hatte, vermutlich selbst nicht gewußt hatte, was vorgefallen war – ein Versuch, das Teufelsriff zu zerstören, die Sprengung großer Küstenabschnitte und die Massenverhaftung von Marshes und Martins und einiger anderer. Diese Ereignisse fanden jedoch Jahrzehnte nach Ariahs frühen Briefen statt.

Abner steckte die Briefe, die sich mit den Marshes befaßten, in seine Tasche und verbrannte die übrigen, indem er alles durchgesehene Material zum Flußufer trug und anzündete. Er hielt Wache, damit kein Windstoß einen Funken auf das Gras ringsum übertrüge, das trockener war, als die Jahreszeit erwarten ließ. Der Rauch war ihm angenehm, denn am Flußufer hielt sich ein bestimmter fauliger Geruch, der von den Überresten von Fischen ausging, die einem Tier, er glaubte, einem Otter, als Mahlzeit gedient hatten.

Als er so neben dem Feuer stand, schweifte sein Blick über den alten Bau der Whateleys, und er bemerkte mit Wehmut, daß es höchste Zeit war, die Mühle abzureißen, denn mehrere Fensterscheiben, die er im Zimmer Tante Sareay zerbrochen hatte, waren mit einem Teil des Rahmens nach außen gefallen. Scherben des Fensterglases lagen auf den Schaufeln des Mühlrads.

Als das Feuer soweit niedergebrannt war, daß er es sich selbst überlassen konnte, ging der Tag zur Neige. Er aß ein karges Abendbrot, und da er für diesen Tag sein Lesepensum schon erfüllt hatte, entschied er sich gegen den Versuch, die »Aufzeichnungen« seines Großvaters zu finden, von denen Onkel Zebulon Whateley gesprochen hatte. Vielmehr ging er hinaus, um die Dämmerung und die Nacht von der Veranda aus zu beobachten und wieder dem anschwellenden Chor der Frösche und Ziegenmelker zu lauschen.

Da er ungewohnt müde war, zog er sich früh zurück.

Der Schlaf wollte sich jedoch nicht einstellen. Erstens war die Sommernacht warm – kaum ein Lufthauch regte sich – und zweitens drangen selbst über dem Quaken der Frösche und der dämonischen Ausdauer der Ziegenmelker Töne aus dem Haus in sein Bewußtsein – das Ächzen und Stöhnen des aus vielen Holzstämmen bestehenden Hauses, das sich für die Nacht zur Ruhe setzte; ein seltsames scharrendes, schlurfendes Geräusch, halb ein Kriechen, halb ein Hüpfen, das Abner den Ratten zuschrieb, von denen es im Mühlenteil des Hauses wimmeln mußte – und tatsächlich waren die Geräusche gedämpft und schienen aus einiger Entfernung zu kommen; einmal hörte er Holz splittern und Glas klirren, was nach Abners Vermutung höchstwahrscheinlich vom Fenster über dem Mühlrad kam. Das Haus fiel rings um ihn buchstäblich auseinander; es schien, als diente er als Katalysator, um die endgültige Auflösung des alten Baus zu bewirken.

Dieser Einfall amüsierte ihn, denn es schien ihm, daß er, ob er wollte oder nicht, der Bitte seines Großvaters nachkam. Und versunken in solche Gedanken schlief er ein.

Am frühen Morgen wurde er durch das Läuten des Telefons geweckt; er war nämlich so vorausschauend gewesen, es für die Dauer seines Aufenthalts in Dunwich wieder anschließen zu lassen. Er hatte bereits den Hörer von dem uralten Wandapparat abgehoben, als er erkannte, daß es ein Anruf auf dem Gemeinschaftsanschluß war, der nicht für ihn bestimmt war. Trotzdem sprang die Stimme der Frau so auf ihn los und fuhr ihm so heftig ins Ohr, daß er wie gelähmt am Hörer blieb.

»Ich sag' Ihnen, Miß Corey, was ich gestern nacht gehört hab' – wie Stimmen kam es wieder vom Feld, und um Mitternacht hab' ich 'nen Schrei gehört – ich hätte nie gedacht, daß 'ne Kuh so schreien könnte – wie ein Kaninchen, nur tiefer. Das war Lutey Sawyers Kuh – sie fanden sie am Morgen – mehr als zur Hälfte von Tieren aufgefressen...«

»Miß Bishop, Sie glau'm doch nich', ...daß es wieder da is'?«

»Ich weiß nich'. Ich hoff' bei Gott, daß es nich' so is'. Es is' aber genauso wie beim letzten Mal.«

»Hat es bloß die eine Kuh erwischt?«

»Nur die eine. Von mehr hab' ich nich' gehört. Aber genauso hat es auch letztes Mal angefangen, Miß Corey.«

Abner legte leise den Hörer auf. Er lächelte grimmig über diesen Beweis für den blühenden Aberglauben der Bewohner von Dunwich. Er hatte nie erfahren, wie tief Unbildung und Aberglauben bei den Bewohnern so entlegener Orte wie Dunwich reichten, und dieses Zeugnis war, dessen war er sicher, nur ein sehr mildes Beispiel.

Er hatte jedoch wenig Zeit, bei dem Thema zu verweilen, denn er mußte in die Stadt gehen, um frische Milch zu holen. Mit einem gewissen Gefühl der Erleichterung über diese kurze Flucht aus dem Haus schritt er in der Morgensonne aus, die mit Wolken wechselte.

Als Abner den Laden betrat, war Tobias Whateley ungewöhnlich mürrisch und schweigsam. Abner spürte nicht nur Groll, sondern auch eine gewisse greifbare Furcht. Das erstaunte ihn. Auf alle Bemerkungen erwiderte Tobias nur mit einsilbigem Gemurmel. In der Meinung, so ein Gespräch in Gang zu bringen, erzählte Abner, was er am Telefon mitgehört hatte.

»Weiß schon«, versetzte Tobias kurz angebunden und sah Abner erstmals an, voll unverhüllter Angst.

Abner war so betroffen, daß er keine Antwort fand. In Tobias' Augen kämpften Angst und Feindseligkeit miteinander. Seine Gefühle waren Abner völlig klar, bevor er den Blick senkte und das Geld entgegennahm, das ihm Abner hinschob.

»Hast Zebulon getroffen?« fragte er leise.

»Er war beim Haus.«

»Hast mit ihm gesprochen?«

»Wir haben uns unterhalten.«

Es sah ganz so aus, als erwartete Tobias, daß gewisse Angelegenheiten zwischen ihnen besprochen worden waren, aber seine Haltung verriet, daß ihm die darauffolgenden Ereignisse unerklärlich waren, die er entweder als Anzeichen dafür auffaßte, Zebulon habe ihm nicht erklärt, was der Alte ihm nach Tobias' Meinung hatte klarmachen sollen, oder so verstand, daß sich Abner über einige Ratschläge des Onkels hinweggesetzt hatte. Abner fühlte sich nun völlig ratlos; erst das abergläubische Gerede am Telefon, dann die eigenartigen Andeutungen, die Onkel Zebulon hatte fallen lassen, und nun die Haltung seines Vetters Tobias, alles blieb ihm ein völliges Rätsel. Tobias schien genausowenig wie Zebulon geneigt zu sein, offen zu sprechen und all das in Worte zu kleiden, was hinter seinen mürrischen Gesichtszügen verborgen lag – jeder verhielt sich so, als ob Abner das selbstverständlich wissen müßte.

Verblüfft verließ er den Laden und ging mit dem festen Vorsatz zum Haus der Whateleys zurück, seine Aufgabe so schnell wie möglich zu erledigen, um aus diesem gottverlassenen Nest mit seinen verdrehten, vom Aberglauben geplagten Bewohnern so schnell wie möglich wegkommen zu können, auch wenn viele von ihnen seine Verwandten waren.

Mit diesem Ziel machte er sich wieder daran, die Besitztümer seines Großvaters so rasch wie möglich durchzusehen, nachdem er zum Frühstück nur wenig gegessen hatte, denn der unerfreuliche Besuch im Laden hatte ihm den Appetit verdorben, den er noch verspürt hatte, als er sich dorthin aufgemacht hatte.

Erst am späten Nachmittag fand er die Aufzeichnungen, die er suchte – ein altes Hauptbuch, in dem Luther Whateley mit seiner Spinnenschrift gewisse Eintragungen vorgenommen hatte.

IV

Im Schein der Lampe setzte sich Abner nach einer kleinen Mahlzeit an den Küchentisch und öffnete Luther Whateleys Hauptbuch. Die ersten Seiten waren herausgerissen worden, aber aus einer Untersuchung der Papierfetzen, die noch am Faden der Bindung hingen, schloß Abner, daß diese Seiten lediglich Buchungen enthalten hatten, als habe sein Großvater ein altes, nicht vollgeschriebenes Kontobuch für einen anderen Zweck als die Buchführung benutzt und die Blätter herausgerissen, die zuvor schon auf alltägliche Art benutzt worden waren.

Die Eintragungen waren von Anfang an rätselhaft. Bis auf den Wochentag waren sie undatiert.

»Diesen Samstag hat Ariah meine Anfrage beantwortet. S. wurde mehrm. mit Ralsa Marsh gesehen. Obeds Urenkel. Gingen zusammen nachts *schwimmen.*«

Das war die erste Eintragung, die sich eindeutig auf Tante Sareys Besuch in Innsmouth bezog, über den sich der Großvater offen bei Ariah erkundigt hatte. Etwas hatte Luther veranlaßt, solche Nachforschungen anzustellen. Abner kannte den Charakter seines Großvaters gut genug, um zu schließen, daß die Erkundigung nach Sareys Rückkehr nach Dunwich angestellt worden war.

Warum?

Die nächste Eintragung war eingeklebt worden und war eindeutig ein Teil eines maschinengeschriebenen Briefs, den Luther Whateley erhalten hatte.

»Ralsa Marsh ist wohl der Abstoßendste aus der ganzen Sippe. Vom Aussehen her ist er nahezu *degeneriert.* Ich weiß, daß Du von Deinen Töchtern immer Libby für die schönste gehalten hast, aber dennoch übersteigt es unsere Vorstellungskraft, wie es kam, daß sich Sarah mit jemand einlassen konnte, der so abstoßend ist wie Ralsa, in dem all jene Merkmale der Rückentwicklung, die in der Familie Marsh nach Obeds seltsamer Heirat mit der Polynesierin festzustellen waren, in voller Blüte standen. (Die Marshes leugnen übrigens, daß Obeds Frau eine Polynesierin war, aber natürlich trieb er dort die ganze Zeit über Handel, und ich schenkte der Geschichte von einer Insel, die auf keiner Karte eingezeichnet sein und wo er sich auf ein Techtelmechtel eingelassen haben soll, keinen Glauben.)

Soweit ich jetzt feststellen kann – schließlich sind seit ihrer Rückkehr nach Dunwich mehr als zwei Monate vergangen, eher vier, glaube ich –, waren sie mit Sicherheit ständig zusammen. Es überrascht mich, daß Dir Ariah nichts davon geschrieben hat. Keiner von uns hatte das Recht, den Treffen Sarahs mit Ralsa ein Ende zu setzen. Schließlich sind sie Vetter und Kusine, und sie war bei den Marshes zu Besuch, nicht bei uns.«

Abner kam zu dem Schluß, daß dieser Brief von einer Frau geschrieben worden war, ebenfalls einer Verwandten, die Luther leicht grollte, weil er Sarah nicht zu ihrem Zweig der Familie gesandt hatte. Luther hatte sich offensichtlich bei ihr über Ralsa erkundigt.

Die dritte Eintragung war wieder von Luthers Hand und faßte einen Brief von Ariah zusammen.

»Samstag. Ariah behauptet, daß Die Tiefen eine Sekte oder eine Art religiöser Vereinigung sind. Untermenschen. Sollen im Meer leben und Dagon anbeten. Ein weiterer Gott namens Cthulhu. Leute mit Kiemen. Ähneln Fröschen oder Kröten mehr als Fischen, aber die Augen sind fischartig. Behauptet, Obeds verstorbene Frau sei eine gewesen. Meint, daß Obeds Kinder alle die Merkmale hatten. Marshes mit Kiemen? Wie sonst könnten sie eineinhalb Meilen zum Teufelsriff und zurück schwimmen? Die Marshes essen nur wenig, können lange Zeit ohne Essen und Trinken auskommen, können sehr schnell ihre Größe vermindern oder ausdehnen.« (An dieser Stelle hatte Luther vier verächtliche Ausrufungszeichen hinzugefügt.)

»Zadok Allen schwört, daß er sah, wie Sarah zum Teufelsriff hinausschwamm. Marshes trugen sie mit hinaus. Alle *nackt*. Schwört, daß er Marshes mit harter Warzenhaut sah. Einige mit *Schuppen* wie Fische! Schwört, daß er sah, wie sie Fische jagten und aufaßen. Zerrissen sie mit bloßen Händen wie Tiere.«

Die nächste Eintragung war wieder ein Ausschnitt aus einem Brief, augenscheinlich die Antwort auf ein Schreiben des Groß-vaters.

»Du fragst mich, wer für diese *lächerlichen* Geschichten über die

Marshes verantwortlich ist. Luther, es wäre unmöglich, einen oder auch ein Dutzend Menschen im Verlauf mehrerer Generationen hervorzuheben. Ich gebe Dir recht, daß der alte Zadok Allen zuviel redet, zuviel trinkt und sich vielleicht mit Frauen herumtreibt. Er ist aber nur einer. Tatsache ist, daß diese Legende – die Du Seemannsgarn nennst – von einer Generation zur anderen gewachsen ist. Durch drei Generationen. Man braucht sich nur einige der Nachfahren von Kapitän Obed ansehen, um zu verstehen, warum es dazu kam. Einige Kinder der Marshes sollen so häßlich gewesen sein, daß man sie nicht ansehen konnte. Altweibergeschichten? Nun, Dr. Rowley Marsh war einmal zu krank, um eine der Frauen der Marshes zu Hause aufzusuchen; daher mußten sie Dr. Gilman holen lassen, und Gilman hat immer behauptet, daß er einem Untermenschen auf die Welt geholfen hat. Und niemand bekam diesen Marsh je zu sehen, doch gab es später Leute, die behaupteten, *Etwas* gesehen zu haben, *was nicht menschlich war, sich jedoch auf zwei Beinen bewegte.*«

Danach kam eine kurze, aber vielsagende Eintragung von zwei Worten: »Sarah bestraft.«

Das mußte also das Datum von Sarah Whateleys Einschließung im Raum über der Mühle angeben. Nach dieser Eintragung erwähnte Luther seine Tochter eine Zeitlang nicht. Seine Notizen waren nun völlig undatiert. Nach der Farbe der Tinte zu urteilen, waren sie zu verschiedenen Zeiten gemacht worden, auch wenn sie ineinander übergingen.

»Viele Frösche. Scheinen auf die Mühle zuzuhalten. Scheinen zahlreicher zu sein als in den Sümpfen auf der anderen Seite des Miskatonic. Schlafen schwierig. Werden auch die Ziegenmelker zahlreicher, oder ist das Einbildung? ... Zählte heute nach siebenunddreißig Frösche auf den Verandastufen.«

Es gab weitere Eintragungen dieser Art. Abner las sie alle, aber sie enthielten keinen Fingerzeig, worauf der Alte hinauswollte. Luther Whateley hatte in der Folge Buch geführt über Frösche, Nebel, Fische und deren Bewegungen im Miskatonic – wann sie aus dem Wasser sprangen und so weiter. Diese Angaben schienen nichts miteinander zu tun zu haben und mit dem Problem Sarah in keiner Beziehung zu stehen.

Nach dieser Reihe von Aufzeichnungen gab es einen weiteren Zwischenraum und dann kam eine einzige, unterstrichene Eintragung.

»Ariah hatte recht!«
Aber womit hatte Ariah recht gehabt? fragte sich Abner. Und wie
hatte Luther Whateley herausbekommen, daß Ariah recht gehabt
hatte? Es gab keinen Beweis dafür, daß Ariah und Luther ihre
Korrespondenz fortgeführt hatten, oder auch nur dafür, daß Ariah
dem bärbeißigen Luther ohne direkte Anfrage überhaupt schrieb.

Nun folgte ein Teil, in den Zeitungsausschnitte eingeklebt worden waren. Sie hatten eindeutig nichts damit zu tun, doch bewie-
sen sie Abner, daß mehr als ein Jahr vergangen war bis zu Luthers
nächster Eintragung, einer der rätselhaftesten, die Abner überhaupt fand. Tatsächlich schien der Zeitabstand sogar eher zwei
Jahre betragen zu haben.

»R. wieder los.«

Wenn Luther und Sarah die einzigen Menschen im Haus waren,
wer war dann »R.«? Handelte es sich um Ralsa Marsh, der zu
Besuch gekommen war? Abner bezweifelte es, denn nichts deutete
auf eine Zuneigung von Ralsa Marsh zu seiner fernen Kusine hin,
der er sonst sicher schon früher nachgestellt hätte.

Die nächste Anmerkung schien ganz zusammenhanglos zu sein.

»Zwei Schildkröten, ein Hund, Überreste eines Waldmurmel-
tiers. Bishops – zwei Kühe, die am Ende der Weide beim Miskatonic gefunden wurden.«

Etwas später hatte Luther zwei weitere solcher Angaben gemacht.

»Nach einem Monat insgesamt 17 Rinder, 6 Schafe. Entsetzliche
Veränderungen; Größe entspricht Nhrgs-Menge. Z. kam her.
Fürchtet, daß es Gerede gibt.«

War es möglich, daß Z. für Zebulon stand? Abner glaubte es.
Offensichtlich war Zebulon also vergebens gekommen, denn er
hatte ihm, Abner, nur vage und ungewisse Andeutungen über die
Situation im Haus gemacht, als Tante Sarey in dem Zimmer mit
den vernagelten Fensterläden eingesperrt worden war. Nach dem
Gespräch zu schließen, das er mit Abner geführt hatte, wußte
Zebulon weniger als dieser selbst, nachdem er nun die Aufzeich-
nungen seines Großvaters gelesen hatte. Er wußte jedoch von
Luthers Aufzeichnungen; also mußte ihm Luther gesagt haben,
daß er bestimmte Tatsachen festgehalten hatte.

Diese Aufzeichnungen hatten jedoch eher die Natur von Notizen,
die später vervollständigt werden sollten; sie waren unerklärlich
geheimnisvoll, es sei denn, man hatte in dem ursprünglichen

Wissen Luther Whateleys den Schlüssel dazu. Es zeigte sich jedoch, daß die späteren Eintragungen des Alten immer drängender wurden.

»Ada Wilkerson verschwunden. Spuren eines Handgemenges. Aufregung in Dunwich. John Sawyer zeigte mir die Faust – von der sicheren anderen Straßenseite, wo ich ihn nicht erwischen konnte.«

»Montag. Diesmal ist es Howard Willie. Sie fanden einen Schuh, der Fuß steckte noch drin!«

Die Aufzeichnungen näherten sich jetzt dem Ende. Viele Seiten waren unglücklicherweise entfernt worden – einige gewaltsam herausgerissen –, aber kein Hinweis verriet, warum Großvater Whateleys Darstellung diese Gewalt angetan worden war. Es konnte kein anderer als Luther selbst gewesen sein; vielleicht, dachte Abner, war Luther der Meinung gewesen, er habe zu viel gesagt, und hatte alles vernichten wollen, was einen späteren Leser auf die Spur der wahren Tatsachen über Tante Sareys lebenslänglichen Hausarrest bringen konnte. Das war unzweifelhaft gelungen.

Die nächste Eintragung bezog sich erneut auf den flüchtigen »R.«

»R. endlich zurück.«

Dann: »Vernagelte die Fensterläden vor den Fenstern in Sarahs Zimmer.«

Und schließlich: »Sobald er Gewicht verloren hat, ist er bei sorgfältiger Diät in kontrollierbarer Größe zu halten.«

In gewisser Hinsicht war dies die rätselhafteste Eintragung. War »er« ebenfalls »R.«? Wenn dem so war, warum mußte er bei sorgfältiger Diät gehalten werden, und was meinte Luther Whaterley mit der Bemerkung, seine Größe müsse kontrolliert werden? In dem Material, das Abner bis jetzt durchgesehen hatte, gab es keine fertigen Antworten auf solche Fragen; nicht in diesen Aufzeichnungen – oder vielmehr in der fragmentarischen Darstellung, die von den Aufzeichnungen verblieben war – und nicht in den zuvor durchgesehenen Briefen.

Er schob das Buch mit den Aufzeichnungen fort und widerstand dem Verlangen, es zu verbrennen. Er war verzweifelt, und zwar um so mehr, als er mit Unbehagen fühlte, wie dringend es notwendig war, das Geheimnis rasch zu lüften, das in dem alten Gebäude verborgen lag.

Der Abend war schon fortgeschritten; vor einiger Zeit war die

Dunkelheit angebrochen und das allgegenwärtige Lärmen der Frösche und Ziegenmelker rings um das Haus hatte bereits wieder eingesetzt. Er schob die anscheinend zusammenhanglosen Kritzeleien, die er gelesen hatte, in Gedanken kurz beiseite, rief sich den Aberglauben der Familie ins Gedächtnis, der nur der auf dem Lande vorherrschende war – nämlich daß Frösche und das Geschrei von Ziegenmelkern und Eulen den Tod ankündigten, und von dieser Überlegung kam er schnell darauf, daß sich hier eine Verbindung zu den Amphibien anbot – die Anwesenheit von Fröschen rief ihm eine groteske Karikatur eines der Angehörigen der Sippe Marsh aus Innsmouth vor Augen, wie sie in den Briefen beschrieben waren, die Luther Whateley jahrelang aufgehoben hatte.

Merkwürdigerweise erschütterte ihn gerade dieser beiläufige Gedanke. Es war tatsächlich bemerkenswert, wie hartnäckig die Frösche in der Nachbarschaft quakten. Und doch waren Frösche und dergleichen in der Umgebung von Dunwich immer häufig vorgekommen, und er konnte nicht wissen, wie lange vor seiner Ankunft sie schon in der Umgebung des alten Hauses der Whateleys gequakt hatten. Er verwarf den Einfall, daß sein Hiersein etwas damit zu tun hatte; weit wahrscheinlicher war es, daß die Nähe des Miskatonic und ein niedrig liegendes Sumpfgebiet unmittelbar auf der anderen Seite des Flusses am Rand von Dunwich das Vorhandensein so vieler Frösche erklärte.

Seine Gereiztheit schwand ebenso wie seine Besorgnis über die Frösche. Er stand auf und legte die Aufzeichnungen, die Luther Whateley hinterlassen hatte, sorgfältig in eine seiner Taschen, in der Absicht, sie mitzunehmen und sich den Kopf darüber zu zerbrechen, bis die Sache einen Sinn bekam. Irgendwo mußte es einen Fingerzeig geben. Falls gewisse entsetzliche Ereignisse in der Nähe stattgefunden hatten, mußte es auch noch andere Aufzeichnungen geben als Luther Whateleys spärliche Notizen. Es würde nichts helfen, die Leute von Dunwich zu befragen; Abner wußte, daß sie den Mund vor einem »Zugereisten« wie ihm halten würden, auch wenn er mit vielen von ihnen verwandt war.

Jetzt erst fielen ihm die Zeitungen ein, die er beiseite gelegt hatte, um sie zu verbrennen. Trotz seiner Müdigkeit sah er Stöße des *Aylesbury Transcript* durch, der von Zeit zu Zeit einen Lokalteil über Dunwich enthielt.

Nach einer Stunde hastigen Herumstöberns fand er drei verschwommen formulierte Artikel, keiner von ihnen im regulären Lokalteil' von Dunwich, die Eintragungen in Luther Whateleys Hauptbuch bestätigten. Der erste trug die Überschrift: *Wildes Tier reißt Vieh bei Dunwich.*

»Auf Höfen kurz vor Dunwich wurden mehrere Kühe und Schafe anscheinend von einem wilden Tier gerissen. Spuren an den Schauplätzen des Gemetzels deuten auf ein großes Tier hin, doch Professor Bethnall vom Lehrstuhl für Anthropologie der Miskatonic University weist darauf hin, es liege im Bereich des Möglichen, daß sich in dem wilden Bergland um Dunwich Rudel wilder Wölfe herumtreiben. Seit Menschengedenken hat kein Tier von einer solchen Größe, wie die gefundenen Spuren vermuten lassen, die Ostküste bewohnt. Eine Untersuchung durch die Bezirksbehörden ist im Gange.«

So sehr er auch stöberte, Abner fand keine Fortsetzung dieses Berichts. Er stieß jedoch auf die Geschichte der Ada Wilkerson.

»Eine Witwe, Ada Wilkerson, 57, die am Miskatonic außerhalb von Dunwich wohnte, wurde vor drei Nächten möglicherweise das Opfer einer Missetat. Als sie nicht zu einer Verabredung mit einer Freundin in Dunwich kam, suchte man ihr Haus auf. Von Mrs. Wilkerson gab es keine Spur, doch war die Haustür aufgebrochen und die Möbel waren umgestürzt, als habe ein heftiger Kampf stattgefunden. Bis Redaktionsschluß wurde Mrs. Wilkerson noch nicht aufgefunden.«

Zwei weitere Abschnitte berichteten kurz, daß die Behörden keinen Hinweis gefunden hatten, warum Mrs. Wilkerson verschwunden war. Der Bericht von einem »großen Tier« und ebenso Professor Bethnalls Überzeugung von der möglichen Existenz eines Wolfsrudels wurden ohne rechten Nachdruck wieder ausgegraben, sonst aber nichts, denn die Untersuchung hatte erbracht, daß die Verschwundene weder Geld noch Feinde hatte, und daher gab es auch kein Motiv, sie zu töten.

Schließlich gab es den Bericht über Howard Willies Tod mit der Schlagzeile: *Erschütterndes Verbrechen in Dunwich.*

»Irgendwann in der Nacht zum 21. wurde Howard Willie, ein Einwohner von Dunwich, brutal ermordet, als er vom Fischfang am Oberlauf des Miskatonic auf dem Heimweg war. Mr. Willie wurde rund achthundert Meter hinter dem Grundstück von Luther Whateley angegriffen, als er einen von Bäumen gesäumten Weg entlangging. Er hat sich offenbar heftig gewehrt, denn der

Boden ist ringsum aufgewühlt. Dem Ärmsten, der überwältigt wurde, müssen die Gliedmaßen buchstäblich ausgerissen worden sein, denn die einzigen leiblichen Überreste des Opfers bestanden aus dem rechten Fuß, der noch im Schuh steckte. Offenbar war er ihm grausam mit roher Gewalt vom Bein gerissen worden.

Unser Korrespondent in Dunwich berichtet, daß die Bevölkerung sehr aufgebracht, aber auch voll Angst ist. Die Leute geben einigen Mitbürgern zumindest einen Teil der Schuld, auch wenn sie standhaft bestreiten, daß jemand aus Dunwich Willie oder Mrs. Wilkerson ermordet hat, die vor vierzehn Tagen verschwand und von der man seitdem nichts mehr gehört hat.«

Der Bericht schloß mit einigen Angaben über Willies Familie. Danach zeichneten sich die Ausgaben des *Transcript* nur durch den völligen Mangel an Informationen über die Ereignisse aus, die sich in Dunwich zugetragen hatten, wo die Behörden wie die Reporter anscheinend gegen eine feste Mauer des Schweigens rannten, denn die ortsansässige Bevölkerung weigerte sich, über das Geschehene zu reden oder auch nur Vermutungen anzustellen. Es gab jedoch eine nachdrückliche und wiederkehrende Bemerkung in den Kommentaren der Untersuchungsbeamten, die an die Presse weitergegeben wurden, wonach die Spur oder Schleifbahn, die zu sehen war, anscheinend im Wasser des Miskatonic endete. Falls ein Tier für das Gemetzel, das sich in Dunwich ereignet hatte, verantwortlich war, konnte es vielleicht aus dem Fluß gekommen und wieder dorthin zurückgekehrt sein.

Obwohl es beinahe Mitternacht war, warf Abner die zum Verbrennen bestimmten Zeitungen auf einen Haufen und brachte sie zum Flußufer, wo er sie anzündete, nachdem er lediglich einige herausgerissene Seiten, die sich auf die Ereignisse in Dunwich bezogen, verwahrt hatte. Da kein Wind ging, fühlte er sich nicht verpflichtet, auf das Feuer zu achten, da er bereits eine beträchtliche Fläche abgebrannt hatte; das Gras würde schwerlich in Brand geraten. Im Fortgehen hörte er plötzlich, wie das Splittern und Krachen von Holz den Gesang der Ziegenmelker und Frösche übertönte, der sich nun zum rasenden Crescendo gesteigert hatte. Er dachte sofort an das Fenster des vernagelten Zimmers und ging zurück.

In dem ziemlich trüben Licht, das von den brennenden Zeitungen zum Haus hin flackerte, kam es Abner so vor, als stünde das Fenster weiter offen als zuvor. War es möglich, daß der ganze

Gebäudeteil über der Mühle einstürzte? Aus den Augenwinkeln erhaschte er einen Blick auf einen beispiellos unförmigen Schatten, der sich eben hinter dem Mühlrad bewegte, und einen Augenblick später vernahm er aus dem Wasser ein gurgelndes Geräusch. Die Stimmen der Frösche waren jetzt zu solcher Lautstärke angeschwollen, daß er nichts weiter hören konnte.

Er neigte dazu, den Schatten als eine Schöpfung der rasenden Flammen abzutun, die vom Feuer emporzuckten. Das Geräusch im Wasser mochte recht gut von der Bewegung eines Fischeschwarms stammen, der gemeinsam vorwärtsschoß. Trotzdem dachte er, es könnte nichts schaden, noch einen Blick in Tante Sareys Zimmer zu werfen.

Er kehrte in die Küche zurück, ergriff die Lampe und stieg die Treppe empor. Er schloß die Tür des vernagelten Zimmers auf und prallte vor dem heftigen Tiergeruch zurück, der ihm in den Flur entgegenströmte. Der Gestank des Miskatonic, der Sümpfe, der Geruch der schlammigen Ablagerungen, die auf Steinen und versunkenem Geröll zurückblieben, wenn der Miskatonic bei Niedrigwasser zum Rinnsal schrumpfte, der widerliche, beißende Geruch mancher tierischer Behausung – sie alle vereinten sich in dem vernagelten Zimmer.

Abner stand einen Augenblick unentschlossen auf der Schwelle. Gewiß, der Geruch in dem Zimmer konnte auch durch das offene Fenster hereingedrungen sein. Er hob die Lampe, damit mehr von ihrem Licht auf die Wand über dem Mühlrad fiel. Selbst von seinem Standort aus konnte er erkennen, daß jetzt nicht nur das ganze Fenster verschwunden war, sondern auch der Fensterrahmen. Selbst aus dieser Entfernung war klar, daß der Fensterrahmen *von innen* herausgebrochen worden war!

Er trat zurück, warf die Tür zu, sperrte sie ab und flüchtete nach unten, von den Scherben seiner Erklärungsversuche umgeben.

V

Unten kämpfte er um seine Selbstbeherrschung. Was er gesehen hatte, war bloß eine weitere Einzelheit in der rasch wachsenden Ansammlung anscheinend unzusammenhängender Angaben, über die er gestolpert war, seit er das Haus seines Großvaters betreten hatte. Er war jetzt davon überzeugt, daß alle diese

Angaben zusammenhängen mußten, so unwahrscheinlich ihm das zunächst auch erschienen war. Was er herausfinden mußte, war die eine Ausgangstatsache oder das Grundelement, das sie verband.

Er war tief erschüttert, vor allem, weil ihn die unbehagliche Überzeugung beschlich, daß ihm wirklich alle Tatsachen zur Verfügung standen, die er brauchte, und daß es vielmehr seine wissenschaftliche Ausbildung war, die ihn daran hinderte, die grundlegende Annahme zu machen, die Prämisse auszusprechen, welche die ihm vorliegenden Tatsachen unausweislich beweisen würden. Seine Sinne gaben ihm Gewißheit, daß in dem Zimmer etwas seinen Unterschlupf hatte – ein tierisches Wesen; es war verrückt anzunehmen, daß Gerüche von außerhalb Tante Sareys Zimmer so durchdringend erfüllen könnten, ohne daß sie in der Küche und am Fenster seines eigenen Schlafzimmers zu bemerken waren.

Die Gewohnheit rationalen Denkens war stark in ihm verankert. Er holte Luther Whateleys letzten Brief an ihn hervor und las ihn nochmals. Das war es, was der Großvater gemeint hatte, als er geschrieben hatte: »weil Du in die Welt hinausgegangen bist und Dir genügend Gelehrsamkeit erworben hast, um alle Angelegenheiten mit einem kritischen Geist betrachten zu können, der weder vom Aberglauben des Unwissens noch vom Aberglauben der Wissenschaft beherrscht ist.« Entzog sich dieses Rätsel mit all seinen entsetzlichen Untertönen jeder rationalen Erklärung?

Das schrille Läuten des Telefons durchbrach seine verwirrten Gedanken. Er ließ den Brief in die Tasche zurückgleiten, schritt rasch zur Wand hinüber und nahm den Hörer ab.

Die Stimme eines Mannes schrie über den Draht, inmitten eines Chaos fragender Stimmen, da jeder Teilnehmer den Hörer abhob, als hätten sie alle wie Abner Whateley selbst auf die Nachricht von einer weiteren Tragödie gewartet. Eine der Stimmen – sie alle waren für Abner körperlos und unkenntlich – identifizierte den Anrufer.

»Es ist Luke Lang!«

»Stellt ein Aufgebot zusammen und kommt schnell«, krächzte Luke ins Telefon. »'S is' grad' vor meiner Tür. Schnüffelt 'rum. Jetzt versucht's die Tür aufzubrechen. Jetzt fummelt's an den Fenstern 'rum.«

»Luke, was is' es denn?« fragte eine Frauenstimme.

»O Gott, das Viech is' nich' von dieser Welt. Es hüpft 'rum, als wär's zu groß, um sich richtig bewegen zu können – wie Gelee. Macht bloß schnell, schnell, bevor's zu spät is'. Es hat meinen Hund...«

»Geh aus der Leitung, damit wir Hilfe rufen können«, unterbrach ein anderer Teilnehmer.

Aber Luke in seiner Bedrängnis hörte das nicht. »Es schlägt gegen die Tür, 's drückt die Tür ein...«

»Luke, Luke! Leg auf!«

»Es is' jetzt am Fenster.« Luke Langs Stimme steigerte sich zu einem Schreckensschrei. »Das Glas hält nich'. O Gott! O Gott. Warum kommt denn keiner? Oh, diese Hand! Was'n entsetzlicher Arm! Das Gesicht...!«

Lukes Stimme erstarb mit einem entsetzlichen Kreischen. Das Geräusch brechenden Glases und zersplitternden Holzes war zu hören – dann war bei Luke Lang alles still, und einen Augenblick lang war auch entlang des Drahtes alles still. Dann brachen die Stimmen wieder in rasender Aufregung und Angst los.

»Holt Hilfe!«

»Wir treffen uns bei Bishop.«

Und jemand warf ein: »Das war Abner Whateley!«

Abner, dem vom Schock übel war und den die wachsende Erkenntnis fast lähmte, mühte sich, den Hörer vom Ohr zu reißen, um das halbverrückte Tollhaus am Gemeinschaftsanschluß abzuschneiden. Mit Mühe schaffte er es. Verwirrt, bestürzt, ja verängstigt lehnte er sich einen Augenblick mit dem Kopf gegen die Wand. Seine Gedanken wirbelten nur um einen Mittelpunkt – den Umstand, daß die Leute von Dunwich irgendwie ihn für das Geschehen verantwortlich machten. Und er wußte intuitiv, daß sich ihre Überzeugung auf mehr gründete als nur auf das herkömmliche Mißtrauen der Landbevölkerung gegen Fremde.

Er wollte nicht daran denken, was Luke Lang zugestoßen war – und den anderen. Lukes von Todesangst erfüllte Stimme gellte ihm noch immer in den Ohren. Er riß sich von der Wand los und stolperte beinahe über einen Küchenstuhl. Einen Augenblick lang stand er neben dem Tisch, ohne zu wissen, was er tun sollte, aber als sein Kopf ein wenig klarer wurde, dachte er nur an Flucht. Und doch war er gefangen zwischen dem Verlangen zu entkommen und seiner noch nicht eingelösten Verpflichtung Luther Whateley gegenüber.

Er war aber doch gekommen, er hatte den Besitz des Alten durchgesehen – alles bis auf die Bücher –, er hatte den Abriß der Mühle geregelt. Den Verkauf konnte ein Maklerbüro für ihn besorgen; es war nicht notwendig, daß er dabei anwesend war. Einem Impuls folgend, eilte er ins Schlafzimmer, warf die Sachen, die er bereits ausgepackt hatte, zusammen mit Luther Whateleys Hauptbuch voller Notizen in seine Reisetaschen und trug sie zum Wagen hinaus.

Nachdem er fertig war, kamen ihm jedoch Bedenken. Warum sollte er flüchten? Er hatte nichts getan. Auf ihm lag keinerlei Schuld. Er kehrte ins Haus zurück. Alles war ruhig, außer dem nie endenden Chor der Frösche und Ziegenmelker. Er stand kurze Zeit unentschlossen da; dann setzte er sich an den Tisch und holte Großvater Whateleys letzten Brief hervor, um ihn noch einmal zu lesen.

Er las ihn sorgfältig, nachdenklich. Was hatte der Alte gemeint, als er bei der Erwähnung des Wahnsinns, der sich unter den Whateleys fortgepflanzt hatte, behauptet hatte: »Nicht alle Meinigen taten es mir gleich«, wiewohl er selbst ihm entgangen war? Großmutter Whateley war lange vor Abners Geburt gestorben; seine Tante Julia war als junges Mädchen ums Leben gekommen; und seine Mutter hatte ohne Fehl und Tadel gelebt. Blieb Tante Sarey. Was war also ihr Wahnsinn gewesen. Luther Whateley konnte niemanden sonst gemeint haben. Was hatte sie angestellt, um zu lebenslänglichem Gefängnis verdammt zu werden?

Und was hatte er andeuten wollen, als er Abner bat, alles in dem Teil des Hauses über der Mühle zu töten, alles, was lebte? *Ganz gleich, wie klein es sein mag. Gleich, welche Gestalt es haben mag...*

Selbst etwas so Kleines wie eine Kröte, die niemandem etwas zuleide tat? Eine Spinne? Eine Fliege? Luther Whateley drückte sich in Rätseln aus, was an sich schon für einen intelligenten Menschen eine Beleidigung war. Oder hielt ihn sein Großvater für ein Opfer des Aberglaubens der Wissenschaft? Ameisen, Spinnen, Fliegen, verschiedene Arten von Käfern, Müllermotten, Tausendfüßler, Schnaken – sie alle hausten in der alten Mühle; und in den Wänden gab es zweifellos auch Mäuse. Erwartete Luther Whateley von seinem Enkel, daß er sie alle ausrottete?

Hinter ihm krachte plötzlich etwas gegen das Fenster. Glasscherben fielen zusammen mit einem schweren Gegenstand zu Boden.

Abner sprang auf und wirbelte herum. Von draußen kam das Geräusch von Schritten, die sich rasch entfernten.

Auf dem Boden lag inmitten zerbrochenen Glases ein Stein. Mit gewöhnlicher Schnur war ein Stück Packpapier daran befestigt. Abner hob ihn auf, zerriß die Schnur und entfaltete das Papier.

Ungeschlachte Buchstaben starrten ihm entgegen. »Hau ap, sons erwischts dich!« Packpapier und Schnur. Es war weniger als Drohung denn als gutgemeinte Warnung gedacht. Und es war eindeutig das Werk von Tobias Whateley, dachte Abner. Verächtlich warf er den Stein auf den Tisch.

Seine Gedanken wirbelten noch immer durcheinander, aber er war zu dem Entschluß gekommen, daß eine überstürzte Flucht nicht angebracht war. Er würde bleiben, nicht bloß, um herauszufinden, ob seine Vermutungen über Luke Lang zutrafen – als ob der Beweis am Telefon Raum für Zweifel lassen würde –, sondern auch, um einen letzten Versuch zu unternehmen, das Rätsel zu lösen, das Luther Whateley hinterlassen hatte.

Er löschte das Licht und ging im Dunkeln ins Schlafzimmer, wo er sich angekleidet auf das Bett legte.

Der Schlaf wollte sich jedoch nicht einstellen. Er lag da und suchte das Labyrinth seiner Gedanken zu entwirren, versuchte aus der Menge an Tatsachen, die er gesammelt hatte, klug zu werden, immer auf der Suche nach der *einen* Tatsache, die der Schlüssel zu allem übrigen war. Er war sich sicher, daß es sie gab; schlimmer noch, er war überzeugt, daß sie vor seinen Augen stand – daß es ihm aber nicht gelang, sie zu erklären oder zu erkennen.

Er hatte kaum eine halbe Stunde so dagelegen, als vom Miskatonic her ein Plätschern drang, das den an- und abschwellenden Chor der Frösche und Ziegenmelker übertönte. so als schlüge eine große Welle auf dem Weg zum Meer an die Ufer. Er setzte sich auf und lauschte. Unterdessen hörte das Geräusch auf und ein anderes trat an seine Stelle – eines, das er nur widerstrebend erkannte. Er konnte es sich nur so erklären, daß jemand das Mühlrad zu erklettern suchte.

Abner glitt vom Bett und verließ das Zimmer.

Aus der Richtung des Zimmers mit den Fensterläden drang ein gedämpftes Geräusch wie von einem schweren Fall – dann ein merkwürdiges, ersticktes Wimmern, das sich zu seinem Entsetzen so anhörte wie ein Kind, das in großer Entfernung zu schreien versuchte – dann war alles ruhig, und es schien, daß selbst der

Lärm und das Geschrei der Frösche schwächer wurde und ab-
ebbte.

Er kehrte in die Küche zurück und entzündete die Lampe.

Im gelben Lampenschein stieg Abner langsam die Treppe zu dem
Raum mit den Fensterläden hinauf. Er ging leise und bemühte sich,
keinen Lärm zu machen. An der Tür lauschte er. Zuerst hörte er
nichts – dann drang ein leises Säuseln an sein Ohr.

Etwas in diesem Zimmer – *atmete!*

Abner kämpfte seine Furcht nieder, steckte den Schlüssel ins
Schloß und drehte ihn um. Er stieß die Tür auf und hielt die Lampe
hoch empor.

Furcht und Entsetzen lähmten ihn.

Dort hockte inmitten des zerwühlten Bettzeugs des schon seit
langem nicht mehr benutzten Bettes ein ungeheuerliches Wesen
mit ledriger Haut, das weder Frosch noch Mensch war, vollgefres-
sen, voller Blut, das ihm noch immer aus seinen Froschkiefern auf
die mit Schwimmhäuten versehenen Finger troff – ein Ungeheuer,
das kräftige, sehr lange Arme hatte, die aus seinem Tierkörper wie
die eines Frosches hervorwuchsen und in Hände übergingen, die –
mit Ausnahme der Schwimmhäute zwischen den Fingern –
menschlich waren...

Für einen Augenblick verharrte das Tableau.

Dann erhob sich das Wesen mit einem rasenden Knurrlaut – »Eh,
ya-ya-ya-yaahaah- ngh'aaa – h'yuh, h'yuh-«, ragte hoch vor
Abner auf und stürzte sich auf ihn.

Seine Reaktion erfolgte sofort, geboren aus der entsetzlichen,
überwältigenden Erkenntnis. Er schleuderte die petroleumgefüllte
Lampe mit aller Macht geradewegs auf das Etwas, das nach ihm
griff.

Feuer hüllte das Geschöpf ein. Es stand da und begann verzweifelt an seinem brennenden Leib zu zerren, ohne auf die Flammen
zu achten, die vom Bett hinter ihm und von den Fußbodendielen
aufstiegen. Zugleich ging seine Stimme von einem tiefen Knurren
in ein schrilles, hohes Heulen über: »Mama-mama – ma-aama-aa-
maah!«

Abner warf die Tür zu und flüchtete.

Die Treppe hinunter, halb fiel er, durch die unteren Zimmer, das
Herz pochte wie rasend, und aus dem Haus hinaus. Er warf sich in
den Wagen, drehte beinahe von Sinnen, halbblind vom Angst-
schweiß, den Zündschlüssel und raste weg von dem verfluchten

Haus, aus dem bereits der Rauch quoll, während die Flammen, die sich im zundertrockenen Gebäude ausbreiteten, einen roten Schein auf den Himmel warfen.

Er fuhr wie ein Besessener durch Dunwich, über die gedeckte Brücke, mit halb geschlossenen Augen, als wolle er auf ewig den Anblick dessen verbannen, was er gesehen hatte, während die dunklen, brütenden Hügel nach ihm zu greifen schienen und die lärmenden Ziegenmelker und Frösche ihn verspotteten.

Nichts aber konnte jene endgültige, abgründige Erkenntnis auslöschen, die sich seinem Gedächtnis eingebrannt hatte – das Wissen, das in seinen eigenen Erinnerungen verborgen lag, aber auch in den Aufzeichnungen, die Luther Whateley hinterlassen hatte – die rohen Fleischstücke, von denen er kindischerweise angenommen hatte, daß sie in Tante Sareys Zimmer zubereitet werden würden, anstatt *roh verzehrt* zu werden, die Anspielung auf »R.«, der »endlich zurück« war, nachdem ihm die Flucht gelungen war, zurück in dem einzigen Heim, das »R.« kannte – die anscheinend zusammenhanglose Erwähnung verschwundener Kühe, Schafe und der Überreste anderer Tiere in der Handschrift seines Großvaters – die entsetzliche Andeutung in Luther Whateleys Eintragungen, deren Bedeutung jetzt klar war, R.s »Größe entspricht Nhrgs-Menge« und er »ist bei sorgfältiger Diät in kontrollierbarer Größe zu halten« – wie die Leute von Innsmouth! – nach Sarahs Tod auf nichts herabgesetzt, denn Luther hatte gehofft, das Einschließen im vernagelten Zimmer ohne Nahrung werde das Etwas schrumpfen und ohne Aussicht auf Wiederbelebung eingehen lassen, und doch hatte der Zweifel ihn bewogen, Abner zu beschwören, er müsse alles »Lebendige« töten, was er darin fände – *das Etwas, das Abner unwissentlich befreit hatte, als er die Fensterscheibe zerschlagen und die Läden aufgebrochen hatte, und das nun frei war, seine eigene Nahrung suchen und damit wieder sein höllisches Wachstum beginnen zu können, zunächst mit Fischen aus dem Miskatonic, dann mit kleinen Tieren und schließlich mit Menschen – das Etwas, halb Frosch, halb Mensch, aber menschlich genug, um in das einzige Heim zurückzukehren, das es je gekannt hatte, und angesichts des Flammentodes vor Schrecken nach der Mutter zu rufen – das Etwas, das der unseligen Verbindung zwischen Sarah Whateley und Ralsa Marsh entsprossen war, Auswurf eines kranken und entarteten Blutes, das Ungeheuer, das stets am Rande von Abner*

Whateleys Bewußtsein drohend aufragen würde – sein Vetter Ralsa, verdammt durch den eisernen Willen seines Großvaters, statt ins Meer entlassen, wo er sich Den Tiefen zugesellen konnte, den Heerscharen Dagons und des großen Cthulhu!

Die Lampe des Alhazred

Sieben Jahre nach dem Verschwinden seines Großvaters Whipple kam Ward Phillips in den Besitz der Lampe. Sie hatte seinem Großvater gehört, ebenso wie das Haus in der Angell Street, in dem Phillips wohnte. Er hatte seit dem Verschwinden seines Großvaters das Wohnrecht im Haus gehabt, aber die Lampe hatte sich im Gewahrsam des Anwaltes des alten Mannes befunden, bis die sieben Jahre verstrichen waren, die erforderlich waren, damit er für tot erklärt werden konnte. Es war der Wunsch seines Großvaters gewesen, daß der Anwalt die Lampe beim Eintreten eines unglücklichen Umstandes, seines Todes oder anderer Ereignisse, verwahren sollte, damit Phillips genügend Zeit hätte, nach Herzenslust in der ansehnlichen Bibliothek Whipples zu stöbern, in der ein gewaltiger Wissensfundus seiner Aufmerksamkeit harrte. Sobald er sich durch die vielen Bände auf den Regalen hindurchgelesen hätte, würde Phillips reif genug sein, um den »unbezahlbaren Schatz« – so hatte es der alte Whipple selbst ausgedrückt – seines Großvaters zu erben.

Zu diesem Zeitpunkt war Phillips dreißig und von angegriffener Gesundheit, was aber nur den kränklichen Zustand fortsetzte, der ihm die Kindheit so oft vergällt hatte. Er war in eine Familie von bescheidenem Wohlstand hineingeboren worden, aber die Ersparnisse, die sein Großvater gesammelt hatte, waren durch unvorsichtige Geldanlage verlorengegangen, und ihm war nur das Haus in der Angell Street samt allem Hausrat geblieben. Phillips war zum Groschenheftautor geworden und fristete außerdem eine kümmerliche Existenz damit, unzählige Manuskripte in Prosa und Versen zu verbessern, die von noch weitaus größeren Dilettanten stammten, als er selbst als Autor einer war, und die sie ihm in der Hoffnung zusandten, daß ihr Werk dank der Zauberkraft seiner Feder einen Verleger fände. Seine sitzende Lebensweise hatte seine Widerstandskraft gegen Krankheiten geschwächt; er war hochaufgeschossen, mager, trug eine Brille, war für Erkältungen anfällig, und einmal steckte er sich zu seiner großen Verlegenheit mit Masern an.

An warmen Tagen pflegte er oft aufs Land hinauszuwandern, dorthin, wo er als Kind gespielt hatte. Seine Arbeit nahm er ins Freie mit, wo er oft an dem wunderschönen waldgesäumten

Flußufer saß, das seit seiner Kindheit sein liebster Aufenthaltsort war. Diese Flußlandschaft des Seekonk hatte sich in all den Jahren nicht verändert, und Phillips, der sehr in der Vergangenheit lebte, war der Überzeugung, daß die beste Methode, das Zeitgefühl zu besiegen, darin bestand, sich an unveränderte Lieblingsplätze der frühen Jugend zu klammern. Er erklärte seinem Briefpartner seine Lebensweise mit den Worten: »Auf diesen Waldpfaden, die ich so gut kenne, schwindet die Kluft zwischen der Gegenwart und den Tagen von 1899 und 1900 zur Gänze – so daß ich manchmal, wenn ich aus meiner Versunkenheit erwache, beinahe erstaunt bin, daß die Stadt ihren Anstrich von *fin de siècle* verloren hat!« Neben dem Ufer des Seekonk war oft ein Berg, der Nentaconhaunt, das Ziel seiner Wanderungen, von dessen Hängen er auf seine Geburtsstadt hinabblicken konnte. Dort pflegte er auf den Sonnenuntergang zu warten und auf das bezaubernde Panorama der zu nächtlichem Leben erwachenden Stadt. Die Türmchen und Walmdächer verdunkelten sich im orange- und zinnoberroten oder auch perlmutterweißen und smaragdgrünen Abendrot, und die Lichter gingen an, eines nach dem anderen, und verwandelten die ungeheure, weit ausgedehnte Stadt in ein Zauberreich, dem sich Phillips mehr verbunden fühlte als der Stadt im Tageslicht.

Diese täglichen Ausflüge hatten zur Folge, daß Phillips bis spät in die Nacht hinein arbeitete, und die Lampe kam ihm dabei sehr zustatten, ungeachtet ihrer eigenartigen Form und ihres offenbar hohen Alters, denn er hatte schon vor langer Zeit auf die Verwendung von Elektrizität verzichtet, um seine kargen Einkünfte nicht noch weiter zu schmälern. Der Begleitbrief zu diesem allerletzten Geschenk des alten Mannes, dessen Zuneigung zu dem Enkel grenzenlos gewesen und durch den frühen Tod der Eltern des Knaben noch gefestigt worden war, enthielt die Erklärung, daß die Lampe aus einem Grab in Arabien aus den Anfängen der Geschichte stammte. Sie war einst im Besitz eines halbverrückten Arabers namens Abdul Alhazred gewesen und war ein Erzeugnis des sagenhaften Stammes Ad – eines der vier geheimnisvollen, kaum bekannten Stämme Arabiens, nämlich Ad im Süden, Tamud im Norden und Tasm und Jadis im Inneren der Halbinsel. Sie war vor langer Zeit in einer verborgenen Stadt namens Irem gefunden worden, der Stadt der Säulen, die von Schedad, dem letzten Despoten der Ad, errichtet worden war, und die einigen als die Stadt ohne Namen bekannt war, die im Gebiet Hadramant liegen soll, und die anderen zufolge unter den zeitlosen, ewig wandernden Sanddünen der arabischen Wüste begraben ist, wo sie sich, dem normalen Auge unsichtbar, den Günstlingen des Propheten manchmal wie zufällig darbietet. Zum Abschluß seines langen Briefes hatte der alte Whipple geschrieben: »Ob angezündet oder dunkel, kann sie gleichermaßen Vergnügen bereiten. Unter den gleichen Bedingungen kann sie Leid bringen. Sie ist der Quell höchster Lust oder tiefsten Entsetzens.«

Die Lampe des Alhazred war von ungewöhnlichem Aussehen. Sie war zum Verbrennen von Öl bestimmt und schien aus Gold zu sein. Sie hatte die Form eines kleinen länglichen Gefäßes, das an der einen Seite in einem gebogenen Griff endete und auf der anderen in einem Schnabel für Docht und Flamme. Sie war mit vielen eigenartigen Zeichnungen geschmückt, auch waren Buchstaben und Bilder zu Worten in einer Sprache angeordnet, die Phillips fremd war, der Kenntnis von mehr als einem arabischen Dialekt hatte und die Sprache der Inschrift auf der Lampe doch nicht kannte. Die Inschrift auf dem Metall war auch nicht Sanskrit, sondern eine ältere Sprache aus Buchstaben und Hieroglyphen, von denen manche Bildzeichen waren. Phillips verwendete einen ganzen Nachmittag darauf, die Lampe innen und außen auf Hochglanz zu polieren, dann füllte er sie mit Öl.

An diesem Abend stellte er die Kerzen und die Petroleumlampe beiseite, bei deren Licht er so lange Jahre gearbeitet hatte, und zündete die Lampe des Alhazred an. Die Wärme ihres Scheins, die Stetigkeit der Flamme und die hervorragende Beschaffenheit ihres Lichtes erstaunten ihn gelinde, aber da er in seiner Arbeit zurück war, nahm er sich nicht die Zeit, darüber nachzudenken, sondern beugte sich sofort über die vorliegende Aufgabe, und zwar die Überarbeitung einer längeren Versdichtung, die folgendermaßen begann:

»Ach, an einem frühen, hellen Morgen,
lange Jahr', bevor ich ward geboren,
die Erde war noch kaum geborgen,
noch lange nicht in Streit verloren...«,

und noch altertümlicher in einem Stil weiterging, der schon seit langer Zeit aus der Mode gekommen war. Normalerweise zog das Archaische Phillips an. Er lebte so entschieden in der Vergangenheit, daß er ausgeprägte Ansichten und sogar eine eigene Philosophie über den Einfluß der Vergangenheit hatte. Seine Vorstellung von unpersönlicher Feierlichkeit und von der Macht, Zeit und Raum in die Schranken zu weisen, war von seinen frühesten Wahrnehmungen an so innig mit seinen tiefsten Gedanken und Gefühlen verbunden, daß jede tiefgründige Niederschrift seiner Stimmungen höchst künstlich, exotisch und mit landläufigen Bildern ausgeschmückt erscheinen würde, wie wahrheitsgetreu sie auch sein mochte. Seit Jahrzehnten waren Phillips' Träume von einem eigenartigen Gefühl abenteuerlicher Erwartung bestimmt worden, das mit Landschaften, Architektur und Himmelserscheinungen in Verbindung stand. Mit seinem geistigen Auge sah er sich immer als Junge von drei Jahren, wie er von einer Eisenbahnbrücke über den dichtesten Teil der Stadt hinweg- und hinuntersah und dabei das unmittelbare Bevorstehen eines Wunders verspürte, das er weder beschreiben noch ganz erfassen konnte – ein Gefühl des Wunderbaren und der Befreiung, das sich in dunklen Dimensionen verbarg und in seltenen Fällen noch immer auf zweifelhafte Weise durch den Anblick uralter Straßen, weiter Flächen von Hügelland oder unendlicher Marmortreppen, die zu Reihen von mit Balustraden eingefaßten Terrassen emporführten, zugänglich war. So sehr Phillips jedoch auch dazu neigte, sich in eine Zeit zurückzuziehen, da die Welt noch jünger und weniger hektisch war, ins achtzehnte Jahrhundert oder sogar noch weiter zurück, als es noch Muße gab für die Kunst der Konversation und ein Mann sich mit einer gewissen Eleganz kleiden konnte, ohne von seinen Nachbarn scheel angesehen zu werden, so ermüdeten ihn doch der Mangel an Erfindungskraft in den Zeilen, über denen er sich abmühte, die Dürftigkeit der Ideen zusammen mit seinem eigenen Überdruß, so sehr, daß es ihm unmöglich war, weiter zu arbeiten, und daß er in der Erkenntnis, diesen abgedroschenen Versen nicht gerecht werden zu können, schließlich alles von sich weg schob und sich zurücklehnte, um sich auszuruhen.

So erkannte er, daß sich seine Umgebung fast unmerklich verändert hatte.

Die vertrauten Bücherwände, die hier und da von Fenstern unterbrochen wurden, vor denen Phillips aus Gewohnheit die Vorhänge fest zuzuziehen pflegte, damit kein natürliches Licht – sei es von der Sonne, vom Mond oder nur von den Sternen – in sein Heiligtum eindränge, waren nicht nur eigenartig vom Licht der Lampe aus Arabien überlagert, sondern auch von gewissen Gegenständen und Bildern in diesem Licht. Wohin immer das Licht fiel, fanden sich über den Büchern auf den engen Regalen Szenen ausgebreitet, wie sie Phillips nicht aus den verborgensten Winkeln seiner Phantasie hätte heraufbeschwören können. Wo aber Schatten waren – wie zum Beispiel dort, wo der Schatten eines Sesselrückens auf die Bücherregale geworfen wurde –, gab es nichts als die Dunkelheit des Schattens und die verschwommenen Umrisse der Bücher auf ihren Regalen in dieser Dunkelheit.

Phillips saß staunend da und blickte auf die Szenen, die sich vor ihm entfalteten. Flüchtig kam ihm der Gedanke, er sei das Opfer einer merkwürdigen optischen Täuschung, aber an dieser Erklärung des Gesehenen hielt er nicht lange fest. Merkwürdigerweise verlangte es ihn auch nicht nach einer Erklärung; er spürte keinen Bedarf dafür. Ein Wunder hatte sich ereignet, und er betrachtete es nur mit flüchtiger Verwunderung, um das Geschehene um so mehr zu bestaunen. Denn die Welt, die er im Licht der Lampe erblickte, war von außerordentlicher Fremdheit. Ihr ähnelte nichts, was er je zuvor gesehen hatte, auch nichts, von dem er je gelesen oder geträumt hatte.

Es schien sich um eine Szenerie aus der Jugendzeit der Erde zu handeln, als sich die Landmassen erst bildeten, Landmassen, aus deren Spalten und Felsen gewaltige Dampfwolken austraten, und als die Spuren schlangenförmiger Tiere sich deutlich im Schlamm abzeichneten. Hoch oben flogen Riesenbestien, die miteinander kämpften und aufeinander einhieben, und aus einer Felsspalte am Rand eines Meeres ringelten sich wie Tentakel die ungeheuren Gliedmaßen eines Tieres wellenförmig und bedrohlich im blaßroten Sonnenlicht jener Tage, wie ein Geschöpf aus einem Werk phantastischer Literatur.

Dann veränderte sich langsam die Szenerie. Die Felsen wichen einer Wüste, über die der Wind hinstrich, und wie eine Fata Morgana erhob sich die verlassene und verborgene Stadt, die verlorene Säulenstadt, das sagenumwobene Irem, und Phillips wußte, wenn auch keines Menschen Fuß mehr die Straßen der Stadt betrat, so lauerten doch noch immer entsetzliche Wesen unter den uralten Steinhaufen der Behausungen, die nicht in Ruinen lagen, sondern so standen, wie sie erbaut worden waren, bevor die Bevölkerung der alten Stadt von den Wesen vernichtet oder vertrieben worden waren war, die vom Himmel herabgestiegen waren, um Irem zu belagern und in Besitz zu nehmen. Doch war nichts von ihnen zu sehen; nur die Furcht vor einer Bewegung lauerte über allem wie der Schatten aus der Zeit. Und weit jenseits der Stadt und der Wüste ragten die schneegekrönten Berge auf; während er noch zu ihnen hinsah, fielen ihm Namen für sie ein. Die Stadt auf dem Wüstenboden war die Stadt ohne Namen und die schneebedeckten Gipfel waren die Berge des Wahnsinns oder vielleicht auch Kadath in der kalten Einöde. Und er gefiel sich darin, diesen Landschaften Namen zu geben; denn sie fielen ihm mühelos ein, sie sprangen ihm ins Bewußtsein, als hätten sie sich schon immer am Rand seiner Gedanken aufgehalten und auf diesen Augenblick gewartet, um ins Dasein zu treten.

Lange Zeit saß er so da, seine Faszination war grenzenlos, aber bald begann sich in ihm ein vages Gefühl der Besorgnis zu regen. Die Landschaften zogen immer noch wie Traumgebilde an seinem Auge vorbei, aber ebenso hartnäckig hielt sich in ihnen das Bösartige, zusammen mit unverkennbaren Anzeichen entsetzlicher Wesen, die diese Landschaften bevölkerten, so daß er schließlich das Licht löschte und unter leichtem Zittern eine Kerze anzündete, die ihn mit ihrem schwachen, vertrauten Schein tröstete.

Er dachte lange über das Gesehene nach. Sein Großvater hatte die Lampe seine »kostbarste Habe« genannt; ihre Eigenschaften mußten ihm daher bekannt gewesen sein. Und welche andere Eigenschaften hatte sie außer der, die Erinnerungen der Vorfahren zu bewahren, und einer Zaubergabe der Enthüllung, so daß derjenige, der in ihrem Schein saß, imstande war, abwechselnd die Stätten der Schönheit und des Grauens zu sehen, die ihre Besitzer gekannt hatten? Phillips war überzeugt davon, Landschaften erblickt zu haben, die Alhazred gekannt hatte. Aber wie unzulänglich war diese Erklärung! Und je mehr er an das Gesehene dachte, um so ratloser wurde Phillips. Schließlich wandte er sich wieder der Arbeit zu, die er beiseite gelegt hatte, versenkte sich darin und verdrängte die Phantasievorstellungen und Ängste, die sich laut bemerkbar machen wollten, aus dem Bewußtsein.

Spät am nächsten Tag trat Phillips ins Licht der Oktobersonne und verließ die Stadt. Er fuhr mit der Straßenbahn bis zum Stadtrand und wanderte dann ins Land hinaus. Er betrat ein Gebiet, das nahezu eine Meile von jedem Ort entfernt war, wohin er im Verlauf seines Lebens je gelangt war, und folgte einer Straße, die nach Norden und Westen von der Hauptstraße nach Plainfield abzweigte und eine niedrige Anhöhe am westlichen Ausläufer des

Nentaconhaunt erklomm und von der aus er einen idyllischen Ausblick auf wogende Wiesen, uralte Steinwälle, silbergraue Baumgruppen und ferne Hausdächer im Westen und Süden hatte. Er war weniger als drei Meilen vom Herzen der Stadt entfernt, und doch schwelgte er im ursprünglichen ländlichen Neu-England der ersten Kolonisten.

Knapp vor Sonnenuntergang erkletterte er auf einem abschüssigen Feldweg am Rand alter Wälder den Hügel, und aus schwindelnder Höhe wurde ihm ein beinahe überwältigender Ausblick auf die vor ihm liegende Landschaft zuteil, die glitzernden Flüßchen, die fernen Wälder und auf einen Himmel im mystischen Orange, von dem die große Sonnenscheibe im Abendrot zwischen Streifen von Stratuswolken herabsank. Als er den Wald betrat, sah er den eigentlichen Sonnenuntergang durch die Bäume hindurch und wandte sich dann nach Osten, um den Hügel zu überqueren und zu einem vertrauteren, stadtwärts geneigten Hang zu gelangen, den er stets aufgesucht hatte. Niemals zuvor hatte er wahrgenommen, wie ausgedehnt die Fläche des Nentaconhaunt wirklich war. In Wahrheit war sie viel eher ein kleines Hochland oder ein Tafelgebirge, mit Tälern, Kämmen und eigenen Gipfeln, als bloß ein einfacher Berg. Von einigen in seinen Tiefen versteckten Wiesen – jedem Anzeichen nahen menschlichen Lebens entrückt – erhaschte er wahrhaft wunderbare Ausblicke auf die ferne Silhouette der Stadt – ein Traum verzauberter Zinnen und halb in der Luft schwebender Kuppeln, die von einer dunklen Aura des Geheimnisses umgeben waren. In den höhergelegenen Fenstern einiger der höheren Türme stand noch der helle Schein der Sonne, den er bereits verloren hatte, ein Schauspiel voll kryptischen und eigenartigen Glanzes. Dann sah er die große runde Scheibe des herbstlichen Vollmondes über den Glockentürmen und Minaretten schweben, während im orange leuchtenden Westen Venus und Jupiter zu funkeln begannen. Er nahm die verschiedensten Wege durch die Hochebene – manchmal tief hinein, manchmal auf den Waldrand zu, wo dunkle Talschluchten zur Ebene abfielen und riesige ruhende Gesteinsbrocken auf Felshöhen eine geisterhafte druidische Wirkung hervorriefen, als sie sich vor der Dämmerung abhoben.

Schließlich gelangte er auf besser bekanntes Gebiet, wo die grasbewachsene Erhöhung einer alten unterirdischen Wasserleitung die Illusion einer gerade noch erkennbaren alten Römerstraße erweckte, und dann stand er wieder einmal auf dem vertrauten östlichen Bergrücken, den er seit seiner frühesten Kindheit kannte. In der zu seinen Füßen ausgedehnten Stadt gingen rasch die Lichter an, bis sie wie ein Sternbild in der tiefer werdenden Dämmerung lag. Der Mond verströmte anschwellende Fluten bleichen Goldes, und der Schein von Venus und Jupiter war in der westlichen Dämmerung stärker geworden. Vor ihm lag der Weg nach Hause, einen abschüssigen Hang zur Straßenbahnlinie hinab, die ihn zu den prosaischen Umtrieben der Menschen zurückführen würde.

Aber während all dieser friedlichen Stunden hatte Phillips keineswegs sein Erlebnis aus der Nacht zuvor vergessen, und er konnte nicht leugnen, daß er dem Anbruch der Dunkelheit mit wachsendem Verlangen entgegensah. Die vage Besorgnis, die ihn aufgestört hatte, war dem Versprechen weiterer nächtlicher Abenteuer einer ihm bislang unbekannten Natur gewichen.

Er schlang sein Abendessen hastig hinunter, damit er sich früh in sein Arbeitszimmer begeben konnte, wo ihn die bis zur Decke reichenden Buchreihen grüßten, die ihm ruhige Beständigkeit versicherten. An diesem Abend warf er nicht einmal einen Blick auf die Arbeit, die auf ihn wartete, sondern zündete sofort die Lampe des Alhazred an. Dann setzte er sich nieder, um zu warten, was da kommen mochte.

Der warme Schein der Lampe breitete sich gelblich über die von Regalreihen gesäumten Wände aus. Er flackerte nicht; die Flamme brannte beständig, und wie zuvor erhielt Phillips zuerst den Eindruck einer behaglich stimmenden, beruhigenden Wärme. Dann schienen langsam die Bücher und Regale zu verschwimmen und zu verblassen, um Szenen aus einer anderen Welt und einer anderen Zeit Platz zu machen.

In jener Nacht sah Phillips Stunde um Stunde zu. Und er gab den Szenen und Stätten, die er sah, Namen, wobei er auf eine bislang unerschlossene Ader seiner Phantasie zurückgriff, angeregt vom Schein der Lampe des Alhazred. Er erblickte ein Gebäude von großer Schönheit und Anmut, von Dämpfen umwallt, auf einer Landspitze wie der bei Gloucester, und er nannte es das seltsam hochgelegene Haus im Nebel. Er erblickte eine uralte Stadt mit Walmdächern, die von einem dunklen Fluß durchzogen wurde, eine Stadt wie Salem, aber weitaus gespenstischer und unheimlicher, und er nannte die Stadt Arkham und den Fluß Miskatonic. Er erblickte die düster vor sich hinbrütende Küstenstadt Innsmouth und das ihr vorgelagerte Teufelsriff. Er erblickte die tiefen Wasser von R'lyeh, wo der tote Cthulhu im Schlaf lag. Er blickte auf die windumtoste Hochfläche von Leng, und auf die dunklen Inseln der Südsee – die Stätten des Traums, die Landschaften anderer Gegenden, aus den Tiefen des Alls, die Daseinsebenen, die in anderen Zeitkontinuen existierten und älter waren als die Erde selbst, und er verfolgte sie zurück über die Alten zu Hali, im Ursprung, und sogar darüber hinaus.

Doch er wohnte diesen Szenen bei wie durch ein Fenster oder eine Tür, die ihn einzuladen schien, seine eigene alltägliche Welt zu verlassen und in jene Bereiche des Zaubers und des Staunens aufzubrechen; die Versuchung wurde in ihm immer stärker, er zitterte vor Verlangen zu gehorchen, alles abzulegen, was er geworden war, und das zu wagen, was er sein könnte; und wie zuvor löschte er die Lampe und hieß die büchergesäumten Wände im Arbeitszimmer seines Großvaters Whipple willkommen.

Im weiteren Verlauf der Nacht, bei Kerzenschein, ließ er die monotonen Bearbeitungen links liegen, die er hatte erledigen wollen, und wandte sich dem Schreiben kurzer Erzählungen zu, in denen er die Szenen und Wesen heraufbeschwor, die er im Licht der Lampe des Alhazrad erblickt hatte.

Er schrieb die ganze Nacht und schlief den ganzen nächsten Tag über, völlig erschöpft.

In der folgenden Nacht schrieb er erneut, obwohl er sich Zeit nahm, Briefe seiner Briefpartner zu beantworten, denen er von seinen »Träumen« berichtete, ohne zu wissen, ob er die Visionen gesehen hatte, die vor seinem Auge vorbeigezogen waren, oder ob er sie geträumt hatte. Er erkannte, daß die Welten seiner Erzählungen unentwirrbar mit denen, die zur Lampe gehörten, verwoben waren, denn vor seinem geistigen Auge waren die Sehnsüchte und Wünsche seiner Jugend mit den Visionen seines Schöpferdrangs verschmolzen, hatten gleichermaßen die Stätten der Lampe und der geheimen Schlupfwinkel seines Herzens in sich aufgenommen, die wie die Lampe des Alhazred die weiten Fernen des Weltalls durchkreuzt hatten.

Viele Nächte lang zündete Phillips die Lampe nicht an.

Die Nächte wurden zu Monaten, die Monate zu Jahren.

Er wurde älter, und seine Erzählungen fanden ihre Verleger, und mit ihnen die Mythen von Cthulhu; von Hastur dem Unaussprech-

lichen; von Yog-Sothoth; und Shub-Niggurath, der Schwarzen
Ziege der Wälder mit den tausend Zicklein; von Hypnos, dem
Gott des Schlafes; von den Großen Alten und ihrem Sendboten
Nyarlathotep – alle wurden zu einem Teil von Phillips' innerster
Legendenwelt und der Schattenwelt jenseits davon. Er rief Ark-
ham in die Wirklichkeit und entwarf das seltsam hochgelegene
Haus im Nebel; er schrieb vom Schatten über Innsmouth und dem
Flüsterer im Dunkeln, von den Pilzen von Yoggoth und vom
Grauen von Dunwich; und in seiner Prosa und in seinen Versen
schien das Licht der Lampe des Alhazred hell, auch wenn Phillips
die Lampe nicht mehr benutzte.

Sechzehn Jahre vergingen auf diese Weise, und dann stieß Phillips
eines Nachts dort auf die Lampe, wo er sie hingetan hatte, hinter
einer Reihe von Büchern auf einem der untersten Regale in der
Bibliothek seines Großvaters Whipple. Er holte sie hervor, und
sofort überkamen ihn wieder der alte Zauber und das alte
Staunen, und er polierte sie neu und stellte sie wieder auf den
Tisch. In den langen Jahren, die vergangen waren, hatte Phillips
immer mehr an Kraft verloren. Jetzt war er todkrank und wußte,
daß seine Jahre gezählt waren; er wollte wieder die Welten der
Schönheit und des Entsetzens erblicken, die im Schein der Lampe
des Alhazred lagen.

Er zündete die Lampe noch einmal an und blickte auf die Wände.

Doch da ereignete sich etwas Merkwürdiges. Wo zuvor die
Stätten und Geschöpfe von Alhazreds Abenteuern gewesen waren,
gab es jetzt die magische Darstellung eines Landes, das Ward
Phillips aus tiefstem Inneren bekannt war – aber nicht in seiner,
sondern in einer vergangenen Zeit, einer geliebten entschwunde-
nen Zeit, als er in seiner Kindheit herumgetollt und an den Ufern
des Seekonk so phantasievoll die griechische Mythologie nachge-
spielt hatte. Denn hier waren sie wieder, die Lichtungen seiner
Kindheit; hier waren die vertrauten Schlupfwinkel und Buchten,
wo er seine frühen Jahre verbracht hatte; da war wieder die Laube,
die er dem großen Pan zu Ehren errichtet hatte; und die ganze
Unverantwortlichkeit, die glücklichen Freiheiten jener Kindheit
bedeckten die Wände; denn die Lampe gab jetzt seine eigene
Erinnerung wieder. Und er dachte bereitwillig, daß sie ihm
vielleicht immer die Erinnerungen der Vorväter vorgeführt hatte,
denn wer konnte ausschließen, daß vielleicht in den Jugendtagen
seines Großvaters Whipple, oder in der Jugend jener, die ihm

vorangegangen waren, jemand in der Ahnenreihe des Ward Phillips die Stätten gesehen hatte, die die Wunderlampe erhellte?

Und wieder war es ihm, als sähe er durch eine Tür. Die Szene war einladend, und er mühte sich aufzustehen und ging auf die Tür zu.

Nur einen Augenblick zögerte er, dann schritt er auf die Bücher zu.

Plötzlich befand er sich im Sonnenlicht. Er fühlte sich frei von seinen Fesseln und machte sich behende auf, das Ufer des Seekonk entlangzulaufen, wo vor ihm die Szenen seiner Kindheit warteten und wo er sich erneuern, wieder von vorn anfangen, noch einmal die friedvolle Zeit durchleben konnte, als die Welt jung war . . .

Erst als ein neugieriger Bewunderer seiner Erzählungen in die Stadt kam, um ihn aufzusuchen, wurde das Verschwinden Ward Phillips' entdeckt. Man nahm an, er sei in den Wald gewandert und sei dort, von einem Krankheitsanfall heimgesucht, gestorben, denn seine einsiedlerischen Gewohnheiten waren in der Umgebung der Angell Street gut bekannt, und die ständige Verschlechterung seines Gesundheitszustandes war kein Geheimnis.

Zwar wurden halbherzig Suchmannschaften aufgestellt und ausgesandt, um den Nentaconhaut und die Ufer des Seekonk in der Nähe abzusuchen, aber es fand sich keine Spur von Ward Phillips. Die Polizei gab sich überzeugt, daß seine Überreste eines Tages gefunden werden würden, aber nichts dergleichen war der Fall, und mit der Zeit geriet das ungelöste Rätsel in den Archiven von Polizei und Presse in Vergessenheit.

Die Jahre vergingen. Das alte Haus in der Angell Street wurde abgerissen, die Bibliothek wurde von Antiquariaten aufgekauft und der Hausrat ging an Trödler – darunter auch eine altmodische antike arabische Lampe, für die niemand in der Welt der Technik nach Phillips' Zeit Verwendung hatte.

Der Schatten in der Dachkammer

I

Meinem Großonkel Uriah Garrison durfte man nicht in die Quere kommen – er war ein Mann von dunklem Teint, mit zottigen Brauen, wildwachsendem schwarzem Haar und einem Gesicht, das mich in den Träumen der Kindheit heimsuchte. Ich kannte ihn nur aus diesen frühen Jahren. Mein Vater war ihm in die Quere gekommen und war auf seltsame Weise gestorben – in seinem Bett erstickt, hundert Meilen von Arkham entfernt, wo mein Großonkel lebte. Meine Tante Sophia hatte ihn verflucht, und sie war gestorben – sie war auf der Treppe über etwas gestolpert, das nicht zu sehen war. Wieviele andere mochte es gegeben haben? Wer weiß? Wer konnte schon mehr tun, als furchterfüllt davon zu flüstern, welche dunklen Kräfte Uriah Garrison zu Gebote standen?

Wieviel von dem, was über ihn geredet wurde, abergläubischer Klatsch war, übelwollend und ohne Grund, vermochte niemand zu sagen. Nach dem Tod meines Vaters sahen wir ihn nie wieder, denn meine Mutter haßte ihren Onkel von da an bis zu ihrem Todestag, und sie vergaß ihn nie. Auch ich vergaß ihn nicht, weder ihn noch das Haus mit dem Walmdach in der Aylesbury Street, in jenem Teil Arkhams, der südlich des Miskatonic liegt, nicht weit vom Henkershügel und seinem Friedhof unter Bäumen. Auch der Henkersbach, von Bäumen gesäumt wie der Friedhof auf dem Hügel, floß durch sein Grundstück; ich vergaß nie das schattige Haus, in dem er allein lebte und in das er – nachts – jemand einließ, um das Haus in Ordnung zu halten – die hohen Zimmer, die sorgsam gemiedene Dachkammer, die bei Tag niemand betrat und die niemand je mit einer Lampe oder einem Licht gleich welcher Art betreten durfte, die Fenster, die mit kleinen Scheiben auf die Büsche und Bäume hinausblickten, die Türen mit ihren fächerförmigen Glasscheiben. Ein solches Haus mußte unweigerlich seinen dunklen Zauber einem empfänglichen jungen Gemüt aufprägen und tat dies bei mir. Es erfüllte mich mit brütenden Phantasievorstellungen und manchmal mit Angstträumen, aus denen ich zuweilen aufschreckte, um an die Seite meiner Mutter zu flüchten. Und in einer denkwürdigen Nacht verirrte ich mich und stieß auf die Zugehfrau meines Großonkels mit ihrem seltsam gefühllosen, ausdruckslosen Gesicht – sie starrte mich an und ich sie, wie über unauslotbare Abgründe des Weltraums hinweg, bevor ich mich umdrehte und von einer neuen Furcht getrieben losrannte, die die im Traum erlebte noch bestärkte.

Ich bedauerte nicht, daß wir nicht mehr dorthin fuhren. Zwischen uns war keine Liebe verloren, und wir verkehrten kaum miteinander, obwohl ich bei gewissen Anlässen gedrängt wurde, Uriah Garrison einen kurzen Gruß zu senden – zum Geburtstag des Alten oder zu Weihnachten –, auf den er nie antwortete, was auch nichts ausmachte.

Es kam für mich daher um so überraschender, daß ich bei seinem Tod seinen Besitz und eine kleine Summe erbte, wobei als einzige Auflage von mir die kleine Mühe gefordert wurde, in den Sommermonaten des ersten Jahres nach seinem Tode das Haus zu bewohnen; er hatte wohl gewußt, daß mir meine Pflichten als Lehrer nicht erlauben würden, das Haus das ganze Jahr über als Wohnung zu nutzen.

Das war kein unbilliges Verlangen. Ich hatte nicht die Absicht, den Besitz zu behalten. In diesen Jahren hatte sich Arkham bereits entlang der Hauptstraße nach Aylesbury auszudehnen begonnen, und die Stadt, von der das Haus meines Großonkels einst so abseits gelegen hatte, drängte sich jetzt nahe heran, so daß der Besitz eine erstrebenswerte Anschaffung für einen Käufer wurde. Arkham war für mich nicht besonders anziehend, obwohl mich die Legenden faszinierten, die darüber im Umlauf waren, ebenso die eng gedrängten Walmdächer und der zwei Jahrhunderte alte architektonische Zierat. Diese Faszination ging nicht sehr tief, und als ständiger Wohnsitz war Arkham nicht nach meinem Geschmack. Bevor ich jedoch Uriah Garrisons Haus verkaufen konnte, war es nötig, es in Erfüllung seines Letzten Willens zu bewohnen.

Im Juni 1928 ließ ich mich trotz der Proteste meiner Mutter und trotz ihrer dunklen Andeutungen, Uriah Garrison sei verflucht und allseits verabscheut gewesen, im Haus in der Aylesbury Street nieder. Das erforderte nur wenig Mühe, denn das Haus war seit dem Tod meines Großonkels im März dieses Jahres möbliert geblieben, und als ich aus Brattleboro eintraf, sah ich, daß es offenkundig jemand saubergehalten hatte. Die Haushälterin meines Großonkels hatte offensichtlich Anweisung erhalten, ihre

Pflicht weiter zu erfüllen, bis ich käme.

Als ich jedoch den Anwalt meines Großonkels – einen uralten Kerl, der noch immer einen steifen Kragen und würdiges Schwarz bevorzugte – aufsuchte, um mich über die Klauseln des Testaments zu informieren, wußte dieser nichts von einer solchen Regelung. »Ich habe das Haus nie betreten, Mr. Duncan«, erwiderte er. »Wenn er eine Vereinbarung traf, es sauberzuhalten, muß es einen weiteren Schlüssel geben. Ich sandte Ihnen den, der in meinem Besitz war. Meines Wissens gibt es keinen anderen.«

Was die Klauseln im Testament meines Großonkels betraf, so waren sie von karger Einfachheit. Ich brauchte das Haus bloß in den Monaten Juni, Juli und August oder neunzig Tage lang nach meiner Ankunft zu bewohnen, wenn meine Lehrverpflichtung es mir unmöglich machte, das Haus schon ab 1. Juni zu bewohnen. Es gab überhaupt keine anderen Auflagen, nicht einmal über die Dachkammer hatte er den Bann erklärt, den ich erwartet hatte.

»Vielleicht sind die Nachbarn anfangs ein wenig unfreundlich«, setzte Mr. Saltonstall fort. »Ihr Großonkel war ein Eigenbrötler und wollte nichts mit den Nachbarn zu tun haben. Ich nehme an, es gefiel ihm nicht, daß sie in die Nähe zogen, und sie ihrerseits stießen sich an seiner Unabhängigkeit. Sie machten viel Aufhebens davon, daß er gern Spaziergänge auf dem Friedhof am Henkershügel unternahm und die Gesellschaft der Toten jener der Lebenden vorzuziehen schien.«

Und auf meine Frage, wie der Alte in seinen letzten Jahren gewesen sei: »Er war ein rüstiger, lebensstrotzender alter Kerl, wirklich sehr zäh«, antwortete Mr. Saltonstall. »Wie es jedoch oft der Fall ist, wenn der Verfall einsetzt, kommt er rasch – er war innerhalb einer Woche tot. Senilität, erklärte der Arzt.«

»Sein Verstand?« fragte ich.

Mr. Saltonstall lächelte frostig. »Sie müssen wissen, Mr. Duncan, daß der Geist Ihres Onkels immer ein wenig fragwürdig war. Er hatte einige seltsame Ideen, die wirklich archaisch waren. Seine Beschäftigung mit dem Hexenwesen war eine davon – er gab sehr viel Geld dafür aus, die Hexenprozesse von Salem zu studieren. Seine Bibliothek werden Sie jedoch unversehrt vorfinden – sie ist voll von Büchern zu diesem Thema. Abgesehen von seinem zwanghaften Interesse an diesem einen Gegenstand war er ein Mensch von kalter Nüchternheit – das beschreibt ihn am besten. Unfreundlich und distanziert.«

Also hatte sich mein Großonkel Uriah Garrison in den Jahren, die seit meiner Kindheit und meine späten Zwanzigern verstrichen waren, nicht verändert. Und auch das Haus hatte sich nicht verändert. Es sah immer noch aus, als warte es aufmerksam auf etwas – wie jemand, der sich zusammenkauert, um sich gegen das Wetter zu schützen, während er auf die Postkutsche wartet –, sicher auf nichts jüngeren Datums, denn das Haus war zweihundert Jahre alt, und obwohl es gut erhalten war, hatte niemals die Elektrizität ihren Einzug gehalten und die Wasserinstallationen waren uralt. Abgesehen von der Einrichtung und einigen Teilen der Holzkonstruktion hatte das Haus keinen Wert – lediglich für das Grundstück, auf dem es stand, konnte man in Anbetracht des Wachstums von Arkham entlang der Hauptstraße nach Aylesbury eine ganze Menge Geld erhoffen.

Die Möbel waren aus Kirschbaum, Mahagoni und schwarzem Walnußbaum, und ich hatte mehr als nur den Verdacht, daß meine Verlobte Rhoda, bekäme sie sie zu Gesicht, sie wahrscheinlich für unser eigenes Haus würde behalten wollen, wenn wir eins bauten. Und mit dem Geld, das wir aus dem Verkauf des Grundstücks und der Möbel erzielen würden, wären wir auch imstande, das Haus zu bauen. Mein Gehalt als Assistent am English Department und als wissenschaftliche Hilfskraft in Philologie und Archäologie würde für seine Instandhaltung reichen.

Drei Monate lang würde man es ohne Elektrizität schon aushalten, und so lange würde ich auch die uralten Wasserinstallationen überstehen, aber ich faßte sofort den Entschluß, nicht auf Telefon zu verzichten; daher fuhr ich nach Arkham und ließ sofort ein Telefon legen. Im Geschäftsviertel machte ich beim Telegrafenamt in der Church Street halt und sandte Telegramme an meine Mutter und Rhoda, teilte ihnen meine Ankunft mit und lud Rhoda ein, hierherzufahren, wenn sie Zeit hätte, und meinen neuerworbenen Besitz in Augenschein zu nehmen. Ich hielt mich auch lange genug auf, um in einem der Restaurants ein gutes Essen zu mir zu nehmen, kaufte ein paar notwendige Vorräte für das Frühstück – so wenig ich auch Lust hatte, in dem alten eisernen Herd in der Küche ein Feuer zu entfachen – und kehrte so für den Rest des Tages gegen den Hunger gewappnet zurück.

Ich hatte verschiedene Bücher und Papiere mitgebracht, die für die Dissertation, an der ich arbeitete, nötig waren, und ich wußte, daß die Bibliotheksbestände der Miskatonic University, die kaum eine Meile vom Haus entfernt war, mir all die zusätzliche Hilfe bieten würde, derer ich bedurfte. Thomas Hardy und die Landschaft Wessex waren kaum ein so entlegenes Thema, daß ich mich an die Widener-Bibliothek oder eine andere größere College-Bibliothek wenden mußte. So machte ich mich bis zum Abend meines ersten Tages in Uriah Garrisons altem Haus an diese Arbeit, und als ich müde war, begab ich mich im Zimmer meines Großonkels im Obergeschoß zur Ruhe und nicht im Gästezimmer im Erdgeschoß.

II

Rhoda überraschte mich damit, daß sie gegen Ende des nächsten Tages zu Besuch kam. Sie traf ohne vorherige Ankündigung in ihrem Sportwagen ein. Rhoda Prentiss. Das war eigentlich ein lächerlich adretter Name für eine lebhafte junge Dame voller Begeisterung und Lebenslust. Ich hörte nicht, wie sie vorfuhr, und bemerkte ihre Anwesenheit erst, als sie die Eingangstür des Hauses öffnete und rief: »Adam! Bist du da?«

Ich stürzte aus dem Studierzimmer, in dem ich arbeitete – beim Licht einer Lampe, denn der Tag war düster und es drohten Regenschauer –, und da stand sie, ihr schulterlanges aschblondes Haar feucht von Regentropfen, die dünnen Lippen leicht geöffnet. Ihre klaren blauen Augen nahmen mit aufgeweckter Neugier jede Einzelheit des Hauses in sich auf.

Aber als ich sie in die Arme schloß, durchlief ein schwaches Zittern ihren Körper.

»Wie kannst du es drei Monate in diesem Haus aushalten?« rief sie.

»Es ist für Dissertationen wie geschaffen«, erwiderte ich. »Hier gibt es nichts, das mich stören könnte.«

»Das ganze Haus stört mich, Adam«, sagte sie mit ungewohntem Ernst. »Spürst du nicht, daß hier etwas nicht in Ordnung ist.«

»Was mit ihm nicht in Ordnung war, ist tot. Das war mein Großonkel. Ich gebe zu, das Haus war anrüchig, als er hier war.«

»Das ist es noch immer.«

»Wenn man an Spuren des Übersinnlichen glaubt.«

Vielleicht hätte sie noch mehr gesagt, aber ich wechselte das Thema.

»Du kommst gerade rechtzeitig, um nach Arkham zum Abendessen zu fahren. Am Fuß des Franzosenhügels gibt es ein malerisches altes Restaurant.«

Sie sagte nichts mehr, obwohl ich aus ihrem kleinen Stirnrunzeln noch eine Zeitlang sah, wieviel mehr sie noch auf dem Herzen hatte. Beim Abendessen wechselte ihre Stimmung, sie sprach von ihrer Arbeit, von unseren Plänen, von uns beiden, und wir brachten zwei Stunden im French House zu, bevor wir heimkehrten. Es war nur natürlich, daß sie über Nacht blieb, und zwar logierte sie im Gästezimmer, das direkt unter meinem eigenen lag, so daß sie nur an die Decke klopfen mußte, wenn sie etwas wollte oder wenn, wie ich es ausdrückte, »die Spuren des Übersinnlichen dich bedrängen«.

Und doch, trotz meines Scherzens wurde mir vom Augenblick der Ankunft meiner Verlobten an im Haus eine Art geschärfter Wahrnehmung bewußt; es war, als habe das Haus seine Trägheit abgeschüttelt, als müsse es plötzlich aufmerksamer sein, als spüre es eine Gefahr für sich selbst, seit es irgendwie von meiner Absicht erfahren habe, es an jemanden zu verkaufen, der es rücksichtslos niederreißen würde. Dieses Gefühl wuchs während des ganzen Abends, und mit ihm eine merkwürdige Reaktion, im Grunde ein unerklärliches Mitgefühl! Doch das hätte mir wohl nicht so merkwürdig scheinen müssen, denn jedes Haus nimmt langsam eine bestimmte Atmosphäre an, und ein Haus, das zwei Jahrhunderte als ist, hat unzweifelhaft mehr davon als ein weniger altes Haus. Es war denn ja auch die große Zahl derartiger Häuser, die Arkham hauptsächlich auszeichneten – nicht bloß die architektonischen Schätze, sondern die Überlieferungen und Legenden von den Menschen, die innerhalb der relativ engen Grenzen der Stadt gezeugt worden waren und gelebt hatten.

Und von diesem Augenblick an wurde mir auch auf einer anderen Ebene etwas über das Haus bewußt – nicht, daß sich Rhodas intuitive Reaktion auf das Haus auf mich übertragen hätte, sondern ihre Ankunft beschleunigte einfach die Ereignisse, deren erstes sich gleich in jener Nacht zutrug. Ich sollte später glauben, daß Rhodas Auftauchen die Ereignisse vorantrieb, die auf jeden Fall eintreten mußten, die sich aber unter normalen Umständen weit heimtückischer abgespielt hätten.

Wir gingen in jener Nacht sehr spät zu Bett. Ich schlief sofort ein, denn das Haus war vom städtischen Verkehr hinreichend abgelegen, und es gab darin keines der Geräusche, mit denen alte Häuser sonst knarrend zur Ruhe kommen. Unter mir ging Rhoda ruhelos umher, und sie war noch immer auf, als ich in Schlummer fiel.

Einige Zeit nach Mitternacht erwachte ich.

Ich lag einige Sekunden da, bis ich hellwach war. Was hatte mich aufgeweckt? Ein Atmen, das nicht von mir kam? Etwas in der Nähe? Etwas auf meinem Bett? Oder alles zusammen?

Ich streckte eine Hand aus und stieß unverkennbar gegen die nackte Brust einer Frau! Und im selben Augenblick spürte ich ihren heißen, inbrünstigen Atem – und dann war sie im Nu verschwunden, die Last wich vom Bett, und ich spürte eher, wie sie sich zur Schlafzimmertür bewegte, als daß ich es hörte.

Nun hellwach, warf ich die leichte Decke zurück, unter der ich lag – die Nacht war feucht und schwül –, und verließ das Bett. Mit Händen, die ein wenig zitterten, zündete ich die Lampe an und stand unentschlossen da, ohne zu wissen, was ich tun sollte. Ich trug nur die Unterhose, und das Erlebnis hatte mich stärker aus dem Gleichgewicht gebracht, als ich mir eingestehen wollte.

Ich schäme mich zuzugeben, daß ich zuerst glaubte, es sei Rhoda gewesen – was nur ein Beweis für die geistige Verwirrung war, in die mich der Vorfall gestürzt hatte, denn Rhoda war einer solchen Handlungsweise unfähig; ihre Brüste waren fest und schön gerundet – und die Brust der Frau, die neben mir auf dem Bett gelegen hatte, war schlaff und alt gewesen und hatte große Brustwarzen. Und ihre Wirkung, anders als die Rhodas, war ein entsetzlicher Schauder.

Ich ergriff die Lampe und verließ mein Zimmer mit dem festen Entschluß, das Haus zu durchsuchen. Als ich aber den Flur betrat, hörte ich, als schwebe sie irgendwo draußen hoch über dem Haus, die Stimme einer Frau, die bestraft wurde – nur ein herabwehendes Geräusch, das immer schwächer wurde und sich schließlich verlor. Es konnte nicht länger als insgesamt dreißig Sekunden gedauert haben, es war jedoch auf seine Art so unverkennbar wie das, was ich neben mir auf dem Bett gespürt hatte.

Ich war erschüttert. Schließlich ging ich wieder zu Bett und lag über eine Stunde lang schlaflos da, in der Erwartung, daß sich etwas ereignen würde.

Nichts geschah, und als ich endlich einschlief, hatte ich mich bereits zu fragen begonnen, ob ich nicht Traum und Wirklichkeit verwechselt habe.

Doch am Morgen verriet mir Rhodas verdüstertes Gesicht, daß etwas nicht in Ordnung war. Sie war aufgestanden, um für uns zwei das Frühstück zuzubereiten, und ich traf sie in der Küche.

Grußlos wandte sie sich um und sagte: »Letzte Nacht war eine Frau im Haus!«

»Dann war es kein Traum!« rief ich.

»Wer war sie?« wollte sie wissen.

Ich schüttelte den Kopf. »Ich wollte, ich könnte es dir sagen.«

»Es scheint mir höchst ungewöhnlich, daß die Putzfrau mitten in der Nacht kommt«, beharrte sie.

»Du hast sie gesehen?«

»Ja, warum?«

»Wie sah sie aus?«

»Sie schien eine junge Frau zu sein – aber ich hatte das seltsame Gefühl, daß sie gar nicht jung war. Ihr Gesicht war ausdruckslos, starr. Nur ihre Augen wirkten lebendig.«

»Hat sie dich gesehen?«

»Nein, ich glaube nicht.«

»Die Putzfrau meines Großonkels!« rief ich aus. »Das muß sie gewesen sein. Als ich kam, fand ich das Haus sauber vor. Du siehst selbst, wie sauber es ist. Er hat ihr offenbar keine Anweisung hinterlassen, nicht mehr zu kommen. Ich erinnere mich, daß ich sie als Kind einmal sah. Er ließ sie immer nachts kommen ...«

»Das ist völlig lächerlich! Uriah Garrison starb im März – vor mehr als drei Monaten. Nur ein Kretin hätte in der Zeit nicht gemerkt, daß er nicht mehr lebt. Wer bezahlt sie?«

Ja wirklich, wer? Ich wußte keine Antwort.

Überdies konnte ich unter diesen Umständen Rhoda nicht mehr von meinem nächtlichen Erlebnis berichten. Ich konnte ihr nur versichern, daß ich seit jener Nacht, als ich in jungen Jahren unverhofft die Putzfrau bei der Arbeit überrascht hatte, keine Frau in diesem Haus gesehen hatte.

»Ich erinnere mich, daß ich den gleichen Eindruck hatte – wie ausdruckslos ihr Gesicht war«, fügte ich hinzu.

»Adam, das war vor zwanzig Jahren, vielleicht vor noch längerer Zeit«, wandte Rhoda ein. »Es kann nicht dieselbe Frau gewesen sein.«

»Wahrscheinlich nicht. Dennoch halte ich es für möglich. Und was immer Mr. Saltonstall sagt, sie muß einen Schlüssel haben.«

»Das ergibt einfach keinen Sinn. Und du bist kaum lang genug hiergewesen, um jemanden anzustellen.«

»Habe ich auch nicht.«

»Ich glaube dir. Du würdest keinen Finger rühren, um Staub zu wischen, selbst wenn du im Staub ersticktest.« Sie zuckte die Schultern. »Du mußt herausfinden, wer sie ist, und der Sache ein Ende machen. Es muß nicht sein, daß die Leute klatschen, weißt du.«

Mit dieser Ermahnung setzten wir uns zum Frühstück, wonach sich Rhoda, wie ich wußte, auf den Weg machen wollte.

Das besorgte Stirnrunzeln wich aber nicht von Rhodas Stirn, sie redete während der Mahlzeit nur wenig und antwortete höchst einsilbig auf meine Bemerkungen, bis es schließlich aus ihr herausbrach: »Ach, Adam, *spürst du das nicht?*«

»Was denn?«

»Etwas in diesem Haus will dich, Adam, ich spüre es. Das will dich haben.«

Nach dem ersten Erstaunen wies ich nüchtern darauf hin, daß das Haus ein unbelebter Gegenstand sei, daß ich nach bestem Wissen das einzige lebende Wesen darin sei, abgesehen von den Mäusen, die mir vielleicht entgangen seien, und daß das Haus nichts wollte und auch nichts wollen konnte.

Sie ließ sich nicht überzeugen, und als sie eine Stunde später zum Aufbruch bereit war, sagte sie impulsiv: »Adam, komm mit mir – jetzt, auf der Stelle.«

»Es wäre verrückt, einen wertvollen Besitz fahrenzulassen, den wir beide gut gebrauchen könnten, nur um deine Laune zu befriedigen, Rhoda«, erwiderte ich.

»Es ist mehr als eine Laune. Sei auf der Hut, Adam.«

So verabschiedeten wir uns. Rhoda versprach mir, später im Sommer wiederzukommen, und nahm mir das Versprechen ab, ihr regelmäßig zu schreiben.

III

Das Erlebnis während meiner zweiten Nacht im Haus rief mir ins Gedächtnis zurück, wie ich über die unheimliche Düsternis gedacht hatte, die das Haus für mich als Knaben einhüllte – eine Düsterkeit, die vom abweisenden Antlitz meines Großonkels Uriah ausstrahlte, und von der verschlossenen Dachkammer, die niemand zu betreten wagte, so oft auch mein Großonkel dort ein und aus ging. Ich nehme an, es war nur natürlich, daß ich schließlich wieder an die Herausforderung dachte, die die Dachkammer darstellte, und daß ich sie annahm.

Der Regen von gestern war hellem Sonnenschein gewichen, der durch die Fenster auf der Sonnenseite ins Haus strömte und ihm das Aussehen edlen und reifen Alters verlieh, das alles andere als unheimlich war. Es war ein Tag, an dem alles Dunkle und Unheilverkündende fern zu sein schien, und ich zögerte nicht, eine Lampe anzuzünden, um die Dunkelheit in der fensterlosen Dachkammer zu zerstreuen, und mich sofort in den oberen Teil des Hauses aufzumachen. Alle Schlüssel, die mir Mr. Saltonstall ausgehändigt hatte, trug ich bei mir.

Ich brauchte jedoch keinen. Der Dachboden war unverschlossen. Und auch leer, dachte ich, als ich eintrat. Aber nicht ganz. Ein einzelner Stuhl stand in der Mitte der Dachkammer, und darauf lagen neben einigen alltäglichen Gegenständen einer, den man nicht als alltäglich bezeichnen konnte: ein paar Frauenkleider – und eine Gummimaske, eine von der Art, die sich den Gesichtszügen ihres Trägers anpaßt. Ich ging erstaunt hinüber und stellte die Lampe auf den Fußboden, um die Gegenstände auf dem Stuhl besser in Augenschein nehmen zu können.

Sie waren nichts weiter als das, was ich auf den ersten Blick gesehen hatte – wie ungewöhnlich es auch sein mochte, sie hier zu finden –, ein gewöhnliches Hauskleid aus Baumwolle mit einem sehr altmodischen rechteckigen Druckmuster in verschiedenen Grautönen, eine Schürze, ein paar enganliegender Gummihandschuhe, elastische Strümpfe, Hausschuhe, und schließlich die Maske, die sich bei näherer Untersuchung als ganz gewöhnliche Maske erwies, abgesehen davon, daß Haare daran befestigt waren. Höchstwahrscheinlich hatten die Kleider der Putzfrau von Großonkel Uriah gehört – es hätte ihm ähnlich gesehen, ihr die Dachkammer zum Umziehen zuzuweisen. Und doch kam mir das irgendwie falsch vor in Anbetracht der Sorgfalt, mit der er immer darauf geachtet hatte, daß niemand außer ihm dieses Zimmer betrat.

Die Maske ließ sich nicht so leicht erklären. Sie war keineswegs hart geworden, was darauf hingewiesen hätte, daß sie lange nicht mehr benutzt worden war; sie hatte die Weichheit und Biegsamkeit von Gummi, der benutzt wird, was um so rätselhafter war.

Überdies gab es in der Dachkammer wie im übrigen Haus nicht den geringsten Staub.

Ich ließ die Kleider liegen, wo sie waren, ergriff wieder die Lampe und hielt sie in die Höhe. Dann sah ich den Schatten, der weiter als mein eigener reichte, auf der Wand und auf der Dachschräge – eine ungeheuerliche, mißgestaltete, geschwärzte Fläche, als ob eine riesige Flamme aufgeflackert sei und dort ihr Bild in das Holz gebrannt habe. Ich starrte sie einige Zeit an, bevor ich erkannte, daß sie, wie grotesk auch immer, einer verzerrten Menschengestalt glich, obwohl der Kopf – denn ein oben sitzender formloser Klecks mußte ihr Kopf sein – entsetzlich verzerrt war.

Ich trat näher, um die Form zu untersuchen, aber beim Näherkommen verschwammen die Umrisse. Und doch sah es unzweifelhaft so aus, als sei die Gestalt durch eine Stichflamme in das Holz eingebrannt worden. Ich trat wieder zurück, bis zum Stuhl und noch etwas weiter. Der Schatten sah aus, als sei er durch einen Feuerstoß direkt auf Bodenhöhe entstanden; sein Winkel war seltsam und unerklärlich. Ich wandte mich deshalb um, um den Punkt zu finden, von dem ausgegangen sein mochte, was immer diese seltsame Verunzierung an Wand und Decke verursacht hatte.

Als ich mich umwandte, fiel das Licht auf die andere Seite des Dachzimmers und zeigte mir an dem gesuchten Punkt dort eine Öffnung, wo Dach und Fußboden sich berührten – denn auf dieser Seite des Hauses gab es zwischen Boden und Dach keine Wand –, eine Öffnung, die gerade groß genug war für eine Maus. Ich nahm denn auch sofort an, daß es sich wirklich um ein Mauseloch handelte, und es zog nur eine Sekunde meine Aufmerksamkeit auf sich, aber was in grellem rotem Kalk oder Ölfarbe ringsherum gemalt war, erregte meine Neugier – eine Abfolge seltsam verwinkelter Linien, die keine Ähnlichkeit mit allen mir bekannten geometrischen Mustern aufzuweisen schienen und so angeordnet waren, daß sich das Mauseloch genau im Mittelpunkt befand. Ich dachte sofort an die Beschäftigung meines Großvaters mit Hexerei, aber hier handelte es sich nicht um die vertrauten Pentagramme und Tetraeder und Kreise, die man gewöhnlich mit der Zauberkunst in Verbindung bringt – ganz im Gegenteil.

Ich trug die Lampe zu den aufgemalten Linien und untersuchte sie; aus der Nähe handelte es sich einfach um Linien, nichts weiter – aber von der Mitte des Dachbodens aus zeigten sie ein seltsames Muster, das, wie ich glaubte, wesentlich aus einer anderen Dimension stammte. Man konnte schwer sagen, wie lange sie sich schon dort befanden, aber sie schienen nicht jüngeren Ursprungs zu sein – das heißt nicht ungefähr aus den letzten drei Jahrzehnten zu stammen; sie mochten gut ein Jahrhundert alt sein.

Während ich über die Bedeutung des eigenartigen Schattens und der gemalten Linien nachdachte, spürte ich eine Art Spannung in der Dachkammer, die ganz unbeschreiblich war; es war ein Gefühl – wie kurios es wirkt, wenn man es in Worte faßt –, als ob die Dachkammer *den Atem anhielte!* Mir wurde unbehaglich zumute, als ob nicht die Dachkammer, sondern ich beobachtet würde, und die Flamme auf dem Docht flackerte und begann zu rußen, das Zimmer schien sich zu verdunkeln. Es schien für einen Augenblick, als habe die Erde eine halbe Umdrehung rückwärts gemacht oder etwas von der Art, und als habe ich diese Bewegung nicht mitgemacht, sondern hinge irgendwo draußen im Weltraum, bevor ich in eine eigene Umlaufbahn einschwenken würde – und dann war der Augenblick vorbei, die Erde drehte sich wieder regelmäßig, das Zimmer wurde wieder hell und die Flamme der Lampe brannte stetig.

Ich verließ die Dachstube in ungebührlicher Hast, denn all die geflüsterten Legenden meiner Kindheit bedrängten mich aus dem Speicher meiner Erinnerungen. Ich wischte mir die winzigen Schweißperlen von den Schläfen, die sich dort angesammelt hatten, blies die Lampe aus und ging die enge Treppe hinunter. Ich war ziemlich außer mir, doch bis zum Erdgeschoß hatte ich mein seelisches Gleichgewicht wiedererlangt. Nichtsdestoweniger war ich jetzt weniger als vorher bereit, die Besorgnis meiner Verlobten über das Haus beiseite zu wischen, in dem ich, wie ich eingewilligt hatte, den Sommer verbringen würde.

Ich schmeichle mir, ein Mensch zu sein, der methodisch vorgeht. In heiteren Augenblicken nannte mich Rhoda ihren »kleinen Pedanten«, was sich natürlich strikt auf meine Beschäftigung mit Büchern und Autoren und mit den Begleitumständen der Literatur bezog. Nicht, daß mir das etwas ausmacht. Was wahr ist, muß wahr bleiben, wie es auch immer ausgedrückt wird. Sobald ich mich von dem zeitweilig erschreckenden Erlebnis in der Dachkammer erholt hatte, das so knapp auf die Ereignisse der Nacht gefolgt war, beschloß ich, der Sache auf den Grund zu gehen und eine triftige Erklärung für das zu entdecken, was in beiden Fällen eigentlich passiert war. War ich wirklich beide Male in einem halluzinatorischen Zustand gewesen? Oder nicht?

Die Putzfrau war offensichtlich der naheliegendste Anhaltspunkt.

Ein sofortiger Anruf bei Mr. Saltonstall bestätigte jedoch nur, was er bereits gesagt hatte – er wußte nichts von einer Putzfrau, er wußte nichts davon, daß mein Großonkel jemals eine Haushälterin beschäftigt habe, und seines Wissens gab es keinen anderen Schlüssel zum Haus.

»Aber Sie müssen wissen, Mr. Duncan«, schloß Mr. Saltonstall, »daß Ihr Großonkel ein sehr zurückgezogener Mensch war, der so heimlich tat, daß es fast an Fanatismus grenzte. Was andere nicht erfahren sollten, erfuhren sie auch nicht. Aber vielleicht darf ich vorschlagen, daß Sie sich unter den Nachbarn umhören? Ich war nur ein- oder zweimal in dem Haus, und sie haben es jahrelang jeden Tag gesehen. Wissen Sie, es gibt nicht viel, was die Nachbarn nicht herausfinden.«

Ich dankte ihm und legte auf.

Mit den Nachbarn in Verbindung zu treten, stellte jedoch, wollte man einen Frontalangriff vermeiden, ein Problem dar, denn die meisten Häuser in dieser Gegend waren mehrere Grundstücke vom Haus meines Großonkels entfernt. Das nächste Haus stand zwei Parzellen weiter zur Linken des uralten Hauses meines Onkels. Ich hatte dort wenig Anzeichen von Leben bemerkt, aber als ich aus den Fenstern spähte, sah ich, daß sich jemand in einem Schaukelstuhl auf der Veranda sonnte.

Ich überlegte mir einige Minuten lang, wie ich am besten Kontakt anknüpfen sollte, doch fiel mir nichts Besseres ein als eine direkte Frage. So verließ ich das Haus und ging die Straße hinunter zum nächsten Haus. Als ich in den Hof einbog, bemerkte ich, daß im Schaukelstuhl ein alter Mann saß.

»Guten Morgen«, begrüßte ich ihn. »Können Sie mir vielleicht helfen?«

Der Alte regte sich. »Wer sind Sie?«

Ich gab mich zu erkennen, was sofort sein Interesse erregte. »Ach, Duncan? Der Alte hat Sie nie erwähnt. Aber schließlich habe ich mit ihm schwerlich mehr als ein Dutzend Mal gesprochen. Was kann ich für Sie tun?«

»Ich möchte wissen, wie ich mich mit der Putzfrau meines Onkels in Verbindung setzen kann.«

Er warf mir aus plötzlich zusammengekniffenen Augen einen

scharfen Blick zu. »Junger Mann, das hätte ich selbst gern gewußt, aus reiner Neugierde«, erwiderte er. »Ich habe nie erfahren, ob sie auch woanders angestellt war.«

»Sie sahen sie kommen?«

»Niemals. Ich sah sie nur des Nachts durch die Fenster.«

»Sie sahen aber, wie sie ging?«

»Hab sie niemals kommen und niemals gehen sehen. Auch sonst hat sie keiner gesehen. Vielleicht hielt sie der Alte da verborgen – aber ich habe keine Ahnung, wo.«

Ich war erstaunt. Es kam mir flüchtig in den Sinn, daß der Alte absichtlich nichts verraten wollte, aber nein, seine Aufrichtigkeit sprach für sich selbst. Ich wußte nicht, was ich sagen sollte.

»Das ist nicht alles, Duncan. Haben Sie schon das blaue Licht gesehen?«

»Nein.«

»Haben Sie etwas gehört, was Sie sich nicht erklären konnten?«

Ich zögerte.

Der Alte grinste. »Hab ich mir doch gedacht. Der alte Garrison führte was im Schilde. Würde mich nicht überraschen, wenn er's noch immer täte.«

»Mein Großonkel starb im März«, erinnerte ich ihn.

»Das können Sie mir nicht beweisen«, sagte er. »Klar, ich hab gesehen, wie ein Sarg aus dem Haus zum Friedhof auf dem Henkershügel getragen wurde – aber das ist alles, was ich darüber weiß. Ich habe keine Ahnung, wer oder was im Sarg lag.«

Der alte Kerl fuhr in dieser Art fort, bis mir klar wurde, daß er nichts wußte, so viel er auch vermutete. Er brachte Andeutungen und Verdächtigungen vor, aber nichts Greifbares, und zusammen genommen war alles, was er andeutete, wenig mehr als das, was ich bereits gewußt hatte – daß mein Großonkel seine eigenen Wege gegangen war, daß er sich mit »Teufelszeug« befaßt hatte, und daß er besser tot als lebendig war – falls er wirklich tot war. Er war auch zu dem Schluß gekommen, daß mit dem Haus meines Großonkels etwas nicht »stimmte«. Er räumte aber ein, daß mein Großonkel den Nachbarn nicht lästig gefallen war, solange man ihn in Ruhe ließ. Und man hatte ihn strikt in Ruhe gelassen, seit die alte Mrs. Barton zu seinem Haus gegangen war und ihm die Hölle heiß gemacht hatte, weil er sich dort eine Frau halte – und am nächsten Tag mit Herzschlag tot zu Hause aufgefunden wurde, »zu Tode erschrocken, wie es heißt«.

Es gab eindeutig kein abgekürztes Verfahren, um Informationen über meinen Großonkel zu beschaffen; anders als zum Thema meiner Dissertation gab es in den Bibliotheken zu *diesem* Thema nichts nachzuschlagen – außer in der Bibliothek meines Großonkels, in die ich mich auf der Stelle begab, nur um dort eine fast geschlossene Formation alter und moderner Bücher zum Thema Zauberkunst, Hexerei und ähnlichem Aberglauben vorzufinden – zum Beispiel dem *Malleus Maleficarum* und sehr alte Bücher von Olaus Magnus, Eunapius, de Rochas und anderen. Nur wenige Titel sagten mir etwas; ich hatte nie von Ananias' *De Natura Daemonum* oder von De Vignates *Questio de Lamiis* oder Stampas *Fuga Satanae* gehört.

Es war offenkundig, daß mein Großonkel seine Bücher auch gelesen hatte, denn sie waren voller Anmerkungen – hauptsächlich Querverweise, die er zum leichteren Nachschlagen angebracht hatte. Es fiel mir nicht schwer, den oft uralten Druck zu lesen, aber alle Bücher befaßten sich mit verwandten Themen – das Interesse meines Großonkels galt nicht nur den gewöhnlichen Praktiken der Hexenkunst und Dämonologie, sondern er war besonders von Sikkubi fasziniert, von der Erhaltung des »Wesens« von einem Daseinszustand zum nächsten – womit anscheinend nicht Reinkarnation, Schutzgeister, Rache durch Zauberei, Zaubersprüche und dergleichen gemeint waren.

Ich hatte nicht die Absicht, die Bücher zu studieren, aber ich nahm mir die Zeit, einigen der Verweise auf das »Wesen« nachzugehen und wurde von Buch zu Buch, von der Erörterung des »Wesens« oder der »Seele« oder »Lebenskraft«, wie es verschiedentlich genannt wurde, durch Kapitel über Seelenwanderung und Besessenheit zu einer Abhandlung darüber geführt, wie man einen neuen Körper übernimmt, indem man ihm die innere Lebenskraft austreibt und diese durch das eigene Wesen ersetzt – die Art von Ammenmärchen, an der ein alter Mann an der Schwelle des Todes vermutlich Gefallen finden konnte.

Ich war noch immer mit den Büchern beschäftigt, als Rhoda aus Boston anrief.

»Boston!« Ich war erstaunt. »Du bist nicht weit gekommen.«

»Nein«, sagte sie. »Ich habe mir über deinen Großonkel Gedanken gemacht und hier bei der Widener-Bibliothek eine Pause eingelegt, um in einigen der dortigen seltenen Bücher nachzuschlagen.«

»Doch nicht über Hexenkunst?« wagte ich eine Vermutung.

»Doch. Adam, ich glaube, du solltest aus dem Haus verschwinden.«

»Und eine ordentliche kleine Erbschaft, die mir sehr gelegen kommt, von mir weisen? Ich denke nicht daran.«

»Bitte, sei nicht starrsinnig. Ich habe einige Nachforschungen angestellt. Ich weiß, wie vernagelt du bist, aber glaube mir«, sagte sie ernst, »dein Onkel hatte nichts Gutes im Sinn, als er diese Auflage machte. Er braucht dich dort aus einem bestimmten Grund. Ist mit dir alles in Ordnung, Adam?«

»Ganz und gar.«

»Ist etwas passiert?«

Ich erzählte ihr im einzelnen, was vorgefallen war.

Sie lauschte meinen Worten, ohne mich zu unterbrechen. Als ich endete, sagte sie wieder: »Meiner Meinung nach solltest du abreisen, Adam.«

Während sie sprach, wurde ich mir eines wachsenden Ärgers bewußt. Mich erzürnte ihre besitzergreifende Art, und daß sie sich das Recht anmaßte, mir vorzuschreiben, was ich tun sollte – womit sie ja auch ihre Überzeugung zur Schau trug, besser als ich zu wissen, was für mich gut war.

»Ich bleibe, Rhoda«, erwiderte ich.

»Siehst du denn nicht, Adam – dieser Schatten in der Dachkammer –, ein ungeheuerliches Etwas kam durch dieses Loch herein und brannte dort den Schatten ein«, sagte sie.

Ich konnte nur lachen. »Ich habe schon immer gesagt, daß Frauen keine rationalen Geschöpfe sind.«

»Adam – es geht hier nicht um Mann und Frau. Ich habe Angst.«

»Komm zurück«, sagte ich. »Ich beschütze dich.«

Enttäuscht legte sie auf.

IV

An dieser Nacht war etwas bemerkenswert, was ich damals für reine Einbildung hielt. Es begann buchstäblich mit einem Schritt auf der Treppe, einige Zeit, nachdem ich zu Bett gegangen war. Ich horchte einen Augenblick, um es vielleicht wieder zu hören, dann schlüpfte ich aus dem Bett, tastete mich im Dunkeln zur Tür und öffnete sie gerade weit genug, daß ich hinausspähen konnte.

Die Putzfrau war gerade an meiner Tür vorbei auf dem Weg ins Erdgeschoß. Ich zog mich sofort in mein Zimmer zurück, tastete nach dem Schlafrock in meinem Koffer – ich hatte ihn vorher nicht gebraucht – und verließ das Zimmer, um die Frau bei der Arbeit zu beobachten.

Ich schlich leise in der Dunkelheit die Treppe hinunter, doch wurde das Dunkel von dem schimmernden Licht des Mondes schwach erhellt, das von draußen in das Haus fiel. Auf halbem Weg hinunter spürte ich erneut die Empfindung, die ich schon zuvor gehabt hatte – daß ich beobachtet würde.

Ich wandte mich um.

Inmitten der fahlen Dunkelheit hinter mir, ein wenig über mir, hing das gespenstische Abbild des Großonkels Uriah Garrison – etwas so Flüchtiges wie Luft –, das untersetzte bärtige Gesicht vom Mondlicht leicht verzerrt, die brennenden Augen, das Büschel zerzausten Haares, die hohen Backenknochen, über die sich die Pergamenthaut spannte – so war es unverkennbar für einen Augenblick zu sehen –, dann fiel das Bild in sich zusammen wie ein Luftballon, den man anstickt, und verschwand bis auf eine dünne, gewundene Spirale oder einen Strick aus einer dunklen Materie, die unter Windungen und Krümmungen die Treppe hinunter dorthin zu fließen schien, wo ich stand, bis auch sie wie Rauch verschwand.

Ich stand starr vor Grauen, bis der Verstand seine Herrschaft wiedererlangte. Ich redete mir ein, daß ich eine in ihrer Art nicht völlig unerwartete Einbildung gehabt habe, da ich mich tagsüber mit meinem Großonkel und seinen kuriosen Beschäftigungen befaßt hatte, obwohl mir dies in einem nächtlichen Traum wahrscheinlicher schien als in einem Wachtraum. Doch fragte ich mich in diesem Augenblick auch, ob ich überhaupt richtig wach sei. Ich mußte nachdenken, was ich eigentlich auf der Treppe zu suchen hatte, und erinnerte mich an die Putzfrau. Ich hatte das Verlangen, in mein Zimmer zurückzukehren und mich zu Bett zu legen, überwand es jedoch, riß mich zusammen und ging hinunter.

In der Küche brannte Licht – es kam von einer trüben Lampe mit kleiner Flamme, nach dem Lichtschein zu urteilen. Ich schlich mich leise zur Küche hin und blieb so stehen, daß ich hineinsehen konnte.

Dort war die Frau und putzte wie immer. Jetzt war der Augenblick gekommen, sie direkt anzusprechen und von ihr zu erfahren, was sie hier noch zu suchen hatte.

Aber etwas nagelte mich an der Stelle fest. Etwas an der Frau stieß mich ab. Etwas anderes regte meine Erinnerungen an, und mir fiel diese andere Frau ein, die ich in den Jahren meiner Kindheit gesehen hatte. Langsam, aber sicher wurde mir bewußt, daß sie ein und dieselbe war; das unbewegte, ausdruckslose Gesicht der Frau hatte sich in zwanzig Jahren nicht verändert, ihre Handlungen waren mechanisch und sie schien sogar dieselben Kleider zu tragen!

Und intuitiv wußte ich, daß das die Frau war, deren Leib ich in der Nacht neben mir im Bett gespürt hatte!

Mein Widerwillen, ihr entgegenzutreten, wuchs. Aber ich zwang mich dazu, gerade so weit in den Raum zu treten, daß ich die Schwelle überschritt, mit der Forderung auf der Zunge, ihre Anwesenheit zu erklären.

Ich brachte jedoch kein Wort über die Lippen. Sie wandte sich um, einen kurzen Augenblick lang trafen sich unsere Blicke – und ich blickte in Becken glühenden Feuers, in Augen, die kaum Augen waren, sondern weit mehr – der Inbegriff der Leidenschaft und des Hungers, der Gipfel des Bösen, die Verkörperung des Unbekannten. In jeder anderen Hinsicht verlief die Begegnung nicht anders als die in früheren Jahren – sie machte keine Bewegung, ihr Gesicht blieb mit Ausnahme der Augen ausdruckslos. Dann senkte ich den Blick, da ich dem ihren nicht standhalten konnte, und wich über die Schwelle in die Dunkelheit hinter mir zurück.

Und ich floh die Treppe hinauf in mein Zimmer, wo ich mich zitternd und voller wirrer Gedanken mit dem Rücken an die Tür lehnte, denn ich wußte, daß das, was ich gesehen hatte, mehr war als eine Frau, ich wußte jedoch nicht, was, ein Wesen, das meinem Onkel dienen, Nacht für Nacht wiederkehren und diese Riten durchführen mußte. Woher sie kam, blieb mir verschlossen.

Während ich so dastand, hörte ich sie wieder, wie sie von unten die Treppe heraufkam. Einen Augenblick lang glaubte ich, sie käme in mein Zimmer – wie schon einmal – und es überlief mich ein kalter Schauer, aber ihre Schritte gingen vorbei, hin zu der Treppe, die zur Dachkammer führte.

Als das Geräusch ihrer Schritte verklungen war, kehrte mein Mut zurück, ich nahm alle Courage zusammen, öffnete die Tür und blickte hinaus.

Alles lag im Dunkeln. Aber nein, am oberen Treppenabsatz

drang ein blauer Schein unter der Tür zur Dachkammer hervor.

Das blaue Leuchten verschwand schon, als ich die Treppe hinaufstieg.

Ich lauschte, das Ohr an die Tür gepreßt. Kein Geräusch war zu hören.

Von wachsendem Mut vorwärtsgetrieben, stieß ich die Tür auf.

Von der Frau war keine Spur zu sehen. Aber drüben auf dem Boden, wo die Dachschräge in den Boden überging, floß das blaue Licht, das ich unter dem Türspalt bemerkt hatte, wie Wasser durch das Mauseloch. Und die gemalten Linien um das Loch leuchteten von innen, ein Licht, das langsam verging, während ich es beobachtete.

Ich zündete ein Streichholz an und hielt es hoch.

Die Kleidungsstücke, die die Frau getragen hatte, lagen wie vorher auf dem Stuhl. Und die Maske.

Ich ging zum Stuhl hinüber und berührte die Maske.

Sie war warm.

Das Streichholz verbrannte mir die Finger und erlosch.

Alles war jetzt pechschwarz. Etwas zog mich in die Richtung des Mauselochs, als müßte ich mich auf die Knie werfen, um dem blauen Licht zu folgen, wenn ich nicht sofort die Flucht ergriffe – das Böse pochte, sinnlich wahrzunehmen – und wiederum schien die Erde in ihrer Drehung innezuhalten, es gab einen Zeitsprung, und ich wurde von einer großen Wolke lähmender Furcht eingehüllt.

Ich stand wie festgenagelt.

Dann sickerte aus dem Mauseloch blaues Licht wie Rauch in die Dachkammer.

Sein Anblick, wie es sich im Dachstuhl fortpflanzte, brach den Zauberbann, unter dem ich mich befand – ich lief gebückt zur Tür und stürzte aus der Dachkkammer. Ich raste die Stufen zu meinem Zimmer hinunter, wobei ich zurückblickte, als sei mir irgendein gespenstisches Wesen auf den Fersen.

Außer schwarzer Dunkelheit war nichts zu sehen.

Ich betrat mein Zimmer und warf mich im Schlafrock auf das Bett – und so lag ich da und wartete bang, was da kommen mochte, denn ich wußte, daß ich tun sollte, was Rhoda von mir gefordert hatte, und doch widerstrebte es mir auf eigentümliche Weise, das Haus in der Aylesbury Street zu verlassen – nicht weil es meine Erbschaft war, sondern weil mich eine erschreckende Form von Knechtschaft fast wie Blutsbande hier festhielt.

Ich wartete vergebens darauf, daß auch nur die Ahnung eines Geräusches die Stille durchbräche. Überhaupt nichts drang an mein Ohr, abgesehen von den natürlichen Geräuschen, die das Haus in einer stürmischen Nacht hervorbrachte, denn es war Wind aufgekommen – und das gelegentliche Wehklagen einer Eule aus der Richtung des Henkershügels.

Schließlich schlief ich ein und träumte im Schlaf – ich träumte, daß das blaue Licht sich auf dem Dachboden fortpflanzte und vermehrte, dann die Treppe hinunter ins Zimmer hereinströmte, in dem ich lag, und daß aus dem Mauseloch oben am Scheitel des Winkels, den die Dachschräge und der Boden bildeten, die Putzfrau aus dem Boden quelle und hervorwachse, mal angezogen und mit Gummimaske, dann wieder häßlich und alt, schließlich nackt und schön wie eine junge Frau, und neben ihr mein Großonkel Uriah Garrison, der in das Haus und in das Zimmer und zuletzt in mich eindringe – aus diesem Traum erwachte ich bei Tagesanbruch schweißgebadet. Die Morgenröte lag blaßgrau über dem Zimmer, bevor sie dem rosigen Morgenhimmel wich.

Was mich trotz meiner Erschöpfung wachhielt, war ein Klopfen an der Haustür. Ich kam mühsam auf die Beine und eilte zur Tür.

Draußen stand Rhoda.

»Adam!« rief sie. »Du siehst furchtbar aus.«

»Geh fort«, sagte ich, »wir brauchen dich nicht.«

Ich war zunächst über meine eigenen Worte entsetzt, in ein paar Augenblicken hatte ich mich jedoch an sie gewöhnt, ich begann zu verstehen, daß ich sie ernst meinte und Rhodas Einmischung übelnahm – als glaube sie, ich könne nicht selbst auf mich achten.

»Aha, ich bin also zu spät dran«, sagte sie.

»Geh fort«, sagte ich wieder. »Laß uns bloß in Ruhe.«

Sie drängte an mir vorbei ins Haus. Ich ging ihr nach. Sie betrat das Studierzimmer, packte meine Aufzeichnungen sowie das Manuskript für meine Dissertation über Hardy zusammen und hielt sie mir unter die Nase.

»Das brauchst du nicht mehr, oder?« fragte sie.

»Nimm es«, erwiderte ich. »Nimm alles.«

Sie nahm es. »Auf Wiedersehen, Adam«, sagte sie.

»Auf Wiedersehen, Rhoda«, erwiderte ich.

Ich konnte meinen Augen kaum trauen, aber Rhoda verschwand sanft wie ein Lamm. Und obwohl es mich noch immer etwas verstörte, spürte ich eine geheime Befriedigung darüber, wie die Dinge sich entwickelten.

V

Ich verbrachte den Großteil des Tages mit Nichtstun und gewissermaßen mit Warten auf die Ereignisse der Nacht. Heute vermag ich meine geistige Verfassung nicht zu beschreiben. Alle Furcht war von mir abgefallen, und ich wurde von lebhafter Neugier, sogar einer Art Begierde, verzehrt.

Der Tag zog sich hin. Ich verschlief ihn zum Teil. Ich aß sehr wenig. Mein Appetit galt jetzt etwas anderem, was keine Nahrung befriedigen konnte, und es beunruhigte mich gar nicht, daß dem so war.

Nacht und Dunkelheit brachen jedoch schließlich herein, und ich wartete mit heftiger Vorfreude auf das, was vom Dachboden kommen mochte. Ich wartete zunächst unten, aber schließlich verstand ich, daß ich im Zimmer oben – dem alten Zimmer meines Großonkels Uriah – die nächtlichen Ereignisse im Haus abwarten mußte. Daher ging ich nach oben und saß wartend in der Dunkelheit.

Ich wartete, während die Nacht fortschritt, hörte, wie die alte Uhr im Erdgeschoß erst neun, dann zehn und elf schlug. Bald erwartete ich, die Schritte der Frau auf der Treppe zu hören, der Frau namens Lilith, aber zuerst kam das blaue Licht und sickerte unter der Tür herein – wie in meinem Traum.

Ich schlief jedoch nicht, ich träumte nicht.

Das blaue Licht stellte sich ein, erfüllte den Raum, bis ich so eben sehen konnte, wie die nackten Umrisse der Frau und die drohend aufragende Figur meines Großonkels Uriah Gestalt annahmen und wie von dort, wo er Gestalt annahm, eine zuckende, gewundene Spirale dorthin griff, wo ich auf dem Bett saß...

Und dann war da etwas anderes, etwas, was mich mit plötzlichem Entsetzen erfüllte. Ich roch Rauch – und vernahm das Knistern von Flammen.

Und von draußen rief Rhodas Stimme: »Adam! Adam!«

Die Vision brach zusammen. Das letzte, was ich sah, war der Ausdruck fürchterlicher Wut auf dem gespenstischen Antlitz meines Großonkels, die Raserei auf dem Antlitz der Frau, die sich in diesem Licht aus einem anmutigen Mädchen in eine alte Vettel verwandelte. Ich stürzte zum Fenster und öffnete es.

»Rhoda!« schrie ich.

Sie war kein Risiko eingegangen. Am Fensterbrett lehnte eine Leiter.

Das Haus brannte mit allem, was darin war, bis auf die Grundmauern nieder. Der Brand hatte keine Auswirkungen auf das Testament meines Onkels. Wie es Mr. Saltonstall ausdrückte, hatte ich die Bedingung erfüllt, bis Umstände höherer Gewalt es mir unmöglich machten, es weiterhin zu tun. Daher erbte ich den Besitz, verkaufte ihn, und Rhoda und ich heirateten.

Trotz ihrer ausgesprochen femininen Wahnvorstellungen.

„Ich selbst habe den Brand gelegt«, sagte sie. Nachdem sie mit meinen Papieren und Büchern fortgefahren war, hatte sie den Tag in der Bibliothek der Miskatonic University verbracht, die für ihre Sammlung geheimnisvoller Bücher berühmt war. Dort hatte sie Hexenlegenden studiert. Sie war zu dem Schluß gekommen, daß der Geist, der das Haus belebte und für die Ereignisse darin verantwortlich war, der Geist meines Großonkels Uriah Garrison war, und daß der einzige Grund für die Auflage, darin zu wohnen, darin bestand, daß ich seinem Zugriff ausgesetzt war, damit er sich meiner eigenen Lebenskraft bemächtigen und meinen Leib in Besitz nehmen konnte. Die Frau war ein Sukkubus, vielleicht seine Geliebte. Das Mauseloch war offensichtlich eine Öffnung in eine andere Dimension.

Den Frauen fällt doch zu den sonderbarsten Ergeinissen eine romantische Sichtweise ein. Wahrhaftig, ein Sukkubus!

Selbst jetzt gibt es noch Augenblicke, in denen ich unter dem Einfluß ihrer Vorstellungen stehe. Von Zeit zu Zeit bin ich mir sogar meiner eigenen Identität nicht sicher. Bin ich Adam Duncan oder Uriah Garrison? Es nützt gar nichts, das vor Rhoda zu erwähnen. Einmal tat ich es, und sie erwiderte bloß: »Das scheint dir gutgetan zu haben, Adam.«

Frauen sind im Grunde keine rationalen Geschöpfe. Nichts erschüttert ihre Vorstellungen vom Haus in der Aylesbury Street. Es ärgert mich, daß ich selbst nicht imstande bin, eine rationalere Erklärung zu finden, eine, die all die Fragen zufriedenstellend beantwortet, die mir in den Sinn kommen, wenn ich mich hinsetze und über die Ereignisse nachdenke, in denen ich selbst eine so kleine, wenn auch auslösende Rolle spielte.

Die dunkle Brüderschaft

Wahrscheinlich werden die Tatsachen über einen geheimnisvollen Brand, dem ein verlassenes Haus auf einer Anhöhe am Ufer des Seekonk in einem dünn besiedelten Gebiet zwischen Washington-Brücke und Roter Brücke zum Opfer fiel, nie völlig ans Licht kommen. Die Polizei wurde von den üblichen Verrückten belästigt, die angeblich Informationen über die Sache liefern konnten. Der Hartnäckigste war Arthur Phillips, Abkömmling einer alten Familie von der East Side, der lange in der Angell Street gewohnt hat, ein etwas verwirrter, aber ernster junger Mann, der eine Darstellung gewisser Ereignisse verfaßt hat, die seiner Behauptung nach zu dem Brand führten. Obwohl die Polizei alle Personen, die in Mr. Phillips' Darstellung erwähnt werden und von ihr betroffen sind, verhörte, ließ sich kein Beweis finden, der Mr. Phillips' Behauptungen bestätigt hätte, abgesehen von der Aussage eines Bibliothekars am Athenaeum, der lediglich bezeugte, daß Mr. Phillips Miß Rose Dexter dort wirklich einmal getroffen hat. Es folgt das Manuskript.

I

Wer zu später Stunde durch die nächtlichen Straßen einer der Städte an der Ostküste wandert, hat Gelegenheit zu manchem Blick auf Seltsames und Schreckliches, auf Makabres und Extravagantes, denn Dunkelheit zieht aus den Spalten und Ritzen, den Dachstuben und Kellerverstecken der Stadt solche menschliche Wesen, die es aus längst in der Vergangenheit versunkenen dunklen Gründen vorziehen, den Tag sicher in ihren grauen Nischen zu verbringen – die Mißgestalteten, die Einsamen, die Kranken, die sehr Alten, die Gepeinigten und jene verlorenen Seelen, die auf ewig ihr eigenes Ich im Schutz der Nacht suchen, die ihnen so freundlich gegenübertritt, wie es das kalte Tageslicht nie kann. Sie sind die vom Leben Verwundeten, die Verstümmelten, Männer und Frauen, die sich nie von den Wunden der Kindheit erholt oder willig nach Erlebnissen Ausschau gehalten haben, die dem Menschen verschlossen bleiben sollen. Jeder Ort, an dem sich eine menschliche Gemeinschaft über längere Zeit zusammengefunden hat, ist voll von ihnen, auch wenn man sie nur in der

Dunkelheit sieht, wenn sie wie Nachfalter hervorkommen, um sich in ihrer engen Umwelt für ein paar kurze Stunden frei zu bewegen, ehe sie wieder dem Tageslicht weichen müssen.

Da ich ein Einzelkind war und wegen meines chronisch schlechten Gesundheitszustandes häufig mir selbst überlassen blieb, entwickelte ich sehr früh die Neigung, in der Nacht im Freien herumzuwandern, zuerst nur in der Umgebung der Angell Street, wo ich den Großteil meiner Kindheit verbrachte, und dann immer ein wenig weiter, in einem stets weiteren Umkreis meiner Heimatstadt Providence. Tagsüber trieb ich mich, wenn es meine Gesundheit erlaubte, am Ufer des Seekonk River herum, von der Stadt bis ins offene Land, oder ich spielte auf der Höhe meiner Kraft mit einigen sorgsam ausgewählten Gefährten in einem »Klubhaus«, das wir im bewaldeten Gebiet nahe der Stadt mühevoll errichtet hatten. Außerdem las ich sehr viel und verbrachte lange Stunden in der umfassenden Bibliothek meines Großvaters, wo ich unterschiedslos alles verschlang und auf diese Weise eine enorme Menge an Wissen aufnahm, von den griechischen Philosophen bis zur Geschichte der englischen Monarchie, von den Geheimnissen der uralten Alchimisten zu den Experimenten Niels Bohrs, von den Legenden auf ägyptischen Papyrussen bis zu den Regionalstudien des Thomas Hardy, da mein Großvater einen sehr weitgespannten Buchgeschmack besaß; er, der jede Spezialisierung geringschätzte, kaufte und behielt nur, was seiner Meinung nach gut war, womit er meinte, was ihn zu fesseln verstand.

Die nächtliche Stadt zog mich jedoch ein um das andere Mal von anderer Beschäftigung fort; besonders liebte ich die nächtlichen Spaziergänge draußen. In den späteren Jahren meiner Kindheit und in der Pubertät, während derer ich – weil mich sporadische Krankheiten an regelmäßigem Schulbesuch hinderten – stetig selbstgenügsamer und einsamer wurde, ging ich nachts hinaus und streifte umher. Ich könnte nicht sagen, was ich mit solcher Entschlossenheit in der nächtlichen Stadt suchte, was es war, das mich in den schlechtbeleuchteten Straßen anzog, warum ich die alte Benefit Street und die schattenreiche Umgebung der Poe Street aufsuchte, die bei der ungeheuren Ausdehnung von Providence beinahe unbekannt war, und was mein verstohlener Blick in den Gesichtern anderer Nachtstreicher zu finden hoffte, die die dunklen Wege und Seitengassen der Stadt entlangschlichen und vorbeihuschten, es sei denn, ich tat es, um vielleicht vor den härteren Wirklichkeiten des Tageslichts zu fliehen, und zugleich aus einer unstillbaren Neugier auf die Geheimnisse des Stadtlebens, die nur die Nacht enthüllen konnte.

Als mein High-School-Abschluß schließlich vollendete Tatsache war, hätte man annehmen mögen, daß ich mich anderen Beschäftigungen zuwenden würde. Aber dem war nicht so, denn meine Gesundheit war zu labil, als daß ich mich an der Brown University hätte immatrikulieren können, wo ich meine Studien gern fortgesetzt hätte, und dieser Verzicht bestärkte nur meine einsamen Beschäftigungen noch mehr – ich verdoppelte die Stunden meiner Lektüre und dehnte die Zeit aus, die ich des Nachts im Freien verbrachte, indem ich einfach bei Tag schlief. Und doch gelang es mir, davon abgesehen, ein ganz normales Leben zu führen; ich verließ weder meine verwitwete Mutter noch meine Tanten, mit denen wir wohnten, obwohl die Gefährten meiner Jugend sich immer mehr von mir entfernten. Und ich entdeckte Rose Dexter, eine dunkeläugige, im Ebenmaß ihrer Erscheinung und der Schönheit ihrer Züge vom Schicksal besonders begünstigte Nachfahrin der ersten englischen Familien, die ins alte Providence gekommen waren. Ich überredete sie, sich meinen nächtlichen Streifzügen anzuschließen.

Mit ihr gemeinsam fuhr ich mit neuem Eifer fort, Providence zu erforschen, denn ich brannte darauf, Rose alles zu zeigen, was ich auf meinen Streifzügen in der Stadt bereits entdeckt hatte. Wir begegneten einander das erste Mal beim alten Athenaeum, und dort trafen wir uns auch weiterhin abends, um von seinen Toren aus in die Nacht hinein zu wandern. Was für sie zuerst nur ein Spaß war, wuchs sich bald zu einer hingebungsvoll betriebenen Gewohnheit aus; sie zeigte sich so eifrig bemüht wie ich, die versteckten Seitengassen und lange nicht mehr begangenen Pfade zu erforschen, und bald war sie in der Stadt am Busen der Nacht ebenso zu Hause wie ich. Sie zeigte keine Neigung zu banalem Geschwätz und erwies sich dergestalt als wunderbare Ergänzung meiner Person.

Wir hatten Providence auf diese Weise schon monatelang erforscht, als uns eines Nachts auf der Benefit Street ein Herr ansprach, der ein knielanges Cape über einem zerknitterten und ungepflegten Anzug trug. Er hatte nicht weit von uns auf dem Gehsteig gestanden, als wir in die Straße einbogen, und ich beobachtete ihn, als wir an ihm vorbeigingen; er kam mit merkwürdig beunruhigend vor, denn sein schnurrbärtiges, dunkeläugiges Gesicht mit dem wirren Haar, das von keinem Hut bedeckt war, schien mir eigenartig vertraut. Nachdem wir vorbeigegangen waren, folgte er uns, und als er uns eingeholt hatte, faßte er mich an der Schulter und sagte:

»Könnten Sie mir sagen, Sir, wie man zu dem Friedhof kommt, auf dem Poe einst spazierenging?«

Ich erklärte ihm den Weg, und dann, einer plötzlichen Eingebung folgend, schlug ich ihm vor, wir würden ihn zu seinem Ziel begleiten; bevor ich noch ganz verstand, was sich zugetragen hatte, gingen wir drei miteinander. Ich bemerkte sofort, mit welch berechnendem Ausdruck der Kerl meine Begleiterin eingehend musterte, und doch wurde jede Abneigug, die ich dagegen spürte, durch die sofortige Erkenntnis zerstreut, daß das Interesse des Fremden ganz harmlos war, denn es war eher kühl kritisch als von leidenschaftlicher Anteilnahme bestimmt. Auch ich nutzte die Gelegenheit, ihn so eingehend zu mustern, wie es in den gelegentlichen Lichtflecken der Straßenlampen, durch die wir schritten, möglich war, und wurde zunehmend von der nagenden Gewißheit beunruhigt, daß ich ihn kannte oder früher schon einmal getroffen hatte.

Er war fast zur Gänze in ernstes Schwarz gekleidet, mit Ausnahme des weißen Hemdes und der wehenden Windsor-Krawatte, die er trug. Seine Kleider waren ungebügelt, als seien sie lange Zeit getragen worden, ohne daß sich jemand und sie gekümmert hatte, aber soweit ich erkennen konnte, waren sie nicht schmutzig. Seine Brauen waren beinahe kuppelartig gewölbt; darunter blickten bohrende dunkle Augen hervor, und sein Gesicht verengte sich zu einem kleinen, spitzen Kinn. Sein Haar war länger, als es die meisten Männer meiner Generation trugen, und doch schien er der gleichen Generation anzugehören, er war kaum mehr als fünf Jahre älter als ich. Seine Kleidung stammte entschieden aus einer anderen Epoche; wahrhaftig, sie schien, obwohl sie neu wirkte, nach einem Schnitt angefertigt worden zu sein, der mehrere Generationen vor meiner Zeit in Mode gewesen war.

»Sind Sie fremd in Providence?« fragte ich ihn schließlich.

»Ich bin zu Besuch hier«, erwiderte er kurz angebunden.

»Sie interessieren sich für Poe?«

Er nickte.

»Was wissen Sie von ihm?« fragte ich sodann.

»Wenig«, erwiderte er. »Vielleicht können Sie mir mehr sagen?«
Es bedurfte keiner zweiten Einladung, und ich lieferte ihm sofort
eine biografische Skizze des Vaters der Detektivgeschichte und
eines der Meister der makabren Erzählung, dessen Werk ich seit
langem bewunderte, wobei ich mich nur länger bei seiner Ro-
manze mit Mrs. Sarah Helen Whitman aufhielt, da sie mit Providence zu tun hatte, und bei seinem Besuch des Friedhofs, zu dem
wir unterwegs waren, gemeinsam mit Mrs. Whitman. Ich bemerkte, daß er mir mit beinahe gebannter Aufmerksamkeit
lauschte und alles in seinem Gedächtnis zu speichern schien, was
ich sagte, aber ich konnte an seinem ausdruckslosen Gesicht nicht
ablesen, ob ihm das, was ich ihm erzählte, zusagte oder nicht, und
ich konnte nicht feststellen, woher sein Interesse stammte.

Was Rose anging, so war ihr sein Interesse an ihr durchaus
bewußt, was ihr jedoch nicht lästig fiel, denn vielleicht spürte sie,
daß sein Interesse nicht amouröser Natur war. Erst als er sie nach
ihrem Namen fragte, wurde mir klar, daß wir den seinen nicht
kannten. Er stellte sich jetzt als »Mr. Allan« vor, worüber Rose
beinahe unmerklich lächelte; ich nahm es flüchtig wahr, als wir an
einer Straßenlaterne vorbeikamen.

Nachdem er unsere Namen erfahren hatte, schien unser Gefährte
an nichts weiter interessiert zu sein, und schließlich erreichten wir
schweigend den Friedhof. Ich hatte geglaubt, daß Mr. Allan ihn
betreten würde, aber das lag nicht in seiner Absicht. Offensichtlich
hatte er nur wissen wollen, wo er lag, damit er bei Tageslicht
zurückkehren könne, was wohl ein vernünftiger Entschluß war,
denn obgleich ich den Friedhof gut kannte und gelegentlich des
Nachts dort spazierengegangen war, gab es für einen Fremden in
der Dunkelheit wenig zu sehen.

Wir verabschiedeten uns am Tor von ihm und gingen weiter.

»Ich habe diesen Kerl schon irgendwo gesehen«, sagte ich zu
Rose, sobald wir außer Hörweite waren. »Aber mir fällt nicht ein,
wo es war. Vielleicht in der Bibliothek.«

»Es muß in der Bibliothek gewesen sein«, antwortete Rose mit
einem kehligen Glucksen, das für sie typisch war. »Auf einem
Porträt an der Wand.«

»Nicht doch!« rief ich.

»Gewiß hast du die Ähnlichkeit erkannt, Arthur!« rief sie aus.
»Sogar im Namen. Er sieht aus wie Edgar Allan Poe.«

Und so war es auch. Sobald Rose sie erwähnt hatte, erkannte ich die starke Ähnlichkeit, selbst in der Kleidung. Ich stufte Mr. Allan als harmlosen Verehrer Poes ein, der von dem Manne so besessen war, daß er sich zu seinem Ebenbild gemacht hatte, selbst was die altmodische Kleidung betraf – ein anderes kurioses Musterexemplar der Menschheit, die die nächtlichen Straßen der Stadt bevölkerte.

»Das ist der merkwürdigste Bursche, den wir je bei unseren Spaziergängen getroffen haben«, sagte ich.

Ihre Hand schloß sich fest um meinen Arm. »Arthur, hast du es nicht *gespürt* – daß mit ihm etwas *nicht in Ordnung* war?«

»Ach, ich vermute, in diesem Sinne ist mit jeden, der wie wir in der Dunkelheit herumstreunt, etwas ›nicht in Ordnung‹«, sagte ich. »Vielleicht ziehen wir es sozusagen vor, uns unsere eigene Wirklichkeit zu schaffen.«

Aber während ich noch antwortete, wußte ich, worauf sie hinauswollte, und die Erklärung, die sie nachher in einem Wortschwall ganz ernsthaft zu geben versuchte, war wirklich nicht nötig – es war in dem Sinne etwas nicht in Ordnung, daß Mr. Allan einfach von Grund auf unecht wirkte. Das lag, wenn ich der Sache ins Auge sah, an einer Anzahl an sich belangloser Dinge, vor allem aber an dem Mangel an Ausdruckskraft in seinen Zügen; das wenige, was er gesprochen hatte, war ohne jede Modulation gewesen, beinahe mechanisch; er hatte weder gelächelt, noch hatten seine Gesichtszüge die geringste Veränderung gezeigt; er hatte mit einer Präzision gesprochen, die einen eisigen Abstand und eine Distanz verriet, wie sie den meisten Menschen fremd ist. Selbst das offenkundige Interesse, das er für Rose zeigte, war eher klinischer Natur gewesen. Während meine Neugier zunahm, zeigte sich mir zugleich ein Schimmer von Verständnis, als deren Folge ich unser Gespräch in andere Bahnen lenkte und Rose schließlich nach Hause brachte.

II

Ich nehme an, es war unausweichlich, daß ich Mr. Allan wieder begegnete, und zwar nur zwei Nächte später, diesmal nicht weit von meiner eigenen Haustür entfernt. Vielleicht war es absurd, aber ich konnte mich des Eindrucks nicht erwehren, daß er auf mich gewartet hatte und ebenso wie ich ein Wiedersehen anstrebte.

Ich begrüßte ihn freundlich als einen nächtlichen Wandergefährten und bemerkte schnell, daß sein Gesicht keine Spur eines Gefühls zeigte, auch wenn seine Stimme meinen eigenen kumpelhaften Ton nachahmte. Es blieb völlig unbewegt – »hölzern«, um ein Wort der Romantiker zu gebrauchen, nicht das geringste Anzeichen eines Lächelns zeigte sich auf seinen Lippen, nicht ein Schimmer glitzerte in seinen dunklen Augen. Nun, da meine Aufmerksamkeit darauf gelenkt worden war, erkannte ich, daß die Ähnlichkeit mit Poe bemerkenswert war, sogar so sehr, daß ich mich, hätte Mr. Allan einigermaßen vernünftig behauptet, ein Nachfahre Poes zu sein, dazu hätte überreden lassen, es zu glauben.

Es handelte sich, wie ich glaubte, um einen kuriosen Zufall, kaum um mehr, und diesmal erwähnte Mr. Allan weder Poe noch etwas, was mit ihm und Providence in Zusammenhang gestanden hätte. Er schien, das war bald offensichtlich, mehr und mehr darauf aus zu sein, mir zuzuhören; er war ebenso verschlossen wie bei unserem ersten Zusammentreffen, und auf eine merkwürdige Weise war seine Art genau dieselbe – als ob wir zuvor nicht wirklich zusammengetroffen wären. Aber vielleicht suchte er nur ein gemeinsames Interesse zu finden, denn sobald ich erwähnte, daß ich eine wöchentliche Spalte über Astronomie für das *Providence Journal* lieferte, begann er sich am Gespräch zu beteiligen; was mehrere Häuserblocks lang buchstäblich ein Monolog meinerseits gewesen war, wurde zu einem Dialog.

Mir wurde sofort klar, daß Mr. Allan kein Neuling auf astronomischem Gebiet war. So begierig er meine Ansichten aufzunehmen schien, hegte er doch einige entschieden abweichende Auffassungen, etliche von ihnen höchst zweifelhafter Natur. Er verlor keine Zeit und legte seine Ansicht dar, daß nicht nur interplanetare Raumfahrt möglich sei, sondern daß auch zahllose Sterne – und nicht bloß einige Planeten in unserem eigenen Sonnensystem – bewohnt seien.

»Von Menschen?« fragte ich ungläubig.

»Muß das sein?« erwiderte er. »Das Leben ist einzigartig – nicht der Mensch. Selbst auf diesem Planeten hier nimmt das Leben viele Formen an.«

Ich fragte ihn nun, ob er die Werke von Charles Fort gelesen habe.

Er verneinte. Er wußte nichts von ihm, und auf seinen Wunsch skizzierte ich einige von Forts Theorien sowie die Fakten, die Fort zur Untermauerung seiner Theorien zusammengetragen hatte. Während wir so dahingingen, sah ich, daß mein Gefährte von Zeit zu Zeit den Kopf zu einem knappen Nicken bewegte, obwohl sein gefühlloses Gesicht nichts verriet; es war, als stimme er zu. Und einmal rief er aus:

»Ja, das stimmt. Was er behauptet, stimmt.«

Ich hatte eben davon erzählt, wie in der Nähe Japans in der zweiten Hälfte des neunzehnten Jahrhunderts unidentifizierte Flugobjekte gesichtet worden waren.

»Wie können Sie das behaupten?« rief ich.

Er setzte sofort zu einer längeren Erklärung an, die darauf hinauslief, daß jeder fortschrittliche Wissenschaftler auf dem Gebiet der Astronomie davon überzeugt sei, daß die Erde als Hort des Lebens nicht einzigartig war. Ebenso wie man schließen könne, daß einige Himmelkörper niedere Lebensformen als unsere aufwiese, müsse man folgern, daß andere durchaus höhere Formen tragen könnten, und wenn man diese Prämisse akzeptiere, sei es nur logisch, daß diese höheren Formen das interplanetare Reisen gemeistert hätten und nach jahrzehntelanger Beobachtung mit der Erde und ihren Bewohnern völlig vertraut seien.

»Aber wozu?« fragte ich. »Um uns zu bekriegen? Um bei uns einzufallen?«

»Eine höher entwickelte Lebensform bräuchte sich kaum solch primitiver Methoden zu bedienen«, meinte er. »Sie beobachten uns genauso, wie wir den Mond beobachten und auf Funksignale von den Planeten lauschen – wir stehen noch immer auf den frühesten Stufen der interplanetaren Verständigung und darüber hinaus auch der Raumfahrt, während andere Rassen auf fernen Sternen bereits beides erreicht haben.«

»Wie können Sie mit solcher Gewißheit sprechen?« fragte ich.

»Weil ich davon überzeugt bin. Sicherlich sind Sie bereits ähnlichen Schlüssen begegnet.«

Das mußte ich zugeben.

»Und Sie haben sich einen offenen Geist bewahrt?«

Auch das gab ich zu.

»Offen genug, um bestimmte Beweise zu untersuchen, wenn Sie Ihnen angeboten würden?«

»Gewiß«, erwiderte ich, auch wenn ihm meine Skepsis kaum verborgen geblieben sein konnte.

»Das ist gut«, sagte er. »Denn wenn Sie meinen Brüdern und mir gestatten, Sie in Ihrem Haus in der Angell Street aufzusuchen, können wir Sie vielleicht davon überzeugen, daß es Leben im All gibt – nicht in menschlicher Gestalt, aber ein Leben, das eine weit größere Intelligenz besitzt als eure intelligentesten Menschen.«

Die Tragweite seiner Behauptung und seines Glaubens amüsierten mich, aber ich verriet das durch keinerlei Anzeichen. Seine Zuversicht ließ mich wieder über die unendliche Vielfalt der Charaktere nachdenken, die sich unter den nächtlichen Spaziergängern von Providence fanden; Mr. Allan war eindeutig jemand, der von seinen außerordentlichen Überzeugungen besessen war, und wie die meisten Menschen dieser Art war er eifrig bemüht, Anhänger zu gewinnen und andere zu seinen Ansichten zu bekehren.

»Wann immer Sie wollen«, sagte ich, gewissermaßen als Einladung. »Nur würde ich es vorziehen, Sie kämen zu später Stunde, damit meine Mutter Zeit hat, schlafen zu gehen. Alles, was nach Experiment aussieht, könnte sie aufregen.«

»Sagen wir, kommenden Montagabend?«

»Einverstanden.«

Mein Begleiter sagte nichts mehr zu diesem Thema. Er sagte überhaupt kaum mehr etwas, und ich mußte für Konversation sorgen. Ich war augenscheinlich nicht sehr unterhaltsam, denn nach weniger als drei Häuserblocks kamen wir zu einer Gasse und dort sagte Mr. Allan urplötzlich gute Nacht, wandte sich der Gasse zu und wurde schnell von der Dunkelheit verschluckt.

Konnte sein Haus an diese Gasse angrenzen? fragte ich mich. Wenn nicht, mußte er unweigerlich am anderen Ende hervorkommen. Einer Eingebung folgend, eilte ich um den Block herum und bezog tief im Schatten der Parallelstraße Position, wo ich vom Ende der Gasse aus unsichtbar blieb und diese doch im Auge hatte.

Mr. Allan kam gemächlich aus der Gasse, bevor ich noch wieder zu Atem gekommen war. Ich erwartete, daß er durch die Gasse weitergehen würde, aber statt dessen bog er auf die Straße ein und folgte ihr weiter hinab, wobei er den Schritt beschleunigte. Nun von Neugier getrieben, folgte ich ihm, wobei ich mich so gut versteckt hielt, wie ich konnte. Mr. Allan drehte sich jedoch nicht einmal um; er sah geradeaus und blickte, soweit ich feststellen konnte, nie auch nur nach links oder rechts. Er hatte offensichtlich ein Ziel vor Augen, das nur sein Zuhause sein konnte, denn es war schon nach Mitternacht.

Es fiel mir nicht schwer, meinem früheren Begleiter zu folgen, denn ich kannte diese Straßen gut, sie waren mir seit meiner Kindheit vertraut. Mr. Allan ging in Richtung Seekonk und blieb auf diesem Weg, bis er zu einem etwas verwahrlosten Viertel von Providence kam, wo er eine kleine Anhöhe zu einem seit langem leerstehenden Haus auf der Kuppe hinaufstieg. Er trat ein, und ich verlor ihn aus den Augen. Ich wartete noch eine Weile in der Erwartung, daß im Hause Licht gemacht würde, aber es war keines zu sehen, und ich konnte nur schließen, daß er sofort zu Bett gegangen sei.

Glücklicherweise hatte ich mich im Schatten gehalten, denn Mr. Allan hatte sich offenkundig nicht schlafen gelegt. Anscheinend war er durch das Haus und um den Block gegangen, denn plötzlich bemerkte ich, daß er sich dem Haus aus der Richtung näherte, aus der wir gekommen waren, und wieder ging er an meinem Versteck vorbei und weiter ins Haus, wieder ohne Licht zu machen.

Diesmal ging er ganz sicher nicht wieder fort. Ich wartete fünf Minuten oder auch etwas länger; dann wandte ich mich um und ging zu meiner eigenen Wohnung in der Angell Street zurück, im ruhigen Bewußtsein, nicht mehr getan zu haben als Mr. Allan selbst in der Nacht unserer ersten Begegnung, indem ich ihm gefolgt war, denn ich war schon vor langer Zeit zu dem Schluß gekommen, daß unser Treffen heute nacht kein Zufall war.

Viele Blocks vom Haus Allans entfernt bemerkte ich zu meiner Überraschung, daß der Mann, der erst kürzlich mein Begleiter gewesen war, mir von der Benefit Street her entgegenkam! Während ich mich noch fragte, wie es ihm gelungen sein mochte, das Haus wieder zu verlassen, mich in einem großen Bogen zu umgehen und mir jetzt wieder entgegenzukommen, wobei ich mir vergebens auf dem Stadtplan den Weg vorzustellen versuchte, den er dazu eingeschlagen haben konnte, kam er auf mich zu und ging ohne das geringste Zeichen des Erkennens an mir vorbei.

Und doch war es unzweifelhaft er – die Ähnlichkeit mit Poe unterschied ihn von jedem anderen nächtlichen Spaziergänger. Ich unterdrückte seinen Namen, der mir auf der Zunge lag, wandte mich um und schaute ihm nach. Er wandte nie den Kopf zurück, sondern schritt stetig dahin, offensichtlich unterwegs zu dem

Schauplatz, den ich erst vor kurzem verlassen hatte. Ich sah ihm nach, bis er außer Sichtweite war, und versuchte mir noch immer vergeblich den Pfad vorzustellen, den er auf den mir so vertrauten Wegen, Stegen und Gassen eingeschlagen haben konnte, um mir neuerlich von Angesicht zu Angesicht gegenüberzustehen.

Wir hatten uns in der Angell Street getroffen, waren dann die Benefit Street in nördlicher Richtung entlanggegangen und hatten uns wieder zum Fluß gewandt. Nur durch rasches Laufen hätte er mich umgehen und zurückkehren können. Aber welchen Zweck sollte ein solches Vorgehen haben? Ich war völlig verblüfft, vor allem, da er nicht das kleinste Zeichen des Erkennens gegeben hatte; sein ganzes Verhalten gab zu verstehen, daß wir einander völlig fremd waren!

Wenn mir jedoch die Vorfälle der Nacht Rätsel aufgaben, so erstaunte mich mein Zusammentreffen mit Rose am Athenaeum in der folgenden Nacht noch mehr. Sie hatte auf mich gewartet und eilte zu mir, sobald sie meiner ansichtig wurde.

»Hast du Mr. Allan gesehen?« fragte sie.

»Noch letzte Nacht«, antwortete ich und hätte ihr die näheren Umstände berichtet, hätte sie nicht weitergesprochen.

»Ich auch! Er hat mich von der Bibliothek nach Hause begleitet.«

Ich unterdrückte eine Bemerkung und ließ sie ausreden. Mr. Allan hatte auf sie gewartet, als sie aus der Bibliothek kam. Er hatte sie begrüßt und gefragt, ob er mit ihr spazierengehen dürfe, nachdem er sich vergewissert hatte, daß ich sie nicht begleitete. Sie waren eine Stunde lang dahingegangen, hatten aber wenig und nur über Banalitäten geredet – über die Baudenkmäler der Stadt, die Architektur bestimmter Häuser und ähnliche Dinge, eben über das, was für jemanden, der sich für die älteren Seiten von Providence interessierte, von Interesse sein würde –, und dann hatte er sie nach Hause begleitet. Sie war, kurz gesagt, mit Mr. Allan zur gleichen Zeit in einem Teil der Stadt zusammengewesen, wie ich in einem anderen; und es war offenkundig, daß keiner von uns den geringsten Zweifel an der Identität unseres Gefährten hegte.

»Ich traf ihn nach Mitternacht«, sagte ich, was ein Teil der Wahrheit, aber nicht die ganze Wahrheit war.

Für diesen außerordentlichen Zufall mußte es eine logische Erklärung geben, doch war ich nicht geneigt, sie mit Rose zu erörtern, da ich sie nicht unnötig in Aufregung versetzen wollte.

Mr. Allan hatte von seinen »Brüdern« gesprochen; es war daher wahrscheinlich, daß Mr. Allan einer von zwei eineiigen Zwillingen war. Aber welche Erklärung gab es für eine offenkundige und absichtliche Täuschung? Einer unserer Gefährten war *nicht* derselbe Mr. Allan gewesen, hatte es nicht sein können, mit dem wir vorher spazierengegangen waren. Aber welcher? Ich war überzeugt, daß mein Begleiter mit jenem Mr. Allan identisch war, den wir erst vor zwei Nächten kennengelernt hatten.

So beiläufig, wie es unter diesen Umständen möglich war, stellte ich Rose Fragen, die mir Aufschluß über die Identität ihres Begleiters geben sollten, in der Erwartung, daß sie irgendwie im Verlauf unseres Gesprächs Zweifel an dessen Identität äußern würde. Sie verriet keine Zweifel; sie war in aller Unschuld überzeugt, daß ihr Begleiter derselbe gewesen war, der vor zwei Nächten mit uns spazierengegangen war, denn er hatte offensichtlich auf den früheren nächtlichen Spaziergang angespielt, und Rose war felsenfest davon überzeugt, es mit demselben Mann zu tun gehabt zu haben. Sie hatte jedoch keinen Grund zu zweifeln, denn ich hütete meine Zunge; hier lag irgendein verblüffendes Geheimnis vor, denn die Brüder hatten einen dunklen Grund, warum sie sich für uns interessierten – sicherlich einen anderen, als daß sie unser Interesse für nächtliche Spaziergänge in der Stadt und für die verborgenen Seiten des Stadtlebens teilten, die erst mit der Dämmerung hervortraten und mit der Morgenröte wieder verschwanden.

Mein Begleiter hatte jedoch mit mir eine Verabredung getroffen, während nichts in dem, was Rose sagte, darauf hinwies, daß ihr Begleiter vorhatte, sie wieder zu treffen. Und warum hatte er überhaupt gewartet, um sie zu treffen? Ich vergaß aber diese Erwägungen angesichts der drängenden Erkenntnis, daß keiner der Männer, die ich traf, nachdem ich meinen Begleiter letzte Nacht an seinem Wohnort verlassen hatte, Roses Gefährte gewesen sein konnte, denn Rose lebte zu weit vom Ort meiner letzten Begegnung entfernt, als daß mich ihr Begleiter an jenem Ort getroffen haben konnte, an dem wir uns tatsächlich begegneten. Ein bestürzendes Gefühl des Unbehagens begann in mir aufzusteigen. Vielleicht gab es drei Allans – alle identisch – Drillinge? Oder gar vier? Aber nein, gewiß war der zweite Mr. Allan, den ich vergangene Nacht traf, mit dem ersten identisch, selbst wenn die dritte Begegnung nicht mit demselben Allan hatte stattfinden können.

So sehr ich mir auch den Kopf zerbrach, das Rätsel blieb unlösbar. Ich befand mich daher in der richtigen Stimmung für meine Begegnung mit Mr. Allan am Montagabend, in zwei Tagen also.

III

Trotzdem war ich auf den Besuch Mr. Allans und seiner Brüder am folgenden Montagabend schlecht vorbereitet. Sie kamen um Viertel nach zehn; meine Mutter hatte sich gerade oben zu Bett begeben. Ich hatte höchstens drei von ihnen erwartet, es waren aber sieben, und sie glichen einander wie Erbsen in einer Schote, und zwar so sehr, daß ich unter ihnen nicht jenen Mr. Allan herausfinden konnte, mit dem ich zweimal durch die nächtlichen Straßen von Providence gegangen war, obwohl ich annahm, daß es der Sprecher der Gruppe war.

Sie gingen der Reihe nach in das Wohnzimmer, und Mr. Allan machte sich mit Hilfe seiner Brüder sofort daran, die Stühle in einem Halbkreis aufzustellen, wobei er etwas von der »Natur des Experiments« murmelte, obwohl ich, um die Wahrheit zu sagen, noch immer viel zu erstaunt und beunruhigt über das Erscheinen der sieben identischen Männer war, von denen jeder Edgar Allan Poe zum Erstaunen ähnlich sah, um das Gesagte zu erfassen. Im Licht meiner Auer-Welsbach-Gaslampe erkannte ich jetzt auch, daß alle sieben von einer bleichen, wächsernen Gesichtsfarbe waren, zwar nicht von einer Art, die in mir hätte Zweifel aufkommen lassen, ob sie aus Fleisch und Blut waren wie ich selbst, aber doch so, daß der Gedanke aufkam, sie alle könnten an ein und derselben Krankheit leiden – vielleicht an Anämie oder etwas Ähnlichem –, die ihr Gesicht farblos erscheinen ließ; und ihre Augen, die sehr dunkel waren, schienen starren Blicks, aber doch blind, obwohl es schien, daß sie keine mangelhafte Wahrnehmung hatten und mit einem Extrasinn ausgestattet waren, der für mich nicht erkennbar war. Das in mir aufsteigende Gefühl war nicht so sehr Furcht als vielmehr eine überwältigende Neugier, gewürzt mit der immer stärkeren Empfindung, daß all das nicht nur meiner Erfahrung, sondern meinem Dasein selbst völlig fremd war.

Bis hierher war zwischen uns wenig vorgefallen, aber jetzt, als sich meine Besucher im Halbkreis niedergelassen hatten, winkte mir ihr Sprecher zu, vorzutreten, und wies auf einen Stuhl, der im Bogen des Halbkreises so aufgestellt war, daß er den Sitzenden gegenüberstand.

»Nehmen Sie bitte hier Platz, Mr. Phillips«, bat er.

Ich folgte dieser Aufforderung und sah mich als Ziel aller Augen, aber eigentlich nicht so sehr als Ziel, denn als Brennpunkt: die sieben schienen mehr durch mich hindurch- als mich anzublicken.

»Unsere Absicht, Mr. Phillips«, erklärte ihr Sprecher – den ich für den Herrn hielt, den ich auf der Benefit Street getroffen hatte –, »ist es, für Sie bestimmte Eindrücke außerirdischen Lebens hervorzurufen. Sie brauchen nichts weiter zu tun, als sich zu entspannen und aufnahmebereit zu sein.«

»Ich bin bereit«, erwiderte ich.

Ich hatte erwartet, daß sie verlangen würden, das Licht herabzudrehen, was für derartige, Seancen ähnlichen Sitzungen unbedingt erforderlich zu sein scheint, aber sie taten nichts dergleichen. Sie warteten, bis außer dem Ticken der Uhr im Flur und dem fernen Summen der Stadt nichts zu vernehmen war, und dann begannen sie mit etwas, das ich nur als Singen bezeichnen kann – ein leises, nicht unangenehmes, beinahe einlullendes Summen, das an Stärke zunahm und von Lauten unterbrochen wurde, die vermutlich Worte waren, obwohl ich keines von ihnen erkennen konnte. Die Melodie, die sie sangen, war unbeschreiblich fremdartig; die Tonart war Moll, und die Intervalle ähnelten keiner mir bekannten irdischen Musik, doch schien sie eher morgenländisch als abendländisch zu sein.

Mir blieb jedoch wenig Zeit zur Versenkung in die Musik, denn mich überkam rasch ein Gefühl tiefen Unbehagens, die Gesichter der sieben Männer wurden düster und verschmolzen zu einem verschwimmenden Gesicht, und ein unerträgliches Bewußtsein sich entfaltender Äonen von Zeit überkam mich. Ich kam zu dem Schluß, daß eine Art Hypnose für meinen Zustand verantwortlich war, hatte aber keine Bedenken dagegen; es spielte keine Rolle, denn das Erlebnis, das ich empfand, war völlig neuartig und durchaus nicht unangenehm, obwohl es einen Mißton mit einschloß, als ob weit hinter den entspannenden Empfindungen, die mich bedrängten und mit sich rissen, etwas heimtückisch Böses drohend aufragte. Allmählich verblaßten die Lampe, die Wände und die Männer vor mir und verschwanden; obwohl ich noch immer wußte, daß ich mich in meiner Wohnung in der Angell Street befand, merkte ich auch, daß ich irgendwie in eine neue Umgebung transportiert worden war, und ein Element der Bestürzung über die Fremdartigkeit dieser Umgebung machte sich im Verein mit Widerwillen und Entfremdung bemerkbar. Es war, als fürchtete ich, an einem fremden Ort das Bewußtsein zu verlieren, ohne zur Erde zurückkehren zu können – denn was sich mir darbot, war ein außerirdischer Anblick, eine Landschaft von großer Schönheit und sogar wohlproportionierter Größe, die doch für mich völlig unverständlich war.

Ungeheure Perspektiven des Alls wirbelten in einer fremden Dimension vor meinem Angesicht, im Mittelpunkt eine Anhäufung gewaltiger Würfel, hingestreut längs eines Abgrunds violett flammender Strahlung. Zwischen ihnen bewegten sich andere Gestalten, riesige, schillernde, runzelige Kegel, die sich von einer nahezu drei Meter breiten Basis zu einer Höhe von über drei Metern erhoben und aus einer gezackten, schuppigen, halbelastischen Substanz bestanden. Aus ihren Spitzen wuchsen vier bewegliche, zylindrische Gliedmaßen, jedes mindestens dreißig Zentimeter dick und aus einer ähnlichen Substanz wie die Kegel, nur fleischähnlicher. Die Kegel selbst waren vermutlich die Leiber, an denen die oberen Glieder saßen, die beim Zusehen die Fähigkeit zeigten, sich zusammenzuziehen und auszudehnen, manchmal bis zur vollen Höhe des Kegels, an dem sie saßen. Zwei dieser Glieder liefen in ungeheure Klauen aus, während ein drittes einen Kranz von vier roten, trompetenähnlichen Fortsätzen trug. Das vierte endete in einer großen gelben Kugel von etwa sechzig Zentimeter Durchmesser, in deren Mittelpunkt sich drei ungeheure dunkel schillernde Augen befanden, die infolge ihrer Lage an dem elastischen Glied in jede beliebige Richtung drehbar waren. Es war eine Szene, die auf mich die größte Faszination ausübte, und doch weckten ihre völlige Fremdheit und die Atmosphäre schrecklicher Enthüllungen, die allein ihr Sinn geben konnten, in mir wachsende Abscheu, hinter dem das Entsetzen lauerte. Als ich im weiteren Verlauf die sich bewegenden Gestalten, welche sich um die großen Würfel zu *kümmern* schienen, mit größerer Klarheit und schärfer sah, bemerkte ich, daß ihre seltsamen Köpfe von vier schlanken grauen Stengeln gekrönt waren, die blumenähnliche Fortsätze trugen, auf der anderen Seite aber von acht geschlungenen elastischen Tentakeln von moosgrüner Farbe, die sich ständig in schlangenähnlichen Bewegungen zu winden, auszudehnen und zusammenzuziehen schienen, kürzer und länger wurden und durch die Luft schnellten, als wären sie von Eigenleben erfüllt, unabhängig vom trägeren Lebensgeist der Kegel selbst. Die ganze Landschaft war in ein trübrotes Dämmerlicht getaucht wie von einer sterbenden Sonne, die ihren Planeten im Stich ließ und die zweite Stelle nach der violetten Strahlung aus dem Abgrund einnahm.

Die Szenerie übte auf mich eine unbeschreibliche Wirkung aus; es war, als sei mir ein Blick in eine andere Welt von unglaublich größerer Ausdehnung als unsere eigene gestattet worden, die diametral entgegengesetzte Werte und Lebensformen von der unsrigen, in Zeit und Raum so weit entfernten, schieden. Als ich in diese weit entfernte Welt spähte, wurde mir bewußt – als würde mir diese Einsicht auf übersinnliche Weise eingeflößt –, daß ich auf eine sterbende Rasse blickte, die von ihrem Planeten entkommen mußte, wenn sie nicht zugrunde gehen wollte. Unvermittelt schien ich das Aufkeimen eines drohenden Unheils zu erkennen, und mit einer heftigen, gewaltsamen Anstrengung schüttelte ich das Joch des Gesangs ab, der mich im Bann hielt, und die in mir aufwallende Furcht löste sich in einem Protestschrei. Ich erhob mich, wobei der Stuhl, auf dem ich gesessen hatte, mit einem Krachen umfiel.

Sofort verschwand die Landschaft vor meinem geistigen Auge und das Zimmer kehrte zurück. Meine Besucher, die sieben Herren, die aussahen wie Poe, saßen mir bewegungslos und schweigend gegenüber, denn die Geräusche, die sie von sich gegeben hatten, das Summen und die merkwürdigen wortähnlichen Laute, hatten aufgehört.

Ich beruhigte mich, mein Puls wurde langsamer.

»Was Sie sahen, Mr. Phillips, war ein Schauplatz auf einem anderen Stern fern von hier«, sagte Mr. Allan. »Weit draußen im Weltraum – in einem anderen Universum. Hat es Sie überzeugt?«

»Ich habe genug gesehen!« rief ich.

Ich vermochte nicht zu sagen, ob meine Besucher amüsiert oder voller Verachtung waren; sie blieben weiterhin ausdruckslos, einschließlich ihres Sprechers, der nur leicht den Kopf neigte und sagte: »Mit Ihrer Erlaubnis werden wir uns also verabschieden.«

Und schweigend traten sie einer nach dem anderen in die Angell Street hinaus.

Ich war auf höchst unangenehme Weise erschüttert. Ich hatte keinen Beweis, daß ich etwas aus einer anderen Welt gesehen hatte, aber ich konnte bezeugen, daß ich eine außerordentliche Halluzination erlebt hatte, unzweifelhaft mittels hypnotischer Beeinflussung.

Aber aus welchem Grund? Ich ließ mir das durch den Kopf gehen, während ich die Ordnung im Wohnzimmer wiederherstellte, aber ich konnte keinen triftigen Grund für die Demonstration finden, die ich miterlebt hatte. Ich konnte unmöglich abstreiten, daß meine Besucher sich mir gegenüber im Besitz außergewöhnlicher Kräfte gezeigt hatten – aber wozu? Und ich mußte zugeben, daß mich das Erscheinen von nicht weniger als sieben identischen Männern ebenso erschüttert hatte wie das halluzinatorische Erlebnis, das hinter mir lag. Fünflinge waren möglich, gewiß – aber hatte man je von Siebenlingen gehört? Auch Vielfachgeburten identischer Kinder waren nicht gerade häufig. Und doch hatte ich sieben Menschen getroffen, alle von genau gleichem Alter, von identischem Aussehen, für deren Existenz es kein Fünkchen einer Erklärung gab.

Die Szene, deren Zeuge ich während der Demonstration geworden war, hatte auch keinen greifbaren Sinn. Irgendwie war mir klargeworden, daß die großen Würfel vernunftbegabte Wesen waren, für welche die violette Strahlung lebensspendend war; ich hatte erkannt, daß ihnen die Kegelwesen auf die eine oder andere Weise dienten, aber wie das geschah, war nicht daraus hervorgegangen. Die ganze Vision hatte keinen Sinn; es handelte sich bloß um ein Schauspiel, das eine hochausgebildete Phantasie ersonnen und auf telepathischem Wege auf ein williges Subjekt, eben mich, übertragen hatte. Es war lächerlich zu behaupten, daß es das Vorhandensein außerirdischen Lebens bewies; es besagte nichts weiter, als daß ich das Opfer einer künstlich ausgelösten Halluzination geworden war.

Aber wiederum kam ich zum Ausgangspunkt zurück. War es eine Halluzination, so hatte sie keinerlei Existenzberechtigung.

Doch konnte ich mich einer hartnäckigen Unruhe nicht erwehren, die mich bis spät in die Nacht hinein wachhielt, ehe endlich der Schlummer kam.

IV

Seltsamerweise nahm mein Unbehagen am folgenden Morgen noch zu. So sehr ich an menschliche Kuriositäten gewöhnt war, an die oft unglaublichen Charaktere und ungewöhnlichen Anblicke, denen man bei nächtlichen Spaziergängen wie jenen, die ich durch Providence unternahm, begegnen konnte, waren doch die Umstände, die den Poe-ähnlichen Mr. Allan und seine Brüder umgaben, so ausgefallen, daß sie mir nicht aus dem Sinn gingen.

Einem Impuls folgend beurlaubte ich mich für den Nachmittag von meiner Arbeit, und mit der festen Absicht, meinen nächtlichen Begleiter zur Rede zu stellen, ging ich zu dem Haus auf der Anhöhe am Seekonk. Als ich aber zu dem Haus kam, sah es absolut verlassen aus; verschlissene Vorhänge reichten bis zu den Fensterbrettern, an manchen Stellen waren Jalousien vor den Fenstern, und das Ganze wirkte wie der Inbegriff eines verlassenen Hauses.

Nichtsdestoweniger klopfte ich an die Tür und wartete.

Als keine Antwort erfolgte, klopfte ich wieder.

Kein Ton drang von innen an mein Ohr.

Von gewaltiger Neugier getrieben, versuchte ich jetzt, die Tür zu öffnen. Sie schwang nach einer leisen Berührung auf. Ich zögerte noch und blickte mich um. Niemand war zu sehen. Mindestens zwei der Häuser in der Nachbarschaft waren unbewohnt, und falls ich beobachtet wurde, so bemerkte ich nichts davon.

Ich öffnete die Tür und betrat das Haus. Ein paar Augenblicke stand ich mit dem Rücken zur Tür, um meine Augen an das Zwielicht zu gewöhnen, das die Räume erfüllte. Dann schlich ich vorsichtig durch das kleine Vorzimmer in den angrenzenden Raum, einen Salon, der nur spärlich mit einer mindestens zwei Jahrzehnte alten Roßhaargarnitur möbliert war. Es gab keine Anzeichen, daß hier ein menschliches Wesen wohnte, doch Hinweise, daß erst vor kurzem jemand hier gewesen war: eine Spur führte durch den Staub auf dem bloßen Fußboden. Ich durchquerte den Salon und betrat ein kleines Eßzimmer, dann gelangte ich in eine Küche, die wie die anderen Räume keine Spuren des Gebrauchs aufwies. Es waren keinerlei Nahrungsmittel zu sehen, und der Tisch schien seit Jahrzehnten nicht mehr benutzt worden zu sein. Und doch gab es auch hier Fußspuren in beträchtlicher Anzahl, was darauf hinwies, daß das Haus bewohnt war. Auch die

Treppe zeigte die Spuren reger Benutzung.

Die gegenüberliegende Seite des Hauses jedoch lieferte mir die bestürzendsten Enthüllungen. Diese Gebäudeseite bestand aus einem einzigen großen Raum, der einst drei Zimmer umfaßt hatte, deren Zwischenwände aber entfernt worden waren, ohne daß man die Bruchstellen an der Außenwand verputzt hätte. Ich bemerkte dies mit einem flüchtigen Blick, denn was sich inmitten des Raumes befand, zog meine Aufmerksamkeit völlig auf sich. Der Raum war in ein violettes Licht getaucht, ein sanftes Glühen, das von etwas ausging, was wie eine lange, glasumschlossene Scheibe aussah, die zusammen mit einer ähnlichen, doch unbeleuchteten zweiten Scheibe von einer Maschinerie umgeben war, wie ich sie zuvor höchstens im Traum gesehen hatte.

Ich ging vorsichtig in den Raum, auf der Hut vor jedem, der mich am Eintreten hindern mochte. Niemand und nichts bewegte sich. Ich trat an den violett beleuchteten Glasbehälter heran und sah, daß etwas darin lag, was ich jedoch zunächst nicht wahrnahm, weil ich nur darauf achtete, worauf es lag – nämlich auf einem lebensgroßen Porträt Edgar Allan Poes, das wie alles übrige von demselben pulsierenden violetten Licht erleuchtet war, über dessen Ursprung ich nichts weiter feststellen konnte, als daß es von der glasähnlichen Substanz umschlossen war, aus welcher der Behälter bestand. Aber als ich schließlich auf das blickte, was auf dem Abbild von Poe lag, schrie ich vor Überraschung und Furcht beinahe auf. Es war, in Miniatur, nichts anderes als eine präzise Nachbildung eines der runzeligen Kegel, die ich in der Halluzination erblickt hatte, welche erst letzte Nacht in der Angell Street in mir ausglöst worden war. Und die Schlangenbewegung der Tentakel an seinem Kopf – oder was ich für seinen Kopf hielt – war der unzweifelhafte Beweis dafür, daß es lebte!

Ich trat hastig zurück und warf nur einen flüchtigen Blick auf den anderen Behälter, um mich zu vergewissern, daß er leer und nicht belegt war, wenn ihn auch viele Metallröhren mit dem beleuchteten Parallelbehälter verbanden; dann flüchtete ich so geräuschlos wie möglich, denn ich war überzeugt, daß die nächtliche Brüderschaft oben schlief, und in meiner Verwirrung über diese unerklärliche Enthüllung, die die Halluzination aus der Nacht zuvor in eine neue Perspektive rückte, wollte ich niemandem begegnen. Ich entkam unentdeckt aus dem Haus, obwohl ich an einem der oberen Fenster kurz ein Poe-ähnliches Gesicht zu sehen glaubte.

Ich lief den Weg hinunter und durch die Straßen zurück, die zwischen dem Seekonk und dem Providence River lagen, und lief viele Häuserblocks lang, bevor ich in eine normale Gangart verfiel, denn meine wilde Flucht begann Aufmerksamkeit zu erregen.

Während ich weiterging, rang ich darum, meine chaotischen Gedanken zu ordnen. Ich konnte für das, was ich gesehen hatte, keine Erklärung beibringen, aber ich erfaßte intuitiv, daß ich auf eine böse Bedrohung gestoßen war, die zu dunkel, zu abweisend und vielleicht für mein Verständnis auch zu ungeheuerlich war. Ich suchte fieberhaft nach einem Sinn und fand keinen; mein Verstand war, von Chemie und Astronomie abgesehen, nie wissenschaftlich ausgerichtet gewesen, so daß mir das Rüstzeug fehlte, den Zweck der großen Maschinen zu verstehen, die ich in dem Haus gesehen hatte, rings um die violett beleuchtete Scheibe, worauf der runzelige Leib in einer warmen, lebensspendenden Strahlung lag – ich war wirklich nicht einmal imstande, die Maschinerie zu begreifen, denn sie hatte nur die entfernteste Ähnlichkeit mit etwas, was ich zuvor schon gesehen hatte, und zwar mit den Dynamos in einem Kraftwerk. Sie waren alle irgendwie mit den zwei Scheiben und dem Glasbehälter verbunden gewesen – falls es sich bei jener Substanz um Glas handelte –, der eine Behälter war belegt, der andere dunkel und leer trotz aller Röhren, die beide verbanden.

Ich hatte jedoch genug gesehen, um zu der Überzeugung zu gelangen, daß die dunkelgekleidete Brüderschaft, die des Nachts in den Straßen von Providence in der Verkleidung Edgar Allan Poes umging, dabei einen anderen Zweck verfolgte als ich; sie wurden nicht von einfacher Neugier auf die Gestalten der Nacht, auf andere nächtliche Spaziergänger umgetrieben. Vielleicht war die Dunkelheit ebenso ihr natürliches Element, wie das Tageslicht das natürliche Element der meisten Menschen ist; ich konnte jedoch nicht mehr daran zweifeln, daß sie einen finsteren Zweck verfolgten. Zugleich aber tappte ich völlig im dunkeln, was ich als nächstes tun sollte.

Schließlich wandte ich meine Schritte zur Bibliothek, in der vagen Hoffnung, dort etwas zu finden, das mir einen Fingerzeig liefern würde, der mich dem Verständnis des Gesehenen näherbrachte.

Aber dort gab es nichts. So sehr ich auch suchte, ich fand keinen Schlüssel, keinen Hinweis, obwohl ich alles las, was möglicherweise damit zu tun haben konnte – selbst die Werke über Poe in Providence, die ich in den Regalen fand, und ich verließ die

Bibliothek am späten Nachmittag so verwirrt wie vorher.

Vielleicht war es unausweichlich, daß ich Mr. Allan in jener Nacht wiedersah. Ich konnte nicht wissen, ob mein Besuch in seinem Haus beobachtet worden war, obwohl ich glaubte, ich hätte während meiner Flucht einen Beobachter in einem der oberen Fenster erspäht, und sah der Begegnung mit ihm daher mit Bangen entgegen. Diese Befürchtung war offensichtlich grundlos, denn als ich ihn auf der Benefit Street grüßte, verriet nichts in seinem Benehmen oder seinen Worten eine Veränderung in seiner Haltung, wie ich sie erwartet hätte, wenn mein Eindringen bemerkt worden wäre. Doch wußte ich recht gut, daß er fähig war, ausdruckslos zu bleiben – Humor, Abscheu, selbst Zorn oder Verärgerung waren seinen Gesichtszügen fremd, die niemals von jener nach innen gewandten Maske abwichen, die wesentlich jene Poes war.

»Ich hoffe, Sie haben sich von unserem Experiment erholt, Mr. Phillips«, sagte er, nachdem wir die üblichen Höflichkeitsfloskeln ausgetauscht hatten.

»Vollauf«, erwiderte ich, obwohl es nicht der Wahrheit entsprach. Ich fügte etwas über einen plötzlichen Schwindelanfall hinzu, um zu erklären, warum ich das Experiment vorzeitig beendet hatte.

»Was Sie sahen, ist bloß eine der Welten da draußen, Mr. Phillips«, fuhr Mr. Allan fort. »Es gibt deren viele – bis zu hunderttausend. Es gibt nicht nur auf der Erde Leben. Es handelt sich auch nicht um Leben in menschlicher Gestalt. Das Leben nimmt auf anderen Planeten und fernen Sternen viele Formen an, Formen, die dem Menschen bizarr erscheinen würden, so wie das menschliche Leben anderen Lebensformen bizarr erscheint.«

Diesmal war Mr. Allan ausnahmsweise mitteilungsfreudig, und ich wußte nur wenig zu erwidern. Ob ich auch das Gesehene einer Halluzination zuschrieb – selbst angesichts meiner Entdeckung im Haus meines Begleiters –, so war er selbst doch von der Wahrheit seiner Worte überzeugt. Er sprach von vielen Welten, als wäre er mit ihnen vertraut. Gelegentlich sprach er beinahe mit Ehrfurcht von bestimmten Lebensformen, besonders von jenen, welche die erstaunliche Fähigkeit besaßen, die Gestalt der Lebensformen auf anderen Planeten anzunehmen auf der unaufhörlichen Suche nach Bedingungen, die für ihr Überleben notwendig waren.

»Der Stern, den ich sah«, warf ich ein, »lag im Sterben.«

»Ja«, erwiderte er schlicht.

»Sie haben ihn gesehen?«

»Ich habe ihn gesehen, Mr. Phillips.«

Ich hörte es mit Erleichterung. Da es augenscheinlich unmöglich war, daß man aus der Nähe einen Blick auf das Leben im Weltraum werfen konnte, war das Erlebte nichts weiter als eine von Mr. Allan und seinen Brüdern übermittelte Halluzination. Gewiß eine telepathische Übermittlung, unterstützt von einer Form von Hypnose, die ich vorher nicht erlebt hatte. Dennoch konnte ich mich des beunruhigenden Gefühls des Bösen nicht erwehren, das meinen nächtlichen Gefährten umgab, noch der bedrückenden Empfindung, daß die von mir so bereitwillig akzeptierte Erklärung unglücklicherweise allzu eingängig war.

Sobald es möglich war, ohne den Anstand zu verletzen, entschuldigte ich mich bei Mr. Allan und verabschiedete mich. Ich eilte direkt zum Athenaeum in der Hoffnung, Rose Dexter dort zu treffen. Aber falls sie dort gewesen war, war sie bereits gegangen. Von einem öffentlichen Telefon im Gebäude rief ich sie zu Hause an.

Ich gestehe, daß ich sofort ein Gefühl der Genugtuung empfand, als sie abhob.

»Hast du heute abend Mr. Allan getroffen?« fragte ich.

»Ja«, erwiderte sie. »Aber nur für ein paar Augenblicke. Ich war auf dem Weg zur Bibliothek.«

»Ich auch.«

»Er lud mich für irgendwann zu sich nach Hause ein, um einem Experiment beizuwohnen.«

»Geh nicht«, erwiderte ich sofort.

Es gab einen langen Augenblick des Schweigens am anderen Ende des Drahtes. Dann: »Warum nicht?« Unglücklicherweise achtete ich nicht auf ihren streitsüchtigen Tonfall.

»Es wäre besser, du würdest nicht gehen«, sagte ich mit all der Entschiedenheit, die ich aufbringen konnte.

»Glaubst du nicht, daß ich das am besten beurteilen kann, Mr. Phillips?«

Ich beeilte mich, ihr zu versichern, daß ich nicht den Wunsch hegte, ihr Vorschriften zu machen, sondern nur darauf hinweisen wollte, daß es gefährlich sein könnte, der Einladung nachzukommen.

»Warum?«

»Ich kann dir das nicht am Telefon erklären«, antwortete ich im vollen Bewußtsein, wie lahm das klang.

Noch während ich das sagte, wußte ich, daß ich all die entsetzlichen Vermutungen, die in meinem Kopf Gestalt anzunehmen begonnen hatten, vielleicht nicht in Worte fassen konnte, denn sie waren so phantastisch, so abseitig, daß man nicht erwarten konnte, daß sie jemand glaubte.

»Ich werde es mir überlegen«, sagte sie schnippisch.

»Ich werde es zu erklären versuchen, wenn ich dich treffe«, versprach ich.

Sie wünschte mir gute Nacht und legte mit einem Starrsinn auf, der nichts Gutes verhieß und mich in tiefe Besorgnis stürzte.

V

Ich komme jetzt zu den letzten apokalyptischen Ereignissen, die Mr. Allan und das Geheimnis, welches das Haus auf dem vergessenen Hügel umgab, betreffen. Selbst jetzt zögere ich noch, sie niederzuschreiben, denn mir ist klar, daß nur die Anklage gegen mich erweitert werden wird, um nun auch ernste Zweifel an meiner geistigen Gesundheit einzuschließen. Dennoch steht mir kein anderer Weg offen. Wahrlich, die ganze Zukunft der Menschheit, der ganze weitere Verlauf dessen, was wir Zivilisation nennen, wird vielleicht von dem beeinflußt, was ich hierüber schreibe oder verschweige. Denn die Krönung der Ereignisse folgte rasch und natürlich auf mein Gespräch mit Rose Dexter, jenen unbefriedigenden Wortwechsel am Telefon.

Nach einem ruhelosen, quälenden Arbeitstag kam ich zu dem Schluß, daß ich Rose eine handfeste Erklärung liefern mußte. Am Abend ging ich daher früh in die Bibliothek, wo ich sie gewöhnlich traf, und postierte mich so, daß ich den Haupteingang im Auge behalten konnte. Dort wartete ich gut eine Stunde, bevor mir der Gedanke kam, daß sie diesen Abend vielleicht nicht in die Bibliothek kommen würde.

Wieder einmal ging ich in der Absicht ans Telefon, sie zu fragen, ob ich sie besuchen und meine Forderung aus der Nacht zuvor erklären dürfe.

Nicht Rose hob ab, sondern ihre Schwägerin.

Rose war ausgegangen. »Ein Herr hat sie abgeholt.«

»Kannten Sie den Mann?« fragte ich.

»Nein, Mr. Phillips.«

»Hat er seinen Namen genannt?«

Sie hatte nichts dergleichen gehört. Sie hatte nur einen Blick auf ihn erhascht, als Rose hinauseilte, um ihn zu treffen. Auf meine drängenden Fragen gab sie zu, daß Roses Besucher einen Schnurrbart getragen hatte.

Mr. Allan! Ich brauchte keine weiteren Nachforschungen mehr anzustellen.

Nachdem ich aufgelegt hatte, war mir nicht sofort klar, was ich tun sollte. Vielleicht gingen Rose und Mr. Allan nur auf der Benefit Street spazieren. Vielleicht aber waren sie zu dem geheimnisvollen Haus unterwegs. Der bloße Gedanke daran erfüllte mich mit solcher Besorgnis, daß ich den Kopf verlor.

Ich stürzte aus der Bibliothek und eilte nach Hause. Es war zehn Uhr, als ich das Haus in der Angell Street erreichte. Zum Glück schlief meine Mutter bereits; daher war es mir möglich, die Pistole meines Vaters an mich zu nehmen, ohne sie zu beunruhigen. Solcherart bewaffnet, eilte ich neuerlich ins nachtschlafene Providence hinaus und lief Häuserblock um Häuserblock in Richtung des Seekonk und jenes Hügels, auf dem Mr. Allans seltsames Haus stand, ohne in meiner kopflosen Hast daran zu denken, welches Schauspiel ich den anderen nächtlichen Spaziergängern bot. Ich scherte mich auch nicht darum, denn vielleicht stand Roses Leben auf dem Spiel – und dahinter ragte in vagen Umrissen ein weit größeres und entsetzlicheres Übel auf.

Als ich das Haus erreichte, in dem Mr. Allan verschwunden war, bemerkte ich überrascht, wie verlassen es mit seinen unbeleuchteten Fenstern dastand. Da ich außer Atem war, betrat ich es nicht sofort, sondern wartete eine Minute lang, um Luft zu holen und meinen rasenden Puls zu beruhigen. Dann näherte ich mich leise dem Haus, wobei ich stets im Schatten blieb und nach jedem Lichtschimmer Ausschau hielt.

Ich kroch von der Vorderseite des Hauses zur Rückseite. Nicht der kleinste Lichtstrahl war zu sehen. Ich konnte jedoch gerade noch ein leises summendes Geräusch vibrieren hören, wie das Summen einer Hochspannungsleitung bei Wind und Wetter. Ich ging zur gegenüberliegenden Seite des Hauses hinüber, wo ich eine Spur von Licht erblickte – kein gelbes Licht wie von einer Lampe, sondern eine bleiche bläuliche Strahlung, die schwach, sehr schwach, aus der Wand hervorzuglühen schien.

Ich zuckte zurück, denn ich erinnerte mich nur zu wohl, was ich im Haus gesehen hatte.

Ich durfte jedoch nicht passiv bleiben, sondern mußte wissen, ob sich Rose in dem verdunkelten Haus befand – vielleicht in dem Raum mit den unbekannten Maschinen und dem in violette Strahlung getauchten Ungeheuer in seinem Glasbehälter.

Ich glitt zur Vorderseite des Hauses zurück und ging die Stufen zur Eingangstür empor.

Wieder war die Tür unverschlossen. Sie gab unter dem Druck meiner Hände nach. Ich hielt nur lang genug inne, um die geladene Waffe in die Hand zu nehmen, dann drückte ich die Tür auf und trat ins Vorzimmer. Einen Augenblick lang hielt ich inne, damit sich meine Augen an die Finsternis gewöhnen konnten. Das summende Geräusch, das ich gehört hatte, war nun deutlicher wahrzunehmen, und zugleich noch etwas anderes, derselbe Gesang, der mich in den hypnotischen Zustand versetzt hatte, in dessen Verlauf ich die verstörende Vision, angeblich vom Leben in einer anderen Welt, erlebt hatte.

Ich glaubte, seine Bedeutung sofort zu verstehen. Rose mußte bei Mr. Allan und seinen Brüdern sein und ein ähnliches Erlebnis durchmachen.

Ich wollte, es wäre weiter nichts gewesen!

Denn als ich in den großen Raum auf der anderen Seite des Hauses vordrang, erblickte ich etwas, was sich meinem Geist auf ewig eingeprägt hat. Im Zimmer lagen, von der Strahlung aus dem Glasbehälter erleuchtet, Mr. Allan und seine identischen Brüder reglos auf dem Fußboden um die Zwillingsbehälter und stimmten ihren Singsang an. An der anderen Wand lehnte achtlos beiseitegestellt die lebensgroße Abbildung Poes, die ich inmitten der violetten Strahlung unter jener unheimlichen Kreatur im Glasbehälter gesehen hatte. Es waren jedoch nicht Mr. Allan und seine Brüder, die mich so tief berührten und abstießen – es war das, was ich in den Glasbehältern erblickte!

Denn in dem einen, der das Zimmer mit seiner heftig pulsierenden violetten Strahlung erhellte, lag Rose Dexter voll bekleidet und unzweifelhaft unter Hypnose – und auf ihr lag, stark gedehnt und mit den Tentakeln wild um sich schlagend, die verrunzelte kegelähnliche Gestalt, die ich zuletzt zusammengeschrumpft auf dem Abbild Poes erblickt hatte. Und in dem damit verbundenen

Glasbehälter daneben – es fällt mir selbst jetzt noch schwer, das niederzuschreiben – lag, bis in die kleinste Einzelheit identisch, *ein vollkommenes Ebenbild von Rose!*

Was dann geschah, verschwimmt in meinem Gedächtnis. Ich weiß, daß ich die Beherrschung verlor, daß ich blindlings auf die Glasbehälter schoß, in der Absicht, sie zu zertrümmern. Bestimmt traf ich einen oder auch beide, denn mit dem Einschlag verschwand die Strahlung, der Raum wurde in völlige Finsternis getaucht, Mr. Allan und seine Brüder gaben Schreie der Furcht und der Bestürzung von sich, und inmitten einer Reihe von Explosionsgeräuschen, die von den Maschinen ertönten, stürzte ich nach vorn und nahm Rose Dexter in die Arme.

Irgendwie gelangte ich mit ihr auf die Straße.

Als ich zurückblickte, sah ich, daß die Flammen schon aus den Fenstern des verfluchten Hauses schlugen, und dann stürzte ohne Vorwarnung die Nordmauer des Hauses in sich zusammen und etwas – ein Gegenstand, den ich nicht erkannte – schoß aus dem nunmehr brennenden Haus und verschwand droben am Himmel. Ich floh, Rose noch immer auf den Armen.

Als sie das Bewußtsein wiedererlangte, wurde sie hysterisch, aber es gelang mir, sie zu beruhigen, und schließlich verstummte sie und sagte nichts mehr. Schweigend geleitete ich sie nach Hause, denn ich wußte, wie entsetzlich ihr Erlebnis sie getroffen haben mußte, und ich beschloß, nichts zu sagen, bis sie völlig wiederhergestellt war.

In der folgenden Woche erkannte ich deutlich, was in dem Haus auf dem Hügel vor sich gegangen war. Aber die Anklage wegen Brandstiftung – die statt einer weit ernsteren gegen mich erhoben worden war, hatte ich doch die Pistole in dem brennenden Haus zurückgelassen – machte die Polizei blind gegen alles, was über diese Banalitäten hinausgeht. Ich versuchte, es ihnen zu erklären, bestand darauf, daß sie Rose einvernehmen, wenn sie wieder soweit ist, daß sie reden kann – und will. Ich kann ihnen nicht verständlich machen, was ich selbst nur zu gut verstehe. Die Tatsachen jedoch liegen unausweichlich auf der Hand.

Es heißt, das verbrannte Fleisch, das in dem Haus gefunden wurde, sei zum Großteil nicht das Fleisch von Menschen. Aber war etwas anderes zu erwarten? Sieben Männer nach dem Ebenbild von Edgar Allan Poe? Gewiß muß der Polizei klar sein, daß das, was in dem Haus war, von einer anderen, sterbenden Welt kam, um auf der Erde eine Invasion durchzuführen und sie schließlich in Besitz zu nehmen, indem sich diese Wesen in Menschengestalt vervielfältigten! Es muß der Polizei doch bekannt sein, daß das erste Modell, das sie wählten, nur durch Zufall eine Abbildung von Poe war, da sie nicht wußten, daß Poe kein Durchschnittsmensch war! Die Polizei muß doch ebenso wie ich wissen, daß der runzelige, tentakelbewehrte Kegel in der violetten Strahlung die Quelle ihres materiellen Ichs war, daß die Maschinen und die Röhren – die, wie die Polizei behauptet, vom Feuer zu schwer beschädigt waren, um eine Identifizierung zu erlauben, als hätte man ihre Funktionen in unbeschädigtem Zustand feststellen können! – aus der Materie, die von dem Kegel in dem violetten Licht geliefert wurde, eine Fleischesnachahmung herstellten, Geschöpfe in Menschengestalt nach Poes Abbild!

»Mr. Allan« selbst hat mir den Schlüssel geliefert, wenn ich ihn auch damals nicht erkannte, als ich ihn fragte, warum die Menschheit einer interplanetaren Musterung ausgesetzt war – »Um uns zu bekriegen? Um bei uns einzufallen?« –, und er erwiderte: »Eine höher entwickelte Lebensform bräuchte sich kaum solch primitiver Methoden zu bedienen.« Wäre eine eindeutigere Erklärung für die seltsamen Bewohner des Hauses am Seekonk denkbar? Jetzt ist es natürlich augenscheinlich, daß der Anblick, den mir »Mr. Allan« und seine identischen Brüder in meinem eigenen Haus boten, ein Einblick in das Leben auf dem Planeten der Würfel und runzeligen Kegel war – ihres eigenen.

Und zum Schluß das schlagendste Indiz – es muß jedem unvoreingenommenen Betrachter klar sein, warum sie Rose wollten. Sie hatten vor, ihre Art in der Verkleidung von Männern und Frauen fortzupflanzen, damit sie sich unter uns mischen konnten, unentdeckt, unverdächtig, und um langsam, im Verlauf von Jahrzehnten, vielleicht Jahrhunderten, während ihre Welt starb, die Erde zu übernehmen und für die nach ihnen Kommenden vorzubereiten.

Gott allein weiß, wieviel von ihnen bereits hier unter uns sind.

Später. Bis heute nacht habe ich Rose nicht treffen können, und ich zögere, sie anzurufen. Denn etwas unsagbar Entsetzliches ist mir widerfahren. Ich werde von quälenden Zweifeln befallen. Damals, während des gräßlichen Erlebnisses in dem Durcheinander, das nach meinen Schüssen in dem violett beleuchteten Raum losbrach, kam es mir nicht in den Sinn, aber jetzt habe ich mich zu fragen begonnen, und meine Besorgnis wächst von Stunde zu Stunde. Sie wird nahezu unerträglich. Wie kann ich sicher sein, daß ich in diesen Minuten der Raserei die *wirkliche* Rose Dexter gerettet habe? Wenn ja, wird sie mich sicher heute nacht von den Zweifeln befreien. Wenn nicht – Gott weiß, was ich unwissentlich auf Providence und die Welt losgelassen habe!

Aus *The Providence Journal,* 17. Juli
MÄDCHEN TÖTET ANGREIFER

Rose Dexter, Tochter von Mr. und Mrs. Elisah Dexter aus der Benevolent Street 127, hat letzte Nacht einen jungen Mann abgewehrt und getötet, dem sie vorwarf, er habe sie überfallen. Miß Dexter wurde im Zustand der Hysterie festgenommen, als sie nahe der Kathedrale St. John und dem dazugehörigen Friedhof, in dem der Überfall stattfand, die Benefit Street hinunter floh.

Als Angreifer wurde einer ihrer Bekannten, Arthur Phillips, identifiziert...

Das Grauen vom mittleren Brückenbogen

Die Bishop-Handschrift wurde von den Behörden entdeckt, als sie das Verschwinden des Ambrose Bishop untersuchten. Sie befand sich in einer Flasche, die anscheinend in weitem Bogen in den Wald hinter dem brennenden Haus geworfen worden war. Sie befindet sich noch im Büro des Sheriffs von Arkham, Massachusetts, in Verwahrung.

I

Am siebten Tag seit meiner Abreise aus London erreichte ich jenen Ort in Amerika, wohin meine Vorfahren vor über zweihundert Jahre aus England gekommen waren. Er lag im Herzen einer wildromantischen, einsamen Gegend oberhalb von Dunwich, Massachusetts, am Oberlauf des Miskatonic, und sogar tief hinter den von Dorngestrüpp überwucherten Steinwällen, die einen Großteil des Wegs abseits der Hauptstraße nach Aylesbury einsäumen – in einer Landschaft mit großen alten Bäumen, die sich dunkel zusammendrängen, mit vielen Brombeersträuchern, und hier und da auch, wenn auch unter dem überwuchernden Dickicht kaum zu erkennen, den Ruinen einer Behausung, die seit langem verlassen ist. Ich hätte die Stelle leicht übersehen können, denn der Weg, der zum Haus hinaufführte, welches jetzt völlig hinter Bäumen und Büschen verborgen lag, war seit langem zugewachsen, doch die Überreste einer Steinsäule an der Straße wiesen noch immer die letzten vier Buchstaben des Namens Bishop auf, und daran erkannte ich, daß ich mein Ziel erreicht hatte, den Ort, an dem mein Großonkel Septimus Bishop vor nahezu zwei Jahrzehnten in seinen besten Jahren verschwunden war. Längs des Weges bahnte ich mir einen Pfad, eine halbe Meile bergauf durch Dorngestrüpp und Brombeeren, über die abgebrochenen Äste der Bäume, die ihn säumten.

Das Haus stand am Hang eines Hügels – gedrungen, obwohl es zweistöckig war, und von uneinheitlicher Bauart, denn es bestand zum Teil aus Stein und zum Teil aus Holz, das einst, vor langer Zeit, weiß bemalt gewesen war, aber jetzt die ursprüngliche Farbe bis auf einige Spuren verloren und seit langem schon den ursprünglichen Zustand zurückerlangt hatte. Sofort fiel mir sein ungewöhnlichster Zug auf – anders als die Häuser entlang der Straße, die ganz oder teilweise verfallen waren, stand es unversehrt, Stein auf Stein, und keine einzige Fensterscheibe war in Scherben, obwohl die Witterung dem Holz oberhalb der Fundamente arg mitgespielt hatte, vor allem in der kreisrunden Kuppel, die das Haus krönte, und in der ich mehrere Öffnungen entdeckte, die eindeutig von verfaultem Holz umgeben waren.

Die Tür stand offen, aber die von Säulen getragene Veranda, die dem Haus vorgelagert war, hatte das Innere von den schlimmsten Witterungseinflüssen geschützt. Überdies zeigte sich, daß das Innere des Hauses, obwohl überall dicker Staub lag, anscheinend unversehrt war – kein Vandale hatte Hand an das kleinste Möbelstück gelegt oder auch nur das noch immer geöffnete Buch auf dem Schreibtisch im Arbeitszimmer verrückt, obwohl überall der Schimmel saß und das Haus nach Feuchtigkeit und Moder roch, was wohl kein noch so gründliches Lüften vertreiben und kein noch so beharrliches Reinigen völlig auslöschen würde.

Und doch wollte ich es versuchen, und dieser Entschluß machte eine Rückkehr nach Dunwich erforderlich. Daher machte ich mich wieder auf den Weg zur Hauptstraße – die wenig mehr als ein ausgefahrener Feldweg war –, wo ich den in New York gemieteten Wagen zurückgelassen hatte, und fuhr nach Dunwich zurück, ein heruntergekommenes Dörfchen, das sich zwischen den dunklen Fluten des Miskatonic und der bedrückenden Masse des Round Mountain hinduckte, in dessen Schatten der Weiler ewig zu liegen schien. Dort begab ich mich in den einzigen Gemischtwarenladen des Ortes, der in einer verlassenen Kirche untergebracht war und einem Mann namens Tobias Whateley gehörte.

Obwohl ich einige Erfahrung mit den Bewohnern entlegener Winkel gemacht hatte, war ich kaum auf den Empfang durch den bärtigen, schmalgesichtigen Mann vorbereitet, der herbeikam, um mich zu bedienen, und der fast alle gewünschten Artikel heraussuchte, ohne ein Wort zu sagen, bis ich fertig war und ihn bezahlt hatte.

Dann sah er mir zum ersten Mal voll ins Gesicht. »Wohl fremd hier?«

»Ich – ja«, erwiderte ich. »Komme aus England. Aber ich hatte hier Verwandte. Namens Bishop.«

»Bishop«, sagte er mit einer Simme, die fast ein Flüstern war. »Sie sagten ›Bishop‹?« Dann, als wolle er sich etwas noch einmal bestätigen, von dem ich nichts wußte, fügte er mit festerer Stimme hinzu: »Gibt immer noch Bishops hier in der Gegend. Sie gehör'n da sicher zu?«

»Wohl kaum« erwiderte ich. »Mein Onkel war Septimus Bishop.«

Als der Name fiel, wurde Whateley noch eine Spur blasser. Dann schickte er sich an, die gekauften Artikel wieder von der Ladentheke herunterzuschaffen.

»Lassen Sie das«, sagte ich. »Ich habe dafür bezahlt.«

»Sie kriegen Ihr Geld zurück«, erwiderte er. »Ich verkauf' keinem Verwandten von Septimus Bishop nix.«

Es fiel mir nicht schwer, ihm die gekauften Waren wieder abzunehmen, denn er hatte keine Kraft in den Armen. Er zog sich von der Ladentheke zurück und lehnte sich gegen die Regale dahinter.

»Sie woll'n doch nich' in dies' Haus geh'n?« fragte er wieder mit einem Flüstern. In seinen Zügen zeigte sich eine deutliche Beunruhigung.

»Niemand wird mich daran hindern.«

»Da gib's auch kein' in Dunwich, der 'nen Fuß auf das Grundstück setzen tät' – geschweige denn ins Haus«, versetzte er heftig.

»Warum?« wollte ich wissen.

»Wissen Sie's denn nich'?« fragte er.

»Wenn ich es wüßte, würde ich nicht fragen. Ich weiß nur, daß mein Großonkel vor neunzehn Jahren aus seinem Haus verschwand, und ich bin hier, um Anspruch auf seinen Besitz zu erheben. Wo immer er sich befindet, er muß jetzt tot sein.«

»Der war damals schon tot«, sagte der Ladeninhaber, wieder kaum lauter als wispernd. »Abgemurkst.«

»Wer hat ihn abgemurkst?«

»Die Leute. Die hier in der Gegend leben. Ihn und die Seine.«

»Mein Großonkel hat allein gelebt.«

Mir begannen die Ängste und der Aberglauben dieses Tölpels auf die Nerven zu gehen, und bei seinem offenkundigen Mangel an Wissen über meinen Großonkel Septimus fühlte ich mich zu dem Schluß berechtigt, daß seine Haltung die typische Einstellung der Analphabeten und Ignoranten gegenüber Wissen und Bildung war, wie sie mein Großonkel Septimus besessen hatte.

Whateley hatte zu murmeln begonnen: »...in der Nacht...ha'm ihn und diese andere bei lebend'gem Leib begraben...ha'm se verflucht... und die Häuser sind ihn' eingestürzt, und sie sin' einer nach 'em ander'n gestorben...«

Unter diesem Mißklang verließ ich den Laden mit dem festem Entschluß, alle weiteren Einkäufe in Arkham zu erledigen. Und doch hatten die Worte des alten Ladenbesitzers in mir genügend Zweifel geweckt, so daß ich mich veranlaßt sah, sofort nach Arkham zu fahren, um dort die Archive des *Arkham Advertiser* durchzusehen. Dieser plötzliche Impuls wurde schlecht belohnt, denn im ganzen Monat Juni gab es nur zwei Berichte mit der Ortsangabe Dunwich, darunter einen über Septimus:

»Von Septimus Bishop, der anscheinend vor zehn Tagen aus seinem Haus in der Gegend oberhalb von Dunwich verschwand, hat man nichts mehr gehört. Mr. Bishop war ein Einsiedler und Junggeselle, dem die Einwohner von Dunwich viele abergläubische Fähigkeiten zuzuschreiben pflegten. Manchmal nannten sie ihn einen ›Wunderheiler‹, dann wieder einen ›Zauberer‹. Mr. Bishop, ein großer, schlanker Mann, war zur Zeit seines Verschwindens etwa 57 Jahre alt.«

Der andere berichtete recht amüsant von der Verstärkung eines Brückenpfeilers, der den mittleren Bogen einer nicht mehr benutzten Brücke über den Miskatonic oberhalb von Dunwich trug, was offenbar eine Privatinitiative gewesen war, denn die Bezirksbehörden wiesen die naturgemäß heftige Kritik an der Reparatur einer längst nicht mehr benutzten Brücke zurück und bestritten heftig, das geringste damit zu tun zu haben.

Trotzdem überlegte ich auf der Rückfahrt nach Dunwich und ins Hinterland, daß der Aberglaube der Einheimischen die Haltung von Tobias Whateley zweifellos erklärte, die lediglich die allgemeinen Überzeugungen widerspiegelte, so lachhaft diese auch jemandem erscheinen mochten, der in diesem wissenschaftlichen Zeitalter eine auch nur einigermaßen anständige Erziehung genossen hat, weiß man doch, daß alle solche lächerlichen Vorstellungen wie das Heilen durch Handauflegen oder andere Methoden der Hexenkunst bloß der Ausfluß von Unwissenheit sind. Mein Großonkel Septimus hatte in Harvard studiert und war dem englischen Zweig der Familie Bishop als Bücherwurm bekannt gewesen, der gewiß jeder Form des Aberglaubens mit tiefem Abscheu gegenübergestanden hatte.

Es dämmerte bereits, als ich zum Haus der Bishops zurückkehrte. Mein Großonkel hatte offenbar nie elektrischen Strom oder Gas anschließen lassen, aber es gab sowohl Kerzen wie Petroleumlampen – von denen einige noch immer Petroleum enthielten. Ich zündete eine der Lampen an und bereitete mir ein spartanisches Mahl, wonach ich mir einen Platz im Arbeitszimmer freimachte, wo ich mich ohne allzugroßes Unbehagen hinlegen konnte und sofort in Schlaf fiel.

II

Am Morgen machte ich mich daran, das Haus in Ordnung zu bringen, obwohl mit den verschimmelten Büchern in der Bibliothek nicht mehr anzufangen war, als ein loderndes Feuer im Kamin zu entfachen – es war zwar mitten im Sommer und warm genug – und so diesen Teil des Hauses auszutrocknen.

Bald hatte ich den Staub vom Fußboden des Erdgeschosses gefegt – das aus dem Arbeitszimmer, einem angrenzenden Schlafzimmer, einer kleinen Küche, einer Vorratskammer und einem Zimmer bestand, das wohl als Eßzimmer gedacht gewesen, aber eindeutig auch für andere Zwecke verwendet worden war, denn Berge von Büchern und Papieren wiesen darauf hin, daß es als eine Art Speicher gedient hatte. Ich stieg ins Obergeschoß hinauf, aber bevor ich dort zu arbeiten begann, kletterte ich über eine enge Treppe, die jeweils nur eine Person benutzen konnte, weiter zur Kuppel hinauf.

Die Kuppel war etwas größer als ich angenommen hatte, denn sie bot so viel Raum, daß ein Mensch darin aufrecht stehen und ungehindert umhergehen konnte. Sie hatte offenbar zu astronomischen Beobachtungen gedient, denn in ihr befand sich ein Teleskop, und der Fußboden war aus irgendeinem mir unerklärlichen Grund mit allen möglichen Zeichnungen übersät, in denen Kreise, Fünfecke und Sterne vorherrschten, und außer Büchern über Astronomie gab es kurioserweise auch einige über Astrologie und Weissagung, alle ziemlich alt, eines sogar aus dem Jahr 1623, einige in deutscher Sprache, aber die meisten in Latein. Sie hatten gewiß meinem Großonkel gehört, obwohl ich mir nicht vorstellen konnte, wozu er sie benutzt haben mochte. Zusätzlich zu einer Luke im Norden gab es eine Öffnung, durch die das Teleskop, hatte man seine Schutzhülle abgenommen, gesteckt werden konnte.

Diese Kuppel war überraschenderweise frei von Staub und Fusseln, obwohl es offene Stellen in den Wänden gab, an denen das Holz verfault war, wie ich schon bemerkt hatte, als ich mich dem Haus genähert hatte. An diesen Stellen zeigten sich Wasserschäden vom Regen und Schnee, die aber leicht zu reparieren waren, und es schien mir – falls ich mich schließlich dazu entschließen würde, hier auch nur für kurze Zeit zu wohnen –, daß solche Reparaturen ohne große Kosten durchgeführt werden konnten.

Ich mußte jedoch erst den Zustand der Fundamente des Hauses untersuchen und verließ das Obergeschoß, das, wie ich bei der kurzen Musterung erkannte, nur aus zwei Schlafzimmern, zwei Kammern und einem Vorratsraum bestand, von denen nur ein Schlafzimmer möbliert war und dabei so aussah, als sei es nie seiner Bestimmung entsprechend verwendet worden. Ich stieg wieder in das Erdgeschoß hinab und betrat durch die Tür, die von der Küche aus hinunterführte, den Keller.

Zu meiner gelinden Überraschung erkannte ich im Schein der mitgebrachten Lampe, daß der Kellerboden, der nur die halbe Grundfläche des Hauses umfaßte, mit Ziegeln ausgelegt war, während die Mauern aus halbmeterdickem Kalkstein bestanden, wie die Fensteröffnungen erkennen ließen. Ich hatte einen Fußboden aus Erde erwartet, wie man ihn allgemein in den Kellern alter Häuser findet; nach näherer Betrachtung kam ich zu dem Schluß, daß die Ziegel erst lange nach der Erbauung des Hauses verlegt worden waren, höchstwahrscheinlich von meinem Großonkel Septimus.

In diesen Boden waren an entgegengesetzten Ecken zwei quadratische Falltüren mit großen Eisenringen eingelassen, von denen eine eine Zisterne bedeckte; so jedenfalls schloß ich es aus dem Vorhandensein eines Entwässerungsrohres, das aus der Seitenwand hineinführte, und einer Pumpe, die daraus hervorkam. Der Zweck der anderen jedoch war nicht erkennbar, doch nahm ich an, daß sie einen Obst- oder Gemüsekeller bedeckte, und ging zuversichtlich hin, um sie anzuheben und meine Annahme bestätigt zu finden.

Zu meiner großen Überraschung jedoch deckte ich eine Treppe aus Ziegelstufen auf, die nach unten führte – und wie der Lampenschein enthüllte, als ich die Treppe beleuchtete, gewiß nicht in eine Art von Keller, sondern in einen Gang, in den ich sofort hinunterstieg. Ich gelangte in einen Tunnel, der vom Haus fortführte, und zwar, soweit ich feststellen konnte, in nordwestlicher Richtung längs des Hangs in den Berg hinein. Ich ging in gebückter Haltung ein Stück weit in diesen Tunnel hinein, bis ich an einer Biegung halt machte, denn mir war der Zweck des Tunnels nicht recht geheuer.

Ich war mit jedoch ziemlich sicher, daß der Tunnel von meinem Großonkel erbaut worden war, und wollte schon umkehren, als ich weiter vorn etwas leuchten sah, und ging weiter, bloß um noch einmal auf eine Falltür zu stoßen. Ich öffnete auch sie und blickte in einen großen kreisrunden Raum hinab, in den sieben Ziegelstufen hinunterführten.

Ich konnte dem Verlangen nicht widerstehen, hinunterzusteigen, und blickte mich mit emporgehaltener Lampe um. Auch der Boden dort unten war mit Ziegeln ausgelegt worden, und in ihm befanden sich einige merkwürdige Aufbauten – etwas, was wie ein steinerner Altar für eine Gottheit aussah, und Bänke, auch sie aus Stein. Auf dem Fußboden aber befanden sich unbeholfene Zeichnungen, die denen in der Kuppel des Hauses sehr ähnelten; obwohl ich mir die astronomischen Zeichnungen in der Kuppel erklären konnte, die zum Himmel hin offen war, gelang es mir nicht, einen Grund zu finden, warum es sie hier unten gab.

Vor dem Altar war noch eine weitere Öffnung im Boden. Der große Eisenring lockte mich, aber aus einem unerfindlichen Grund gebot mir die Vorsicht, die Falltür nicht anzuheben. Ich näherte mich nur so weit, daß ich einen Luftzug spüren konnte, der auf eine Lüftung hinwies und vermuten ließ, daß es unter dieser unterirdischen Kammer eine weitere Öffnung nach draußen gab. Dann zog ich mich in den Gang nach oben zurück und ging darin weiter, anstatt ins Haus zurückzukehren.

Nach vielleicht etwas mehr als einem Kilometer kam ich zu einer großen Holztür, die von innen verriegelt war. Ich stellte die Lampe an. Als ich die Tür öffnete, blickte ich auf ein Pflanzendickicht, das den Tunneleingang für jeden Blick von draußen wirkungsvoll verbarg. Ich schob mich weit genug durchs Dickicht und blickte den Hügel hinunter auf die Landschaft, in der ich in einiger Entfernung den Miskatonic sehen konnte und eine steinerne Brücke, die ihn überspannte – nirgendwo aber eine Behausung irgendwelcher Art, nur die Ruinen einstiger Einsiedlerhöfe. Mehr als eine Minute lang betrachtete ich die Aussicht und kehrte dann auf demselben Weg zurück, auf dem ich gekommen war, wobei ich mir darüber den Kopf zerbrach, wofür dieser sorgfältig angelegte Tunnel und der Raum darunter bestanden hatte – und was wohl noch darunter lag, denn es gab keinen Hinweis auf ihre Verwendung, es sei denn die ferne Möglichkeit, es handle sich um einen Geheimgang aus dem Haus für den Notfall.

Nachdem ich wieder im Haus war, verschob ich die Reinigung des Obergeschosses auf einen anderen Tag und machte mich daran, Ordnung in das Arbeitszimmer zu bringen. Auf dem Schreibtisch und dem Boden ringsherum lagen noch immer Papiere, der Stuhl war hastig zurückgeschoben, und so wirkte das Arbeitszimmer, als sei es beim Verschwinden meines Onkels in diesem Zustand zurückgeblieben, als sei er einer plötzlichen Aufforderung gefolgt, ohne Umschweife fortgegangen und nicht mehr zurückgekommen, um das Zimmer in Ordnung zu bringen.

Ich hatte immer geglaubt, daß Großonkel Septimus Bishop ein Mann mit eigenem Vermögen gewesen war und daß er sich mit gelehrten Untersuchungen der einen oder anderen Art befaßt hatte. Vielleicht mit Astronomie – vielleicht sogar mit ihrer Beziehung zur Astrologie, so unwahrscheinlich das klang. Wenn er nur mit den Brüdern korrespondiert hätte, die in England zurückgeblieben waren, oder wenn er eine Art Tagebuch oder Journal oder Notizbuch geführt hätte; aber nichts dergleichen fand sich unter den Papieren, und diese selbst befaßten sich mit obskuren Angelegenheiten, waren mit vielen Diagrammen und Zeichnungen angereichert, von denen ich annahm, daß sie mit Geometrie zu tun hätten, da es sich immer um Winkel und Kurven handelte, die nichts darstellten, was mir bekannt gewesen wäre; ihre Beschriftung war mir unverständlich, da sie nicht in Englisch abgefaßt war, sondern in einer Sprache, die zu alt war, als daß sie mir bekannt gewesen wäre, obwohl ich Latein flüssig lesen konnte und ebenso ein halbes Dutzend anderer Sprachen, die in Europa noch gesprochen wurden.

Es fanden sich aber auch einige sorgfältig gebündelte Briefe, und nach einem leichten Mittagessen aus Käse, Brot und Kaffee schaute ich sie mir an. Schon der erste dieser Briefe versetzte mich in Erstaunen. Er trug die Überschrift »Sternenweisheit« und wies keine Adresse auf. Mit breiter Feder und in schwungvoller Handschrift stand dort geschrieben:

»Lieber Bruder Bishop,
im Namen des Azathot, beim Zeichen des Leuchtenden Trape-

zoeders werden Dir alle Dinge bekannt werden, wenn der Spuk im Dunkeln angerufen wird. Kein Licht darf es geben, denn Er, der in der Dunkelheit wandelt, kommt ungesehen und meidet das Licht. Alle Geheimnisse des Himmels und der Hölle werden Dir eröffnet werden. Alle Geheimnisse von Welten, die auf Erden unbekannt sind, werden Dein sein.

Sei geduldig. Trotz vieler Rückschläge blühen wir hier in Providence noch immer im verborgenen.«

Die Unterschrift war nicht zu entziffern, aber ich glaubte, sie sollte »Asenath Bowen« oder »Brown« heißen. Dieser erste erstaunliche Brief gab für beinahe alle übrigen den Ton an. Es handelte sich fast ausnahmslos um höchst esoterische Mitteilungen über mystische Angelegenheiten jenseits meines Gesichtskreises und – unfaßbar für jeden anderen Menschen, denn diese Angelegenheiten gehörten einem Zeitalter des Aberglaubens an, der seit dem Mittelalter fast völlig in Vergessenheit geraten war, und was mein Großonkel mit solchen Dingen zu tun hatte, war mir schleierhaft – es sei denn, er erforschte wirklich, wie sich abergläubische Riten und Praktiken bis in seine Zeit erhalten hatten.

Ich las sie einen nach dem anderen. Mein Großonkel wurde im Namen des Großen Cthulhu, Hasturs des Unaussprechlichen, Shub-Nigguraths, Belials, Beelzebubs und vieler anderer begrüßt. Mein Onkel schien mit jeder Sorte von Quacksalbern und Scharlatanen in Verbindung gestanden zu haben, mit selbsternannten Hexenmeistern und abtrünnigen Priestern. Es gab jedoch einen halbgelehrten Brief, der den anderen ganz unähnlich war. Er war in einer schwer zu entziffernden Handschrift verfaßt, obwohl die Unterschrift – Wilbur Whateley – leicht zu lesen war; das Datum, 17. Januar 1928, wie auch der Ort – das nahe Dunwich – boten mir keine Schwierigkeiten. Der Brief selbst erwies sich als faszinierend, sobald ich ihn erst entziffert hatte.

»Lieber Mr. Bishop,

jawohl, mit Hilfe der Dho-Formel ist es möglich, die innere Stadt an den Magnetpolen zu entdecken. Ich habe sie gesehen und hoffe, bald dorthin zu gelangen. Sobald die Erde gesäubert ist. Wenn Sie nach Dunwich kommen, besuchen Sie die Farm, und ich werde Ihnen die Dho-Formel aufsagen. Und die Dho-Hna. Und Ihnen die Winkel der Ebenen und die Formeln zwischen Yr und Nhhngr erklären.

Die aus der Luft können nicht ohne Menschenblut Hilfe leisten.

Sie formen daraus den Leib, wie Sie wissen. Auch Sie werden dazu imstande sein, sollten Sie von etwas anderem als dem Zeichen vernichtet werden. Hier in der Gegend gibt es welche, die das Zeichen und seine Macht kennen. Reden Sie nicht unnütz. Hüten Sie Ihre Zunge, selbst beim Sabbath.

Ich habe Sie dort gesehen – und auch das, was Sie in Frauengestalt begleitete. Aber jene, die ich angerufen hatte, verliehen mir den Blick, mit dem ich sie in ihrer wahren Gestalt erkannte, die Sie auch gesehen haben müssen. Daher glaube ich, daß Sie eines Tages auf das blicken werden, was ich nach meinem Ebenbild heraufbe-schwören kann, und es wird Sie nicht erschrecken.

Ich bin der Ihre in Seinem Namen, Der Nicht Genannt Werden Darf.«

Der Autor mußte gewiß zur nämlichen Familie wie Tobias gehört haben, der dieses Haus so mied. Kein Wunder also, daß der Bursche voller Furcht und Aberglaube steckte; er mußte sie aus erster Hand in greifbarer Form erlebt haben, als sie ihm mein Großonkel hätte bieten können. Und wenn Großonkel Septimus mit Wilbur Whateley befreundet war, kam es nicht überraschend, daß ihn ein anderer Whateley auch im Verdacht hatte, dasselbe zu sein wie Wilbur. Was immer der gewesen sein mochte. Aber wie war die Freundschaft zu erklären? Offenbar gab es vieles, was ich von meinem Großonkel nicht wußte.

Ich schnürte die Briefe wieder zusammen und legte sie dorthin zurück, wo ich sie gefunden hatte. Als nächstes wandte ich mich einem Kuvert mit Zeitungsausschnitten zu – sie stammten, wie ich annahm, alle aus dem *Arkham Advertiser,* dessen Satzbild mir vertraut war, und ich fand sie nicht weniger rätselhaft als die Briefe, denn es handelte sich um Berichte von Menschen, haupt-sächlich Kindern und jungen Leuten, die in der Umgebung von Dunwich und Arkham auf geheimnisvolle Weise verschwunden waren – offensichtlich genauso, wie es auch Großonkel Septimus schließlich widerfahren war. Ein Zeitungsausschnitt befaßte sich mit der Wut der Einheimischen, die einen nicht genannten Nach-barn als Urheber der Entführungen verdächtigten; sie stießen Drohungen aus, sie würden die Sache selbst in die Hand nehmen, da die örtlichen Polizeibehörden sie im Stich gelassen hätten. Vielleicht hatte sich mein Großonkel mit der Aufklärung des Verschwindens befaßt.

Ich legte auch sie beiseite und ließ mir, während ich sitzen blieb, das Gelesene durch den Kopf gehen, wobei mich etwas beunruhigte, woran ich mich aus Wilbur Whateleys Brief erinnerte. *»Ich habe Sie dort gesehen – und auch das, was Sie in Frauengestalt begleitete.«* Und ich erinnerte mich daran, wie Tobias Whateley von seinem Großonkel als »Ihm und die Seine« gesprochen hatte. Ermordet. Vielleicht hatten die abergläubischen Einheimischen Großonkel Septimus die Schuld am Verschwinden der Menschen gegeben und sich an ihm gerächt.

Plötzlich verspürte ich das Bedürfnis, dem Haus für eine kleine Weile zu entrinnen. Der Nachmittag war zur Hälfte verstrichen, und das Bedürfnis nach frischer Luft war stark, da ich so lange Zeit in dem modrigen Haus verbracht hatte. Ich ging also nach draußen, wieder zur Straße, und kehrte Dunwich den Rücken, fast als würde ich dazu gezwungen, denn ich war begierig, das Gebiet jenseits des Hauses der Bishops kennenzulernen. Ich war mir sicher, daß die Aussicht, die ich von der Tunnelöffnung am Hügelhang genossen hatte, ungefähr in dieser Richtung zu finden war.

Ich erwartete, daß das Land wildromantisch sein würde, und das war es auch. Die Straße, die hindurchführte, wurde offenbar wenig benutzt, hauptsächlich wohl vom Landbriefträger. Bäume und Gebüsch rückten von beiden Rändern nah an die Straße und von Zeit zu Zeit ragten die Berge auf einer Seite drohend auf, denn auf der anderen befand sich das Tal des Miskatonic, der manchmal nahe längs der Straße verlief und sich dann wieder im weiten Bogen abwandte. Das Land war völlig verlassen, obwohl es Felder gab, die eindeutig bestellt wurden, denn Weizen gedieh hier für jene auswärtigen Farmer, die die Felder bebauten. Es gab keine Häuser, nur die Ruinen verlassener Gebäude, keine Rinder, nichts außer der Straße wies auf menschliche Besiedlung aus jüngster Zeit hin, denn die Straße führte doch irgendwohin, und vermutlich an einen Ort, wo Menschen lebten.

An einer Stelle in einiger Entfernung vom Fluß stieß ich auf eine Seitenstraße, die nach rechts abzweigte. Ein schiefer Wegweiser trug die Inschrift »Crary Road«. Eine alte Absperrung quer zur Fahrbahn, die selbst schon völlig zugewachsen war, kennzeichnete sie als »Gesperrt«, und darunter war ein weiteres Hinweisschild angebracht, das besagte: »Brücke nicht betretbar!« Dieses Schild bewog mich, den Weg einzuschlagen. So ging ich denn auf ihm entlang, kämpfte mich an die achthundert Meter weit durch

Gebüsch und Brombeersträucher und gelangte so an den Miskatonic, wo einst der Verkehr über eine Steinbrücke geführt worden
war.

Die Brücke war sehr alt, und nur der mittlere Brückenbogen
stand noch, getragen von zwei steinernen Pfeilern, deren einer mit
einer dicken unförmigen Betonschicht verstärkt worden war, auf
die, wer immer sie angebracht hatte, ein großer fünfzackiger Stern
eingeritzt und in dessen Mittelpunkt einen Stein von derselben
ungefähren Form, doch recht klein im Vergleich zum Umriß,
eingefügt war. Der Fluß hatte beide Brückenköpfe weggerissen
und damit auch die Brückenbögen auf beiden Seiten einstürzen
lassen, so daß nur der mittlere Brückenbogen noch als ein Symbol
für die Zivilisation stand, die einst in diesem Tal geblüht hatte und
seitdem dahingegangen war. Mir kam in den Sinn, daß dies
vielleicht die Brücke war, über die der *Arkham Advertiser* berichtet hatte, daß sie verstärkt worden war, wiewohl sie nicht mehr
benutzt wurde.

Seltsamerweise übte die Brücke – oder was von ihr noch übrig
war – auf mich eine merkwürdige Anziehungskraft aus, obwohl
ihre Architektur sehr primitiv war; es handelte sich um einen
reinen Nutzbau, der nie als ästhetisches Objekt errichtet worden
war; und doch hatte sie, wie viele alte Dinge, den Reiz hohen
Alters, auch wenn die Betonverstärkung diesen Reiz in jeder
Hinsicht minderte. Sie wirkte wie eine große Blase oder Wölbung
vom Fundament bis fast nach oben. Bei ihrer Betrachtung war mir
unverständlich, wie sie überhaupt als Verstärkung des Pfeilers
dienen konnte, wo doch beide Pfeiler sehr alt waren, zerbröckelten
und nicht lange stehen würden, weil das Wasser ihr Fundament
unterspülte. Der Miskatonic war hier sichtlich nicht sehr tief, aber
von beträchtlicher Breite und umspülte beide Pfeiler, die den
mittleren Brückenbogen trugen.

Ich starrte auf den Bau und versuchte sein Alter abzuschätzen, als
sich die Sonne plötzlich verdunkelte. Ich drehte mich um und
bemerkte, daß große Berge von Kumulus-Nimbus-Wolken von
Westen und Südwesten herandrängten, was auf Regen hindeutete.
So verließ ich denn die Ruine der Brücke und ging zu dem Haus
zurück, das die Heimstätte meines Großonkels Septimus Bishop
gewesen war.

Ich tat gut daran, denn der Sturm brach innerhalb einer Stunde
los, gefolgt von einem weiteren und noch einem; die ganze Nacht

über donnerte und blitzte es, und Stunde um Stunde fiel wolkenbruchartiger Regen, der während all der Stunden der Dunkelheit
in unzähligen Sturzbächen und Wasserfluten vom Dach strömte.

III

Vielleicht war es nur natürlich, daß ich an dem frischen, regennassen Morgen neuerlich an die Brücke dachte. Vielleicht war es aber
auch ein Drang, dessen Ursprung mir unbekannt war. Der Regen
war jetzt seit drei Stunden vorbei; die Sturzbäche und Wasserfluten waren zu winzigen Rinnsalen verkümmert, das Dach trocknete
in der Morgensonne, und in einer weiteren Stunde würden
Gebüsch und Gräser wieder trocken sein.

Gegen Mittag zog ich, von einem Gefühl abenteuerlicher Erwartung erfüllt, wieder los, um mir die alte Brücke anzusehen. Ohne
zu wissen warum, erwartete ich eine Veränderung und fand sie
auch – denn der mittlere Brückenbogen war verschwunden, die
Brückenpfeiler waren eingestürzt, und selbst die gewaltige Betonverstärkung war abgesunken und wies Brandmale auf – offenbar
war sie vom Blitz getroffen worden, der im Verein mit dem
reißenden Strom, zu dem der Miskatonic in der Nacht geworden
sein mußte (denn noch jetzt führte er Hochwasser, war angeschwollen, braun vor Schlamm, und an den Ufern war zu erkennen, daß der Wasserstand in der Nacht noch um mehr als einen
halben Meter höher gewesen war), die uralte Brücke, die einst
Männer, Frauen und Kinder über den Fluß in das nunmehr
verlassene Tal auf der anderen Seite geleitet hatte, endgültig in
Trümmer gelegt hatte.

Die Steine, aus denen die Brückenpfeiler bestanden hatten, waren
recht weit flußab getragen und längs des Ufers angeschwemmt
worden; und die Betonverstärkung lag geborsten und zertrümmert an der Stelle, wo der mittlere Brückenbogen gestanden hatte.
Während ich mit meinen Augen die Bahn der Strömung und die
Ablagerung der Steine verfolgte, fiel mein Blick auf etwas Weißes,
das am nahen Ufer lag, nicht weit vom Wasser entfernt. Ich ging
hinunter und fand etwas, was ich nicht erwartet hatte.

Knochen. Gebleichte Knochen, die vielleicht schon lange im
Wasser gelegen hatten und jetzt von der Strömung freigegeben
worden waren. Vielleicht die Kuh eines Farmers, die vor langer

Zeit ertrunken war. Aber kaum war mir dieser Gedanke durch den Kopf geschossen, da verwarf ich ihn schon wieder, denn die Knochen, auf die mein Blick fiel, waren zumindest zum Teil menschlich, und ich bemerkte jetzt mitten unter ihnen auch einen Menschenschädel.

Nicht alle waren jedoch menschlich, denn unter ihnen befanden sich auch welche, die keine Ähnlichkeit mit irgendwelchen Knochen hatten, die ich je gesehen hatte – lange, dem Anschein nach bewegliche Knochen in Peitschenform wie von einem erst halb ausgebildeten Wesen waren so mit den Menschengebeinen vermischt, daß eine feste Abgrenzung schwerfiel. Es handelte sich um Knochen, die bestattet werden mußten, aber ohne Mitteilung an die zuständigen Behörden konnten sie nicht begraben werden.

Ich sah mich nach etwas um, in dem ich sie tragen konnte, und mein Blick fiel auf eine große Sackleinwand, die ebenfalls vom Miskatonic ans Ufer gespült worden war. Deshalb ging ich hin und hob sie auf, obwohl sie noch immer naß war, und breitete sie neben den Knochen aus. Dann hob ich sie auf, zunächst mit vollen Händen, soweit sie ineinandergeschoben waren, schließlich die Reste einzeln bis zum letzten Fingerknöchelchen. Als ich damit fertig war, band ich die vier Ecken der Leinwand zusammen und trug sie auf diese Weise ins Haus zurück. Ich stellte sie zunächst in den Keller, bis ich sie später nach Dunwich oder vielleicht auch nach Arkham, dem Sitz der Bezirksbehörden, bringen konnte, wobei ich bei mir dachte, daß ich dem Impuls, sie einzusammeln, hätte widerstehen und sie dort lassen sollen, wo ich sie gefunden hatte, was die Behörden zweifellos vorgezogen haben würden.

Ich komme jetzt zu dem Teil meiner Darstellung, der in jeder Hinsicht unglaublich ist. Ich sagte, daß ich die Knochen direkt in den Keller brachte. Es gibt überhaupt keinen Grund, warum ich sie nicht auf der Veranda oder selbst im Arbeitszimmer hätte liegen lassen sollen; und doch trug ich sie in den Keller und ließ sie dort, während ich ins Erdgeschoß zurückging, um das Mittagessen vorzubereiten und zu essen, das ich vor meinem Gang zur alten Brücke noch nicht zu mir genommen hatte. Als ich meine Mahlzeit beendet hatte, wollte ich die Knochen aus dem Fluß zu den zuständigen Behörden bringen und ging in den Keller zurück, um sie zu holen.

Man stelle sich mein Erstaunen und meine Verblüffung vor, als ich die Sackleinwand, die genauso dort lag, wie ich sie zurückgelassen hatte, anhob und leer fand. Die Knochen waren verschwunden. Ich konnte dem Zeugnis meiner eigenen Sinne nicht trauen. Ich kehrte ins Erdgeschoß zurück, zündete eine Lampe an und trug sie in den Keller, den ich von einer Wand zur anderen gründlich durchsuchte. Vergebens. Nichts hatte sich im Keller verändert, seit ich den ersten Blick hineingeworfen hatte – die Fenster waren noch immer unberührt, denn dieselben Spinnweben bedeckten sie – und soweit ich erkennen konnte, war auch die Falltür zum Tunnel nicht geöffnet worden. Und doch waren die Knochen unwiederbringlich verschwunden.

Ich kehrte verwirrt ins Arbeitszimmer zurück und begann selbst die Tatsache zu bezweifeln, daß ich die Knochen wirklich gefunden und heimgebracht hatte. Ich hatte aber doch! Während ich dasaß und versuchte, meiner Verwirrung Herr zu werden, fiel mir eine mögliche, wenn auch an den Haaren herbeigezogene Lösung des Geheimnisses ein. Vielleicht waren die Knochen nicht so fest gewesen, wie ich glaubte; vielleicht waren sie zu Staub zerfallen, als sie der Luft ausgesetzt waren. In diesem Fall wäre aber doch sicher etwas von dem Staub zu sehen gewesen. Und die Sackleinwand war sauber, ohne jene weißen Überreste, die von den Knochen zurückbleiben müssen.

Es war klar, daß ich den Behörden nicht mit so einer Geschichte kommen konnte, denn mit Bestimmtheit hätte man mich für einen Verrückten angesehen. Nichts hielt mich aber davon ab, Nachforschungen anzustellen, und deshalb fuhr ich nach Dunwich. Verrückterweise ging ich zuerst in Whateleys Laden.

Bei meinem Anblick lief Tobias rot an. »Ihnen verkauf' ich nix«, erklärte er, bevor ich noch den Mund aufmachen konnte, und zu einem anderen Kunden – einem verwahrlosten alten Kerl – sagte er demonstrativ: »Das ist dieser Bishop!« Welche Einsicht den alten Mann veranlaßte, sich rasch zur Tür hinauszudrücken.

»Ich bin da, um eine Frage zu stellen.«

»Fragen Sie.«

»Gibt es am Miskatonic einen Friedhof, ein Stück weiter flußaufwärts von der alten Brücke oberhalb meines Grundstücks?«

»Weiß von keinem. Warum?« fragte er mißtrauisch.

»Kann ich Ihnen nicht sagen«, erwiderte ich. »Außer, daß ich etwas fand, was mich auf den Gedanken brachte.« Die Augen des Ladenbesitzers wurden schmal. Er biß sich auf die Unterlippe.

»Knochen«, flüsterte er. »Sie ha'm Knochen gefunden.«

»Das haben Sie gesagt«, antwortete ich.

»Wo ha'm Sie die gefunden?« fragte er mit eindringlicher Stimme.

Ich breitete die Hände aus. »Ich habe keine Knochen«, sagte ich und verließ den Laden.

Als ich auf dem Weg zum Pfarrhaus einer kleinen Kirche, die ich in einer Seitengasse gesehen hatte, noch einmal zurückblickte, bemerkte ich, daß Whateley seinen Laden geschlossen hatte und die Hauptstraße von Dunwich hinuntereilte, offenbar um den Verdacht zu verbreiten, den er geäußert hatte.

Der Name des Baptisten-Geistlichen lautete dem Briefkasten zufolge Abraham Dunning, und er war zu Hause – ein kleiner, beleibter Mann mit rosigen Wangen und einer Brille auf der Nase. Er schien Mitte sechzig zu sein, und zum Glück sagte ihm mein Name nichts. Er bat mich in einen bescheiden möblierten Salon, der ihm offenbar als Büro diente.

Ich erklärte, daß ich gekommen sei, um ihm einige Fragen zu stellen.

»Bitte, nur zu, Mr. Bishop«, lud er mich ein.

»Sagen Sie, Reverend Dunning, haben Sie je von Hexenmeistern in dieser Gegend gehört?«

Er verschränkte die Finger und lehnte sich im Stuhl zurück. Ein nachsichtiges Lächeln glitt über sein Gesicht. »Ach, Mr. Bishop, die Leute hier sind ein abergläubischer Haufen, viele von ihnen glauben wirklich an Hexen und Zauberer und alle Arten von Wesen von draußen, vor allem seit den Ereignissen von 1928, als Wilbur Whateley und das Wesen, das sein Zwillingsbruder war, starben. Whateley hielt sich für einen Hexenmeister und redete immer wieder von etwas, was er aus der Luft ›heraufbeschwor‹ – aber natürlich war es lediglich sein Bruder, der, wie ich vermute, durch einen Geburtsfehler entsetzlich mißgestaltet war, obwohl die mir bekannten Schilderungen zu wirr sind, als daß ich sicher sein könnte.«

»Kannten Sie meinen verstorbenen Großonkel, Septimus Bishop?«

Er schüttelte den Kopf. »Das war vor meiner Zeit. Ich zähle eine Familie Bishop zu meinen Schäflein, glaube aber, daß sie von einem anderen Zweig abstammen. Sehr ungebildet. Und es gibt keine Ähnlichkeit der Gesichtszüge.«

Ich versicherte ihm, daß wir nicht verwandt waren. Es war

jedoch klar, daß er nichts wußte, was mir dienlich sein konnte, weshalb ich mich so rasch verabschiedete, wie es der Anstand zuließ, und dies, obwohl es Reverend Dunning augenscheinlich nach der Gesellschaft eines gebildeten Menschen verlangte, wie man sie, so vermutete ich, in Dunwich und Umgebung in der Regel nicht fand.

Ich hatte wenig Hoffnung, in Dunwich noch etwas in Erfahrung bringen zu können, weshalb ich mich zurück auf den Weg zum Haus machte. Dort angelangt, mußte ich einfach nochmals in den Keller hinabsteigen, um neuerlich sicherzugehen, daß die Knochen, die ich nach Hause gebracht hatte, verschwunden waren. Und natürlich waren sie verschwunden. Nicht einmal Ratten hätten sie einen nach dem anderen an der Tür des Arbeitszimmers vorbei und aus dem Haus fortschleppen können, ohne daß ich sie gesehen hätte.

Der Einfall mit den Ratten löste jedoch neue Überlegungen aus. Ich gab diesem Gedanken nach und stieg neuerlich mit der Lampe in den Keller, wo ich sorgfältig nach einer Öffnung suchte, wie sie von Ratten benutzt werden mochte, immer noch auf der Suche nach einer natürlichen Erklärung für das Verschwinden der Knochen.

Es gab keine.

Ich fand mich mit ihrem Verschwinden ab und verbrachte den Rest des Tages damit, mich im Geiste mit etwas anderem zu beschäftigen.

In der Nacht wurde ich jedoch von Träumen gequält – von Träumen, in denen ich sah, wie die mitgebrachten Gebeine sich wieder zu einem Skelett zusammenfügten – und wie das Skelett von Fleisch bedeckt wurde – und wie die peitschenförmigen Knochen sich zu etwas auswuchsen, das nicht von dieser Welt war und unablässig die Form änderte, das einmal ein Gebilde äußersten Grauens und dann eine große schwarze Katze war, einmal ein tentakelbewehrtes Ungeheuer und dann eine schmiegsame nackte Frau, einmal ein riesiges Schwein und dann eine schlanke Hündin, die an der Seite ihres Herrn dahinlief; und als ich aufwachte, lag ich da und hörte ferne Geräusche, die ich nicht einordnen konnte – ein seltsames Schnüffeln und Sabbern, das von unter heraufzudringen schien, aus den Tiefen der Erde, ein Reißen und Mahlen, das auf etwas Entsetzliches und Bösartiges hindeutete.

Ich stand auf, um den Traum und die Halluzination abzuschütteln, und ging im Dunkeln im Haus herum, nur ab und zu hielt ich inne, um in die mondhelle Nacht hinauszuschauen, bis mich die Halluzination selbst dort plagte, denn ich glaubte am Rand des nahe heranrückenden Waldes die lange schwarze Gestalt eines Mannes in Begleitung eines Wesens von entsetzlicher Gestalt, das an seiner Seite lief, zu erblicken – ich sah sie so einige Minuten lang, ehe beide im dunklen Wald verschwanden, in den das Mondlicht nicht eindrang. Wenn ich mir je die Weisheit meines Großonkels Septimus zur Anleitung wünschte, dann in diesem Augenblick; denn die Halluzination war noch lebendiger als der Traum, der jetzt ebenso hinter mir lag wie die Geräusche, die ich von unten zu hören gemeint hatte.

Trotzdem fühlte ich mich am hellen Tag, der bald anbrach, gedrängt, in den Keller hinabzusteigen, mit der Lampe in den Tunnel einzudringen und zum unterirdischen Raum weiterzugehen – gedrängt von einer Macht, die ich nicht verstand und der ich nicht widerstehen konnte. Beim Eingang zum unterirdischen Raum hatte ich den Eindruck, als sei die Erde nicht bloß durch die Fußspuren von meinem früheren Besuch aufgewühlt, und zwar nicht nur von fremden Fußspuren, sondern durch die Spuren von etwas, das aus der Richtung des Ausgangs am Hang des Berges hierher geschleppt worden war, und als ich in den Raum hinabstieg, beschlich mich Bangigkeit. Meine Befürchtungen erwiesen sich jedoch als unbegründet, denn dort war niemand.

Ich hielt die Lampe hoch und blickte mich um. Alles war unverändert – Steinbänke, Ziegelfußboden, Altar – und doch ... Auf dem Altar war ein Fleck, ein großer dunkler Fleck, den ich beim letzten Mal, soweit ich mich erinnern konnte, nicht gesehen hatte. Langsam und widerwillig ging ich weiter, obwohl ich weder den Willen noch die Neigung dazu verspürte, bis er sich im Lampenschein – noch frisch und feucht glänzend – zweifelsfrei als *eine Blutlache* erwies.

Und jetzt, als ich den Altar zum ersten Mal aus der Nähe sah, erkannte ich auch, daß dort andere und weit ältere, ebenfalls dunkle Flecken noch immer schwach zu erkennen waren – Blut, das hier vor langer Zeit vergossen worden war.

Tief erschüttert floh ich aus dem Keller, lief durch den Tunnel und stolperte hinauf in den Keller unmittelbar unter dem Haus. Dort stand ich und rang um Atem, bis ich oben das Geräusch von Schritten hörte und vorsichtig ins Erdgeschoß hinaufstieg.

Die Schritte schienen aus dem Arbeitszimmer zu kommen. Ich blies die Lampe aus, denn das Licht von draußen war trotz der dichtstehenden Bäume ausreichend, und betrat das Arbeitszimmer.

Dort saß ein Mann mit hagerem Gesicht, düsteren Zügen, den großgewachsenen Leib von einem Mantel umhüllt, die Augen wie Feuer auf mich gerichtet.

»Du bist eindeutig ein Bishop«, sagte er, »aber welcher?«

»Ambrose«, erwiderte ich, als ich meine Stimme wiedererlangt hatte. »Der Sohn von William, und Enkel von Peter. Bin gekommen, um nach dem Besitz meines Großonkels Septimus zu sehen. Und Sie?«

»Ich war lange Zeit versteckt. Neffe, ich bin dein Großonkel Septimus.«

Hinter ihm regte sich etwas und lugte hinter seinem Sessel hervor, obwohl er den Mantel ausbreitete, als wolle er verbergen, was dort war – ein schuppiges Wesen mit dem Gesicht einer schönen Frau.

Ich fiel in tiefe Ohnmacht.

Als ich wieder zu Bewußtsein kam, bildete ich mir ein, er stünde in meiner Nähe und sage zu jemandem: »Wir müssen ihm etwas mehr Zeit lassen.«

Ich öffnete ängstlich die Augen und blickte dorthin, wo er gewesen war.

Dort war niemand.

IV

Vier Tage später wurde mir die erste Nummer des *Arkham Advertiser* zugestellt. Sie lag unter einem Stein auf den Überresten der Säule am Weg. Ich hatte ein Halbjahresabonnement genommen, als ich die Archivexemplare auf Erwähnungen meines Großonkels durchsah. Ich widerstand meinem ersten Impuls, die Zeitung wegzuwerfen, denn ich hatte sie lediglich als Gegenleistung für das mir gezeigte Entgegenkommen abonniert, und trug sie ins Haus.

Obwohl ich nicht die Absicht hatte, sie zu lesen, erregte eine zweispaltige Schlagzeile meine Aufmerksamkeit. *Wieder Verschwundene in Dunwich*. Mit banger Vorahnung las ich den zugehörigen Bericht.

»Seth Frye, 18, ein Arbeiter auf der Farm von Howard Cole

knapp nördlich von Dunwich, wurde als vermißt gemeldet. Zuletzt wurde er gesehen, als er vor drei Nächten Dunwich auf dem Weg nach Hause verließ. Das ist die zweite verschwundene Person im Gebiet von Dunwich innerhalb von zwei Tagen. Harold Sawyer, 20, verschwand vor zwei Tagen spurlos am Dorfrand von Dunwich. Sheriff John Houghton und seine Gehilfen durchsuchen das Gebiet, haben aber bis jetzt keine Hinweise gefunden. Keiner der beiden jungen Männer hatte, soweit bekannt, ein Motiv, von selbst zu verschwinden. Ein Verbrechen wird vermutet.

Ältere Leser werden sich daran erinnern, daß sich vor zwanzig Jahren eine Reihe ähnlicher Vorfälle ereigneten. Sie fanden ihren Höhepunkt im Verschwinden von Septimus Bishop im Sommer 1929.

Die Umgebung von Dunwich ist ein entlegenes Gebiet von merkwürdigem Ruf, das von Zeit zu Zeit in den Nachrichten auftaucht, gewöhnlich in einem seltsamen Zusammenhang, und zwar seit der geheimnisvollen Affäre Whateley von 1928 ...«

Ich ließ die Zeitung von der Erkenntnis übermannt sinken, daß die Ereignisse auf eine einzige Erklärung hinausliefen, die ich selbst nicht akzeptieren wollte. Zu diesem Zeitpunkt beschloß ich, alle Ereignisse niederzuschreiben, in der Hoffnung, alles, was geschehen war, Ereignis auf Ereignis in der richtigen Beziehung zu sehen, denn diese Ereignisse waren in meinem Kopf hoffnungslos durcheinander geraten, und ich mußte immer wieder an die Gebeine denken, die aus dem Keller verschwunden waren, und an Wilbur Whateleys Worte in seinem Brief an meinen Großonkel – *»Die aus der Luft können nicht ohne Menschenblut Hilfe leisten. Sie formen daraus den Leib ... Auch Sie werden dazu imstande sein ...«* – und an die geheimnisvolle Rückkehr des Großonkels Septimus und sein gleichermaßen geheimnisvolles neuerliches Verschwinden, denn seit seinem Anblick im Arbeitszimmer hatte es kein Zeichen von ihm mehr gegeben.

Ich warf die Zeitung zu Boden, mein Kopf brummte vor lauter Gerede über Hexenmeister und Schutzgeister, von der Macht fließenden Wassers, Geister und Hexen zu bannen, und von allen derartigen Erscheinungen des Aberglaubens; mein Verstand war umkämpft und belagert. Getrieben von wilder Neugier, mehr zu erfahren, lief ich aus dem Haus. Ohne auf die Brombeersträucher zu achten, drängte ich mich zum Wagen durch und fuhr nach Dunwich.

Ich hatte kaum den Fuß in Tobias Whateleys Laden gesetzt, als er sich mir funkelnden Auges in den Weg stellte.

»Raus! Ich bedien' Sie nich'«, rief er wild. »Sie war'n 's!«

Es war mir unmöglich, ein Wort einzuwerfen, so wütend war er.

»Raus aus der Stadt mit Ihn', 'vor's wieder passiert. Wir ha'ms einmal getan – und können's wieder tun. Ich hab' den Jungen, den Seth, wie meinen eigenen gekannt. Ihr wart's – ihr verfluchten Bishops!«

Ich wich vor seinem nackten Haß zurück, und als ich zum Wagen zurückging, bemerkte ich, wie sich die anderen Einwohner von Dunwich auf der Straße zusammenrotteten und mich mit unverhülltem Haß anstarrten.

Ich stieg in den Wagen und verließ Dunwich, wobei ich zum ersten Mal mit einer wachsenden Furcht vor dem Unbekannten Bekanntschaft machte, gegen die jedwede vernünftige Erklärung machtlos war.

Sobald ich wieder im Haus der Bishops war, zündete ich die Lampe an und stieg in den Keller hinab. Ich betrat den Tunnel und ging ihn eine Zeitlang bis zu der Falltür entlang, die in den unterirdischen Raum führte. Ich hob sie an und herauf stieg ein so durchdringender Schlachthausgestank – vielleicht aus jener anderen Luke nach unten, die ich nie überprüft hatte, denn soweit ich im Schein meiner Lampe erkennen konnte, war der Raum seit dem letzten Mal unverändert –, daß ich es nicht über mich brachte, hinabzusteigen.

Ich ließ die Falltür zufallen und floh den Weg zurück, den ich gekommen war.

Wider alle Vernunft wußte ich nun, welches Grauen ich unwissentlich auf die Gegend losgelassen hatte – im Verein mit den blinden Kräften der Natur –, das Grauen vom mittleren Brückenbogen.

Später. Großonkel Septimus hatte mich gerade aus meinem traumgeplagten Schlaf geweckt, eine Hand fest auf meine Schulter gelegt. Ich öffnete die Augen und erblickte ihn verschwommen in der Dunkelheit, hinter ihm den weißen unbekleideten Leib einer langhaarigen Frau, deren Augen wie Feuer glänzten.

»Neffe, wir sind in Gefahr«, sagte mein Großonkel. »Komm.«

Er und seine Begleiterin drehten sich um und verließen das Arbeitszimmer.

Ich schwang mich von der Couch herunter, wo ich völlig bekleidet eingeschlafen war, um diese letzten Worte zu der Darstellung hinzuzufügen, die ich geschrieben habe.

Draußen kann ich das Flackern vieler Fackeln erkennen. Ich weiß, wer dort am Waldesrand steht – die haßerfüllten Einwohner von Dunwich und Umgebung –, und ich weiß, was sie vorhaben.

Großonkel Septimus und seine Begleiterin warten im Tunnel auf mich. Mir bleibt kein anderer Ausweg.

Wenn nur *sie* nicht den Eingang am Berghang kennen ...

Die Bishop-Handschrift bricht an diesem Punkt ab.

Wie es der Zufall will, finden Kuriositätensammler elf Tage nach dem Brand, der das Haus der Bishops zerstörte, diesen Absatz:

»Die Dunwicher waren wieder am Werk.

Kurz nach dem Verschwinden des Ambrose Bishop haben die Dunwicher wieder gebaut. Die alte Crary-Road-Brücke, die vor kurzem während eines plötzlichen Hochwassers des Miskatonic völlig zerstört wurde, übt auf die Dunwicher eine gewisse Anziehungskraft aus. Sie haben still und heimlich einen der mittleren Brückenpfeiler wieder errichtet und mit dem ›Zeichen des Alten‹ gekrönt, wie es Alteingesessene nennen. Keiner der Bewohner von Dunwich, die unser Reporter befragte, wollte Kenntnis von der alten Brücke haben ...«

Suhrkamp Verlag GmbH
Torstraße 44, 10119 Berlin
info@suhrkamp.de
www.suhrkamp.de